D0496602

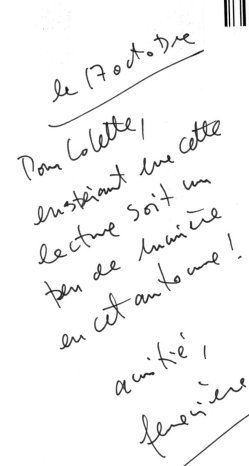

le 17 octobre

Pour Colette !
en espérant que cette
lecture soit un
peu de lumière
en cet automne !

amitié,
[signature]

LES VERTIGES MOLINO

DU MÊME AUTEUR

Station Transit, roman, éditions de la Pleine Lune, 1983
Soleil rauque, roman, éditions de la Pleine Lune, 1986

GENEVIÈVE LETARTE

LES VERTIGES MOLINO

roman

LEMÉAC

Leméac Éditeur remercie le Conseil des arts du Canada du soutien accordé à son programme d'édition dans le cadre du programme des subventions globales aux éditeurs.

Tous droits de traduction et d'adaptation, en totalité ou en partie, réservés pour tous les pays. La reproduction d'un extrait quelconque de ce livre, par quelque procédé que ce soit, tant électronique que mécanique, et en particulier par photocopie et par microfilm, est interdite sans l'autorisation écrite de l'auteur et de l'éditeur.

ISBN 2-7609-3187-0

© Copyright Ottawa 1996 par Leméac Éditeur inc.
1124, rue Marie-Anne Est, Montréal (Qc) H2J 2B7
Dépôt légal – Bibliothèque nationale du Québec, 3ᵉ trimestre 1996

Imprimé au Canada

Apparently, the hardest problem for almost any writer is to get to work.
Malcolm Cowley

Le vrai voyage, c'est ce qu'on voit par la fenêtre du train, ce n'est pas la destination.
Peter Handke

I

Assise à côté de Sylvia, j'ai regardé s'éloigner les Rocheuses dans leur brouillard bleu et blanc, je leur ai dit adieu dans un petit mouvement de tristesse silencieuse. Puis les Prairies ont défilé à rebours, la Saskatchewan, le Manitoba et les Grands Lacs, et pendant qu'on descendait lentement au-dessus de Montréal, j'ai vu grossir les eaux très noires du fleuve et toutes les lumières de la ville rassemblées comme pour un accueil. J'avais bu un Bloody Mary avant le dîner et deux verres de vin en mangeant, j'étais un peu étourdie, je ne ressentais aucune excitation, aucune hâte. Comme il est bizarre de rentrer chez soi sans rien éprouver d'autre qu'un petit ressentiment qui se déplace dans vos émotions sans vraiment trouver sa place; je n'avais pas encore mis le pied par terre que déjà j'étais vaguement inquiète. Pourtant je n'étais pas fatiguée, l'air des montagnes m'avait redonné une santé que je ne voulais pas perdre, et je m'accrochais à cette idée que j'avais avant de reprendre l'avion : ne pas quitter l'esprit du voyage, voir ma vie d'un autre point de vue, et même mon appartement, et même les visages connus.

À Dorval, tout a été lent et concret dans la lumière crue. J'ai poussé le chariot, j'ai mâché de la gomme, j'ai fait des téléphones, et Tom est arrivé tandis que je fumais une cigarette près de la file de taxis. J'avais espéré de l'exotisme en revoyant la ville, mais dans la grisaille de ce dimanche soir je ne ressentais qu'un vide immense, et plus que jamais Montréal me semblait morte et sans âme avec ses rues désertes et ses papiers sales emportés par le vent. Mais où étaient donc passés les chats, les chiens, les enfants, les amis? Où étiez-vous donc tous, cousins, cousines, beaux-frères et belles-sœurs? Où étaient les forains, les comédiens, les musiciens, mais où était la fête?

J'aurais voulu de la neige, quelque chose qui ressemblât à Noël, un froufrou dans les rues, des lumières dans les vitrines, de la musique dans les haut-parleurs, des chanteurs en face de chez Eaton, n'importe quoi plutôt que ce silence qui m'écorchait le cœur. Mais je m'étais promis de retrouver ma ville avec des yeux neufs, alors, assise dans l'auto à côté de Tom pendant qu'on descendait la rue Peel, je me suis mordu les lèvres pour stopper ma plainte: je ne parlerais plus de cette ville comme d'un tombeau. Ni du vieux camion stationné en bas de chez moi. Ni du chèque de B.S. qui n'était pas arrivé. Ni des robes de chambre de mes voisines d'en face. Ni de ma petite misère hurlante dans les échos du passé. Je ne parlerais plus de ces choses déprimantes. Maintenant que j'étais revenue dans mon pays sans neige deux semaines avant Noël.

Les trois premiers jours, je me suis beaucoup promenée en marchant vite dans les rues glaciales. J'ai fait du lavage, j'ai rempli le frigidaire, j'ai fouiné dans les librairies, j'ai écouté les voix françaises dans les magasins. Je n'ai pas beaucoup vu Tom, il était très pris par son travail, ça ne me dérangeait pas trop, j'avais besoin de ce petit espace entre avant et après.

Elsa était revenue me hanter depuis que j'avais débarqué de l'avion. Tout en me disant que j'étais désormais indifférente à son sort et que je lui en voudrais toujours pour sa lâcheté, je pensais à elle intensément, avec curiosité. Sur la rue Saint-Laurent, aux Quatre-Frères, chez Gallimard, au coin de Bagg, de Prince-Arthur ou de l'avenue des Pins, partout j'imaginais la voir surgir dans son grand manteau bleu et s'en venir lentement vers moi, cheveux sombres et yeux en amande, dans ce quartier où tant de fois nous avions fait les courses pour le souper, tant de fois niaisé en regardant les vitrines, surtout celle de chez Scandale où il y avait toujours une robe éblouissante qu'on ne se décidait jamais à acheter.

Le quatrième jour, je suis allée voir le docteur L. Assise en face de lui dans le fauteuil noir, j'ai dit : «Décidément, c'est l'année des grandes ruptures. — C'est peut-être plutôt l'année du grand ménage», a-t-il répliqué. Oui. Un grand ménage dans une vie, c'est compliqué. On ne peut pas se défaire de ses sentiments comme on jette des meubles. On ne peut pas se débarrasser des gens comme on bazarde de vieux vêtements. Des pantoufles. Des livres. Des disques. Tout cela est facile à jeter, brûler ou remplacer. Mais les amis, les amants, les parents, les frères et les sœurs, on ne met pas ça à la poubelle, on ne peut pas les effacer de sa mémoire comme on lave un miroir. Alors on essaie plutôt de transformer les liens qui nous unissent à eux, on essaie de se ménager une place pour toujours dans leur cœur, et c'est avec ça ensuite qu'on est prise toute sa vie, cette place à jamais libre pour nous dans leur cœur.

En rentrant à la maison, j'ai traversé le même parc que d'habitude, c'était un rituel depuis le début, cette traversée du parc après mes rendez-vous chez le docteur L. Ce jeudi-là il était morne et désert, et il m'a paru plus petit qu'avant. Adossée contre un arbre, j'ai regardé la fontaine éteinte et les bancs solitaires, et je me suis demandé comment en finir une fois pour toutes avec mon trouble. Deux enfants sont passés devant moi en criant très fort, comme pour ébranler la monotonie du jour. J'ai promené mes doigts sur l'écorce fraîche, j'aurais voulu que l'arbre me parle. Quel conseil pouvait-il me donner, lui dont la sagesse était plus que centenaire?

Le vingt et un décembre, j'ai acheté un tapis mexicain aux couleurs vives et j'ai accroché des guirlandes de Noël dans le salon. C'était le jour le plus court de l'année et je voulais de la gaieté, je voulais contrer l'inévitable angoisse qui, chaque année, s'emparait de moi au temps des Fêtes. Heureusement, j'avais recommencé à voir Tom. Pendant un mois il n'y avait pas eu d'odeurs de sexe sur ma peau, mais voilà qu'aujourd'hui son corps laissait à nouveau son empreinte sur le mien, et ses cheveux leur senteur sur mon oreiller. J'ai hésité un peu au début (on s'habitue à l'abstinence), mais avec un whisky et quelques verres de vin, j'ai fini par me laisser aller et j'en ai redemandé, je me suis vautrée dans les bras de Tom, j'ai léché sa peau, baisé ses lèvres et dévoré tout ce qu'il offrait à mes sens réveillés. Comme c'est étrange. Votre corps peut se passer d'amour aussi longtemps que nécessaire, mais dès qu'il se rallume il ne veut plus s'éteindre. D'autant plus que deux fois par jour, pour Tom, c'était le minimum. Après mes quatre semaines d'absence, c'était un choc. Une fois le soir, une fois le matin. Et pourquoi pas une troisième en fin d'après-midi? Pour ça il aurait fallu vivre ensemble, vivre ensemble pour pouvoir baiser trois fois par jour, mais voilà, je ne pourrais plus travailler, je serais totalement annulée par le sexe. Je ne pourrais plus que manger, me laver, faire du ménage, me brosser les cheveux. «To have sex», disent les Anglais, ou du moins Tom, c'est ce qu'il disait, «to have sex», pas «making love». Je n'aimais pas cette expression, elle me semblait traduire une vision matérialiste de l'amour. Comme s'il s'agissait, ensemble, d'obtenir ou de prendre quelque chose qui nous serait extérieur.

C'était donc le jour le plus court de l'année. Le matin, je suis allée à la banque, et quelle n'a pas été ma surprise quand, en même temps qu'il prenait mon livret sous la vitre, le caissier m'a remis un petit cahier plat relié par une spirale. Je l'ai regardé d'un air étonné, et il a dit que c'était un recueil de poèmes dont il était l'auteur. Puis il a demandé : «Est-ce que ça a bien marché votre livre, êtes-vous en train d'en préparer un autre?» Ça m'a surprise et mise un peu mal à l'aise : j'étais pressée et je n'avais pas été particulièrement gentille avec lui, et puis j'oubliais toujours qu'à cause de ce livre paru il y a cinq ans, on pouvait peut-être me reconnaître dans les endroits publics, que parfois un serveur, un caissier ou une vendeuse pouvaient avoir entendu parler de moi. Je me suis donc mise à bredouiller et à sourire, un peu flattée tout de même qu'il ait reconnu l'écrivaine pratiquement inconnue que j'étais. Oui oui, compte tenu du genre d'écriture, ça avait plutôt bien marché. Non, je ne gagnais pas ma vie avec ça, je travaillais à la pige comme correctrice pour des maisons d'édition. Oui, j'avais un nouveau projet en tête, des nouvelles cette fois. Il a souri en terminant la transaction, et je suis repartie en lisant ses poèmes à voix haute, des poèmes pas trop mauvais qui sentaient la rébellion de classe moyenne et l'imitation de Richard Desjardins. «Mais tout de même, me suis-je dit, ce gars-là qui travaille dans une banque quarante heures par semaine, il réussit à écrire de la poésie et à la publier lui-même alors que moi je ne cesse de me plaindre de mon manque d'inspiration, moi qui ai L'IMMENSE PRIVILÈGE D'AVOIR TOUT MON TEMPS À MOI.» Désormais je ferais un peu plus attention aux inconnus, on ne sait jamais, ils peuvent toujours vous reconnaître.

Plus tard dans l'après-midi, je suis allée rejoindre Aldo dans le quartier chinois. Les yeux très bleus sous la casquette, le regard interrogateur, il m'attendait près du complexe Guy-Favreau. J'avais un peu hésité la veille avant de me décider à l'appeler, mais tout de suite il avait dit : «Quand est-ce qu'on se voit?» Le long des façades décrépies nous avons marché en nous tenant par la main. Il n'y avait pas une goutte de neige dans la ville, et la grisaille de ce lundi après-midi contrastait joliment avec la brique rouge des maisons. Au coin de Saint-Urbain et René-Lévesque, j'ai eu envie de dire «je t'aime», mais j'ai continué à marcher en silence alors qu'Aldo faisait pareil. Main dans la main nous avancions sans savoir où aller, depuis le début c'était comme ça entre nous : ensemble, nous n'avions jamais vraiment su où aller; et peut-être continuerions-nous ainsi pendant des siècles à déambuler avec ce pacte silencieux, hors normes, hors d'ordre, hors-la-loi de notre propre histoire.

On est entrés dans un restaurant de la rue La Gauchetière. Autour de nous les serveurs allaient vite avec leurs chariots pleins de mets fumants. Assise en face d'Aldo, je retrouvais l'intimité mêlée de gêne qui nous était si familière. Nous étions polis, gentils. Le moindre signe de faiblesse risquait de nous entraîner dans le désespoir. «Ben oui, imagine-toi donc que j'ai une blonde.» Aldo parlait de cette femme comme d'une fatalité. Il semblait si désolé, si perdu, jetant des coups d'œil furtifs par la vitre où se découpait la grosse ombre moche d'un HLM, mais moi je trouvais que c'était une belle émotion qu'on avait là. Malgré la tristesse. Malgré la grisaille. Malgré le tremblement intérieur.

De retour chez moi, j'ai vite monté l'escalier pour rentrer me réchauffer. Par la fenêtre, j'ai regardé les lumières de la ville s'allumer pendant que le jour baissait en gris et rose, et là il a bien fallu que je me rende à l'évidence : je m'ennuyais déjà des montagnes, des lacs transparents et des pics neigeux. De la musique country. De Monica et d'Allan. Je m'ennuyais de ce que j'avais été là-bas, de tout ce qu'il m'avait été possible d'être là-bas. Comment orienter ma table de travail pour pouvoir voir le mont Royal ? Oui, la vue d'une petite montagne me ferait peut-être du bien.

*

Et puis il y a eu le temps des Fêtes, ce temps atroce où tout le monde doit se forcer. Comme tout le monde, j'ai tout fait comme il faut : offrir des cadeaux, boire du vin, manger des desserts, avoir mal à la tête, jouer aux cartes, gaspiller des tonnes de papiers de couleur, de rubans, de chandelles et d'assiettes en carton. Aussi, j'avais pris la résolution de moins utiliser mon auto en ville et de m'habituer à prendre des décisions. Au party du jour de l'An, mon amie Esther m'a expliqué comment faire, elle a dit qu'il fallait d'abord m'habituer à en prendre des petites, que cela menait peu à peu vers les plus importantes. « Ce qu'il faut surtout, c'est t'en tenir à ta décision, t'habituer à ne pas la remettre en question, l'assumer. » Or j'avais toujours fait le contraire : je décidais quelque chose, puis je changeais d'idée, puis je re-changeais d'idée et je pouvais passer des siècles comme ça, à peser le pour et le contre jusqu'à ce que les événements décident pour moi ou que, épuisée par ce stupide combat avec moi-même, je finisse par me rendre à mon projet initial, mais au prix de quels efforts et de quelle perte de temps ? Peut-être que c'était une maladie. Si c'en était une, je l'avais : j'avais la maladie du doute.

Réinstallée dans mon appartement, j'essayais d'écrire, je voulais continuer ce que j'avais commencé à Banff, mais c'était difficile, je me laissais distraire par n'importe quoi : la radio du voisin, le bourdonnement du frigidaire, les jappements de chiens. Il aurait fallu que je fasse de l'ordre dans mes affaires, que je cherche du travail, que je m'occupe des comptes impayés, mais je remettais tout à plus tard et mon incapacité à m'organiser me désespérait. On aurait dit qu'ici, dans cette ville, je n'avais plus rien à dire ; qu'ici, dans ce pays, j'étais redevenue aveugle, sourde et muette. Comment faire la lumière sur cette fin du monde, comment faire la lumière sur ce noir absurde, sur cette obscurité écœurante ?

Un matin, en sortant de chez Tom, j'ai tourné le coin de la rue Saint-Paul et là, devant le vieil édifice de la Banque de Montréal, il y a eu Max soudain comme une bombe dans ma tête. Je me suis dit : « Ça y est, c'est reparti », et je n'ai pas trouvé ça drôle. C'est fatigant. Vous venez de passer la nuit avec un homme, et voilà qu'à peine ressortie dehors vous pensez à un autre ; il y a quelques minutes, vous étiez tendrement enlacée à quelqu'un dans la douceur des draps, et voilà que le visage d'un autre vient s'immiscer dans votre tête, et ça vous trouble, ça vous embarrasse que votre désir ne soit pas complètement dirigé vers l'homme avec qui vous venez de passer la nuit, mais aussi vers cet autre, que vous n'avez pas eu le temps de mieux connaître, et elle vous fatigue soudain, elle vous achale, cette histoire restée en suspens, au bout de laquelle vous n'êtes pas allée.

Un jour ma mère m'avait dit : « On ne peut pas tout avoir, il faut choisir, il faut accepter de perdre quelque chose. » Or moi j'étais allergique au choix et à la perte, je n'avais jamais pu me résoudre à être la femme d'un seul homme, d'une seule histoire, d'un seul pays ou d'un seul quoi que ce soit. Mais là, dans les éclaboussures de janvier, j'en avais assez. J'aurais voulu prendre le parti du réel et je me sentais mal prise avec mon ubiquité maladroite, je me sentais encombrée par mon désir de l'un alors que j'avais encore l'odeur de l'autre dans mon cou.

J'ai remonté à pied jusque chez moi. La ville était pleine de grisaille et d'arbres nus. Au coin de Saint-Laurent et des Pins, un homme était tombé dans son vomi. Comme elles étaient loin mes montagnes, avec leurs masses crayeuses qui changeaient de teintes au soleil ; comme elle était loin la Chine, comme il était loin le Pérou ! À la maison, j'ai déplié ma carte du monde et ressorti mes vieux plans de Paris et de New York. Maintenant que j'étais là, maintenant que j'étais bel et bien revenue, je ne pensais qu'à repartir. Mais l'attente faisait partie des voyages, avait dit le docteur L., alors j'attendrais, j'attendrais comme une voyageuse en transit, comme une étrangère dans ma propre ville. Après tout, n'étais-je pas devenue une autre, n'avais-je pas changé d'histoire depuis que je connaissais Tom, Max et le docteur L., depuis qu'Elsa m'avait quittée, depuis que je m'appelais Bruges ?

Un jour d'automne, il était enfin arrivé, le petit papier certifiant mon changement d'identité. Il y avait des mois que j'avais fait ma requête et je commençais à désespérer quand, un matin, j'avais trouvé dans l'escalier une enveloppe aux armoiries de la ville de Québec. Mon cœur avait tressailli, j'avais ouvert l'enveloppe avec hâte, et voilà, c'était officiel désormais, c'était écrit en toutes lettres sur ce papier qui tremblait entre mes mains : je m'appelais Bruges (feue Gisèle) Molino ; à part ça rien n'avait changé, je mesurais toujours cinq pieds cinq, j'avais encore les yeux bleus et les cheveux châtains, la même tache de naissance sous le sein gauche, et une vue parfaite. Debout dans l'escalier, je m'étais sentie récompensée, oui, il fallait vraiment y tenir pour entreprendre de telles démarches. J'avais été inquiète au début. Comment expliquer que je traversais une crise existentielle si

profonde que même mon vieux nom je ne pouvais plus
l'endurer ? Acquiescerait-on à ma requête, ou bien serait-
elle considérée comme un caprice ? Gisèle, c'était un si
beau nom pourtant, pourquoi voulais-je m'en débarrasser ?
À la rigueur, on aurait trouvé normal que je choisisse
quelque chose d'un peu plus exotique, d'un peu plus
sexy, comme Chloé ou Natacha, mais là, Bruges, personne
ne comprenait. « La principale raison pour laquelle les
gens changent de nom, m'avait expliqué la fonctionnaire
devant qui je m'étais finalement retrouvée, c'est pour
fuir le ridicule que leur ont infligé des parents incon-
scients. » Elle disait aussi que certaines personnes le
faisaient pour des raisons de sécurité, pour rompre défi-
nitivement avec une partie de leur vie, pour ne pas être
retracées, et que d'autres enfin, c'était sans doute la catégorie à laquelle j'appartenais, changeaient de nom pour
des raisons philosophiques, décidant qu'il ne convenait
plus à leur nouvelle personnalité, ou à leur nouvelle
façon de penser, « ou encore, avait-elle dit en baissant la
voix, ou encore à leur nouveau sexe ».

Après plusieurs mois d'attente, j'avais enfin obtenu
mon nouveau nom. J'avais invoqué le fait que Gisèle
c'était trop classique, trop angélique pour moi, que
Bruges me convenait mieux parce que c'était fantaisiste
tout en étant sobre et doux. En fait, j'avais promené mon
doigt au hasard sur une carte du monde et j'étais tombée
sur Bruges. Bruges, un nom de ville bruissant avec un
« g » dedans.

*

Le dix janvier, une petite neige tendre saupoudrait
les maisons basses de la rue Clark. C'était le matin et
j'étais triste. La veille, j'avais passé une mauvaise soirée
avec Tom, il était reparti chez lui après le souper, vexé,

triste, «torn», avait-il dit, et moi aussi, accotée au chambranle de la porte, j'étais triste, *torn* et déçue. Nous attendions quelque chose l'un de l'autre sans être capables de l'obtenir et je commençais à avoir peur; chaque fois que j'avais fait ça dans ma vie, espérer quelque chose d'un homme et imaginer une sorte d'avenir avec lui, ça s'était gâché radicalement. L'homme n'était jamais à la hauteur de ma trop grande exigence, et je finissais toujours par me sentir coupable et monstrueuse, je finissais toujours par m'enfoncer dans un long tunnel noir de non-sens et de dégoût.

La veille, donc, j'avais invité Tom à souper, j'avais dressé une belle table et mis trois bougies neuves sur mon chandelier, des chandelles vertes de chez Texaco, si elles changeaient de couleur en fondant, c'est que vous aviez gagné un prix. J'attendais Tom avec impatience, j'avais hâte qu'on s'embrasse et qu'on danse un slow dans le salon, mais je voulais aussi une conversation intime et intéressante. Or c'était là que ça avait bloqué, dans la conversation, c'était toujours là que ça bloquait entre nous; qu'on se parle en français ou en anglais, Tom et moi, il arrivait toujours un moment où on ne se comprenait plus, mais lui, ça ne semblait pas trop le déranger, et il était toujours prêt à mettre ses mains sous mon chandail quand même.

Ce soir-là pendant le souper, on avait parlé de la passion, et j'avais été frustrée par l'entêtement de Tom à ne pas comprendre ce que ce mot signifiait pour moi, une petite chose très intime, une ardeur secrète pour les choses de la vie en général, alors que pour lui il semblait s'agir surtout de sexualité, mais le pire c'est qu'il avait dit: «You don't seem to be a very passionate person.» Peut-être que le mot «passion» ne voulait pas dire la même chose en français qu'en anglais. Était-ce un problème de langues ou de vision du monde que nous avions là? Un peu insultée, j'avais rétorqué qu'en effet il ne connaissait pas ma passion, ma vraie passion privée et saignante, qu'il ne s'en était encore jamais assez approché, car on n'était pas passionné dans le vide, on ne pouvait pas simplement jeter sa passion comme ça dans les bras de quelqu'un, il fallait un canal, un regard, une pensée où l'envoyer.

Après le souper, j'ai desservi la table en silence et on est allés s'asseoir sur le sofa. J'avais mis un disque de k.d. lang, Tom n'avait pas perdu sa bonne humeur, et quelques secondes plus tard, il a penché sa tête vers mes cuisses. Ça m'a agacée. Au lieu de le suivre dans ses mouvements, j'ai essayé de relancer la conversation. Ça l'a exaspéré. Je me suis emportée, il s'est levé en rajustant ses vêtements et finalement, après quelques vaines tentatives de ma part, il a décidé de s'en aller.

Quand il a été parti, j'ai ressenti un mélange de peine et de rage. Je détestais qu'il fasse ça, m'abandonner à moi-même comme une enfant punie. Le dos contre la porte, pieds nus et cheveux défaits, j'ai crié : «Help!» mais il était trop tard : j'aurais beau souhaiter qu'il revienne pour me dire «I love you, I'm so sorry, etc.», l'escalier était désert et Tom m'avait bel et bien plantée là avec toute la vaisselle à faire. Quant à ma passion, elle était en ce moment comme un petit animal enfoui sous la neige. Elle respirait encore, mais elle avait besoin que quelqu'un s'approche tout près pour l'implorer d'exister.

Le lendemain matin, une ombre pesait sur moi. J'avais le cœur lourd et ce n'était pas à cause du vin ni de la nourriture épicée de la veille : l'absence jetait son voile dans ma maison, l'absence et le silence d'un homme de qui j'espérais quelque chose. C'était étrange. En même temps que j'aimais, j'éprouvais aussi de la haine. Oui.

J'aimais et détestais cet homme, tout comme j'avais aimé et détesté cette femme que j'avais longtemps appelée ma meilleure amie, tout comme j'avais aimé et détesté ma mère quand elle s'occupait trop de moi. Qu'est-ce que l'amour? Qu'est-ce que la haine? De quoi donc parlons-nous quand nous parlons de ces choses? Ma mère, Elsa, Aldo, je les avais haïs parce que je ne pouvais pas me passer d'eux. Et c'était pour ça qu'en ce moment je haïssais Tom : la drogue commençait à opérer.

Par la fenêtre de la cuisine, j'ai regardé la neige répandre sa lumière blanche et plate sur les toits des vieux garages. De grands arbres noirs s'élançaient vers le ciel, et des escaliers de secours étaient enroulés derrière les maisons. J'avais rêvé que Karl Marx venait à Montréal et qu'il annonçait à tout le monde que la bourgeoisie était morte. Le nez collé contre la vitre, je me suis demandé ce qu'aurait pensé Marx de cette ville où j'habitais. Quant à la bourgeoisie, était-elle vraiment morte avec le dix-neuvième siècle? Qu'y avait-il à penser de la bourgeoisie aujourd'hui, en 1992? Peut-être que ça n'avait aucun intérêt après tout, et qu'il fallait accepter les choses telles qu'elles étaient : la bourgeoisie était morte avec le dix-neuvième siècle et maintenant, à la place de toutes ces vieilles classes sociales qu'il y avait eu avant, il n'y avait plus qu'une seule et immense classe moyenne qui s'étalait partout sur la terre, dans cette immense et fade banlieue qu'était devenue la planète.

C'est alors que j'ai décidé de téléphoner à Max. Était-ce à cause de Marx, était-ce à cause de Tom, toujours est-il que j'ai trouvé le courage de composer son numéro. J'étais un peu énervée, mais au bout du fil Max s'est montré gentil et enjoué. Il pensait aller à Prague au printemps, et il a lancé : «Viens-tu avec moi?» d'un ton badin. Confuse, j'ai dit : «Euh, oui, peut-être...» en changeant de sujet. On a parlé de la température et du dernier

William Boyd, puis Max m'a invitée à passer le voir un de ces jours. J'ai dit oui et j'ai raccroché en grimaçant, mi-perplexe, mi-joyeuse.

Quelques minutes plus tard, le téléphone a sonné, c'était Tom. Il n'a pas parlé de la soirée de la veille, il a proposé qu'on aille au cinéma. On jouait *The Wonderful and Horrible Life of Leni Riefenstahl* au Paris. On s'est donné rendez-vous à cinq heures. Tout semblait normal, et j'ai trouvé ça épeurant.

*

Les jours passaient lentement. C'est comme ça l'hiver au Québec, quand on n'a ni argent ni travail. À Banff, j'avais connu la fraîcheur d'un vent nouveau dans mon cerveau, une belle chanson toute neuve qui avait bien voulu trotter dans ma tête comme un petit cheval éner-gique, mais maintenant dans la saleté neigeuse de Mont-réal, je retrouvais cette vieille sensation d'anonymat troublé, cette manière de vivre immobile et sourde que je détestais, ces rues où je n'avais envie de faire aucune promenade. J'avais beau faire jouer du country et porter le veston que je m'étais acheté à Calgary, force m'était de constater que je m'ennuyais. Je m'ennuyais d'un voyage. Je m'ennuyais de ma joie les fois où j'avais marché dans un paysage inconnu. Je m'ennuyais des premiers temps avec Tom quand on s'embrassait longtemps dans son lit bleu. Je m'ennuyais de tout ce qui, dans ma vie, avait ressemblé à une aventure, à une découverte.

Je cherchais quelque chose, j'avais désespérément besoin de quelque chose, mais je refusais d'avoir à me le fournir moi-même, j'aurais voulu qu'on me le donne. Il y a des limites à l'autosuffisance. Je voulais bien admettre qu'il s'agissait là d'un phénomène d'époque, qu'il fallait tout faire soi-même aujourd'hui, que c'était ça la survie actuelle, ma propre autonomie ne me pesait pas moins lourd pour autant. Car une fois qu'on a passé une partie de sa vie à prouver qu'on pouvait se débrouiller toute seule, renoncé à l'idée d'habiter avec quelqu'un sous prétexte qu'il faut protéger son espace vital, trouvé un métier qui vous permet de rester à la maison toute la journée sans être dérangée par personne, est-on vraiment plus avancée? Une fois qu'on a travaillé tout l'avant-midi dans son salon double, dîné rapidement d'un sandwich au coin de la table, travaillé à nouveau tout l'après-midi, fait les courses pour le souper après être allée à la piscine (il est important de nos jours d'être en forme), pour finalement repréparer à manger, ranger la cuisine et fumer une cigarette en regardant les nouvelles à la télé; tout ça sans parler du ménage, des comptes à payer, des déclarations d'impôts, des soupers d'anniversaire pour les parents ou les amis, TOUT ÇA SANS L'AIDE DE PERSONNE, oui, on a beau avoir accompli toute seule son petit tour de force quotidien, quand on s'endort le soir dans le noir de sa chambre, est-on seulement un peu plus heureuse? Y a-t-il quelque chose de grandi dans votre paysage intérieur?

C'était ça la nouvelle maladie du siècle: l'autonomie. Bientôt personne n'aurait plus jamais besoin de personne, on serait tous enfermés chacun dans nos murs, condamnés à jouer à l'infirmière avec soi-même, sans aucun rapport de dépendance avec qui que ce soit. Mais pouvait-on me dire à quoi ça servait d'exister si personne n'avait besoin de vous?

C'est ce que j'ai demandé au docteur L. cet après-midi-là. Comme toujours, j'étais assise en face de lui dans le fauteuil noir, et il a souri sans rien dire, mais son silence ne me dérangeait pas, c'était un silence qui me donnait toute la place. Au docteur L., je pouvais raconter sans honte tout ce qui me passait par la tête, ce que j'entendais à la radio ou lisais dans les journaux (j'avais appris récemment qu'il fallait vingt et un jours pour se débarrasser d'une habitude), je n'avais jamais dit autant de choses à un homme, et lui, il n'oubliait jamais que son rôle était de s'occuper de moi, mon gros moi qui devait être bien mince en réalité pour nécessiter autant de soins, qui devait être fêlé de partout pour attraper aussi souvent la grippe, oui, mon moi était troué, sans aucun doute, c'était cela qui en faisait une entrave, un gros vêtement inconfortable, une armure toute cabossée et criblée de balles. Mais le docteur L. en avait vu d'autres, des moi malades et fatigués, et je pouvais lui décrire en détail mes états d'âme sans qu'il s'impatiente (oh, parfois peut-être réprimait-il bien vite un petit bâillement), je pouvais lui poser mille questions auxquelles il répondait toujours avec une telle simplicité que je me trouvais aussitôt clarifiée et mise à nu, observable comme si j'étais une autre, sur un écran de cinéma, par exemple, ou dans les pages d'un livre.

N'est-ce pas le rêve de tout le monde que d'être compris à ce point? C'est ce que j'avais toujours espéré d'un homme. Qu'il me psychanalyse comme un professionnel, qu'il m'embrasse comme un amoureux et qu'il m'aime comme un frère. Le père, le frère et l'amant, voilà la trinité qu'une femme cherche dans un homme, mais elle ne la trouvera pas, non, parce qu'un homme n'est pas une mère (il trouve à peine le temps de faire son lavage, comment pourrait-il vous préparer votre lunch?); ni un psychanalyste (il finira bientôt par en avoir assez de vous écouter sans être payé pour ça); ni un frère (il ne voit pas pourquoi il vous passerait toutes vos lubies, et puis il n'aimera jamais vous voir tomber amoureuse d'un autre, il a toujours respecté le pacte, mais au fond il est jaloux et possessif comme un vieux mari); et pour finir, adieu l'amant, car il ne survivra jamais à tout ça, un amant a besoin de légèreté et de simplicité et vous n'avez ni l'une ni l'autre, alors il se sauvera un beau jour en vous plantant là dans votre marasme, prostrée au milieu de vos questions sans réponses, cette orgie de questions que vous vous payez depuis votre enfance.

C'est pourquoi mes rendez-vous chez le docteur L. étaient si précieux. Il voulait mon bien, il voulait m'aider, il s'en faisait un devoir puisque c'était son métier. Chaque fois que j'entrais dans son bureau, je savais que je ne m'ennuierais pas une seconde et que ma seule frustration serait due au temps passé trop vite ou au téléphone qui nous aurait dérangés une fois ou deux. Avec lui, pas de manque d'écoute ni de panne de communication. Pas de culpabilité ni de chantage émotif. Pas de niaiseries. Évidemment, je n'avais jamais couché avec lui, cela réglait d'avance un certain nombre de problèmes. Avec les autres hommes, il y avait toujours quelque chose qui finissait par entraver la relation. Aldo avait refusé d'être mon frère. Tom n'avait rien d'un psychanalyste. Quant à Max, eh bien Max, je n'avais pas eu le temps de savoir ce qui aurait manqué avec lui. Qui sait, peut-être qu'il aurait été fraternel avec moi, mais peut-être aussi que très vite je n'aurais plus rien appris avec lui?

Car avec un homme, en plus de faire l'amour, il faut aussi que vous appreniez des choses. Des choses sur vous-même ou des choses tout court. Des choses belles comme le nom des arbres ou des étoiles, mais aussi des choses bêtes comme les jeux de pouvoir qu'il y a entre une femme qui aime trop et un homme passif-agressif. C'est du moins ce qu'a dit le docteur L. ce jour-là, que j'étais du genre à me retrouver avec ce type d'hommes. Celui qui vous mettra dans tous vos états sans lever le petit doigt; celui qui, lorsque vous vous emporterez pour ce qui lui paraîtra des vétilles, restera impassible en disant que vous avez encore exagéré, ce qui, bien sûr, ne vous portera qu'à exagérer encore davantage.

Oui. Voilà la combine parfaite entre elle et lui. Elle demande, il refuse. Elle attaque, il se rétracte. Elle se sent coupable, elle pleure, elle implore. Trêve. Et puis ça recommence. Elle demande, il refuse. Elle pique. Il se bute. Elle pleure. Trêve. Et voilà qu'un semblant d'équilibre se dessine entre eux. Elle est épuisée de s'être battue, il a retrouvé sa tranquillité d'esprit, une certaine paix semble s'être installée dans la maison. Pour un temps. Car elle reviendra à la charge, c'est certain, un jour elle en aura assez du statu quo, elle ressentira le besoin impérieux, viscéral, de bousculer l'ordre établi. Et lui, comme d'habitude, il refusera de la suivre sur la corde raide, il se retranchera à nouveau dans l'ombre de sa caverne.

C'était ce qui m'arrivait avec Tom. Il me résistait. Il refusait de me suivre dans les sentiers dangereux. Il m'abandonnait à moi-même avec ma guerre pas finie, pas gagnée, ma petite guerre d'homme et de femme incommunicants. Cela m'exaspérait et m'acculait au pied d'un immense mur des lamentations, mais peut-être étais-je en train d'apprendre quelque chose d'aussi important que le nom des arbres ou des étoiles?

On a beau être quelqu'un d'intelligent ou sympathique, il vient un âge où plus personne ne s'intéresse à vos états d'âme. Cette obscure mauvaise humeur qui vous prend aujourd'hui, cette légère hargne dans le trafic de cinq heures, cette agressivité inutile envers votre sœur au téléphone, ce désespoir quand, une fois rentrée à la maison, vous constatez qu'il n'y a rien à manger dans le frigidaire, qui donc s'en soucie? Épuisée et coupable dans la fin du jour, vous vous débattez avec cette rage dont personne ne veut, jusqu'à ce que, à force de ne pas bouger, assise là dans la pénombre, vous finissiez par comprendre que ce ne sont pas des niaiseries qui vous ont exaspérée, que c'est plutôt votre mauvaise humeur latente qui est remontée à la première occasion et que, bien avant le coup de téléphone à votre sœur, au moment même où vous vous êtes réveillée ce matin, il y avait un goût amer dans votre gorge, et qu'avant, au cœur de votre sommeil, il y a eu cette image d'un hôtel à Prague, avec un homme qui vous faisait tourner dans ses bras sur les marches d'un très long escalier, sa voix était pleine de soleil et une sorte d'aura extrêmement brillante dansait autour de son visage, et tout était douceur dans cette ville où vous alliez passer dix jours avec lui.

Voilà donc quel avait été le début de ma journée. Il neigeait sur Montréal, la ville était blanche et venteuse, je m'étais réveillée avec ces images de bonheur surgies du fond de la nuit, mais je les avais repoussées aussitôt, ce n'était pas le moment de rêver, j'avais plusieurs rendez-vous aujourd'hui : chez le docteur L., chez Simon, l'un des éditeurs pour qui je travaillais, et chez Gianni, un ami de Sylvia qui voulait que je participe à un projet de livre collectif. J'avais donc tout fait très vite, me lever, déjeuner et m'habiller, et ce n'est que plus tard, arrêtée à un feu rouge du centre-ville, que soudain ça avait fait taf! dans ma tête et que l'angoisse s'était emparée de moi, et voilà que ça ne me tentait plus du tout d'aller à ce rendez-vous avec Gianni et son groupe (pourquoi pour le moindre projet fallait-il toujours faire des réunions?), j'étais obsti-nément prise avec mes images de soleil, d'homme et d'escalier à Prague, mais de mon petit marasme tout le monde se foutait éperdument: une tempête de neige tombait sur la ville, les rues étaient décapitées par une armée de grosses machines hurlantes, et moi, je n'avais qu'à reprendre bravement ma route en essayant de ne pas trop m'énerver aux feux rouges.

Je suis passée chez Simon, qui m'a donné un petit travail de correction, ce n'était pas énorme mais ça me ferait survivre pour un bout de temps, puis je me suis rendue chez Gianni. Il avait fait cuire une sauce à spaghetti qui sentait bon et l'atmosphère était à la joie, si bien que je n'ai pas regretté d'être venue. Italien vivant au Québec depuis quelques années, Gianni enseignait la philosophie. Il m'avait bien impressionnée le jour où il m'avait raconté qu'un de ses étudiants, lui ayant reproché de ne pas avoir une démarche assez «scientifique», avait essayé de défendre Hitler et le nazisme pour des raisons «objectives», et Gianni l'avait carrément interrompu en disant: «Tais-toi. Tu ne sais pas de quoi tu parles. Les millions de Juifs exterminés, c'est pas scientifique, ça? Et les chambres à gaz, et les gens qui étouffaient, et ceux qui se mettaient à dégueuler et à se chier dessus à cause des vapeurs mortelles, et comment, dans la panique, ils se précipitaient si violemment sur les murs qu'après, une fois morts, il a fallu les arracher de là avec des barres de métal, c'est pas scientifique, ça?»

Après la réunion, je me suis attardée dans le bureau de Gianni et il m'a montré la pile de cahiers qui avaient servi à sa thèse de doctorat. Il écrivait toujours à la main, il pouvait recopier cent fois un texte qu'il jugeait mal écrit, au sens propre, et avouait être sorti d'une conférence après avoir constaté avec dégoût que l'orateur avait gribouillé son discours à l'endos d'une photocopie. «Je me suis dit: s'il ne prend pas la peine d'écrire sa conférence sur une feuille blanche, neuve, choisie exprès, ça ne vaut pas la peine que je reste.»

En bon intellectuel, Gianni se moquait un peu de l'engouement facile des Québécois pour tout ce qui est typiquement italien, il trouvait douteuse notre fascination pour une culture dont nous ne connaissions pas grand-chose, disait-il, à part les habituels clichés concernant la bouffe, le cinéma et la *gioa di vivere*. Plaidant ma cause ce jour-là, j'ai dit : « Mais c'est vrai, la culture italienne est tellement séduisante ! Je n'aurai jamais honte de dire que j'aime la musique italienne, le vin italien, les pâtes et l'huile d'olive, que j'aime la chaleur des Italiens, leur gourmandise et leur sens de la fête. » Gianni m'a regardée d'un air ironique et s'est mis à me raconter les conférences qu'il se faisait le soir dans sa tête avant de s'endormir, il en avait déjà trois : une sur Socrate, une sur Platon et une sur Pasolini. Puis il a demandé comment j'écrivais, moi. « Mon journal à la main, le roman à l'ordinateur. Déjà, à l'âge de sept ans, j'adorais jouer avec la vieille Olivetti de mon père, je pouvais recopier des pages entières d'un livre juste pour le plaisir de voir s'aligner les lettres sur la feuille. » Gianni a ri au mot « Olivetti », et je me suis dit que finalement c'était une bonne idée, cette réunion, que Gianni était quelqu'un qui faisait bien les choses.

Assise dans le salon, une tasse de thé sur mes genoux, je le regardais aller et venir dans la maison, prendre son chat dans ses bras, nous offrir des biscuits et nous montrer ses livres. Sa douceur et son calme m'impressionnaient. Je l'enviais. En fait, la douceur et le calme de quiconque m'impressionnent toujours, je trouve que c'est un signe d'intelligence. Cela m'apparaît comme une supériorité, un don, le résultat d'un équilibre intérieur parfait.

À la fin de janvier, je suis allée à la campagne avec Tom et Sylvia. J'avais réussi à les convaincre de m'accompagner dans les Cantons de l'Est, chez mes parents qui étaient absents pour le week-end. Ça avait été difficile, Tom était très occupé et Sylvia n'aimait pas les grandes fenêtres sans rideaux le soir à la campagne, j'avais donc résolu la chose en leur proposant d'apporter du travail, comme ça on était sûrs de ne pas s'ennuyer.

Nous sommes donc partis un beau vendredi après-midi, le coffre de l'auto plein de livres, de nourriture et de bouteilles de vin. Il avait beaucoup neigé depuis trois jours, les Cantons de l'Est étaient tout blancs et floconneux. En arrivant, on a déchargé la voiture et fait le tour de la maison, puis on est partis marcher dans le bois. Il y avait des traces d'animaux entre les arbres, on entendait la rivière couler sous la neige en un petit glouglou ravissant. Tom allait devant et Sylvia suivait à grandes enjambées. Ça me faisait drôle d'être avec eux en pleine nature, je mêlais les cartes tout à coup en réunissant ces intimités si différentes : le monde des mots et de la complicité féminine avec Sylvia, celui du corps et du quotidien avec Tom.

Le premier soir, on a soupé légèrement en parlant de choses et d'autres. Tom a raconté sa vie d'étudiant à

San Francisco, comme il faisait souvent quand il rencontrait quelqu'un de nouveau ; Sylvia et moi, nous avons évoqué notre séjour à Paris en 1989. Quand on ne sait pas trop quoi dire aux gens, on peut toujours s'en tirer avec un pan de son passé, ainsi ces villes, ces pays, ces lieux où l'on a vécu deviennent les mots de passe du présent, ils sont plus faciles à habiter que le *here and now*.

Après le souper j'ai rangé la cuisine avec Sylvia, et Tom s'est esquivé dans le salon. Ça m'a un peu agacée mais je n'ai rien dit, j'ai pensé qu'il était peut-être gêné, et puis, je voulais tellement que tout aille bien. Plus tard, quand on s'est retrouvés dans le noir de la chambre, j'ai poussé un soupir de soulagement. C'était si facile d'être ensemble au-delà des mots, nos corps n'avaient pas d'efforts à faire, ils n'avaient pas besoin de villes étrangères ou d'anecdotes farfelues pour se reconnaître et se parler.

Le lendemain matin, Tom et Sylvia se sont installés chacun dans un coin pour lire, et j'ai allumé mon ordinateur devant une des grandes fenêtres du salon. Il faisait plus ou moins tempête et l'horizon était brouillé. Je n'avais jamais réussi à travailler à la campagne : la vue d'un champ immobile me donnait plutôt envie de dormir, mais là, je me disais que ce serait sans doute différent à cause de mon ordinateur ; avec un ordinateur on n'est jamais dépaysé, on transporte toujours le même petit horizon avec soi. N'est-ce pas à la fois horrible et fascinant ? Pouvoir s'abstraire complètement du lieu où l'on se trouve et continuer toujours son travail, imperturbablement et sur le même mode, qu'on soit dans une chambre d'hôtel à Florence, une maison en Gaspésie, un appartement blindé à Brooklyn ou une tente en Amazonie ? N'est-ce pas à la fois stupide et merveilleux, cette possibilité d'être toujours branché, rattaché, affilié à un réseau, l'ordinateur étant devenu votre nouveau cordon ombilical, le lien quasi indestructible qui vous rattache à la grande matrice universelle ?

Au bout du champ devant moi, je pouvais voir la masse sombre des bois se découper sur la masse grise des montagnes américaines au loin, et dans mon paysage intérieur je sentais une démarcation très nette entre le passé et le présent. Oui, un cycle s'était achevé là-bas dans les Rocheuses, et maintenant le point de vue, la perspective n'étaient plus les mêmes. Il y avait hier, et il y avait aujourd'hui. Et aujourd'hui était différent d'hier. Voilà ce qui avait changé. J'avais fait basculer certaines choses dans le camp du passé.

Vers deux heures on est parties en skis, Sylvia et moi. L'air était humide et odorant. Nous avons longé la route un moment, puis on s'est engagées dans le chemin qui menait à l'érablière du voisin. C'était un bel endroit silencieux, avec beaucoup de très gros arbres. Rendues en haut, on s'est arrêtées un moment pour souffler, il neigeait fort à présent et on pouvait à peine discerner l'orée du bois. Assise sur un tronc d'arbre, j'ai avalé quelques flocons en ne pensant à rien, Sylvia méditait de son côté, puis elle a dit qu'elle voulait rentrer. On a pris de la vitesse en redescendant, et j'ai entendu Sylvia crier : elle était tombée, ça avait l'air de faire mal.

On est revenues à pied. Sylvia boitait et je marchais lentement à ses côtés, dépitée, c'était de ma faute après tout, je l'avais entraînée trop loin pour une première fois. À la maison, je l'ai installée sur le sofa, j'ai allumé un feu dans la cheminée et j'ai mis de la glace sur son genou enflé. Plus tard dans la soirée, elle est devenue tellement blanche que j'ai songé à appeler l'hôpital, mais avant il y avait eu le souper, le vin et les conversations ennuyeuses, et je me suis dit que c'était peut-être ça, au fond, qui lui avait donné mal au cœur.

On avait convenu d'un menu à la chinoise : soupe au gingembre, légumes sautés et riz aux crevettes, le tout arrosé de deux bouteilles de saké. À la fin du repas, on s'était mis à discuter de littérature. Sylvia ne se forçait pas pour parler anglais et Tom comprenait mal, ce qui lui faisait affirmer des choses bizarres, du genre que les mots n'avaient pas la même importance pour les Anglais que pour les Français, et finalement on avait parlé du Québec et du Canada, et c'est là que c'était devenu insupportable : Sylvia s'était braquée, Tom était devenu silencieux, et j'étais restée là impuissante entre les deux.

On est sortis de table vers dix heures, et quand je me suis retrouvée au lit avec Tom, j'ai résisté à ses caresses, je trouvais ça gênant alors que Sylvia était couchée juste à côté avec son genou foulé. Le lendemain, je me suis levée rapidement pour préparer le petit déjeuner. Ma tentative avait échoué, il n'y aurait pas d'osmose entre nous trois, et je commençais à avoir hâte de rentrer en ville. Quand j'ai dit : « On part de bonne heure après dîner ? », tout le monde était d'accord.

Pour l'instant la campagne brillait d'une intensité féroce et le vent soufflait dans les champs. Par la fenêtre du salon, je pouvais voir des petites rafales de neige voleter au-dessus de la surface scintillante du lac gelé. Je m'étais réveillée avec une phrase dans la tête, qui disait : « Ça ne rend pas heureux de penser », mais je ne me souvenais pas des images qu'il y avait eu autour, je ne me souvenais pas de mon rêve, seulement de cette petite phrase très nette qui continuait à résonner dans la lumière du matin, comme si elle n'avait pas eu le temps de s'écrire au complet. Et maintenant, décontenancée par la tournure moche de ce week-end, je me demandais : « Ça ne rend pas heureux de penser à quoi ? Au passé, à la peine, à ce qui manque ? Ça ne rend pas heureux de penser que quoi ? Que le bonheur c'est pour plus tard et ailleurs qu'ici ?» Oui, voilà ce qui ne rendait pas heureux. La perspective de l'avenir comme échappatoire au présent. Être là. C'était tout ce qu'il y avait à faire.

Sur le chemin du retour, les choses se sont vraiment gâtées. Le vent soufflait en bourrasques, la route était glacée, c'était Tom qui conduisait et j'étais nerveuse : j'ai peur en auto quand ce n'est pas moi qui conduis. Je lui demandais souvent de ralentir, mais il ne m'écoutait pas et je me suis mise à l'engueuler, je ne pouvais m'empêcher d'imaginer l'auto fracassée contre un arbre, sa carcasse écrapoutie comme une grosse blessure de tôle. Tom ne disait rien, mais je voyais bien qu'il en avait assez. Sur l'autoroute Bonaventure, il a bifurqué tout de suite vers le Vieux-Montréal, puis sur la rue King, et s'est arrêté devant chez lui. Après avoir salué rapidement Sylvia, il m'a donné deux petits becs en disant qu'il m'appellerait plus tard, et s'est engouffré dans son building.

Je suis allée reconduire Sylvia. Je l'ai aidée à monter ses affaires, elle avait vraiment du mal à marcher maintenant, puis je suis rentrée toute seule chez moi. On était dimanche, c'était la fin de l'après-midi, le moment que je détestais le plus de la semaine, et j'avais le goût de pleurer.

*

Quelques jours plus tard, le temps s'était adouci sur la ville. Au lieu d'être une grosse lumière impassible dans un ciel dur, le soleil faisait fondre la neige et dégoutter les toits. Aussi ai-je été contente, cet après-midi-là, quand Mathilde a téléphoné pour me proposer une promenade. Ça faisait bien trois mois qu'on ne s'était pas vues. Je lui ai donné rendez-vous à deux heures, et j'ai décidé de descendre à pied en prenant mon temps.

J'ai d'abord traversé le parc Jeanne-Mance qui reluisait dans l'éclat de midi. Passé les tennis, j'ai croisé une femme blonde en manteau de fourrure qui marchait avec un homme et un chien. Ils étaient beaux tous les trois, la femme, le chien et l'homme, ils avaient quelque chose de chic et de *sweet* que j'ai envié pendant quelques secondes. Puis j'ai pris la rue Duluth pour regarder la vitrine de la librairie Ficciones et jeter un coup d'œil par la fenêtre du café Santropol, c'était une manie depuis que je connaissais Max, puisque Miryam y travaillait : combien de fois avais-je tenté d'apercevoir son visage par la vitre du café en remontant la rue à bicyclette ? Mais là c'est un coup d'œil machinal que j'ai jeté vers le Santropol, et j'ai accéléré le pas en traversant Saint-Urbain. J'ai dépassé le dépanneur où on achetait des cigarettes de contrebande, puis le grand building vert au coin, et après avoir tourné sur Saint-Laurent j'ai ralenti mon pas, je voulais voir tout ce qu'il y avait à voir, la rue, les gens, les vitrines.

C'est ainsi que je me suis arrêtée à La Vieille Europe pour m'acheter un sandwich et qu'ensuite je suis entrée au café Méliès pour appeler Tom. J'étais anxieuse, la veille j'avais trouvé sa voix brisée au téléphone même s'il avait répondu laconiquement à mes questions, et je n'avais pu savoir comment il se sentait, si je lui manquais, s'il rêvait de quelque chose avec moi. D'ailleurs je n'arrivais jamais à deviner les rêves de Tom. À cause de cette tranquillité dans son visage, à cause de ce calme qui parfois m'était un supplice, il était rare que j'apprenne quelque chose sans avoir à aller le chercher moi-même ; chaque fois, pour qu'il parle, il fallait que je l'ausculte, que je le fouille.

Cette fois encore au téléphone, dans les bruits de vaisselle du café Méliès, la voix de Tom était neutre et teintée de tristesse. À mon « comment ça va ? », il a répondu :

«I've been better» sans rien ajouter pour m'éclairer, mais moi je savais : il était mécontent et ne le montrerait pas, il resterait simplement silencieux et sur ses gardes, méfiant et fermé.

Je suis ressortie du café encore plus troublée, puis je suis entrée chez Gallimard pour fouiller dans la section Voyages. Il y avait plusieurs livres sur l'Europe de l'Est, un guide complet sur Prague et un autre sur le Transsibérien. Assise dans un coin, j'ai grignoté mon sandwich en rêvant. Des noms de villes célèbres dansaient dans ma tête et je les laissais faire : Sofia, Budapest et Varsovie creusaient en moi leurs petites brèches vers l'inconnu, engourdissant ma pensée comme un alcool. Je me sentais étourdie et molle, oui, c'était une journée comme ça, du genre qui ne servait à rien et qui faisait du bien. Pour le reste, la vie faisait son chemin toute seule, elle ne vous demandait pas toujours votre avis. Même quand vous pensiez n'avoir plus de place pour l'imprévu, voilà qu'un beau jour, mine de rien, il s'immisçait dans votre agenda trop rempli, détruisant instantanément votre monde de certitude, l'ordonnance de vos jours et de vos nuits, vous criant haut et fort que la fixité ça n'existe pas et que vivre, c'est être en mouvement pour toujours.

J'avais fini mon sandwich. J'ai mangé un morceau de chocolat en faisant attention de ne pas beurrer le livre sur le Transsibérien, puis je l'ai replacé sur l'étagère, et j'ai remis mon foulard et mes gants. Il était deux heures pile quand j'ai sonné chez Mathilde.

Nous avons marché en poussant des soupirs de soulagement. Comme une taupe qui sort de son trou, Mathilde s'ébrouait dans la lumière, elle n'en revenait pas de tout ce monde qu'il y avait dans la rue, toute cette activité dont elle était absente depuis quelque temps, enfermée dans son atelier à travailler à ses sculptures. J'étais habillée à la russe, avec mon chapeau de fourrure et mon manteau à gros col; Mathilde avait l'air d'un berger australien avec sa veste de cuir brune et sa casquette posée à l'envers sur ses gros cheveux. Nous avons remonté Saint-Laurent, puis Duluth en allant vers la montagne. On était fatiguées toutes les deux, on avait besoin d'air, on avait besoin de parler en marchant d'un bon pas.

Ça a été l'après-midi des hommes. Pour commencer, sur l'avenue des Pins, Mathilde a fait une remarque à laquelle j'ai répondu: «Ouais, toi on le sait bien, de toute façon tu n'aimes pas les hommes», alors elle s'est offusquée et s'est mise à dire bonjour à tous ceux qu'elle connaissait: le brigadier au coin de la rue, le gars du dépanneur, le quincaillier, le vendeur de journaux, comme pour me prouver que c'était faux. Moi je continuais à la provoquer en riant, car il est vrai que pour Mathilde les hommes semblaient former une race à part, un continent étrange et anonyme, de la plus bizarre espèce. Elle, elle aimait les femmes et c'était plus qu'un simple goût, c'était une passion, un métier, une occupation à plein temps. Mais le problème, c'est qu'elle était toujours attirée par des hétéros, ce qui la désespérait et la poussait à s'informer auprès de moi, essayant en vain de comprendre ce que «nous» pouvions bien «leur» trouver. Ce jour-là, en traversant l'avenue du Parc, j'ai dit à Mathilde: «C'est vrai qu'on n'est pas de la même race, eux et nous, mais j'aime cette différence, et c'est probablement ce que les autres femmes aiment aussi.» Pour être honnête envers Mathilde, il aurait sans doute fallu que je dise aussi qu'à cause de ça, à cause de cette différence justement, il y avait toujours une petite partie de nous qui restait incomprise, comme abandonnée. Mais je n'ai rien dit. J'ai tu ma propre désespérance à propos de l'amour.

On s'est engagées sur le chemin de la montagne. Le ciel était clair, le soleil brillait entre les arbres, je me sentais revigorée par la promenade. Rendues en haut, on s'est assises sur un banc pour fumer une cigarette, la ville s'étalait à nos pieds, mauve et bleue au bord du fleuve gelé, et Mathilde a dit : «C'est quand même beau, Montréal, han?» En soupirant, j'ai répondu que je ne profitais pas assez de cette belle montagne qui trônait en plein cœur de ma ville, mais au fond je savais bien qu'il était trop tard pour une histoire d'amour entre Montréal et moi.

Il commençait à faire froid. On est redescendues en marchant vite, et au moment où Mathilde me disait, très sérieuse : «Avoue que les femmes sont plus vivantes que les hommes», un grand brun nous a croisées en courant avec son chien, il avait un beau sourire et des yeux rieurs, et il a lancé : «Ah oui, vous croyez?», alors que nos rires retentissaient entre les arbres, des rires de petites filles impudiques. J'ai continué à marcher avec le sourire de cet homme dans ma tête, un maudit beau sourire d'homme. Mathilde pouvait bien penser ce qu'elle voulait, moi j'aimais les hommes, j'aimais leurs yeux rieurs ou sombres, la pâleur de leur visage, leur carrure, leur pas lourd, leurs manières étranges, je les aimais comme ça, pour rien, je n'aurais pu expliquer pourquoi.

Nous avons retraversé la grande avenue, puis le parc, et c'est là, sur Duluth passé Saint-Urbain, que j'ai aperçu Max qui marchait, un livre à la main. Énervée, j'ai crié son nom un peu trop fort et il s'est immobilisé pendant qu'on s'approchait de lui. Enveloppé dans son grand manteau, col ouvert, tête nue, je l'ai trouvé beau malgré son air fatigué. Max m'a serrée dans ses bras en ignorant la présence de Mathilde, ses paroles étaient confuses, peut-être était-il encore endormi, puis d'une voix basse qui semblait émerger d'un autre monde, il a dit qu'il me téléphonerait bientôt et s'est éloigné lentement dans la ruelle. Après, quand j'ai demandé à

Mathilde comment elle l'avait trouvé, elle a dit : «Euh...» d'un air hésitant, et je me suis sentie stupide et mécontente. Comment avais-je pu penser que mon amie qui n'aimait pas les hommes puisse apprécier les qualités de celui-ci? C'était un jeu idiot que j'avais joué là, et je décidai de garder mes secrets à l'abri désormais. Je ferais comme Sylvia, j'aimerais les gens en cachette, loin des regards indiscrets de mes amies qui me voulaient du bien.

On est entrées au 4060 pour aller prendre un café. Dans le hall, on est tombées sur mon ami Jean-Louis qui descendait de son atelier. Il avait l'air déprimé. D'un ton maussade, il a dit que la situation était de plus en plus pénible au Québec pour les artistes, et qu'il pensait repartir en Europe au mois de mai. J'avais beau être là, toute joyeuse, à lui raconter mon séjour dans l'Ouest, il persistait dans son amertume et ça me mettait mal à l'aise, il aurait fallu que je le plaigne et je n'en avais pas envie, je n'avais pas envie de parler du mauvais état de la culture et des artistes d'ici.

Il y avait peu de monde dans le café, aussi ai-je tout de suite aperçu Michel, le chum de mon cousin Édouard, assis près de la vitrine, le nez plongé dans un journal. Je me suis précipitée vers lui, m'informant d'Édouard, de son travail et de leur nouvelle maison, et il a dit : «Montréal, c'est tellement horizontal que ça finit par être horizontal dans ta tête aussi. On n'est pas vraiment fatigués, c'est pas vraiment fatigant, c'est juste un peu plate.» Ça m'a fait rire. Il ne savait pas que ses paroles étaient des signes pour les anthropologues que nous étions en ce moment, mon amie et moi, et que d'après notre enquête beaucoup d'hommes aujourd'hui à Montréal étaient fatigués et moroses : ils trouvaient la ville terne, l'hiver trop long et la vie culturelle d'ici déprimante. Oui. À part l'inconnu au beau sourire, la plupart des hommes que nous avions croisés aujourd'hui semblaient souffrir de légère dépression. Cela ne plaidait pas en leur faveur auprès de Mathilde.

En redescendant Saint-Laurent, Mathilde a dit que Michel était un peu plus sympathique que les autres, et j'ai pensé : «Bien sûr, il est homosexuel.» Le soir était tombé, il faisait très froid maintenant et nous avons accéléré en nous demandant quoi acheter pour souper. J'ai pensé à Tom avec inquiétude, je me suis demandé comment elle le trouverait, lui, avec son beau regard brun et ses gestes lents, et j'ai eu peur, j'ai eu peur soudain qu'il ne me rappelle plus jamais.

Parler des hommes tout un après-midi avec une amie lesbienne tenait de la haute voltige, mais ce qui m'agaçait surtout, c'était de ne pas pouvoir expliquer pourquoi je «les» aimais, je ne pouvais pas parler d'«eux» en général. Il m'aurait fallu décortiquer chacune de mes relations avec «eux», parler du désir particulier que j'avais eu pour l'un ou pour l'autre, de la façon dont chacun à sa manière avait soulevé quelque chose dans mon corps et de la romance qui avait suivi alors, selon que nous avions été capables de la soutenir ou pas, et de la guerre qui s'était déclarée ensuite quand la romance ne fonctionnait plus, quand j'avais pensé que c'était de sa faute à lui, et lui de la mienne, quand la vie à deux était devenue malsaine et que la discorde s'était mise à régner sur le territoire sacré de l'amour.

Mais je ne pouvais pas parler de ça à Mathilde, de la difficulté qu'il y avait entre les hommes et les femmes. Elle pensait que c'étaient eux qui avaient des problèmes, pas nous. Elle les trouvait tristes, ennuyants et sombres, elle pensait que la vie était du côté des femmes et qu'ils manquaient de générosité. Je n'aimais pas entendre des choses pareilles dans la bouche de mon amie, mais le pire c'est que je les avais déjà entendues chez beaucoup d'hommes. Oui. Beaucoup d'hommes ne diront-ils pas préférer la compagnie des femmes, qu'en plus d'être plus belles, elles sont plus vives, plus intelligentes, plus subtiles? Alors qu'est-ce qu'on fait, nous, avec des hommes qui ne savent pas ce qu'on peut bien leur trouver?

C'est ce que je me suis demandé en rentrant chez moi après le souper. Des visages apparaissaient, pêle-mêle dans ma tête : ceux que je connaissais, ceux que j'avais connus; ceux que j'avais aimés, ceux que je n'avais fait que croiser; ceux qui étaient fermés, pas tout à fait à l'aise dans leur peau; ceux qui étaient plus directs, plus agressifs; ceux qui se taisaient, ceux qui parlaient trop; ceux qui me tenaient la porte en entrant dans les buildings, ceux qui passaient devant sans crier gare; ceux qui proposaient et provoquaient, ceux qui attendaient; «les hommes», comme on dit, ces hommes vers qui j'allais, vers qui j'étais allée, qui étaient-ils, qu'avaient-ils à m'apprendre aujourd'hui, qu'avais-je à leur donner? Peut-être que j'étais rendue à l'âge où l'on se demande ce qu'on fait avec eux.

*

Les jours passaient et Tom se taisait toujours. Un matin, je me suis réveillée dans un drôle d'état. J'avais rêvé qu'il voulait un enfant de moi mais j'hésitais, alors il disait : «C'est pas grave, si tu le veux pas, tu me le donneras.»

J'ai marché jusqu'au dépanneur. La ville vibrait d'une petite musique grise et parfumée. Les arbres étaient encore tout lisses et brillants de la pluie qu'il y avait eu pendant la nuit. Je croisais des gens qui sifflotaient, qui achetaient les journaux, qui allaient déjeuner dans des cafés. Un chien jappait, assis au bout de sa laisse. Un chat se promenait gracieusement sur le toit d'une maison verte. Oui, il y avait des gens qui achetaient des maisons et les peinturaient en vert, des gens qui savaient aménager confortablement leur cuisine et leur salon, qui avaient des aptitudes pour le confort et le bonheur, ou peut-être était-ce le confort tout court, comment savoir? Je me suis surprise à penser qu'il n'y avait aucun mal à ça, et j'ai bien vu que j'avais changé : avant, le confort des autres me faisait grimacer, mais aujourd'hui je trouvais qu'il était bien mieux d'avoir une bonne chaise pour écrire, un bon fauteuil pour lire, un bon lit pour dormir, une cuisine et un salon bien équipés pour manger et recevoir des amis, oui, qu'il était bien mieux d'avoir des amis et de pouvoir les recevoir convenablement plutôt que de vivre continuellement dans le manque, l'inconfort et l'absence.

Dans l'après-midi, il s'est remis à pleuvoir et je me suis étendue pour faire une sieste. Je me sentais terriblement lasse, sans doute à cause de l'horrible soirée que j'avais passée la veille, à attendre en vain que le téléphone sonne. En préparant le souper d'abord, puis assise dans la cuisine, puis allongée dans le salon, j'avais passé la soirée à souhaiter que Tom appelle, désespérant d'entendre sa voix au bout du fil, qui dirait: «Hello Bruges, how are you? What are you doing tonight?» Mais il n'y avait rien eu, et j'étais restée recroquevillée dans le silence de mon appartement à boire du vin rouge en lisant *Le cœur est un chasseur solitaire*. Le silence de Tom me faisait crever, mais comme je m'étais promis de ne pas l'appeler, je m'étais calée dans le sofa, ivre de chagrin, et je m'étais vautrée dans mon désespoir. Il y a des moments comme ça où ça ne vaut pas la peine de se retenir.

J'avais fini par m'assoupir, assommée par le vin et les larmes, quand j'ai été réveillée en sursaut par le téléphone. Je me suis précipitée, le cœur battant, mais c'était un mauvais numéro, alors je suis revenue m'asseoir sur le sofa et je suis restée là un moment immobile, la tête dans les mains. Quelle heure pouvait-il bien être ? Quelle heure était-il dans ma vie ? Quelle heure était-il à la télévision ? J'ai ouvert le *Télé-presse*, c'était toujours mon réflexe quand j'étais au bord de la panique, je me précipitais sur le *Télé-presse*. À la page du milieu, une publicité pour la télévision payante proposait *The World at War* pour vraiment pas cher, une émission pleine de détails sur la Deuxième Guerre mondiale. Vous savez, toutes ces choses horribles que vous connaissez déjà mais que, pour une obscure et perverse raison, vous pourriez avoir besoin de revoir, comme pour en vérifier l'horrible authenticité : les charniers, le visage d'Eva Braun, les défilés de la ségrégation raciale, tout ça pour vraiment pas cher dans votre salon ? Comme disait Sylvia, une valium parfaite pour oublier sa propre misère, car à côté des horreurs de la Deuxième Guerre mondiale, que valaient donc nos petits problèmes quotidiens, nous qui avions la chance de vivre dans ce merveilleux pays nommé Canada, dans cette merveilleuse et riche contrée qu'était l'Amérique du Nord ? Oui, rien que pour s'apercevoir de ça, ne valait-il pas la peine de regarder *The World at War* ?

Voilà donc ce qu'on me suggérait ce soir-là comme valium, mais je n'étais pas abonnée à la télé payante, et puis je n'étais pas certaine d'être malade à ce point, je n'étais pas sûre de vouloir m'endormir avec toutes ces images dans ma tête, toutes ces horreurs que je n'avais pas commises et qui, malgré tout, s'inscriraient en moi comme une nécessité, alors j'ai allumé la télé et je me suis contentée de valser entre les postes pendant quelques minutes, *Parler pour parler* venait de finir, ça c'était vraiment bien quand on était déprimée, on se sentait tellement saine après, tellement normale qu'on voulait juste être très gentille envers soi-même et faire très attention à sa petite vie. Cette fois-ci, l'émission portait sur des hommes qui avaient battu leur femme. «Étaient-ils vraiment assis à table en train de boire et manger en nous racontant tout ça?» me suis-je demandé, vaguement curieuse. Puis je me suis rappelé que la dernière fois, sur les femmes violentées, je n'avais pas pu dormir après. Il y en avait une qui disait avoir été battue *pendant trente-cinq ans* par son mari. Je l'avais écoutée sans broncher, assise sur le sofa, et ensuite j'avais hurlé dans l'appartement, mais personne ne m'avait entendue, pas même la femme de la télévision.

J'ai continué à zapper tout en me demandant si ces hommes avaient vraiment bu et mangé devant la caméra en racontant leurs histoires dégueulasses, et voilà que ça m'obsédait, ce qu'ils avaient bien pu dire, quel effet ça pouvait faire d'écouter six hommes raconter quand ils avaient battu leur femme, et pourquoi, et comment, et combien de fois, et ce qui leur était arrivé quand ils étaient petits, d'aussi horrible qu'à une femme battue. Je la voulais soudain, ma pilule de télévision : je voulais savoir pourquoi et comment la violence se répercutait éternellement d'une histoire à l'autre, pourquoi on n'en sortait jamais, comme s'il y avait toujours une brèche, une possibilité pour la bêtise. Je voulais savoir pourquoi les hommes battaient, pourquoi les femmes étaient battues, je voulais constater l'horreur et l'impuissance, je voulais que *Parler pour parler* me fasse dégueuler, je voulais essayer d'être compatissante envers ces trous de cul là qui n'avaient rien trouvé de mieux que d'agresser leur femme parce qu'eux-mêmes avaient été malmenés quand ils étaient petits, ou renvoyés de leur job, ou humiliés d'une façon ou d'une autre ; et ces maudites femmes-là aussi, qui s'étaient laissé faire, ça me soulevait une telle rage, ça me soulevait un tel mal de cœur que c'en était presque soulageant, comme une hystérie collective avalée d'un seul coup, un poison qui me secouait tous les organes et me distrayait de mon petit marasme, moi la fille saine et gentille qui changeait de lavabo pour ne pas déranger l'araignée qui traînait au fond; moi la fille tendre qui parlait aux chats dans la rue et s'extasiait devant son neveu de cinq ans; moi la fille qui voulait qu'on la prenne en douceur, assez fort tout de même, pour que ça se sente, mais en souplesse, oui... Mais voilà que la pilule ne faisait plus son effet, toute mon attente était revenue m'envahir comme un gros bloc de béton gris sale, j'étais redevenue une femme angoissée à cause d'un homme qui n'appelait pas, une fille fatiguée qui pleurait pendant qu'un homme persistait dans son silence, et ça m'enrageait, ça me désespérait, mais je ne voulais pas être enragée, non, ce que je souhaitais encore malgré l'heure tardive, c'était qu'il appelle et qu'il ait ce ton enjoué pour me dire que je lui manquais, ce à quoi j'aurais répondu qu'il me manquait aussi, terriblement, pourquoi ne venait-il pas me rejoindre? j'allais me faire belle et tout serait très simple : mes baisers dans son cou, la chaleur du restaurant indien, le retour à pied dans la nuit, la noirceur de l'appartement et la petite lampe dans ma chambre, mon corps doré et ferme dénudé devant lui, et son sexe qui se durcit et ma bouche qui se fait charmante, car je le veux ce soir, c'est évident, je joue un peu des hanches, je fais la moue, c'est simple, c'est maintenant que ça se passe, et ça sent bon : mon ventre tout près de sa bouche, mes cuisses qui bougent lentement quand il se penche vers moi, ses yeux qui brillent, mes mains qui jouent dans ses cheveux; oui, ce soir je veux jouir, je veux m'envoler avec lui là où il n'y a que nous deux qui puissions nous envoler, ce soir je veux déjouer le sort et briser le silence, je veux que cette histoire marche et je sais comment la faire marcher tout à coup, quand nos corps s'ouvrent dans la chaleur de la lampe et des baisers, quand nous acceptons tous deux de donner quelque chose qui ne se monnaye pas, qui ne se calcule pas, qui ne s'évalue pas, quelque chose de gratuit, mais est-ce vraiment si gratuit que ça? je pourrais bien me poser la question, mais ce n'est vraiment pas le moment, non, puisqu'il est là qui m'entoure de ses jambes longues et musclées, puisque je suis là qui m'abandonne sur lui, la bouche grande ouverte, et qui fouille la sienne avec ma langue comme il aime tant, puisque je suis là qui crie : «Oh, fuck me, fuck me, it's so good!», puisque je suis là, toute mince et immense sur lui, vissée à son sexe et à sa bouche, jusqu'à l'implorer finalement de venir : «I want you to come, come, come now!», et le voilà enfin qui crie qu'il s'en vient, et le voilà qui lâche tout et s'étire dans les spasmes, et voilà que je me délivre moi aussi de ma jouissance, et voilà que la tempête tombe d'un seul coup autour de nous. Le silence se fait dans la chambre. Les doigts se desserrent. Les yeux se ferment. Jusqu'à l'anéantissement. Jusqu'au noir total. Jusqu'à la disparition dans le noir de nos corps enlacés dans les draps, nos esprits partis ailleurs se reposer, oublier, se souvenir ou recommencer à s'aimer, qui sait?

Je me suis levée lourdement du sofa. Mes vêtements étaient tout fripés, j'avais mal à la tête. Tom n'appellerait pas. Il ne viendrait pas se coller contre moi sous la lampe, ardent, impatient, caressant, très excité. Il n'y aurait pas de restaurant indien, pas de retour à pied dans la nuit, pas de lueur chaude au-dessus de nos visages ravis. Écœurée, j'ai enfilé ma vieille robe de chambre rose en ratine, celle qui me servait de refuge quand j'avais le goût de réfléchir à ma vie sans me forcer, quand j'avais le goût de traîner les pieds dans l'appartement et d'avoir un comportement erratique, et pour finir j'ai regardé *Le Point* en me mettant de la crème à mains. Les nouvelles n'étaient pas si terribles. Pas de tremblement de terre. Pas de meurtre dans le métro. Pas de sang sur l'écran. Tout semblait calme et ordinaire dans ma maison et dans la ville qui l'abritait. Et même sur la planète au complet, tout semblait calme et ordinaire, c'était presque épeurant.

*

Le lendemain matin le téléphone a sonné; ce n'était pas Tom, mais Max qui m'invitait à souper. À six heures j'ai marché jusque chez lui sous une neige floconneuse, j'étais un peu nerveuse quand j'ai sonné à sa porte, mais il était très calme, au point que j'ai cru qu'il était fatigué. Il m'a montré ses photos de l'Écosse, puis nous avons bu de la bière dans le salon en regardant une entrevue de Camille Paglia à CBC, il a fallu rewinder plusieurs fois parce qu'elle parlait aussi vite que trois postes de télévision allumés en même temps. Assise tout près de Max, je le regardais furtivement. Je le trouvais beau et intéressant, j'éprouvais de l'amitié pour lui, du respect et de l'admiration, mais c'était bizarre, je ne ressentais rien physiquement, je ne me serais pas ouverte devant son désir. Qu'il n'a d'ailleurs pas manifesté. Quand il m'avait accueillie sur le seuil de la porte, je lui avais tapoté l'épaule avec ma main et il avait dit que selon les psychologues, c'était un signe de froideur et de distance. Vous savez, quand, au lieu de répondre franchement à l'étreinte en serrant bien fort l'autre dans vos bras, vous vous laissez embrasser tout en résistant légèrement, oh, à peine, mais suffisamment pour que ça se sente, et vous faites ça sur son épaule, vous donnez deux ou trois petites tapes amicales qui, en fait, sont le contraire même de l'amitié et de la chaleur?

Oui, je voulais bien l'admettre, je n'étais pas très chaleureuse. J'étais venue par curiosité, pour parler de ce voyage que nous ferions peut-être un jour, pour savoir si ses yeux, ses cheveux, ses mains me bouleverseraient encore, mais pour le moment je n'éprouvais qu'une sorte d'affection respectueuse et un peu distante, et je trouvais gênant d'être là tous les deux branchés sur Camille Paglia alors qu'on ne s'était pas vus depuis des mois et que la dernière fois, on avait fait l'amour ici même, sur le tapis du salon. J'avais un peu honte de ma tiédeur, mais c'était comme ça. La vie était déjà bien assez compliquée, s'il fallait qu'en plus on se force à avoir un amant. D'ailleurs, en avait-il seulement envie, lui? Il était là tout près de moi, celui avec qui j'avais rêvé de faire le tour du monde, et voilà qu'entre nous il n'y avait plus qu'une calme amitié désintéressée. Peut-être n'y avait-il tout simplement pas de place pour un fantasme en ce moment dans nos vies.

Nous sommes allés au restaurant marocain. Nous avons parlé de Shakespeare, de Paul Auster, des écrivains canadiens-anglais. Max a raconté les difficultés qu'il avait eues à terminer son roman. Il l'avait finalement envoyé à New York chez un premier éditeur, et aussi à Toronto au cas où ça ne marcherait pas aux États-Unis. Assis là devant moi, très droit dans son veston noir, je voyais bien ses origines écossaises maintenant : le roux dans ses cheveux, le menton carré, volontaire, les pommettes saillantes, les yeux pâles. Il avait l'air si paisible, si sûr de lui que je l'enviais. J'avais rarement envié un homme dans ma vie, j'avais toujours pensé qu'il était préférable d'être une femme, mais avec Max c'était différent. C'était son premier roman, et pourtant il l'avait envoyé dans une grosse maison. Il avait trente-neuf ans, il voulait des enfants, mais prévoyait attendre encore quelques années, d'ici là il allait écrire et voyager, il n'avait pas de problèmes d'autodiscipline, avec lui tout semblait simple et facile, il planifiait sa vie et ça marchait. C'était bien tout le contraire de moi que tout angoissait : ce livre que je n'arrivais pas à écrire, l'enfant que je n'avais pas, tous ces voyages que je n'avais pas faits, tous ces projets que j'avais tant de mal à mettre en branle ; mon besoin des autres, mon immense besoin des autres pour faire les choses.

Nous n'avons pas parlé de Tom ni de Miryam. Nous les avons laissés là où ils étaient, à l'ombre de nos vies respectives. Il y avait un parfum d'aventure qui flottait dans l'air, quelque chose de possible mais qui n'aurait pas lieu ce soir, nous le savions tous les deux. Je me suis laissé griser un peu. Par le vin, par la musique berbère et par nos paroles étourdies. Puis Max m'a raccompagnée à travers le parc Jeanne-Mance. La neige était cristallisée dans les arbres, et il y avait peu de promeneurs le long des sentiers. On s'est quittés au coin du boulevard Saint-Joseph, et en riant Max m'a donné rendez-vous à Prague au mois d'avril. Il prendrait le Transsibérien à Vladivostok et moi le train à Paris.

Désormais je portais du rouge à lèvres tous les jours, pour ne pas qu'on oublie que j'étais une femme. Avec mon manteau de soldat russe et ma casquette de marin grec on aurait pu s'y tromper, alors chaque jour, pour briser la grisaille de l'hiver, je mettais du rouge à lèvres. C'était nouveau. À Banff, alors que je me promenais avec Allan par un bel après-midi ensoleillé, on était passés devant La Compagnie de la Baie d'Hudson, et c'est là que je m'étais décidée. Je ne m'étais encore jamais acheté un bâton de rouge, alors j'avais dit à Allan : «Come on in, I want to show you something.» Il m'avait suivie dans le magasin, j'avais choisi le stand Christian Dior et là, assistée par une vendeuse qui semblait vraiment s'y connaître, j'avais essayé toutes les couleurs pendant qu'Allan m'attendait en souriant, accoudé au comptoir. C'était étrange de poser un geste aussi intime en compagnie d'un inconnu : je pensais à Tom, je me demandais quelle couleur il préférerait, ce qu'il penserait de me voir comme ça en train d'essayer du rouge à lèvres en présence d'un autre homme. Après beaucoup d'hésitation entre les gammes de rose, de rouge, d'orangé, de mauve et de brun, j'avais fini par opter pour un beau rouge satiné plutôt rose qui contrastait bien avec ma peau blanche et mes yeux bleus, avait dit la vendeuse. J'ai demandé à Allan ce qu'il en pensait, il a dit : « Wow ! » et j'ai décidé de ne pas en mettre tout de suite, il fallait que je m'habitue toute seule avant.

Maintenant à Montréal, je me promenais chaque jour avec cette tache de couleur sur mon visage, cette petite lumière rose de chez Dior que j'avais rapportée des montagnes, et ça marchait : je pouvais voir qu'ils voyaient, je pouvais constater qu'ils savaient, c'était écrit dans leurs yeux quand ils rencontraient les miens au tournant des murs sales. Je pouvais continuer à porter mon grand manteau gris, mes grosses bottines, ma casquette noire, je pouvais continuer à me sentir confortable dans mes vêtements d'homme, ils ne s'y tromperaient pas, ils me feraient encore des sourires le long des vitrines. C'est important, le sourire des inconnus dans la vie d'une femme, ça donne de l'énergie, ça aide à avancer, ça fait aimer l'humanité.

Mais ce jour-là dans la ville grise, c'est Tom que j'ai abordé avec mon sourire plein de rouge à lèvres. On était samedi, j'étais descendue à pied sur Saint-Laurent et j'étais tombée sur lui alors qu'il sortait des Quatre-Frères ; il y avait quelque chose de débraillé dans sa tenue, sa veste était boutonnée de travers, et il portait de gros sacs d'épicerie. J'ai souri beaucoup, j'aurais voulu le séduire, j'aurais voulu qu'on oublie tout et qu'on aille au restaurant, j'aurais voulu faire la fête, mais Tom était pâle et ses yeux pleins de fatigue : il avait la grippe depuis deux jours.

C'est ainsi que j'ai su, quand il m'a embrassée sur les joues sans enthousiasme. « How are you ? — I've been better. » Comme un coup de massue, le verdict était tombé. Qui éliminait d'avance toutes les frivolités dont j'avais envie, tout le plaisir que j'étais encore prête à me payer malgré le sérieux de la situation. J'avais là devant moi un homme triste, à l'amour fatigué, et je voulais encore aller au restaurant et boire du vin, je voulais encore qu'il me prenne, je voulais encore me faire aimer.

J'avais été une fille gâtée et j'avais continué après, une fois partie de la maison, à toujours m'offrir ce dont j'avais envie. Mais je n'étais pas difficile à satisfaire, j'avais une mentalité de pauvre, comme disait ma mère, je ne misais jamais que sur les plaisirs immédiats, les choses à consommer tout de suite : la bouffe, le vin, les livres, les conversations, les promenades. Un bon livre avec un bon verre de vin. Une bonne cigarette après un bon repas. Un bon morceau de tarte aux pommes avec un livre. Tout ce qui, tout de suite, pouvait satisfaire ma gourmandise. Jamais je n'achetais ce qui serait utile à long terme : un système de son, des meubles, une douillette pour mon lit, un vrai bon manteau d'hiver. Je vivais dans des meubles donnés, disparates et non fonctionnels. Je portais des vêtements usagés. J'écoutais de la musique sur un *ghetto blaster* de mauvaise qualité et la télé sur un vieil appareil noir et blanc sans commande à distance. Et aujourd'hui encore, c'était un sac de plastique accroché au mur de la cuisine qui me servait de poubelle ; une tonne de sachets à épices poisseux qui traînaient sur l'étagère au-dessus du poêle plutôt qu'une série de beaux petits bocaux en verre bien étiquetés.

Mais quand je voulais un livre, il me le fallait tout de suite, de même qu'aujourd'hui j'avais envie de Tom et du restaurant indien. Or Tom n'était ni un livre ni un morceau de tarte aux pommes, ou plutôt oui, il était tout ça à la fois : un homme, un morceau de tarte aux pommes, une bonne gorgée de vin rouge, une lampée de whisky, avec cette différence que lui, il décidait quand il se donnait. Et aujourd'hui, avec sa grippe, ses sacs d'épicerie et son teint pâle, il était évident qu'il ne se donnerait pas, qu'il était à mille milles de mon désir.

J'aurais beau sourire de toute ma bouche pleine de rouge à lèvres, cela ne changerait rien à son humeur.

Sur le trottoir de la rue Saint-Laurent, la fille gâtée était déçue. Elle n'avait pas ce qu'elle voulait, et maintenant il lui fallait se résoudre au réel, devenir triste elle aussi et passer un mauvais quart d'heure. C'était quelque chose que j'avais toujours détesté : débarquer de mon rêve, renoncer à un désir. J'avais toujours su trouver des voies d'échappement à la réalité, et c'était pour ça qu'aujourd'hui, dans ma vie, il y avait une cargaison de décisions pas prises et de situations floues, des centaines d'histoires laissées en plan avec les personnages et tout, les maisons pas achetées, le ménage pas fait, les souvenirs pas nets.

On ne peut pas tout avoir. Ma mère me l'avait dit cent fois, cent fois je n'avais pas voulu y croire, mais là je l'avais en pleine face, le vieux dicton : on ne pouvait pas tout avoir. On pouvait se l'être imaginé pendant des années et avoir vécu comme si, mais un jour, inévitablement, ça se retournait contre vous. On ne pouvait pas aimer les gens en dehors de leur volonté. On ne pouvait pas les déplacer à sa guise sur la carte géographique de l'amour, en réglant leurs entrées et leurs sorties comme pour des personnages de théâtre. On ne pouvait pas non plus pratiquer l'ubiquité : être avec quelqu'un et ne pas y être en même temps, ou du moins cela menait-il toujours à la même impasse, la même maudite impasse toute noire où je m'étais retrouvée cent fois déjà : l'impossibilité d'être entière avec quelqu'un, l'impossibilité d'ouvrir toutes les valves et d'offrir enfin la part la plus intime de moi-même, comme si c'était quelque chose de trop beau pour que je le partage, ou de trop laid, cette indécision, finalement, à savoir si j'aimais suffisamment cette part intime de moi-même pour pouvoir l'offrir, si je pensais qu'elle valait la peine d'être aimée.

Plantée là devant Tom, j'étais en train d'apprendre quelque chose que personne ne m'avait encore jamais montré, ni mon père, ni ma mère, ni aucun de mes amis. Je n'avais jamais lâché prise sur mon passé pour foncer dans l'avenir. J'avais vécu avec mes fantômes comme des gardes du corps, avec le parfum de mon enfance comme une forteresse, avec les paroles de ma mère comme une protection à jamais. J'avais passé ma vie à vouloir l'amour et à le fuir en même temps, c'était ça la réalité. Et maintenant j'avais peur d'être punie. Y a-t-il toujours un prix à payer pour la délivrance?

Tout cela qui était en train de se jouer sur la rue Saint-Laurent, parmi les gens qui faisaient leurs courses du samedi, Tom était loin de s'en douter. Tom, l'instrument de ma connaissance, grâce à qui mes yeux verraient peut-être un jour, Tom, mon bel amant aux gestes lents, était à mille milles de ce qui se tramait en moi, il n'était pas conscient de son pouvoir en cet instant, il était trop *exhausted* et trop *far away* déjà, en ce samedi soir, cinq heures. Il a planté ses yeux bruns dans les miens en proposant un café. Il tenait mon destin dans ses mains, et il ne le savait pas.

Dans le petit café du Cooper Building, nous avons bu lentement, égarés, effarés. D'une voix lasse, Tom a dit qu'il voulait réfléchir à sa vie et qu'il serait préférable qu'on ne se voie pas pendant quelque temps. J'ai encaissé le coup, alors qu'une tonne de petites assiettes en porcelaine se brisaient à l'intérieur de moi. Et voilà qu'il me faisait pitié maintenant, avec son visage pâle et ses mains longues, j'aurais voulu le soigner, être son infirmière, j'aurais voulu qu'instantanément soit réparé l'outrage. Qu'avec ses mains longues, son sexe long, ses jambes longues, il s'approche tout près, flanc contre flanc, qu'il écoute mon histoire et qu'il me raconte la sienne, qu'il entende dans mon histoire ce qui ressemblait à la sienne.

N'est-ce pas toujours ainsi? On aime, on fait mal, et ensuite c'est en jouant à l'infirmière qu'on se remet à aimer de nouveau, comme s'il fallait que l'autre ait mal pour qu'on puisse se rapprocher de lui, comme s'il fallait avoir à le soigner pour que la douceur revienne, comme s'il fallait l'avoir blessé pour vouloir le retrouver.

C'est une bataille. Le champ est désert et les amoureux blessés. Leurs épées gisent sur le sol éventré. Leurs cheveux sont sales et mouillés. Les cœurs saignent. Mais rien de tout cela ne paraît dans ce petit café de la rue Saint-Laurent. Il y a longtemps que les amoureux savent se taire. Il y a longtemps qu'ils n'ont pas brisé la glace et couru l'un vers l'autre avec un sourire de fin du monde. Il y a longtemps qu'ils n'ont pas ouvert leur cœur et offert cette part intime d'eux-mêmes en un geste brûlant de désir. Il y a longtemps qu'ils n'ont pas été impudiques, foudroyés et offerts.

Le thé de Tom avait refroidi dans la tasse et mon café était bu. Dans la rue, les gens passaient. On les voyait monter et descendre derrière la vitre, affairés. «Can I call you back in two weeks?» Oui. *Yes.* Oui. Ma voix était neutre et chagrine. Tom a dit qu'il était mécontent de sa vie en ce moment, et j'ai pensé que c'était un problème de *self-esteem,* comme je l'avais lu dans ce livre qu'il m'avait donné pour Noël : sa *self-esteem* était au degré zéro, et c'était pour ça qu'il ne pouvait plus m'aimer. Et moi, j'aurais beau vouloir jouer mon rôle d'infirmière, il était trop tard, c'était écrit sur son visage, j'aurais beau dire : «I'm sorry, I'm so sorry», cela ne me le redonnerait pas, mon bel amant à la *self-esteem* maganée. Oh, comment dire en anglais les mots d'amour? Quels étaient en anglais les mots de tous les jours pour dire qu'on aimait ça et qu'on en voulait encore?

On est ressortis du café en oubliant de payer, et on s'est quittés silencieusement sur le trottoir. J'ai remonté la rue en pleurant. Aveuglée par les larmes, j'ai marché lentement avec mon fardeau sur les épaules, mon amour en crise au fond de moi, mon apprentissage éclaté en mille miettes dans mon grand manteau. Je n'ai pas caché mon visage sous le foulard, j'ai pleuré sans honte aux yeux des passants.

*

Le lendemain matin, le froid avait recommencé à régner sur la ville. Les gens se battaient avec leurs portes d'auto. Toute la nuit le vent avait cogné dans les fenêtres, dans les arbres et dans les fils électriques en faisant un tapage infernal.

J'ai bu un jus d'orange en grelottant dans la cuisine. C'était l'hiver à Montréal et une fois de plus ma vie m'échappait, moi aussi ma *self-esteem* devait être bien basse aujourd'hui. «Il devrait y avoir des thermomètres pour ça», ai-je pensé en allant m'habiller. J'ai enfilé la vieille paire de jeans que je mettais toujours quand je ne savais pas quoi mettre, puis je me suis brossé les cheveux. Dans le miroir j'ai vu une femme aux traits tirés et déserts, dont le visage sur un écran de cinéma ou une scène de théâtre aurait été tout à fait inadéquat. Et dans ce visage à la bouche mécontente, je pouvais voir la bouche de ma mère qui la trahissait parfois quand elle pensait à autre chose et que moi, petite fille assise sur le comptoir de la cuisine, je m'inquiétais de cette expression sur son visage.

Aujourd'hui c'était mon propre visage qui reflétait du mécontentement, celui d'une femme qui n'en finissait pas de se chercher, qui n'avait rien d'autre à offrir que sa quête d'identité, et ça n'intéressait personne : les gens avaient bien assez de la leur, ils voulaient de l'action, des histoires compliquées, intrigantes et drôles, ils voulaient

59

être impressionnés. Or cette femme que je voyais dans le miroir était aveuglée par son incapacité à impressionner qui que ce soit. Longtemps elle s'en était tirée grâce à sa capacité d'amour, mais aujourd'hui ça ne suffisait plus, en cette fin de siècle où l'amour n'était rien. Elle qui en avait fait son étendard, sa bataille, son credo, aujourd'hui elle était comme assommée par sa propre défaite, et sa volonté d'amour était toute désemparée dans la froideur de l'hiver.

Black-out. Les chevaux dans mon sang sont arrêtés à la frontière. Je ne suis pas contente de ce que je suis, mais je ne veux pas non plus être une autre. J'en suis là, debout devant le miroir, à constater qu'il y a cette médiocrité dans ma vie, ce stupide dilemme. Et je me revois quand j'étais petite, grimaçant dans la salle de bain tapissée de rouge, pleurant de rage et me donnant des claques dans le visage. Car on a beau être narcissique, égocentrique ou quoi que ce soit, cela n'a rien à voir avec l'amour de soi, cela n'implique pas que l'on ait de réelle gentillesse envers soi-même. Vous avez beau minauder dans le rétroviseur, réajuster votre démarche devant les vitrines, vous trouver pas trop mal dans vos collants de velours sexy, il n'en reste pas moins qu'au fond vous vous comportez envers vous-même comme le méchant maître envers l'animal rétif, vous vous donnez des coups sur le côté pour vous faire avancer, mais ça ne marche pas, ça ne donne rien, l'animal blessé ne veut pas avancer.

La tête pleine d'idées croches et de sentiments déplacés, j'ai décidé d'aller au gym, j'avais juste le temps de me rendre au cours de midi. J'ai téléphoné à Sylvia au cas où ça lui tenterait, mais elle avait trop de travail et elle a ri de mon obsession d'être en forme. Depuis des années qu'on se connaissait, elle disait toujours qu'il faudrait qu'elle se mette à faire de l'exercice et qu'elle essaie de moins fumer, elle n'osait plus dire «arrêter» puisque chaque fois qu'elle arrêtait elle recommençait, et moi je lui disais : « Pourquoi se priver d'un plaisir ? Fais comme moi, fumes-en deux par jour. Deux bonnes cigarettes par jour, une après le souper et l'autre en buvant la tisane. »

Contrairement à Sylvia, j'aimais faire du sport, c'était ma façon de me divertir, moi qui n'aimais ni les cartes, ni les quilles, ni le billard, ni les jeux vidéo, ni les jeux en général, moi qui n'aimais pas jouer. À part au tennis, mais le tennis c'est différent, c'est plutôt comme une danse, c'est ancien, c'est gracieux et ça sent bon. En fait, le tennis c'est une philosophie. Quand on court sur le rectangle rouge et vert et qu'on frappe la balle à la bonne place, c'est le *here and now* qu'on pratique. Quand vous aurez compris ça, alors vous saurez bouger avec, autour, pour et par cette balle qui, comme l'univers, contient tout de même qu'elle est contenue dans tout.

Mais l'hiver, en attendant la saison du tennis, j'avais pris l'habitude de fréquenter un centre sportif et c'était devenu une véritable drogue, le besoin de sentir mes muscles vivants, souples et chauds. Même s'il m'arrivait parfois de me demander si faire tant d'exercice ne tuait pas la libido à la longue, si ça n'empêchait pas le cerveau d'aller plus vite et plus loin. Les gens géniaux n'étaient-ils pas justement ceux qui fumaient, buvaient et mangeaient mal ? Au fond je savais bien que ça n'avait rien à voir, que faire du sport était une manière comme une autre d'affronter le trouble qu'on porte en soi. J'en avais essayé plusieurs, et celle-là me convenait très bien ; et puis, il m'apparaissait surtout qu'il fallait se débarrasser de cette illusion d'une vie sans souffrance, sans contradictions, sans déchirements, que c'était ça le mensonge, l'aberration, le gâtisme.

J'ai donc pris l'autobus sur Saint-Urbain, et je suis descendue au coin de Sherbrooke pour continuer à pied vers le sud. Ontario. De Maisonneuve. Sainte-Catherine.

Les filles en jeans serrés chez Harvey's. Le café Cléopâtre. Les hot-dogs de la Main. Tout cela que je connaissais depuis trop longtemps et qui, aujourd'hui, m'apparaissait encore plus vieux, pourri et décrépi. Je marchais vite en jetant des coups d'œil dans les vitrines embuées où transparaissaient des visages fatigués, comme pétrifiés, et je pensais à tous ces voyages qui m'appelaient aux quatre coins du monde, toutes ces choses que je n'avais pas faites, il y en avait trop, je n'y arriverais jamais; il faudrait que tout aille très vite maintenant, j'avais du rattrapage à faire. Dans le quartier chinois, j'ai tourné à droite sur La Gauchetière et j'ai ralenti devant le petit parc où Aldo et moi on s'était si souvent tenus par la main. Un jour, assis là sur un banc près du monument en pierre, il avait dit : «On s'est rencontrés trop tôt. T'étais pas prête. Si c'était maintenant, ça marcherait.» Il avait raison. Je n'étais pas prête. J'étais encore tout empêtrée dans mon enfance quand il avait déclenché la femme en moi, et j'avais explosé.

J'ai continué ma route en accélérant le pas. Vicieuse, la nostalgie faisait son chemin dans mes veines, mais aujourd'hui je ne la laisserais pas faire, aujourd'hui j'étais prête à oublier tout ce qui avait été beau, bon, nirvanesque, peu importe. S'il était trop tard pour l'amour, s'il me fallait vivre sans, eh bien, tant pis : il resterait toujours la beauté des villes dans le soleil de midi, et les Chinois, les Chinois qui toujours me rappelleraient l'amour et la beauté des villes dans le soleil de midi.

Je suis entrée dans le building du YMCA. Comme d'habitude, la fille de la réception m'a accueillie avec un grand sourire, et une certaine excitation régnait dans le hall; cela me donnait chaque fois l'impression de faire partie d'une immense famille, une famille saine, compatissante et charitable. En me rendant au vestiaire, j'ai été sidérée une fois de plus par la quantité de gens qu'il y avait là, tous ces gens qui chaque jour sautaient, nageaient, dansaient, soulevaient des poids, s'entraînaient avec des machines, tous ces dopés de la culture physique, tous ces gens qui, comme moi, faisaient de l'*overtime* pour essayer de devenir plus jeunes, plus forts, plus beaux, plus efficaces. Tout ça parce qu'aujourd'hui le corps ne servait plus à rien, tout ça parce qu'on ne faisait plus les gestes de la survie : transporter de l'eau, couper du bois, semer, planter, récolter, tirer la charrue, construire sa maison.

On se lance les défis qu'on peut. Escalader de grosses montagnes. Descendre des rivières en canot. Traverser des pays à pied. Mon exploit aujourd'hui serait de suivre tout un cours d'aérobie sans avoir de point au côté. Au son de *What's Love Got to Do with It*, toute la classe s'est mise à bouger en même temps, bras en l'air, jambes tendues, face à un beau gars qui se déployait avec précision en souriant de toutes ses dents. Il portait un tatouage au bras droit et un anneau à l'oreille gauche, il était radieux, souple et musclé, et les musiques qu'il avait choisies étaient si entraînantes que j'y allais de tout mon corps sans faire attention. En retournant au vestiaire, trop rouge et en sueur, je me suis dit que j'avais peut-être exagéré, après tout je n'étais ni une acrobate ni une chanteuse rock. Peut-être que j'étais rendue à l'âge où la natation suffit; peut-être que je devrais m'acheter un chien pour pouvoir aller le promener deux fois par jour? C'est ce que disait Esther : «Avoir un chien, c'est bon pour la santé.»

Quand je suis ressortie, le soleil brillait encore plus fort et les rues étaient assez animées malgré le froid. Je n'avais pas envie de remonter chez moi, alors j'ai décidé d'aller voir un film. La salle 4 du cinéma Parisien était presque vide. Je me suis calée dans mon siège, prête à me détendre dans la pénombre, quand un couple énervé est arrivé et s'est installé juste devant moi. J'ai dit très fort : «Ah non, vous pourriez pas vous tasser un peu?» La femme s'est mise à fouiller dans ses paquets et l'homme s'est retourné en me montrant son doigt, le troisième, et pendant quelques secondes j'ai été tentée de répondre à l'insulte, je ne savais plus si c'était d'un film ou d'une bataille que j'avais besoin, mais j'ai finalement opté pour le film et me suis calée davantage dans mon siège en essayant d'oublier les deux abrutis qui mangeaient leur pop-corn. Quand ils se sont levés pour partir au bout de quinze minutes (c'était le dernier Godard), je leur ai apposé le sceau de la bêtise humaine et ça m'a soulagée un peu, j'ai réussi à regarder le film en paix (même s'il était assez plate), enveloppée dans mon grand foulard. Le cinéma est une bonne pilule. Je veux dire une pilule qui ne fait pas de mal. Ce n'est pas comme la télé. Ni comme le *Télé-presse*. Le cinéma, c'est plutôt comme un ventre où il fait bon se blottir. Une mère. Un voyage. À cause de l'écran qui brille dans l'obscurité. À cause de l'action géante qui se déroule devant vous comme si elle était *en* vous. Et aussi à cause du retour à pied chez soi, avec la sensation que rien n'est plus tout à fait pareil : ni les rues, ni les odeurs, ni même le bruit de vos pas sur le trottoir.

Je suis rentrée en passant par le parc Jeanne-Mance. De grands arbres noirs se tordaient au vent et des gens promenaient leur chien dans les allées. Une fois de plus, j'ai eu cette impression bizarre que c'étaient plutôt les chiens qui promenaient leur maître.

À la maison, un message de Sylvia m'attendait sur le répondeur. Je l'ai rappelée aussitôt, elle n'allait pas bien. D'une voix fatiguée, elle a dit : «Un jour je me retrouverai tellement seule qu'il n'y aura plus rien d'autre que l'écriture, et lorsque j'aurai fini d'écrire, je mourrai.» Le projet de Sylvia m'effrayait et me fascinait en même temps, moi qui ne supportais la solitude qu'à très petites doses. Mais Sylvia était une grande écrivaine, et les grands écrivains affrontaient la solitude, lui ai-je dit pour l'encourager. Je n'ai pas été tout à fait franche cependant, je n'ai pas dit que c'était la chose qui me faisait le plus peur au monde : devenir autarcique à ce point, en arriver à vivre sur une planète alimentée par moi toute seule, en orbite autour de ma mémoire comme seul mode de vie.

Je me suis installée pour faire un peu de correction, mais très vite j'ai éprouvé une immense lassitude. Je me sentais coincée, angoissée, tout semblait mort autour de moi, impossible à remettre en mouvement. Il neigeait dehors, mais ça n'avait rien à voir avec la neige. Les voisins d'en haut faisaient l'amour bruyamment, mais ça n'avait rien à voir non plus. D'où venait donc cette sensation d'enfermement ? Ce n'était pas l'hiver, même si c'était un peu l'hiver. Ce n'était pas la fatigue, même si c'était un peu la fatigue. Ce n'était pas Tom, même si c'était un peu Tom. Ce n'étaient pas le manque, ni l'absence, ni la routine, ni Montréal, même si c'était un peu tout ça. D'où venait donc cette sensation d'enfermement, si pénible et si familière à la fois, comme si j'étais contrôlée par quelque chose d'invisible et d'extérieur à moi-même, une sorte de fatalité qui me pesait dessus comme un manteau trop lourd ? Qu'était-ce donc que cette prison ? Une maison, une ville, quelqu'un ? Qu'était-ce donc que ce gros bloc de carton gris dans lequel j'étais enfermée et comme privée de sens ?

Assise là dans la fin du jour, j'avais l'impression d'être punie, mise au coin pour un crime que je ne me souvenais pas d'avoir commis, et je ne le supportais pas, je voulais savoir : étais-je vraiment coupable, avais-je vraiment péché ? Et qui donc était le juge dans cette histoire, qui donc voulait s'imposer à moi et tenter de me contrôler jusque dans la subtile argumentation entre le bien et le mal? Cette personne en tout cas devait être bien cruelle, ou alors bien mal prise elle-même, oui, c'était peut-être quelqu'un qui cherchait à se venger, car n'est-ce pas de leur propre souffrance que les gens cherchent à vous faire souffrir? Moi ça me donnait le vertige en cet après-midi d'hiver, comme quand, petite, je tentais d'imaginer le grand néant de l'univers. Mais aujourd'hui c'étaient des histoires de juges et de culpabilité qui avaient remplacé le néant de l'univers, et je n'aimais pas ça, j'aurais préféré une grande boule de lumière au lieu d'un million de petits soleils noirs de peur.

Au bord de la panique, j'ai décidé d'appeler Esther, elle avait toujours des trucs infaillibles pour la guérison. Au bout du fil, j'ai dit: «Esther, je me sens tellement abandonnée que toutes mes vieilles peurs sont en train de remonter à la surface.» Elle a dit: «Couche-toi par terre, je vais te faire faire de la visualisation», et s'est mise à me parler très doucement en me disant quoi faire: me concentrer sur une partie de mon corps et essayer de visualiser mon émotion, essayer de la voir si précisément que j'aurais même l'impression d'y toucher. Ça a marché. À la fin, quand Esther a demandé: «Bon, maintenant tu vas me dire où ça fait mal exactement», j'ai dit: «C'est dans mon ventre, c'est dans mon ventre que ça fait mal, je sens un gros nœud, comme une grosse boule de douleur», et je me suis mise à pleurer pendant qu'Esther continuait à me parler très doucement. Elle a dit que je devrais me reposer un peu et recommencer la visualisation de temps en temps, que ça m'aiderait.

J'ai ressayé un peu plus tard. Couchée sur le tapis du salon, j'ai tout fait comme elle avait dit: me détendre, me concentrer, écouter, mais j'étais dérangée par les cris des enfants qui jouaient au hockey dans la rue. J'essayais de voir à l'intérieur de moi-même, j'essayais de nommer mon émotion, mais tout ce que j'entendais, c'était la rumeur de mes petites voix qui s'en allaient dans tous les sens en répétant les mots d'Esther : « Être une fille réveillée, être une fille réveillée. » Oui, j'avais été endormie pendant trop longtemps, et il fallait maintenant sortir de ma torpeur. Sortir des brumes de l'enfance. Sortir des vapeurs floues de l'attente. Ne plus espérer le baiser magique qui me révélerait enfin mon destin, mais décider de vivre avec moi-même telle que j'étais, avec mon histoire telle qu'elle avait été réellement vécue.

Esther avait dit : « Ça se passe comme ça. Au début on est une fille en mouvement, puis on devient une fille en crise, ensuite on a le choix : ou bien on reste une fille en crise, ou bien on devient une fille réveillée. Si on se secoue. Si on brasse sa cage. Si on décide d'y voir clair. C'est souvent dans la trentaine que ça arrive. Tu as eu tous les désirs, tous les émois, tous les désespoirs. Il y a beaucoup de monde dans ton cœur. Une fois par semaine, tu vas voir un monsieur qui t'aide à couper le cordon. Maintenant la notion de passé existe pour de vrai dans ta vie, et tu prends la route avec la lune qui brille là-haut, tu lui parles en français mais elle te répond en turc, et c'est parfait puisque c'est d'un voyage que tu avais besoin. Assise au bord du chemin, tu te fais un tas de nouveaux projets : acheter un camion pour traverser le Canada d'est en ouest. Faire un film sur ta famille. T'installer sur une île dans un village de pêcheurs. Partir dans le désert avec les nomades. Ta vie bien en main, ta boussole bien réglée, tu regardes attentivement autour de toi, tu révises tes positions. Tu acceptes d'être au commencement des choses. Tu découvres l'humilité. Tu acceptes la solitude absolue dans laquelle te plonge ta quête. »

Les yeux fermés, je me revoyais faire le chemin. Petite, j'avais appris à lire et à compter, à aimer certaines images, certaines personnes. J'avais dévoré un tas de livres en regardant tomber la neige par la fenêtre du salon. J'avais adoré le ciel et la terre, les feuilles mortes qui sentaient bon devant la maison, les chiens et les chats, mon père et ma mère. À douze ans, je m'étais mise à rêver à tous ces inconnus qu'il y avait dans les livres, dans les films et dans ces pays où je n'étais jamais allée, et je m'étais mise à aimer ces pays en rêvant d'y trouver un jour ma liberté, je m'étais mise à voyager dans l'histoire des autres. En train. En autobus. En camion. Qu'il fasse soleil ou pluie, que ce soit le jour ou la nuit, l'hiver ou l'été. Et même en temps de guerre. Oui, elle m'avait obsédée jusque-là, ma grande et douloureuse famille. N'avais-je pas été une Juive poursuivie par des soldats? Ne m'étais-je pas donnée à un gardien pour qu'il laisse des enfants s'enfuir? Comme beaucoup d'autres gens, n'avais-je pas été traquée et humiliée pendant qu'autour éclataient les bombes et les coups de fusil?

À seize ans, j'étais partie de la maison et j'avais vécu avec un premier homme. Puis j'avais aimé un musicien aux yeux slaves, j'avais lâché ma job et je m'étais mise à avoir des vertiges dans la lumière de cinq heures. Certains ont le retour de Saturne plus difficile que d'autres: le mien avait duré un bon sept ans. Maintenant j'avais trente-six ans, et j'étais couchée sur le plancher en train d'essayer de faire le vide. Comme beaucoup de femmes de ma génération je ne faisais vraiment pas mon âge, et ça commençait à m'agacer, ça commençait à m'achaler que mon vécu ne paraisse pas dans ma face. Aujourd'hui c'était l'époque des thérapies, des techniques d'aide et de la quête de soi, O.K., mais moi je voulais une histoire, je voulais que quelque chose m'arrive, quelque chose à quoi je ne pourrais pas résister, qui n'aurait rien à voir avec la quête de soi. Je voulais perdre le nord et trouver la clé, loin de l'autoroute, dans un petit chemin de traverse que je n'aurais jamais soupçonné. Mais loin c'est parfois très proche, n'est-ce pas? Alors où était donc le lointain très proche dont j'avais besoin pour être heureuse? Je voulais une histoire. Je voulais des images. Je voulais que quelqu'un me parle. Je voulais que quelqu'un me raconte une histoire dans un grand livre d'images, un frère jumeau qui ouvrirait sur ses genoux le livre géant de notre enfance.

Fais-moi le soleil. Le soleil dans les vitres sales. La lumière par la fenêtre du train. Ma joue contre la vitre, et dehors les paysages lunaires du Canada. Fais-moi tout ça. Les images de notre enfance, quand on jouait en solitaires au bord du bois. Quand on se cognait aux arbres dans la fuite. Quand nos larmes ne coulaient pas. Fais-moi tout ça. Quand les autres enfants s'en allaient bruyamment pour la partie de baseball ou de hockey. Le son de ta voix quand le hangar a pris feu. La réalité de notre enfance, caressée par la neige et le soleil, mais non, je ne veux plus penser à l'enfance et au rêve qui s'y est formé. Je veux être ici et maintenant, avec mon enfance comme cadeau et comme drame, puisque c'est là que j'ai appris l'amour, puisque c'est là que j'ai commencé mes chaînes.

Les arbres dans le soleil de midi. Les glaces dans le soleil de minuit. Fais-moi tout ça. Ta joue penchée sur la mienne, ton cœur au bord du mien, tes mots traduits dans ma langue. Fais-moi tout ça. Quand la lune est mince comme un fil, aiguisée comme un couteau dans le ciel très net. Et ta rupture avec les choses qui ne coïncidaient pas, la sépulture d'une année-lumière de trop dans le paysage de ton désir. Un jour j'aurai quarante ans, un jour il y aura beaucoup de mémoire entre nous. Je voulais que tu me fasses de la lumière. Je voulais que tu me fasses le soleil et rien d'autre. Sans la brisure après. Sans le noir après. Sans le soir. Je voulais le soleil sans le soir sur ma peau pleine de rêves et de déchirures. Voilà, je suis allongée sur le plancher, sans règle à suivre, sans discipline à tenir, et tout mon être pleure dans la détente. La bouche est molle, les yeux mi-clos, il n'y a plus rien à attendre, ni à promettre, ni à défendre. Le silence n'est pas, c'est la lumière qui est. Elle seule peut dire, elle seule peut entendre, elle seule peut lire partout les signes, puisque tout parle, tout parle à la lumière.

Je pense à toi quand je suis fatiguée, ton visage et ta voix me reviennent quand mon corps est épuisé. Et toi, qu'est-ce donc qui te fait penser à moi? Est-ce la vue d'une bouche maquillée, les hanches d'une danseuse de flamenco, le chant des moines tibétains, ou une gousse d'ail coupée lentement en très petits morceaux? Que ce soit de la neige ou du soleil, c'est à toi que je pense quand je suis fatiguée, et il m'arrive de ne pas vouloir de ces images qui m'emmènent une fois de plus vers la peine, de ne pas vouloir remonter le courant jusqu'à toi, c'est trop loin et ça fait trop mal. Mais je ne veux pas non plus oublier la douceur dans le vif de tes yeux, ni l'arbre qui nous servait de maison, ni la rivière au courant trop puissant, et j'ai beau ne pas vouloir y remonter, voilà que j'y remonte, la neige et le soleil creusent leur abîme dans ma tête, il y a de la migraine là-dedans et aussi un amour fou; y a-t-il un rapport entre la migraine et l'amour fou?

Un jour il y a des chaînes, un jour il n'y en a plus. Un jour, dans les chaînes, je n'ai plus su ce qu'était l'amour, et c'est pour ça que je me suis enfuie. Et aujourd'hui, dans le soleil de midi, dans les glaces de minuit, aujourd'hui qu'il n'y a plus de chaînes, je vois bien que c'est dedans que la liberté est, prête à être cueillie, que c'est en dedans qu'on voit ce qu'il y a dehors. Pourquoi m'a-t-il fallu tout ce temps pour comprendre que l'ombre était parfaite pour les contours compliqués de mon âme (ah, me débarrasser de ce mot-là!), que l'ombre était parfaite pour les yeux mi-clos de la conscience qui était en train de s'allumer en moi comme un soleil? Si j'avais attendu, il y aurait peut-être eu des merveilles après, des trésors dans ma découverte de moi-même en ta compagnie. Ah, que la quête ne se fasse pas toujours toute seule. On ne peut pas passer sa vie à voir un psy, on ne peut pas se contenter de ça, l'écoute d'un psy pour tout amour dans la vie d'une femme. J'aurais pu attendre au bord du chemin, j'aurais pu cueillir des fleurs, il y a tellement de choses qu'on peut faire en attendant, c'est ce que disent les bouddhistes : « To wait, to fast, to pray, to keep silent. » Savoir attendre, jeûner, prier, se taire. Mais je n'ai pas su. Ni me taire. Ni attendre. Ni jeûner. J'ai tout voulu sur cette route achalandée, et j'ai vomi après comme une enfant boulimique. J'ai eu la tête en bas longtemps pendant que les images changeaient par la fenêtre du train, pendant que dehors la neige virait au bleu dans la lumière de cinq heures, pendant que le printemps s'élançait dans les sous-bois, dans les rues, sur les autoroutes, tout près de cette carrière où on s'était baignés nus, près de Drummondville, tu te souviens? L'eau était couleur émeraude, et il nous avait paru incroyable qu'une autoroute puisse être si proche, si proche de cette eau si pure, cela me redonne confiance rien que d'y penser; oui, il y aura toujours une eau vert émeraude quelque part, comme une sentinelle pour nos cœurs dévastés, une eau douce et profonde pour nos corps nus et blancs, comme une béatitude possible en ce monde pourri.

Mais je ne voulais pas dire ça, je ne voulais pas dire le mot pourri. Je ne crois pas à la pourriture ni à la fin du monde. Je ne crois pas qu'aujourd'hui soit pire qu'avant. C'est juste un peu plus compliqué. Et ça n'en finira jamais de se complexifier. Voilà pourquoi je pense à toi dans le spasme qui m'étreint, parce que tu n'as jamais eu peur de la complexité des choses, parce que tu as toujours su ce qui alimentait, au fond, la carcasse humaine et les sanglots de la musique, du théâtre et de la littérature, de même que le chant des moines dans le matin qui se lève, de même que l'attente d'une femme au bord d'une route dans le soleil qui monte. Je ne voulais pas dire le mot pourri. Je ne crois pas à la pourriture, et c'est pourquoi je pense à toi quand je pense à ces choses, car depuis le premier jour de ce siècle dur, je le jure à genoux dans la lumière, je n'ai jamais cessé de croire, de voir et d'entendre, oui, je le jure à genoux dans le soleil que tu me fais maintenant malgré la distance, je n'ai jamais cessé de vouloir cette lumière, c'est juste que je ne savais pas, je ne savais pas que c'était en moi qu'il fallait la chercher, je ne savais pas que mon propre désordre abritait une petite prairie nette et calme, je ne savais pas qu'on pouvait encore faire du ménage dans ce siècle-là, qu'il y avait encore une possibilité d'y voir clair avant la fin.

Maintenant je sais. Je me suis perdue dans d'interminables tunnels. J'ai vu des souris, des rats, des coquerelles. J'ai marché sur des crachats. J'ai eu peur de mon ombre dans des ruelles. Mais un jour, j'ai rencontré un serpent qui traînait dans le couloir d'un immeuble, il était mince et long, et il ne s'est pas sauvé quand je suis arrivée vers lui, il a continué à onduler tranquillement sur le béton. J'ai reculé, horrifiée, cherchant des yeux une arme pour le tuer, mais il s'est immobilisé en me regardant d'un air moqueur, et c'est là que j'ai compris. C'était le sourire du serpent. Qui disait de regarder en dedans, au fond, dans le noir, que de l'ombre jaillirait la lumière. J'ai tout de suite pensé à l'histoire de la grenouille qui se transforme en prince, et j'ai eu un petit moment d'espoir, mais le serpent ne s'est pas transformé, il a juste bougé encore un peu sur lui-même comme pour rassembler ses forces, et c'est alors que j'ai entendu sa voix, une voix mince et longue qui grésillait comme un écho dans une boîte de conserve. Il a dit qu'il n'avait pas honte, qu'il se contentait d'être lui-même, qu'il n'avait rien à cacher, et que même si c'était le cas, il n'aurait qu'à disparaître dans une craque, qu'il pourrait toujours continuer à vivre dans l'invisible. J'ai eu peur. C'était l'après-midi pourtant, il faisait clair dans le corridor, mais je ne voulais pas rester là plus longtemps avec ce serpent qui me bloquait la route, et j'allais me mettre à pleurer quand soudain il a disparu, juste avant que je lui demande si c'était la mort ou la vie qu'il m'avait racontée là. Il était parti, mon prince serpent, mon vieux dieu au corps froid et humide, mais maintenant je savais. Je savais qu'une clairière calme et nette m'attendait quelque part. Et que pour y accéder, il faudrait moi aussi que j'apprenne à me faufiler dans les craques.

II

Le Rose & Crown est le plus vieil hôtel de la petite ville de Banff. Par la porte grande ouverte de ma chambre, je respire l'air pur et fin, un air vibrant qui secoue mes neurones et me redonne un peu de teint. Je pensais qu'elles me feraient peur et que je ne pourrais pas les aimer, ces montagnes, mais elles sont si belles, si solennelles et si calmes avec leurs flancs rocheux, leurs reflets mordorés, leurs allures de grandes bêtes efflanquées et paisibles, que j'éprouve pour elles la même affection naturelle et sans restriction que j'ai pour les animaux. Ici, on ne s'agite pas. On avance lentement, on marche la tête en l'air parce qu'il y a toujours un nouveau pic à découvrir, une aiguille crayeuse aux reflets de neige. Les hauteurs activent le cerveau et rendent les idées claires, les gestes plus lents. J'aimais la mer, les champs, les lacs et les rivières, maintenant j'aime aussi les montagnes.

La solitude que je ressens ici est très différente de celle de Montréal. Elle ne me fait pas mal, elle ne m'angoisse pas. Je ne la confronte à aucun visage connu, à aucune étape passée de ma vie. Ma solitude ici est pure et sauvage, c'est une solitude animale, qui se résout d'elle-même au sein du territoire où elle évolue. C'est une solitude en mouvement, qui fait évoluer. Ici, je suis qui je suis, tout simplement. Quelqu'un non pas de nouveau ou de totalement différent, mais un être en devenir. Un être en mouvement dans sa solitude.

Je veux que les montagnes me parlent. Je veux qu'elles m'aident à me débarrasser de ce poids qui me tue, me bloque, me torture, cette masse indéfinissable qui m'entrave et m'enchaîne, me kidnappe, m'empêche d'avancer. Je veux qu'elles m'expliquent pourquoi pendant si longtemps j'ai été capable de ne pas entendre ce qui se disait au fond de moi, tout cela qui, encore aujourd'hui, hésite parfois à se manifester et que, pour une obscure raison, je tente d'ignorer, de nier, le contournant systématiquement par mille et une ruses pour me retrouver toujours là où je ne suis pas appelée, là où on ne me cherche pas. Je sais bien que la raison c'est: la peur. Mais que contient aujourd'hui ce mot dans mon histoire à moi?

Il y a eu mon père, ma mère. Il y a eu des hommes, des femmes. L'enfant que j'ai été, et celui que je n'ai pas fait. D'innombrables soirées avec des gens à qui je n'avais rien à dire. Et mon corps impatient. Ma peau en manque. Des vêtements trop serrés. Des appartements surchauffés. Tous ces romans empilés au bord de mon lit qui m'ont servi d'aventure. Tous ces soupers, toutes ces bouteilles de vin qui m'ont tenu lieu de voyages. Et Elsa, l'amie perdue en cours de route. Et ce livre que je n'ai pas écrit, ce livre qui, tout comme ma vie, pendant toutes ces années, aurait eu besoin de moi. Mais j'étais absente, comme exilée de ma propre histoire. Coincée dans mes tourments, j'oubliais qu'autour de moi la vie creusait son lit, que les gens vieillissaient, que l'enfant de ma sœur grandissait et que bientôt il serait trop tard pour le garder le soir et lui lire des histoires, j'oubliais que le temps passait, que l'amour était à vivre tout de suite et que la mort, on n'a pas besoin de l'anticiper, elle viendra bien assez vite comme ça.

Par la fenêtre, au lieu des maisons en brique rouge de la rue Clark, ce sont les hautes masses grises des Rocheuses que je vois se dresser devant moi, leurs pentes abruptes se prêtant au soleil de midi. J'essaie de leur parler, j'essaie de leur dire qui je suis, comprennent-elles le français?

Depuis mon arrivée, je baigne dans une sorte d'absence de sentiments, mon cœur est en vacances d'émotions et de trouble, et je ne suis pas engagée, *involved* dans quoi que ce soit d'autre que ma propre aventure, la quête de mon moi, ma quête de vérité. Je l'avoue, je suis narcissique et existentielle, le pire mélange, la pire race qui soit: celle qui vous fait faire des boutons et du sang de cochon, celle qui provoque et multiplie le doute, pose la question gênante, s'embarrasse à son tour et vous envahit avec son trouble, ce sens de la tragédie dont on dira qu'elle le cultive, qu'elle en prend soin, qu'elle le nourrit, cette notion douloureuse et passionnelle de l'existence, cet amour exigeant et difficile auquel vous ne saurez pas toujours comment répondre, et quand ce sera le cas elle voudra vous tuer tellement elle vous en voudra de n'être pas capable de l'aimer autant qu'une mère est capable d'aimer son enfant; oui, cette femme née sous le signe du Scorpion vous implorera de jurer l'amour pour toujours et vous n'aurez jamais vu ça, vous ne trouverez pas ça moderne du tout, mais vous tomberez tout de même à genoux devant elle, sans penser que c'est elle qui vous quittera un jour, que c'est elle qui ne supportera pas la réalité quotidienne de l'amour, la concrétude des différences entre elle et vous, les bruits de vaisselle et de télévision, l'ennui certains dimanches après-midi. Cette femme, les yeux ouverts face aux montagnes, vide soudain de tout trouble et de tout abandon, c'est moi, moi qui suis en train d'essayer d'oublier quelque chose, quelque chose de pénible entre vous et moi.

Je suis en convalescence. Je ne suis pas malade, mais je me repose. Je me repose de toutes ces histoires que je n'arrivais plus à démêler, comme mes cheveux quand je les laisse aller trop longtemps, toutes mes histoires d'amour enchaînées les unes aux autres en un insupportable labyrinthe, de l'amour charnel à l'amour mystique en passant par toutes les gammes du sexe, de la passion et de la dévotion, dans le plus privé de mon corps, dans le plus privé de l'amour entre vous et moi, moi juchée sur vous par terre dans le salon, et vous hurlant pendant l'orgasme, et le sourire que cela faisait jaillir sur mes lèvres, le sourire immense et tendre qui me prenait quand vous me preniez une dernière fois, sans un mot, les yeux mi-clos, votre regard emporté dans le tourbillon, votre t-shirt collant à votre peau, vos fesses nues, vos cuisses dures, votre sexe gros, vos mains pleines.

Je m'appelle Bruges. Avant c'était Gisèle, mais je voulais tellement changer que j'ai même changé de nom, j'ai troqué Gisèle pour Bruges. Je porte le nom d'une ville. Je suis une ville pleine d'amour et de haine. Depuis ma naissance, j'avance à pas lents dans la décrépitude du siècle, je m'enfarge souvent dans mes pensées et même, il m'arrive de ne plus savoir du tout ce que je pense, comme si j'avais déjà fait tout ça ailleurs, dans une autre vie.

C'est Balance que j'aurais dû être, mais c'est Scorpion que je suis devenue, à force de traîner dans le ventre de ma mère. Marquée à jamais par ces deux semaines de retard, c'est donc sous le signe de la dualité que j'ai fait mon entrée dans le monde. Depuis, tout s'est toujours avéré extrêmement compliqué dans ma vie, la moindre décision à prendre entraînant chez moi un épuisant processus de décortiquage et de voyage dans le temps qui me laisse chaque fois pantelante et désarmée, épuisée, terrorisée jusqu'à la dernière minute, jusqu'à l'ultime moment du choix. Qu'il s'agisse de partir ou de rester, de dire oui ou non, de fixer une date de départ ou de retour, de choisir entre deux grandeurs de manteaux ou deux modèles de chaussures, c'est la même angoisse chaque fois qui me prend, une même angoisse de fin du monde.

De ma mère j'ai hérité la gourmandise, le goût de la fête et une certaine aptitude à vivre au-dessus de mes moyens. De mon père j'ai hérité l'horreur du magasinage et le refus du formalisme dans les vêtements et les manières de table. Je n'ai jamais été une femme-enfant, même si enfant j'aurais voulu un monsieur pour moi toute seule, un monsieur à qui j'aurais pu dire toutes sortes de choses graves ou anodines, un monsieur qui, comme le docteur L., m'aurait prise sur l'assurance-maladie et avec qui tout aurait été d'une importance capitale. Quelqu'un qui m'aurait montré que les serpents par-dessus lesquels je sautais dans mes rêves représentaient la peur de mon moi caché, la peur d'éveiller mon propre soleil, oui, que c'était mon propre scandale que depuis des années je cherchais à éviter.

Aujourd'hui je suis une Bruges mince et pâle en ce siècle fatal. Je n'ai jamais planté ma tente toute seule dans la forêt. Je connais l'amour d'un homme plus âgé et aussi celui d'un plus jeune. J'ai déjà embrassé des femmes. Je suis une Bruges existentielle et cruelle, penchée dans la vitesse des jours, je ne supporte plus rien de ce qui est ancien, dépassé, je veux du neuf, rien que du neuf pour moi toute seule en ce siècle endormi, je veux de la lumière sur ma vie en ce siècle fracassé. Quand je me penche sur mon ventre, je ressens du tiraillement et de la bataille : j'aime et je déteste à la fois, c'est sans doute une question de territoires, c'est toujours d'une question de territoires qu'il s'agit, dans les guerres, dans les aéroports bombardés, dans les ventres déçus. J'ai longtemps pensé que l'amour vaincrait, mais maintenant je trouve qu'elle a raison, la chanteuse : « There's a tiny line between love and hate... »

Comment fait-on pour parler d'autre chose que de soi-même ? Je voudrais bien essayer, mais je ne vois pas comment. Un jour il faut en finir avec les problèmes d'identité et passer à l'action, je suis bien d'accord. Déjà je me suis un peu fourvoyée en me nommant Bruges, puisque dans la pièce de Sylvia il y a aussi un personnage qui porte le nom d'une ville. Peut-être que ce n'est pas si grave et que je pourrais demander la permission, acheter mon nom, payer ce qu'il faut pour pouvoir m'appeler Bruges en paix. Mais une fois que le nom est choisi, une fois que cette identité-là est déterminée, il reste tout de même un certain nombre de choses irrésolues. On a beau faire des listes, des fiches, de l'ordre dans nos priorités, ça ne marche jamais ces trucs-là, c'est la vie qui décide et elle le fait rarement dans l'ordre, alors un jour une image éclate dans ton cerveau et le soleil se met à te parler dans la rue, les gens ont un regard étrange dans les rétroviseurs et toi, arrêtée au feu rouge avec tes sacs d'épicerie et tes cheveux propres, tu sens monter la vague et tu sais qu'au moment où tu mettras le pied en bas du trottoir, rien ne sera plus jamais pareil : ni tes priorités, ni ton budget, ni ton emploi du temps, et au fond, c'est exactement ce que tu attendais, ce que tu espérais depuis longtemps.

Assise sur le lit trop petit, j'entends le vent chanter dans les montagnes. Ici, c'est le Canada. Un immense désert de roche et de sapins, un pays muet et grandiose où je n'aurais jamais pensé mettre les pieds un jour. J'ai vécu à Paris, j'ai voyagé en Europe et aux États-Unis, mais le Canada, c'est la première fois. Silence, tout est silence aujourd'hui dans mon ventre, et les voix connues sont tues dans la distance qui me sépare d'elles. Ici dans l'immensité canadienne, loin d'Elsa, loin d'Aldo, loin de Tom, je vais peut-être enfin y voir clair, oui, parmi ces Anglais au visage immobile et aux gestes discrets, je vais peut-être retrouver ma *self-esteem*, comme on dit. Ici, loin de la ville ombilicale, dans ce désert traversé nuit et jour par les wagons du Canadien Pacifique.

Sur la table, immobile et muet, il y a ce cahier noir dans lequel je voudrais commencer à écrire une histoire, mais j'ai peur de l'ouvrir tellement j'ai honte à l'idée qu'un autre début de roman n'aille rejoindre les dizaines de débuts de romans qui traînent dans mes tiroirs à Montréal. C'est comme ça depuis cinq ans. Chaque fois que je commence à écrire, je suis pleine de fougue pendant les quinze ou vingt premières pages et puis je m'arrête, je bloque et je rage, je rage contre cette absurdité, ce destin minable qui consiste à tenter de remplacer la vie par des mots, et je me retrouve toujours en train d'écrire sur l'écriture au lieu d'écrire une histoire, l'histoire qui ferait l'objet de mon livre, ce livre qu'il me faudrait absolument écrire pour retrouver confiance en moi en tant qu'écrivaine et aussi peut-être en tant que femme.

Comment résoudre ce problème? C'est la question que je me pose depuis que je suis ici. Mais la question n'est-elle pas plutôt: qu'y a-t-il à dire aujourd'hui, quel sera le sujet de mon livre? Je pourrais affirmer: «C'est l'histoire d'une fille qui cherche à se débarrasser de la culpabilité.» Mais encore là. Une fois que c'est fait, une fois qu'on s'est débarrassée de quelque chose, ne reste-t-il pas un tas d'énigmes irrésolues?

Je veux parler de l'amour. De l'amour des amants, mais aussi de l'amour filial et de l'amour universel. Montrer comment se jouent les jeux de l'amour, entre celui plus vaste de l'amour universel et celui plus petit, plus pauvre, que les gens se donnent entre eux. Mais peut-être qu'il n'y a pas de hiérarchie dans ce domaine et que l'amour des humains est très bien comme il est, peut-être qu'il n'est pas si étriqué que ça, après tout. Je n'en suis pas certaine. Moi, il me semble avoir échoué dans le privé, alors il me reste à essayer l'amour universel.

Les montagnes sont si présentes, si pleines dans leur grosse immobilité tranquille, que je continue à les voir même quand j'ai les yeux fermés. Certaines sont recouvertes de sapins, mais les plus grosses ont les flancs nus et leur masse crayeuse prend toutes sortes de teintes très douces au soleil. Les montagnes sont comme des personnes. Elles ont chacune leur nom, leur stature, leur personnalité propres. Pourquoi certaines sont-elles des *mountains* et d'autres des *mounts* ? Ainsi, il y a Cascade Mountain, dressée comme une papesse au bout de la ville ; et le Mount Rundle, avec sa grande crevasse au milieu comme une déchirure ; et Castle Mountain, qui ressemble au château de Macbeth ; et The Three Sisters, les trois sœurs au long cou dressé dans la prairie ; et enfin, tout près d'ici, derrière le Rose & Crown, la jolie Tunnel Mountain qui, heureusement, n'a rien d'un tunnel mais fait plutôt penser à une montagne japonaise avec son petit sentier et ses arbres racornis.

Ici je n'existe pas, c'est soulageant. Personne ne me connaît, personne ne m'aime ni ne me hait. Tout ce qu'on me demande, c'est si je me suis bien acclimatée et il faut croire que oui. Je n'ai ni maux de tête, ni vertiges, ni saignements de nez comme cela arrive souvent, paraît-il. Ac-cli-ma-ta-tion. Je comprends le sens précis de ce mot maintenant, dans cet endroit où il faut s'adapter physiologiquement à l'altitude, à l'air sec et ténu.

Maintenant seulement, je m'aperçois que c'est aussi pour m'éloigner de Tom que je suis partie. Ses bras, ses cheveux, ses mains, son cou, tout cela qui n'appartient qu'à lui, tout cela que j'aime et que j'ai fui pourtant. Pourquoi faut-il toujours que l'amour devienne ce piège dans lequel on se sent à la fois obligée et abandonnée? J'ai eu peur qu'il me quitte, alors c'est moi qui suis partie, mais cela me semble absurde et vain tout à coup, et voilà qu'il me manque, et voilà que soudain ça fait mal. Cet homme est si beau, si aimable, mais je n'y pouvais rien, je n'ai pas pu m'empêcher de penser que c'était fini entre nous, qu'il n'y avait plus rien à tirer de cette histoire ; et je m'en veux aujourd'hui pour ma lâcheté, cette vicieuse peur d'aimer qui toujours vient me reprendre au détour, m'intimant l'ordre de détruire immédiatement ce qui était en train de se construire si gentiment dans ma vie.

Comme la distance semble grande maintenant, depuis ce vendredi matin où on s'est levés à six heures lui et moi, après une mauvaise soirée et une nuit trop courte, pour partir à l'aéroport avec Sylvia. À Dorval, nous avons pris un café tous les trois, puis j'ai tenu Tom par la taille en poussant le chariot, ensuite on s'est embrassés rapidement et on s'est séparés, Sylvia et moi pour passer à la vérification des bagages et lui pour reprendre la route vers Montréal, tout seul au volant de ma voiture, encore un peu endormi sans doute, et au fond de lui-même peut-être un peu triste?

J'ai été détestable avec lui le dernier soir. Ma peur de l'avion m'avait rendue si tendue, si nerveuse, que j'ai été incapable de lui faire de beaux adieux pleins de promesses. Si je veux voyager beaucoup, il faudra que j'apprenne à partir sans tout gâcher autour de moi. Je regrette mon attitude envers Tom, mais je lui en veux aussi de n'avoir pas su me réconforter. Avec lui, il faut être simple et calme. Il a l'habitude de contrôler ses émotions, comme il dit, et il souhaite que les autres fassent pareil, il n'aime pas les accès de colère ni les jérémiades. C'est bien tout le contraire de moi, qui suis facilement emballée, agressive ou angoissée. Mais tout de même, j'aime comment il fonce dans la vie sans s'énerver. Comment il fait preuve de ferveur et de débrouillardise tout en restant calme et concentré. Avec lui, j'ai appris un tas de choses : en histoire de l'art, en informatique et en économie. Et lui, qu'a-t-il appris avec moi ? Beaucoup, sans doute, mais comment pourrait-il s'en rendre compte puisqu'il ne reconnaît que le savoir des savants, lui qui tire toutes ses références de ce qu'il a appris à l'école ? Mon savoir à moi n'est pas universitaire : il me vient de la littérature, du cinéma et des choses de la vie. Aussi, je détecte beaucoup par intuition, mais Tom ne croit pas à l'intuition, il veut des preuves, des statistiques. Il se dit existentialiste parce qu'il décide de sa vie et de ses gestes. Moi je me dis plutôt existentielle, car je crois qu'il n'y a que l'existence qui compte. Et aussi qu'il y a toutes sortes de manières d'exister. Et que c'est pour ça que la philosophie existe.

*

La ville de Banff est un endroit irréel, un étrange microcosme où tout est pensé et conçu pour votre confort. Que vous soyez un sportif en quête d'air pur ou un visiteur du Carradyne Centre, partout on vous accueille avec le même grand sourire réconfortant. Ici, ce n'est pas la vraie vie. C'est une vie en suspens, entre parenthèses, et c'est pourquoi cet endroit est si reposant, on y vient en touriste pour prendre du recul, pour mieux vivre peut-être la vraie vie ensuite. Ici, pas de saleté ni de surpopulation, pas de bruit ni de pollution, pas de trafic de cinq heures sur le Métropolitain, pas de méchantes odeurs dans le métro. Ici on est coupé du monde et de son agitation, il n'y a rien d'autre à faire que de respirer, penser, manger et marcher. Un peu comme en prison, quoi. Une prison de luxe dans des montagnes de luxe.

Il y a cinq jours que nous sommes arrivées, Sylvia et moi. En débarquant à l'aéroport de Calgary, nous avons été enchantées par l'immensité bleue du ciel, puis par la grande photo de la Reine qui trônait dans la salle d'attente. Ensuite nous avons pris l'autobus qui monte lentement jusqu'à Banff, c'était beau de pénétrer ainsi dans les montagnes, en un long apprivoisement. D'abord il y a la plaine, vaste étendue d'herbe jaunie où des chevaux broutent paisiblement au bord des clôtures; puis ce sont des collines aux courbes de plus en plus prononcées, jusqu'à ce que vous arriviez au pied des montagnes et que leur masse devienne si concrète qu'elle en est même oppressante; et puis l'autobus s'engage enfin entre les immenses parois de roche, et il suffit de quelques secondes pour que disparaisse à jamais l'horizon des Prairies et que la voyageuse que vous êtes ait le sentiment très net d'arriver sur une autre planète. À partir de là, ce ne sont plus que flancs pierreux, pics enneigés, lacs limpides, ciel très clair, tout cela formant une architecture gigantesque et sauvage qui semble vouloir vous apprendre, si vous ne le saviez pas déjà, ce que le mot immensité veut dire. Au début elle m'avait semblé hostile, cette barrière de roche au teint sombre, mais une fois qu'on a pénétré parmi elles, les montagnes deviennent moins contraignantes, elles sont une réalité à laquelle il ne servirait à rien de résister, alors on finit par s'abandonner, tout simplement parce qu'elles sont plus grandes, plus fortes, plus majestueuses que nous et que, généreuses, elle nous acceptent en leur sein.

Par la fenêtre du Brewster's Bus, on regardait tout ça, Sylvia et moi, excitées malgré la petite crainte que nous partagions en silence : comment allions-nous faire pour survivre pendant un mois dans une telle abondance de nature, nous, femmes de la ville? Toutes nos belles images de folklore western et de musique country étaient stoppées soudain par la réalité immobile et silencieuse de ce pays trop grand. Qu'est-ce donc qui avait poussé du monde à se frayer un jour un chemin jusqu'ici? De quoi parlait-on dans ce désert de roche aux ciels plus vrais que nature, de quoi pouvait-on bien discuter?

En arrivant à Banff, j'ai tout de suite été rassurée par l'aspect très habité de la ville, par la quantité d'hôtels, de restaurants, de magasins et de guichets automatiques qui s'affichaient sans honte le long de la rue principale. Quand la porte de l'autobus s'est ouverte, je me suis retrouvée nez à nez avec un orignal qui broutait au bord de la route. Il semblait être venu m'accueillir tout spécialement, avec son beau panache et l'épaisse couverture de laine brune qui lui servait de toison.

Nous avons marché jusqu'au Rose & Crown, une vieille bâtisse en pierre avec une belle rose gravée au fronton. D'une voix nasillarde, la femme de la réception nous a souhaité la bienvenue en nous remettant nos clés. Dans le couloir qui menait à ma chambre, j'ai croisé un homme aux yeux sombres et à la silhouette massive, qui m'a jeté un regard fuyant. À mon : «Bonjour, euh, hi...», il a répondu un bref «bonjour» avec un accent étranger, et s'est s'éloigné rapidement. Était-il Italien, Polonais, Russe? Je n'aurais pu dire. J'ai ouvert la porte numéro 351 et me suis retrouvée dans une chambre d'hôtel ordinaire et confortable, décorée dans des tons d'orange et de brun. La salle de bain était propre et neuve, j'ai essayé les robinets et ouvert la porte-fenêtre qui donnait sur un petit balcon, je jubilais. Tout était parfait. Pour le moment, c'était ça la liberté : être loin de mon vieil appartement montréalais à la plomberie déficiente et aux murs infestés de souris. On était samedi et le colloque commençait lundi. J'avais le temps, j'avais le temps d'aller me promener, d'écrire dans mon cahier noir, de m'allonger sur le lit en ne pensant à rien et surtout, maintenant, de prendre un bon bain puisque l'eau coulait abondamment des robinets, la chaude aussi bien que la froide.

Un peu plus tard, j'ai rejoint Sylvia pour aller au Carradyne Centre. Nous avons marché lentement, essoufflées, l'air était étrangement sec et parfumé, très mince, on aurait dit. Au bout de la ville, passé le cimetière, nous avons emprunté un sentier dans un sous-bois, il y avait beaucoup d'oiseaux perchés dans les arbres et aussi des wapitis qui s'immobilisaient à notre approche. Nous avons débouché sur une grande place asphaltée où se dressaient quelques bâtisses blanches et ultramodernes, des pick-ups étaient stationnés un peu partout, et des gens pressés allaient et venaient entre les buildings, nous saluant invariablement d'un «hi there» auquel on répondait toujours trop tard. Tout autour, le grand silence des montagnes.

Le Carradyne Centre fait penser à une petite ville futuriste telle qu'on en imaginait il y a vingt ans, un peu comme dans la série *Le Prisonnier* : les bâtiments sont reliés par des couloirs ou des souterrains, les portes et les ascenseurs sont contrôlables par signal électronique, et les gens s'y promènent avec un air d'étrange efficacité. En plus d'un paquet de documents sur le colloque et sur les possibilités touristiques des environs, on nous a remis une petite carte magnétisée grâce à laquelle on peut circuler partout dans le centre, manger à la cafétéria, aller à la piscine, envoyer et recevoir du courrier, emprunter des livres à la bibliothèque. Impressionnées, on est entrées dans un building où il y avait des *no smoking* partout, on a suivi un long couloir d'où on pouvait voir des gens jouer au squash et au badminton, et pour finir on s'est retrouvées dans le *lounge* qui se trouve sur une mezzanine au-dessus de la piscine, de sorte qu'assis près de la grande cloison transparente on peut prendre un verre en regardant les gens nager en bas. C'est une bien plus belle piscine que celles auxquelles je suis habituée à Montréal. Elle est spacieuse et baigne dans une douce lumière bleutée, oui, mais c'est surtout que l'un des murs est entièrement vitré et qu'en nageant on peut voir les montagnes en gros plan, le ciel, les arbres, et même des wapitis déambuler lentement sur la pelouse.

Nous avons bu du vin rouge. J'étais contente d'être là avec Sylvia, loin de Montréal. Quand j'ai dit qu'ici j'en profiterais pour essayer d'écrire, que j'avais du rattrapage à faire, elle a répliqué en riant qu'elle allait plutôt s'astreindre à ne pas travailler plus de trois heures par jour.

Plus tard, en retournant à ma chambre, j'ai revu l'homme au regard sombre. Sans dire un mot, il a ouvert la porte en face de la mienne et s'y est engouffré. Il y avait quelque chose en lui qui m'intriguait, quelque chose de vaguement familier. Je n'ai pas aimé ça. Je n'avais pas envie d'être troublée, pas maintenant.

Le lendemain matin, une belle lumière pâle inondait la chambre, et j'avais dormi d'un long sommeil paisible. Il y avait une rencontre à cinq heures avec les femmes du colloque, et j'ai décidé de prendre mon temps tout l'avant-midi. Assise à ma petite table, avec le vent doux qui sifflait par la fenêtre, j'ai eu envie d'écrire des lettres mais je me suis dit que je pouvais attendre un peu, que je n'étais pas partie pour rien, que j'avais besoin de ce silence entre ici et là-bas.

À quatre heures et demie, j'ai cogné à la porte de Sylvia et nous avons marché jusqu'au centre. Grande et élégante dans ses habits noirs, elle faisait très européenne et contrastait drôlement avec tous les gens qu'on croisait, en jeans et en *running shoes*.

Il y avait beaucoup d'animation dans le grand salon. Un beau feu dans la cheminée, de la musique en sourdine comme dans un vrai cocktail, et beaucoup de femmes parmi lesquelles nous étions, Sylvia et moi, les seules francophones. Les conversations allaient bon train, aidées par le vin, et tous ces accents anglais, américains, allemands, écossais faisaient une musique assez belle à entendre, c'est toujours de ce point de vue que j'aime aborder les langues, du point de vue de leur musicalité. J'essayais de me familiariser avec les noms de tout le monde, mais je ne m'y retrouvais pas, il y en avait trop qui finissaient en « a ».

Les New-Yorkaises étaient les plus voyantes. Habillées très *arty,* c'est-à-dire de façon recherchée mais avec du vieux, elles parlaient vite et beaucoup, avec une bonne dose d'agressivité dans la voix. Tout de suite, j'ai été à la fois séduite et méfiante. J'avais beau ne pas vouloir tomber dans le piège de la paranoïa québécoise, ou de la paranoïa féminine, ou de la paranoïa tout court, je ne pouvais m'empêcher de trouver qu'elles nous abordaient Sylvia et moi avec une petite complaisance qui m'était extrêmement agaçante. « You come from Montreal, don't you? I've never been in Montreal. It's supposed to be a nice city, isn'it? Oh, you're a writer? I also do write a lot. »

Moi j'ai l'habitude de n'avoir l'air de rien, je sais garder mes atouts pour une autre fois, quand on aura besoin de moi, mais Sylvia ne supporte pas de se sentir méprisée, alors elle n'a pas tardé à sortir son baratin : son métier d'écrivaine qui la conduit un peu partout à travers le monde, sa dernière pièce qui a gagné un prix, jouant toutes ses meilleures cartes pour les mettre knock-out. Et ça a marché. Au bout de quelques minutes, les New-Yorkaises faisaient des yeux de velours, assises béates à côté de Sylvia qui racontait des histoires drôles dans un anglais épouvantable, allant même jusqu'à les culpabiliser de ne pas savoir un mot de français. Et elles étaient *sorry*, disaient-elles, elles étaient *sorry* de ne pouvoir s'adresser à nous dans notre langue. Moi je riais, à la fois perplexe et médusée. Je me sentais comme une de ces *natives* à qui il faut désormais s'intéresser absolument, sous peine de *political uncorrectness.*

En plus d'être vidéastes, cinéastes ou photographes, ces femmes disaient toutes écrire un peu : « Yes, I write too », « I'm a video artist, but I also write. » Cela a hérissé Sylvia immédiatement, elle qui a choisi de ne faire que ça dans la vie : écrire, écrire et écrire encore, avec toute la solitude que cela implique et toute la pesanteur aussi. Chaque fois qu'on s'informait d'elle et qu'elle répondait : « I'm a writer », son interlocutrice répliquait invariablement : « Fiction or non-fiction ? », et Sylvia ne comprenait pas. Nous, en français, quand on dit « écrivain », on pense littérature, mais en anglais on peut très bien être « a writer » et n'écrire que des livres de recettes. Aussi, je sentais bien que tout cet anglais l'énervait. Sylvia parle mal l'anglais, ou alors c'est qu'elle s'y refuse, c'est plus fort qu'elle, on dirait, elle ne peut pas s'y résoudre, elle ne peut pas accepter la schizophrénie culturelle des Canadiens anglais, comme elle dit. Moi je suis moins radicale qu'avant, à cause de Tom, mais là j'étais un peu mêlée. J'admirais l'attitude de Sylvia qui forçait le respect autour d'elle, mais en même temps ça m'agaçait et je me sentais prise en sandwich entre mon désir de m'adapter et celui de rester différente.

On est rentrées vers neuf heures, après avoir bu pas mal de vin blanc et mangé beaucoup de petits sandwiches, et on s'est arrêtées au bar de l'hôtel. Quel contraste, après notre soirée aux chandelles, de se retrouver dans un pub où plein d'hommes en habit jouaient au *pool* en regardant les résultats du référendum canadien à la télévision. On venait de commander une bière, assises au comptoir, quand l'homme au regard sombre est arrivé. J'avais appris par la femme de la réception qu'il était pianiste et allemand. J'ai fait un clin d'œil à Sylvia et elle a dit : « Ton pianiste allemand, c'est un homosexuel. Regarde comme il s'excite avec les deux autres, regarde comme ses yeux s'allument quand il parle au grand blond assis en face de lui. C'est un homosexuel et en plus, il n'aime pas les femmes, c'est évident. » J'ai dit : « Ah oui, tu crois ? » et en l'observant par en dessous j'ai bien dû me rendre à l'évidence, l'Allemand n'avait plus le même regard éteint et fuyant, il n'avait plus cet air morne et fantomatique, il semblait très vivant tout à coup, il y avait de la lumière dans ses yeux et une expression moqueuse dans son sourire. J'étais surprise et un peu déçue. Moi qui me trompe rarement sur les gens, sur leurs origines ou leur appartenance sexuelle, j'avais été trompée par la carrure et la souplesse lourde du pas de cet homme.

*

Ce matin le ciel est blême au-dessus des montagnes, et des wapitis sont sortis de la forêt pour venir s'étendre sur les pelouses de l'hôtel. Peut-être ne sont-ils pas si sauvages que ça, après tout, et que notre présence leur plaît, les réconforte, ils doivent bien avoir le spleen de temps en temps eux aussi. Moi je regarde le ciel par la fenêtre et je pense à ma vie, je pense à la liberté, je suis une obsédée de liberté. Pourtant j'en ai eu. Enfant, j'ai vécu sans contraintes et ça a continué plus tard. Combien de fois ma mère a-t-elle pilé sur son inquiétude pour me laisser faire ce que je voulais : sortir tard le soir, faire du pouce, dormir à la belle étoile, voyager, ne pas aller à l'université ? Mais la liberté ça ne se donne pas, ça se prend. Vous avez beau avoir reçu une éducation d'avant-garde, cela ne veut pas dire qu'un jour vous ne vous réveillerez pas avec le sentiment d'avoir été flouée et que toute cette latitude dont vous jouissiez n'était pas réelle puisqu'elle vous était accordée gratuitement, sans que vous ayez eu quoi que ce soit à revendiquer. Ma liberté, ce n'est pas à l'adolescence que j'ai dû la gagner, mais bien plus tard, alors qu'il y avait longtemps que j'étais partie de la maison et que j'avais déjà exercé tous les métiers qu'une écrivaine, pensais-je, doit avoir exercé dans sa vie : serveuse de restaurant, peintre en bâtiment, gardienne d'enfants, femme de ménage, plongeuse, vendeuse de magasin, commis-libraire, secrétaire, agricultrice, cuisinière..., oui, ce n'est qu'après avoir fait tout cela que j'ai compris combien fausse avait été mon aisance jusque-là, puisque comme tout le monde j'étais incapable de dire ce que je sentais, de vivre comme je pensais, d'aimer autant que je voulais, de parler toutes les langues et d'exister sans frontières, bref, de vivre hors de la routine et des prisons de ce monde.

Aujourd'hui une certaine idée de la liberté est en train de foutre le camp de ma vie, une notion abstraite et fantasmatique finalement, un concept plutôt qu'une réalité. Longtemps j'en ai rêvé : je l'imaginais, je la désirais, mais j'étais incapable de la reconnaître quand elle tentait de se manifester en moi. Or la liberté, comme n'importe quelle autre notion, doit passer par le corps pour être éprouvée, c'est du moins ce que dit Esther, que le corps peut à tout moment être libre ou prisonnier, que cela ne tient pas aux conditions environnantes : la température qu'il fait, la quantité d'alcool bue la veille, les vêtements qu'on porte ; non, selon Esther, il s'agit de quelque chose de bien plus simple, qui tient à la fois des éléments nommés ci-haut, mais surtout d'un phénomène interne, d'une action inhérente à notre corps qui fait que, plantée au milieu d'un grand champ, coincée dans un ascenseur ou allongée au bord de la mer, on peut toujours détacher son jean, prendre une bonne respiration et écouter ce qui se passe au fond de soi, écouter le corps qui crie son malaise et lui donner de l'air. «C'est bien la seule forme de liberté dont peut jouir un être humain, dit Esther, le reste c'est de la *bullshit*. Il n'y a de réel voyage que celui qu'on fait au sein de soi-même chaque fois qu'on réussit à passer de l'état de prisonnière à celui de femme libre. Cet exploit, cette victoire, cet acte d'ouverture et d'abandon, ça s'appelle le "lâcher prise" chez les zen. »

On m'avait donné la permission d'ouvrir d'innombrables portes dans d'innombrables châteaux, mais on avait oublié de me donner les clés, et je suis restée longtemps impuissante devant les paysages qui miroitaient à mes yeux, fouillant en vain dans mes poches sans savoir que la clé, c'était la permission que je me serais donnée moi-même. C'est très nord-américain ce problème-là, cette manie de toujours chercher la liberté partout ; c'est sans doute qu'au fond de nous il y en a très peu. On pense pouvoir tout acheter avec notre argent, mais il y a toujours ce trou, cette absence au fond de soi, ce manque, comme si on avait perdu quelque chose en cours de route. Et si tel était le cas, quand donc l'aurions-nous perdu et qu'aurions-nous perdu exactement? Une certaine idée de l'amour, peut-être. Une image d'éternité. Comment savoir?

Quand j'ai eu vingt-cinq ans, un étrange phénomène s'est produit dans ma vie : il y a eu soudain comme une vitre entre moi et les autres, un vertige continuel. J'étais comme une eau gelée. La peau de mon bras droit, par exemple, ne sentait pas toujours la caresse de ma main gauche qui passait dessus. J'étais comme un fantôme, quelqu'un qui bouge, avance, dont les lèvres articulent des paroles, mais qui ne peut atteindre rien ni personne. Ce mur de silence entre moi et les autres, je l'appelais ma prison transparente. Parfois elle était tellement lourde que je ne pouvais plus avancer sur le trottoir, alors je restais sagement assise au soleil sur une caisse en bois dans une allée du marché Jean-Talon, et je respirais profondément en regardant les gens passer. Le visage animé, les gestes vifs, ils vaquaient à leurs occupations sans me voir, et moi, coincée dans ma détresse, je fondais sous le soleil printanier, je me dissolvais dans la langueur des jours. On aurait dit que ma peau était devenue trop mince, que mon âme prenait trop de place dans mon corps.

Et puis mon trouble en a eu assez d'être sans nom, et je suis devenue claustrophobe. C'est arrivé à Paris lors d'un séjour en compagnie d'un gars et d'une fille que j'essayais d'aimer en même temps. Je me suis retrouvée un matin coincée dans le métro à cause d'une panne, et je me suis mise à étouffer. Une femme assise près de moi s'est occupée de me tenir la main et de détacher mon foulard, et au bout d'une demi-heure, quand le wagon a enfin rouvert ses portes, je suis ressortie en courant pour m'égarer dans la ville, complètement affolée. N'essayez pas, à Paris, si vous êtes en crise, de demander l'aide de quelqu'un. Les gens ont déjà bien assez de leurs propres problèmes, il est hors de question qu'ils prennent le temps de vous indiquer votre chemin ou qu'ils vous offrent un verre pour vous aider à vous remettre. J'ai donc fait tout ça toute seule et en sueur dans la ville-labyrinthe : retrouver ma route, m'arrêter pour boire un demi au comptoir d'un bistrot, et marcher, marcher pendant des heures jusqu'à l'hôtel où m'attendaient, inquiets, mes amis Claude et Josée.

J'avais réussi à retrouver mon chemin dans la Ville-lumière, mais mon horloge s'était cassée en cours de route, et il y aurait désormais des endroits où je ne pourrais plus mettre les pieds : ascenseurs, corridors, métro, tunnels, souterrains, buildings. Ainsi, de métaphysique qu'elle avait été, ma maladie était devenue une chose ordinaire et classifiable. Ce que «j'avais», on le trouvait facilement dans les livres de psychologie : j'étais un être phobique ; c'est pénible, mais ça n'empêche pas de vivre si la marginalité ne vous fait pas peur, car le vingtième étage de Radio-Canada, l'Empire State Building, la tour Eiffel, l'Office des Nations unies à New York, il ne faut plus y compter. Au fond ça ne me dérangeait pas trop : je rêvais de devenir écrivain, pas diplomate. Il faudrait juste que je fasse attention à la police. La prison et les manifestations politiques, ce n'était plus pour moi. Ni les grèves du zèle. Ni la prostitution. Je ne pourrais plus voler chez Eaton. Ni bloquer le compteur du Gaz Métropolitain. Le plus que je pourrais me permettre, ce serait de travailler au noir et recevoir de l'aide sociale en même temps.

À cette époque, chaque nuit je faisais le même rêve : je me retrouvais en prison, c'était horrible au début, mais je finissais toujours par m'adapter et être heureuse entre les murs de ma cellule. Chaque fois, à la fin du rêve, j'éprouvais le même soulagement extraordinaire : j'étais devenue amie avec les autres femmes, je les réconfortais et leur rendais service, et à la fin je ne voulais même plus m'en aller.

Comme tout est clair maintenant. La prison que j'imaginais *autour* de moi, c'était *en* moi qu'elle était. J'aurais beau voyager, changer de place, m'étendre sous le soleil le plus brûlant, il ne fondrait pas, le gros bloc de glace noire qui me gelait les tripes, il ne fondrait pas tant que moi je ne fondrais pas.

Aujourd'hui je ne suis plus qu'une «grande hésiteuse», comme dit mon cousin Édouard, c'est là l'essentiel de ma névrose. Si vous me demandez de choisir entre deux choses, mes petites voix se lèveront toutes en même temps pour s'interpeller et se contredire, se dénigrer et s'entretuer, me confinant ainsi à un perpétuel déchirement, une incessante bataille contre moi-même. Il y a des gens qui s'en tirent en disant « ce n'est pas grave ». En ce qui me concerne, il n'en est pas question : tout est grave, tout est compliqué, tout est une question de vie ou de mort. Comme si mon métabolisme avait été conçu exprès pour tordre et compliquer les choses en un puzzle infernal qui, à force de se monter et se démonter dans ma tête, finit inévitablement par s'étendre à tout ce qui m'entoure, chaque élément de mon existence, qu'il soit petit ou gros, d'ordre matériel ou psychologique, devenant ainsi matière à confusion, bourdonnement intérieur, incidents tapageurs, révolution.

C'est fatigant. Je suis fatiguée. Il faut que je me donne une chance maintenant. Comme les sapins immuables et les montagnes animalesques, je suis une masse moi aussi, j'ai le droit d'exister, j'ai le droit d'être là. Noire ou blonde. Petite ou grosse. Ordinaire ou fabuleuse. J'ai le droit d'aimer, de partir ou de rester. J'ai le droit de changer d'idée. J'ai le droit de manger, de boire et de fumer. Le droit de me nourrir à toutes les sources. Le droit de parler. Le droit de vous regarder, de vous sourire et de vouloir vous revoir. Le droit de vouloir une histoire. Le droit d'être franche. Car c'est souvent ce qui fait mal, n'est-ce pas, la franchise, surtout dans les histoires d'amour? C'est tellement plus simple, entre amis, de dire : «Je préférerais qu'on prenne un peu de distance l'un par rapport à l'autre», ou : «Non, pas ce soir, parce que je soupe avec X», ou : «Demain je pars en voyage avec cet homme, tu sais celui que je t'ai présenté l'autre soir à La Cabane, non, pas le professeur de mathématiques, l'autre, le photographe. »

Je suis une masse. Millénaire. Je porte en moi l'histoire de l'humanité, je trouve ça lourd et j'ai le droit de vouloir que ça change. J'ai le droit d'effacer des lettres sur l'écran. De quitter la pièce ou le pays. J'ai le droit d'oublier. J'ai le droit de me souvenir aussi. J'ai le droit de vous dire que j'ai rêvé à vous cette nuit et que c'était délicieux. Vous aviez mis des petites bûches dans votre chandail, comme pour allumer un feu, nous étions dans une chambre d'hôtel ancienne, dans une ville européenne peut-être. Esther était là aussi, elle avait apporté un tas de vêtements qu'elle répandait partout sur les lits, et vous, avec votre chandail rayé vert et brun plein de morceaux de bois, vous faisiez tout très vite : manger, prendre votre douche, ouvrir votre valise, sortir dans la rue.

*

Il est minuit, le train siffle dans les montagnes. Aujourd'hui j'ai téléphoné à mon père pour lui souhaiter bon anniversaire, et il m'a annoncé la mort d'Ulysse, notre vieux chien. Ça m'a rendue triste. Les animaux dans une famille, c'est comme les enfants, on grandit avec eux, et quand ils ne sont plus là c'est une partie de nous qui s'en va. Ensuite j'ai essayé d'écrire une lettre, mais je n'y suis pas arrivée. Pourquoi ne pas prendre une vraie pause, pourquoi ne pas me contenter d'écrire quelques cartes postales simples et joyeuses qui feraient très bien l'affaire ? C'est plus fort que moi, chaque fois que je pars, je m'empresse de donner de mes nouvelles à tout le monde. Sous prétexte de rassurer les autres, c'est sans doute moi qui, au fond, ne supporte pas les séparations ni l'absence.

Finalement je suis allée me promener au bord de la rivière, un livre à la main. J'ai cherché un endroit où m'asseoir près de l'eau, mais la berge était occupée par un groupe de wapitis que je n'ai pas osé déranger dans leur tranquillité, et c'est debout adossée contre un arbre que j'ai terminé *La Modification* de Michel Butor. Il faisait soleil et très doux, et je suis restée là un bon moment à réfléchir à mes propres modifications. Vous savez, ces changements subtils qui s'opèrent en vous sans même que vous vous en rendiez compte, jusqu'au jour où la réalité vous frappe en pleine face, vous forçant à réaliser que cette chose que vous aviez crue si importante, cela dont la décision avait nécessité tant d'énergie, de courage ou de raison de votre part, eh bien ça n'aura jamais lieu, tout simplement parce qu'au fond ça n'a aucune raison d'être dans votre vie. La modification, c'est ça. Quand ce qu'on croyait nécessaire s'avère ne pas l'être. Quand ce qui paraissait vrai devient faux. Quand les raisons pour lesquelles on pensait devoir dire ou faire quelque chose s'avèrent soudain dénuées de sens, voire inexistantes. L'illusion tombée raide morte.

Les pieds dans les aiguilles de pin, j'ai écouté le flot de la rivière basse et caillouteuse, j'enregistrais la modification. J'avais eu une meilleure amie, maintenant c'était fini et je lui en voulais, j'en voulais à Elsa pour sa lâcheté, je lui en voulais de ne m'avoir laissé d'elle comme dernier souvenir que le son de sa voix paresseuse au bout du fil, et son silence de maudite vache quand j'avais essayé d'obtenir des explications. Il y avait désormais un bris définitif dans mon existence, et j'en ressentais toute l'importance. Maintenant il me fallait évacuer Elsa de ma vie, me souvenir seulement de la beauté douce et intelligente de cette femme brune et longue. J'avais mal, mais je ne ferais rien pour la rattraper. Quand tout est fini, à quoi bon vouloir mettre les point sur les i? Elsa me l'avait très bien signifié par son silence.

J'ai repris ma route et j'ai marché longtemps entre les arbres caressés par le vent. J'écrivais à voix haute des lettres que je n'enverrais jamais, je me laissais aller à une longue rêverie qui ne débouchait pas sur de l'angoisse puisque j'étais en train de marcher ; l'angoisse ne se produit qu'en état d'immobilité. Quand on marche, on a de bonnes idées, on fredonne des chansons, on se fait des projets magnifiques. Assise sur une chaise droite, on perd la mémoire et on a mal partout. Je marche : je pense. Je m'assois : je ne pense plus. C'est bizarre, n'est-ce pas ? Quand je marche, je vois, j'entends, je parle, j'invente. Quand je m'assois, mes petites voix se taisent, mon cœur refroidit, on dirait que je meurs un peu.

En remontant le petit sentier qui mène à l'hôtel, j'ai regardé la ligne pure du ciel qui découpait les montagnes et je me suis dit qu'il fallait trouver une histoire pour mon livre, que c'était ça le problème, qu'il me fallait un plan ou, appelons ça n'importe comment, un cadre, un scénario, une trajectoire, une direction, oui, il me fallait une direction. C'était aussi *obvious* que le ciel immense qui se taisait au-dessus de ma tête, ce gros ciel qui semble n'avoir rien d'autre à faire de toute la journée : grossir et cracher ses nuages, absorber toutes les cochonneries de notre siècle, les mauvaises nourritures et les poisons, les maladies surtout, maintenant que même les chiens meurent du cancer.

À l'hôtel, un message de Tom demandait que je le rappelle. J'avais hâte de lui parler, mais quand je l'ai eu au bout du fil, j'ai tout de suite été déçue. J'avais espéré qu'on soit caressants et repentis comme de vrais amoureux, mais sa voix était si calme que ça m'a atterrée. Nos paroles erratiques, la distance entre nous comme un gros vide interplanétaire, le voyage en Californie qu'il venait de faire pour son travail, le problème qu'il avait eu avec ma voiture, mais ce n'était pas grave, m'a-t-il assuré ; et moi, ce séjour ici dont je ne pouvais absolument pas dire ce qu'il valait, mon malaise en l'entendant parler, si enthousiaste et détaché au bout du fil, ne se souvenant pas de la date exacte de mon retour : «You're coming back on the fifth, isn't it? — No, it isn't, it isn't at all. I am not coming back on the fifth, I'm not coming back at all. I don't want to be in Montréal for Christmas. I don't want to live in Montréal anymore.» Au bout du fil, Tom ne disait rien, il ne savait pas quoi faire de mes sarcasmes. J'ai dit : «Aren't you deceived? — Deceived? You mean *disappointed*? » (Je me trompe toujours, en anglais, entre la traîtrise et la déception.) «Yes, *disappointed*. — No, why?»

Une fois de plus dans l'histoire de l'humanité, un homme et une femme se parlent au téléphone (ça se passe au Canada et la distance est très grande entre eux), et malgré leurs voix qui résonnent de part et d'autre du pays (lui dans son loft de la rue King et elle dans une cabine téléphonique du Rose & Crown), elle trouve que ça ressemble davantage à du silence qu'à une conversation, et elle se sent envahie peu à peu par une avalanche de sentiments contradictoires (désir, rage, impuissance) qu'elle garde soigneusement tus dans la clarté parfaite de la communication interurbaine, et le discours qui s'articule à la surface de l'émoi se fait très vite aussi ennuyant que l'attente chez le dentiste ou la mise à jour d'un livret de banque.

Rage. Rage. Rage. Mais comment peut-il être aussi dépourvu de mots pour me faire vibrer? Il dit : «It's great», tout en se rendant bien compte que ce n'est pas *great* du tout, et au lieu de me poser des questions intimes, il parle du scandale qui vient d'éclater à son travail : cette semaine, une de ses collègues a été prise en flagrant délit de tromper son mari (qui travaille dans la même boîte, bien que dans un autre département) avec nul autre que leur patron à tous deux. Quelle honte, n'est-ce pas, quelle horrible situation pour le mari, d'autant plus que la femme ne cessait de se plaindre à tout le monde qu'elle voulait un deuxième enfant et qu'il était un monstre d'égoïsme de lui refuser ça, elle, la *bitch,* elle qui le trompait depuis des mois, qui sait, peut-être des années?

Les mains tremblantes, les yeux picotés par les larmes, je dis que c'est tant mieux, que les scandales c'est bon pour la santé, et Tom demande pourquoi. «Because it puts people in front of their own fears and contradictions about ethics and purity, because it puts them in front of their own hypocrisy.» Il rit. Et moi j'aime le son de sa voix au bout du fil, j'aime la bonne humeur tranquille qu'il y a dedans, la voix d'un homme qui sait où il va mais qui n'écrasera personne pour y arriver, quelqu'un qui n'est pas comme moi, constamment dans le doute et la remise en question. Oui, j'aime la voix de Tom, qui me fait penser à la douceur longue et dure de son sexe, mais ça donne quoi, ça donne quoi d'aimer la douceur longue et dure du sexe d'un homme si on ne peut pas lui parler?

Au bout du fil, je me sens traître envers mon *boyfriend,* je me sens traître de l'aimer tout en lui en voulant de ne pas saisir les nuances qu'il y a dans mes mots, la complexité dans laquelle se débat mon cerveau. J'ai beau me dire que ce n'est pas de sa faute, que c'est une question de cultures, de différences entre nous, tout de même: pourquoi persiste-t-il à ne pas entendre mon appel, pourquoi s'entête-t-il à ne pas donner la réponse que j'espère?

La conversation s'étiole en propos anodins. Je raconte ma promenade au bord de l'eau, Tom dit qu'il fait un temps horrible à Montréal, et après s'être assuré qu'ici tout est O.K. pour moi, il dit qu'il faut qu'il y aille, qu'il a du travail à faire. Le silence reprend toute la place dans la cabine qui sent le moisi. Assise sur ce vieux tabouret, fatiguée d'avoir en vain attendu un signe, espéré un *I love you* qui n'est pas venu, je me dis que finalement un rien vaut peut-être mieux qu'un pas assez, et qu'avoir passé l'âge de trente ans n'est pas une raison pour accepter la médiocrité. Que ça commence à bien faire, toutes ces histoires de femmes insatisfaites et d'hommes absents, toutes ces histoires d'incompréhension, de difficulté de parler et de problèmes d'expression, toutes ces histoires de couples dysfonctionnels. Inventera-t-on un jour une pilule contre le dysfonctionnement soi-disant normal qu'il y a entre les hommes et les femmes?

Je suis retournée à ma chambre en traînant les pieds et je me suis étendue sur le lit, mon walkman sur les oreilles. De sa voix éraillée et sexy, Jane Birkin a creusé sa petite nostalgie habituelle en moi. Avec ses images d'amour fou et de couple célèbre, elle ravivait mon manque et je la laissais faire en me disant : «Birkin qui chante Gainsbourg, c'est beau à cause de l'histoire de Jane et de Serge.» Les yeux au plafond, les jambes molles sur le couvre-lit en simili, je pensais à l'amour et à l'amitié, qui font de si belles chansons, et j'avais le goût de pleurer. Je ne savais plus du tout où j'en étais avec mes histoires d'amour et d'amitié. Il y avait trop d'absence et de cacophonie dans l'air.

*

Elle avait raison, hier, la serveuse de la cafétéria. En regardant par la fenêtre, elle a dit : «Tomorrow, it's going to be covered with snow.» Aujourd'hui les montagnes sont recouvertes d'une belle peluche blanche, et le paysage repose dans un gros silence mouillé. Cette odeur de neige dans l'air, c'est toute mon enfance qui me remonte à la gorge, comme une grosse fleur blanche et mouillée, éclose dans le ravissement du souvenir.

Que suis-je venue faire dans ce pays tranquille? Purger ma peine? Suivre une cure? Passer ailleurs? Comme une prisonnière entre les murs étroits de sa cellule, je rêve que quelqu'un viendra me rendre visite, qu'il m'apportera des fleurs, du cognac et des baisers, et que nous nous regarderons longtemps sans nous toucher, nos mains jointes dans l'adieu, nos lèvres articulant des mots pleins de promesses.

Monsieur. Je suis une femme attachée, soumise à la loi, mais qui, malgré les murs solides et les portes closes, ne se rendra jamais. Quand je sortirai d'ici, voulez-vous, nous irons manger des frites à la campagne et vous m'enlacerez dans l'herbe sèche, vous mettrez vos mains partout sur ma robe, et dessous vous chercherez la peau et vous la trouverez, et je répondrai de tout mon corps à votre étreinte, à la caresse de vos mains qui, alors, seront vérité et liberté. Il n'y aura plus de néant. Plus de maladies. Plus de peut-être, ni de jamais, ni de quand donc. Il n'y aura que nous deux jetés sur le sol comme une couverture, plongés dans le renouvellement des saisons, avec le petit bruit lisse et rond des cailloux que nous jetterons à l'eau. Il ne sera pas trop tard. Les rivières existeront encore. Et les arbres aussi.

Il neige sur les montagnes et le silence est grand. Les mains à plat sur la table, les yeux plongés dans ce paysage lunaire, je me sens vide, *empty* comme un chaudron qui n'aurait pas servi depuis longtemps. Ainsi, me revoilà comme sur la rue Clark : je cherche une histoire à raconter, mais je reste sans scénario ni personnages, et ma narratrice ne sait toujours pas ce qu'elle veut. Si j'étais à Montréal, je m'esquiverais pour aller faire la vaisselle, mais ici je reste immobile devant la fenêtre en espérant que mon âme s'apaise, et je me trouve atrocement dépassée de nommer encore ainsi cette région de moi-même qui n'est pas localisable, cela qui n'est ni la peau, ni les os, ni les globules ou les hormones, mais le résultat de tout ça dans mon histoire passée, présente et future, et je n'arrive pas, je n'arrive pas à trouver le premier mot, la trame, l'histoire, le scénario, je ne peux pas décider de la trajectoire ni du nom de mon «je» pour en faire un personnage. En fait, je voudrais juste pouvoir prendre une photo et que les choses soient évidentes. Mais pourquoi, dira-t-on, pourquoi vouloir écrire si c'est du réel qu'on souhaite?

Mon ami Léo disait: «Ouais ouais, commence par suivre des ateliers de wendo, pis après ça t'écriras des romans.» Depuis la mort de Léo, cette phrase ne m'a jamais quittée, elle me revient comme un leitmotiv dès que je m'interroge sur la valeur de quelque chose. «Avant de vouloir créer quoi que ce soit, disait-il, il faut commencer par sortir ce qu'on a dans le ventre. Quelqu'un qui n'a pas confronté son propre courage n'est rien. C'est pareil pour un écrivain.» Léo est mort peu après d'une stupide noyade dans un lac, et je ne me suis jamais décidée pour le wendo, je suis restée avec ma peur de casser ma planche et mon manque de confiance en moi, et aujourd'hui je suis obsédée par les notions de lâcheté, d'hypocrisie et de mensonge, obsédée par ma propre noirceur, ma propre incapacité à l'aveu, ma propre hypocrisie. Oui, j'ai beau être assise là bien au chaud dans cette chambre de luxe, devant ce paysage bouleversant d'immensité, je vois bien que je les ai transportés avec moi, mes trous noirs. Mes écrivains morts. Mes idoles de papier. Mon sang pas assez rouge. Ma petite anémie. Mes pots cassés. Ma solitude.

À bien y penser, il n'y a pas de solitude. Il y a toujours quelqu'un quelque part. Ainsi vous êtes là, couchée sur ce lit dans une chambre d'hôtel, et vous vous sentez seule. Mais à partir du moment où vous pensez à votre amie qui occupe la chambre 443, eh bien, vous n'êtes plus seule, et il pourrait en être de même avec les autres pensionnaires de l'hôtel, cela devient une question de choix : il y a ceux que vous aimez, et ceux que vous n'aimez pas. Mais même avec ceux que vous n'aimez pas, le problème de la solitude n'existe pas. C'est triste à dire, mais c'est ainsi. Le pianiste allemand, par exemple, qui occupe la chambre en face de la mienne, eh bien, je ne l'aime pas. J'ai essayé, mais il a persisté à ne pas répondre à mes bonjours. Alors maintenant quand je le rencontre au *lounge* ou dans le couloir, je m'applique à le regarder dans les yeux sans qu'aucune expression ne se dessine sur mon visage, sans qu'aucune chaleur ne se dégage de moi. Je ne l'aime pas. Mais si j'étais vraiment seule dans l'hôtel, si mon amie du 443 était remplacée par un inconnu insignifiant et que je ne connaissais personne d'autre ici, qu'arriverait-il si je pensais à l'Allemand du 352? Ne me sentirais-je pas moins seule malgré tout? Ne serais-je pas, d'une certaine façon, liée à lui quand même à cause de notre inimitié?

La haine est un bon moyen de s'attacher quelqu'un. On traîne avec soi la carcasse de celui que l'on hait. C'est l'indifférence qu'il faut si l'on veut se débarrasser de quelqu'un. C'est dans l'indifférence seulement qu'on est vraiment seule, uniquement là, dans le territoire dépravé et meurtri de l'indifférence.

Les montagnes activent la mémoire. Depuis que je suis ici, je me surprends à penser à un tas de choses que j'avais crues oubliées, je revois des scènes de mon enfance, je pense à mes parents, à mes grands-parents, et même à mes ancêtres et à mes origines. Les montagnes sont comme des pyramides, on dirait qu'elles contiennent des trésors millénaires, qu'elles recèlent tous les secrets de l'humanité. Il n'est donc pas étonnant qu'assise face à elles, abasourdie par leur beauté colossale, on se mette à penser à la famille et aux enfants, et que l'image d'une sœur se dessine, puis celle de son fils, un adorable petit garçon. Évidemment, je suis sa tante, il est normal que je l'adore, dira-t-on, les tantes sont faites pour ça. Mais si je pense à ma sœur Agathe en ce moment, c'est que dans la distance soudain, je voudrais qu'elle sache que si je suis si émue par la candeur et la beauté de son fils qui s'esclaffe en tournant comme un derviche sur le tapis du salon, c'est qu'il me rappelle ma propre joie de vivre quand j'avais cinq ans, et que depuis cet âge où moi aussi j'éclaboussais tout le monde de mon bonheur, je n'ai jamais résolu la difficulté qu'il y a dans l'amour entre les parents et les enfants, «l'angoisse de séparation», comme dit le docteur L.

Qu'adviendra-t-il du petit garçon qui dansait sur le tapis du salon? Comment sa mère fera-t-elle pour s'en séparer un jour, comment acceptera-t-elle de le voir grandir loin d'elle? Je ne comprends rien à ces choses. Je ne supporte pas qu'il faille grandir et se séparer, je ne supporte pas l'idée qu'un jour le petit danseur naturel et plein de grâce sera peut-être un de ces hommes absurdes pour qui la danse c'est fifi, un adulte coincé dans son corps et dans ses habits. Je ne supporte pas que les joyaux d'enfants qu'il y a partout sur la planète ne soient pas préservés, embellis, nourris avec le temps, mais salis plutôt, bêtifiés et corrompus.

C'est ce que j'aimerais dire à ma sœur. Ma tristesse d'enfant qui ne voulait pas grandir. Ma misère d'adulte pas consentante. Ma lucidité aussi. Mon feu. Après tout, nous avons les mêmes parents, les mêmes décors d'enfance, les mêmes souvenirs de côte à remonter après l'école, de vacances à Cape Cod et de sapins de Noël à la campagne. Mais voilà, une famille c'est compliqué. Ce n'est pas parce qu'on a vécu longtemps ensemble dans une belle maison sur une rue bordée de gros arbres que la communication est évidente. On croyait que tout irait de soi, mais non, les liens familiaux sont à inventer, ils n'existent pas d'office, cela est un leurre. Une sœur peut être une étrangère, quelqu'un qu'on rencontre dans les fêtes de famille et qui ne nous connaît pas. Elle peut aussi être une amie, ça dépend, ça dépend du genre de statu quo, d'indifférence ou d'inconsistance auxquels on a affaire. Ça dépend de la vérité qu'on souhaite. Ça dépend de l'énergie qu'on déploie, de quelle sorte de fatigue ou de douleur cela pourrait entraîner. Il y a des gens qui ont perdu leur famille et qui, pour rien au monde, ne voudraient la retrouver. Ce qu'ils ont perdu, ils préfèrent l'oublier.

Mais chez moi, dans cette tribu que constitue ma famille, tout au plus parvient-on à disparaître pour quelques semaines, il est impossible de se perdre de vue. Installées à quelques rues les unes des autres, comme dans un village, ma mère et ses deux sœurs sont les piliers d'un clan indéracinable où il y a beaucoup d'attachement entre les parents et les enfants : le genre d'attachement qui fait que les enfants ne partent jamais vraiment.

Assise là face aux montagnes, je pense à ma sœur, et en tant qu'aînée j'aurais envie de la prévenir et de la protéger, j'aurais envie de lui prodiguer des conseils. Mais quoi ? Qu'y aurait-il de simple et de précis que je puisse lui dire, dont je sois certaine, pour l'avoir expérimenté moi-même, que cela puisse l'aider à vivre ? Y a-t-il vraiment quelque chose que je connaisse en ce monde ? Et puis, comment quelqu'un qui vit dans le doute continuel pourrait-il donner des conseils à quiconque ?

Quand j'allais au cégep, j'avais une amie italienne. Elle s'appelait Sabrina et je la trouvais très intelligente :

elle disait qu'elle aurait voulu être laide parce que ça l'aurait rendue plus lucide, plus vraie. Moi, je me faisais un point d'honneur d'affirmer que j'avais le droit de penser de telle façon aujourd'hui et autrement demain, que j'avais le droit, demain, d'être une autre, que personne ne pouvait exiger de moi que je sois la même deux fois de suite. *Big deal.* Je ne sais pas de quel système philosophique cela tenait, c'était sans doute un peu nietzschéen.

Sabrina était un peu plus âgée que moi, elle vivait déjà en appartement alors que j'habitais encore chez mes parents. Parfois j'allais dormir chez elle pour pouvoir parler tard dans la nuit. Je l'admirais. Les fins de semaine, elle travaillait au restaurant de sa famille à Côte-des-Neiges. La première fois qu'elle m'avait vue, sa mère avait dit à Sabrina que j'avais *un bel culo* et ça m'avait attristée, ça m'attriste toujours qu'on me parle de mon cul au lieu de mon visage.

Aujourd'hui Sabrina est mariée, elle a un enfant et un gros poste à Radio-Canada. Ainsi, la fille qui voulait être laide a réussi, et moi qui rêvais de liberté, je cherche encore mon identité sur les trottoirs. C'est ce qu'on appelle les chemins de la vie.

*

Sapins verts, ciel bleu, neige blanche. Ce matin le soleil fait reluire de tous ses feux le paysage de carte postale qui se découpe dans ma fenêtre. Au loin, je peux voir les points brillants des *chairlifts* se déplacer lentement le long de Sulphur Mountain. Toute la journée elles scintillent au soleil, ces petites gondoles en métal suspendues dans le vide. On dit qu'en haut il y a un restaurant, des sources d'eau chaude et une vue superbe. J'irai, oui, mais sûrement pas en *chairlift*.

Il y a aussi le Springs Hotel que je peux voir en m'étirant le cou, sorte de gros château accroché à flanc de montagne. On dit qu'il a été construit en bois en 1888, mais qu'il a brûlé et a été rebâti en pierre après la guerre. Il fait partie d'une série d'hôtels qui ont tous été construits à la même époque, d'un bout à l'autre du Canada, par la Canadian Pacific Railway. Le Château Frontenac à Québec fait partie de cette chaîne, ainsi que le Royal York à Toronto et le Château du lac Louise. J'ai appris tout ça dans la brochure touristique qu'on m'a donnée au centre. À la page du milieu, une belle photo nous montre le train qui s'enfonce dans les montagnes, longue chenille bleue, verte et rouge. On dit que la construction de ces tunnels a nécessité le travail de mille hommes pendant deux ans, et que la plupart étaient des Chinois.

Il n'y a pas si longtemps encore, le Canada n'existait pas pour moi, je n'y pensais jamais, il ne faisait partie ni de ma réalité ni de mon imaginaire. J'avais beau en entendre parler dans les journaux et à la télévision, ça ne déclenchait jamais quoi que ce soit dans ma tête, aucune image d'amour ni de haine. Quand les gens d'ici me demandent : « Is this your first time here ? », je réponds : « Yes, yes, it's the first time that I come to Canada », et ils me regardent d'un air perplexe, ils ne savent pas s'ils doivent me trouver drôle ou arrogante, et ils sont trop polis pour m'envoyer promener. Quant à moi, je ne sais pas très bien comment me comporter envers les Canadiens anglais, il y a toujours cette espèce d'immobilité dans leur visage, cette immuabilité qui semble les protéger de toute indiscrétion que vous pourriez commettre à leur égard. Ils sont si *cool*, si peu spontanés qu'en leur présence j'ai toujours l'impression d'être une fille trop. Trop curieuse, trop excitée, trop engageante.

Il y a dix jours maintenant que je suis arrivée. Personne ici ne sait à quel point je serais malheureuse s'il me fallait rentrer immédiatement à Montréal. À force de ne pas voyager, j'avais perdu l'habitude du type d'organisation que cela implique : se préparer à partir, partir, arriver quelque part, s'installer dans le provisoire, explorer, repartir à nouveau. Peut-être que Banff m'ennuiera dans quelque temps, mais il aura fallu que je vienne ici pour constater que j'étais en train de devenir cynique à Montréal. Cela, je l'ai entrevu de manière floue avant le départ, et ensuite de façon plus précise dans l'avion : j'avais pris l'habitude de détester tout et tout le monde, je ne m'émerveillais plus de rien.

Le docteur L. dit que voyager c'est bien, mais qu'il ne faut pas oublier d'aménager sa propre vie, là où on revient toujours. Ce sera la prochaine étape. Pour l'instant, c'est d'un ailleurs que j'avais besoin.

*

Aujourd'hui il y a de la brume dans l'air. Un soleil faiblard perce le feuillage d'un sapin squelettique, on dirait une lune japonaise. Oui, ce paysage canadien, lorsqu'il est un peu ravagé, diminué par les intempéries, fait parfois penser à un paysage japonais.

J'ai mal dormi cette nuit, j'ai fait un mauvais rêve. Est-ce à cause du vin rouge et du repas trop lourd d'hier soir, ou bien est-ce la conversation téléphonique que j'ai eue après avec ma mère ? Dans mon rêve je me promenais à bicyclette, une belle bicyclette toute neuve, mais elle fonctionnait mal, les pédales se brisaient dès que j'appuyais dessus. Alors je retournais au magasin, furieuse contre la vendeuse qui semblait s'en foutre éperdument, elle était très sarcastique envers moi et refusait d'échanger la bicyclette ou de me rendre mon argent. « Well, it's your problem, you bought it, so you have to deal with it now», disait-elle en grimaçant de sa bouche trop maquillée. Alors j'ai été prise d'une rage folle, et je me suis mise à briser tout ce qu'il y avait dans le magasin : lampes, cendriers, vases, je faisais tout tomber des étagères, je ne pouvais plus m'arrêter.

Je me suis réveillée avec un mal de ventre. J'avais soupé tard, c'est vrai (Ruth, une femme sympathique qui travaille au Carradyne Centre, nous a reçues chez elle, Sylvia et moi), mais ce n'est pas la nourriture que j'ai mal digérée, non, ce que j'ai mal digéré, c'est la conversation avec ma mère après, le sentiment de détresse que j'ai éprouvé en entendant sa voix lente et comme fatiguée me raconter l'hiver à Montréal, les réparations qu'il a fallu faire dans la toiture, le chien qu'elle voudrait pour remplacer Ulysse, le condo que ma sœur Mireille veut s'acheter..., et mon impatience quand j'ai dit qu'ici j'espérais pouvoir écrire un peu et qu'elle a répondu : «Tu fais mieux, ma p'tite bonjour...» J'ai ressenti alors le même agacement qu'à l'adolescence, quand elle essayait de me faire porter des vêtements à son goût et que je trépignais dans le magasin en ayant hâte qu'on s'en aille, mais j'ai dit plutôt sur un ton qui se voulait léger : «Bon, évidemment il faut que ma mère me fasse une petite leçon de morale, elle ne peut pas s'en empêcher. — Mais Gisèle, euh, Bruges, c'est que j'ai tellement hâte de te lire !» Changeant de sujet, j'ai raconté comment ça se passait ici, le bien-être que j'éprouvais à être loin de Montréal, le bienfait inespéré de cette distance, et elle a dit : «Mais ici aussi, tu sais, quand tu reviendras, ce sera facile de garder tes distances. Quand tu veux rien savoir de nous autres, tu n'as qu'à le dire. Tu pourrais même prendre la maison de campagne de temps en temps, mais bon, sans chien, c'est peut-être un peu plus difficile, mais...» Ça m'a énervée. Pourquoi faut-il toujours qu'une mère, même si c'est avec toute la bienveillance du monde, vous dise quoi faire? Pourquoi faut-il toujours qu'elle se prononce, qu'elle donne son avis, voire son jugement? Pourquoi faut-il qu'une mère veuille vous donner la liberté que vous cherchez désespérément à acquérir par vous-même depuis l'âge de quatorze ans? Les mères ne se rendent-elles donc pas compte que c'est ça l'insupportable, cette façon qu'elles ont de vouloir tout vous donner, même votre propre détachement, même votre propre autonomie vis-à-vis d'elles? Tout cela que seulement vous, et personne d'autre, pourrez jamais prendre et faire vôtre.

Quand j'avais douze ans, ça me gênait que ma mère veuille m'accompagner partout, je lui disais: «Mais maman, ils vont rire de moi si je viens avec ma mère.» Je ne voulais pas avoir l'air niaiseuse, je ne voulais pas avoir l'air d'une fille qui a encore besoin de sa mère. Or j'en avais encore besoin. On ne laisse pas une fille de douze ans aller toute seule à l'Expo ou voir le show d'Antoine à l'aréna Maurice-Richard. Et ma mère était d'une générosité à toute épreuve. Comment se séparer de l'être qui serait prêt à faire n'importe quoi pour vous?

Ma mère n'avait pas peur d'être là. Je la trouvais souvent trop voyante avec ses longs ongles peints, ses habits colorés, ses turbans, ses robes amples. Je préférais quand elle portait son Chanel, des vêtements sobres, classiques. Même dans la maison il lui fallait des couleurs, de l'éclat. Ça me déplaisait. Le piano jaune orange, par exemple. Ou les rideaux avec des dessins multicolores dans ma chambre. Tout était toujours si voyant. Moi j'aurais voulu un espace vierge et sobre. J'aurais voulu pouvoir penser en paix. J'aurais voulu de la simplicité et du silence. Mais j'étais bien tout le contraire. Je faisais des crises, je m'arrachais les cheveux, j'étais colérique et exigeante. Devant le miroir orné de la salle de bain, je me faisais des grimaces, je me donnais des claques dans le visage, comme si j'avais une dette à payer, une faute à expier. Étais-je une fille hystérique ou simplement une adolescente ordinaire qui se révolte en criant «maudite marde»?

Docteur, j'ai mal à ma mère, comme au temps de l'adolescence. C'est normal, n'est-ce pas? Je l'ai lu dans des livres : passé l'âge de trente ans, il est normal qu'une femme se révolte une dernière fois contre sa mère, pour pouvoir devenir enfin «son propre parent». *I don't want to put the blame on you, mother, but I have to.* Laisse-moi t'en vouloir une fois pour toutes, O.K., et qu'on n'en parle plus. Qu'on en finisse avec la culpabilité, le ressentiment, l'ambiguïté de l'amour-haine. Ensuite en partira en voyage. On descendra des rivières. On traversera la France à pied. On ira en Chine. On construira de belles machines. On trouvera un espace paisible au fond de nous-mêmes, et on pourra enfin dire comme John Cage : «I am composing all the time, and I like to be where I am.»

Mais avant il faut que je t'en veuille une fois pour toutes, c'est écrit dans ces livres sur les mères et les filles, alors je t'en prie, maman, laisse-moi t'en vouloir de m'avoir donné ce que tu avais de plus précieux : tes mots, tes fleurs, tes images, tes si belles images, et ton bonheur, et tes attentes, et tous ces rêves auxquels j'ai bu, oui, laisse-moi t'en vouloir pour cet amour qui m'a rendu si difficiles le départ et l'affranchissement, cette dévotion que jamais je ne retrouverai ailleurs. Même si tu n'as pas bronché quand j'ai annoncé que je partais, cet été-là de mes seize ans. Tu voulais tellement être correcte. Tu voulais tellement me laisser faire. Tu voulais tellement. Aujourd'hui encore, je ressens cette volonté comme un poids, une entrave, cette volonté que par amour tu as cherché à placer en moi, cette volonté que je n'ai pas encore réussi à faire mienne, moi ta rebelle, ta contradictoire, ton éternelle insatisfaite. *I don't want to put the blame on you, mother.* J'essaie juste d'y voir clair dans tout ça. C'est un geste de survie, tu comprends, toi qui es censée tout comprendre?

Quand j'étais petite, ma mère me prenait dans ses bras et me faisait danser dans le salon, sur des musiques de Léo Ferré et de Guy Béart. Je me souviendrai toujours de *La Vie moderne* et du *Chandernagor* qui firent les délices de ces moments où nous nous consacrions au bonheur. Le dimanche après-midi, elle cuisinait en écoutant les *Concertos brandebourgeois* et je la regardais faire, assise sur le comptoir. Parfois il arrivait que son visage se ferme, comme si elle était ailleurs en pensée, alors je lui demandais : « Qu'est-ce que t'as ? » et elle répondait : « Rien, pourquoi ? — Je sais pas, t'as l'air de mauvaise humeur. » Elle répliquait « mais non », mais moi j'étais obsédée par les humeurs de ma mère, je ne pouvais supporter qu'elle ait la moindre fatigue, le moindre égarement, je la voulais invincible et parfaite, j'aurais voulu pouvoir lire à travers elle et la façonner pour un bonheur total et immortel. Était-elle vraiment de mauvaise humeur, ces dimanches après-midi là, ou bien était-ce moi qui ne pouvais supporter qu'elle pense à autre chose, moi qui déjà avais cet insatiable besoin qu'on s'occupe de moi ?

Une mère est un mystère. Ses rêves, ses douleurs, son histoire intime, vous ne les connaîtrez jamais : une mère reste seule avec ses secrets. Elle vous a conçue, elle vous a portée, elle vous a donné ses gènes et pourtant, encore aujourd'hui, alors que vous avez l'âge d'être mère à votre tour, vous ne savez pas exactement par quoi elle est passée. Les enfants aiment s'imaginer toutes sortes de choses au sujet de leurs parents, et je ne faisais pas exception. Assise sur le comptoir de la cuisine, je me demandais s'il y avait eu un drame dans la vie de ma mère, si son histoire était vraiment aussi simple qu'elle me l'avait racontée. Et s'il y avait un drame, quand donc s'était-il joué? En avais-je été témoin? Avais-je entendu les pleurs de ma mère? M'avait-elle prise dans ses bras pour trouver du réconfort?

En fait, j'étais juste une fille ordinaire qui commençait à se poser des questions. Sans le savoir, je réfléchissais déjà à ma propre existence, je voulais savoir d'où je venais. En scrutant le visage de ma mère, c'était mon propre mystère que je cherchais à élucider. D'où venaient donc ces larmes dont je n'étais pas avare, ces beaux filets d'eau transparents qui, lorsqu'ils coulaient sur mes joues rondes, exprimaient ma peine tout en me causant un indicible soulagement? De quels fleuves lointains étaient-ils nés? Et ma joie, cette immense joie qui me saisissait parfois comme un brusque accès de fièvre, d'où venait-elle, à quel continent inconnu était-elle rattachée, à quelle vastitude? Et ce désespoir qui me prenait pour rien, ce brouillard qui obscurcissait ma vue soudain, noircissant du coup le paysage le plus ensoleillé, qui donc l'avait inventé, qui donc l'avait envoyé jusqu'à moi, et de quel étrange pays? Y avait-il des pays où l'on inventait les larmes, la joie et le désespoir?

Sans le savoir, ces dimanches après-midi là, je cherchais à percer le mystère de l'identité humaine, je voulais parcourir les chemins obscurs qu'avait empruntés l'histoire pour se rendre jusqu'à moi, fille brune au regard inquiet, je voulais savoir comment avaient fonctionné les gènes de ma famille pour m'accomplir, je voulais savoir comment fonctionnent les gènes de l'humanité pour construire un être humain.

À Québec, un beau jour du mois d'août 1954, une belle femme blonde épouse un bel homme au regard foncé. Il a les traits fins et prononcés, les yeux noirs, les cheveux lisses, une bouche sérieuse et volontaire. Elle a la peau blanche, des yeux bleus très expressifs, de belles rondeurs, des jambes élégantes, une bouche gourmande et volontaire. C'est un mariage. Comme il y en a beaucoup à cette époque. Ils se sont rencontrés sur une patinoire de la paroisse de Saint-Fidèle, à Limoilou. Il a parié avec ses amis qu'elle accepterait de patiner avec lui. Elle accepte, et après elle l'invite à boire un chocolat chaud chez elle. C'est dimanche, et dans le petit appartement de la 15e Rue, il rencontre toute la famille en même temps : le père, la mère, les sœurs, les tantes, les oncles. Elle tombe amoureuse. Ils parlent de mariage. Ils rêvent d'avenir. Ils s'engagent ensemble dans l'avenir. C'est une histoire d'amour belle et ordinaire, entre une femme généreuse et déterminée et un homme intelligent, bon et honnête. Une femme qui lit beaucoup de romans et un homme qui veut garder les pieds sur terre. En même temps qu'elle épouse l'homme, la femme épouse une image d'homme, et peut-être en est-il de même pour lui, peut-être que lui aussi épouse une image de femme en même temps qu'il l'épouse elle, oui, c'est peut-être ainsi qu'ont lieu tous les mariages, à partir de cette petite ambiguïté : chacun épousant une image de l'autre et essayant ensuite de s'y conformer durant toutes ces années de vie commune. Mais ça ne marche pas toujours. Car surviennent des développements qui n'étaient pas prévus dans le rêve, car surgissent des défauts qui ne paraissaient pas sur la photo. L'homme est un homme ordinaire, pas un héros. Et la femme est une femme ordinaire, pas une dulcinée. Il a ses manies de prudence, de renfrognement et de rigidité. Elle a ses angoisses et ses contradictions, ses hauts et ses bas, son besoin de tout mettre à sa main. Alors ils finiront par se faire souffrir un peu. Lui parce qu'il voudrait qu'on le laisse en paix. Et elle parce qu'elle transporte un rêve d'amour inassouvissable, qu'aucun homme ne pourrait jamais combler. Ni un héros ni un antihéros. Ni un pauvre ni un riche. Ni un brun ni un blond.

Voilà. C'est une histoire d'amour belle et ordinaire. Où les héros ne sont pas des héros. Où il y a de la chicane, des départs en coups de vent et des petites tapes sur les fesses. Des morceaux de gâteau grignotés à minuit. Des silences derrière le journal. Des bouquets de fleurs sauvages. Des vitres propres. C'est de là que je viens. Angoisse et bonheur. Bruit et silence. Solitude et partage. Clarté et mystère.

Une fois partie de la maison, j'ai cru avoir trouvé la solution. J'avais seize ans et je me comportais déjà comme une adulte, on me disait «intelligente et curieuse», j'avais plein de projets audacieux tels qu'aller travailler dans un kibboutz, traverser la France à pied ou m'engager comme cuisinière sur un bateau. Mais, impuissante à faire quoi que ce soit, je passais mes après-midi à pleurer en marchant au soleil sans comprendre ce qui m'arrivait, essayant de me convaincre que c'était bien, que c'était ainsi qu'une écrivaine devait commencer sa vie. Une amie me téléphonait, je répondais en sanglots. Elle disait: «Qu'est-ce que t'as? — J'sais pas. — C'est-tu quelque chose en particulier? — Non, c'est rien en particulier. — Ah, ben là, c'est plus grave, quand on pleure pour rien, c'est plus grave.» Et je continuais à pleurer, à boire du vin dans ma chambre et à faire des ménages à Ville Mont-Royal, dans des maisons trop propres où des femmes s'ennuyaient à mourir.

Ma mère a été stoïque. Cet été-là où je suis partie, elle s'est informée calmement de ce que je voulais faire et n'a pas insisté pour que je m'inscrive à l'université. Elle m'a laissée déménager en douce, et sans doute s'est-elle chargée de convaincre mon père. Lui, il n'a rien dit. J'étais habituée à ce silence. Ensemble ils prenaient les décisions, mais c'était ma mère qui se chargeait de parler. Jamais mon père ne m'avait prise à part pour qu'on discute de mon avenir. Cet été-là, donc, pas plus qu'auparavant, il ne m'a conviée dans son bureau, et longtemps après, j'ai regretté ce moment où il aurait pu m'indiquer le chemin. Ce n'est que vingt ans plus tard, quand je me suis retrouvée chez le docteur L., que je l'ai dit pour la première fois : « J'aurais voulu que quelqu'un me dise quoi faire. »

J'ai vécu avec un premier homme. On est allés passer un an à Paris, et au retour on s'est séparés. Il avait réussi à me convaincre que le couple était un phénomène rétrograde et qu'il fallait expérimenter autre chose, des trucs flyés comme l'homosexualité, le travestisme ou le militantisme. On est donc partis faire tout ça chacun de son côté, et j'ai caché ma peine d'amour comme si c'était une tare. Quelques années après, j'ai compris que j'avais été flouée : je n'avais jamais voulu la rupture. Ni le travestisme.

Ensuite j'ai fait un peu de théâtre amateur, j'ai travaillé dans une librairie, j'ai voyagé, et puis un jour je suis revenue de France avec une sensation de *nowhere* qui me brûlait la peau. J'avais des vertiges, je me retenais aux murs et aux rampes d'escaliers pour ne pas tomber, comme cette femme que je croisais souvent sur la rue Saint-Laurent, qui marchait pliée en deux en se raccrochant d'une main à tout ce qu'elle trouvait sur sa route : bornes-fontaines, clôtures, parcomètres ou poubelles.

C'est alors que j'ai rencontré Aldo. Avec ses yeux très bleus, ses gestes lents et ses phrases zen, j'ai cru voir en lui mon sauveur. On s'embrassait dans les parcs, bénis par la lumière du printemps, et dans ses bras je fermais les yeux, confondue par l'ombre des arbres qui s'allongeait en arrière-plan. Il me semblait toujours que j'allais me dissoudre et m'enfoncer dans le sol comme de l'eau, comme l'eau des crues du printemps. Je l'appelais mon psychanalyste, je voulais qu'il remplace ma mère. Il l'a fait. Il n'était pas comme les autres. Il avait du temps, de la disponibilité pour l'amour, il n'avait pas de plan de carrière. Mais bon. Un homme a ses limites. Comment quelqu'un, aussi généreux soit-il, pourrait-il vous donner ce que justement c'était à vous de prendre? Votre liberté, c'est à vous de l'agripper, de la voler s'il le faut, oui, c'est exactement là que ça commence, quand vous coupez vous-même le cordon, en toute connaissance de cause, quand vous accomplissez un jour ce geste radical d'auto-nomie et de vraisemblance.

Je me suis retrouvée avec une autre peine coincée dans la gorge. J'avais failli. On ne demande pas à un homme de jouer à la mère avec vous, parce qu'un jour, c'est certain, vous en aurez assez et vous vous enfuirez, exactement comme vous vous étiez enfuie de la maison familiale. Cet hiver-là, je suis retournée à Paris. Sylvia m'avait invitée dans un bel appartement, rue de Seine, et j'y ai été plutôt heureuse malgré la grisaille du ciel et des pierres, mais de retour à Montréal, la même chanson s'est remise à jouer trop vite dans ma tête, et je ne l'ai plus supporté.

On pense que c'est à cause des autres qu'on est malheureuse, que ce sont eux qui entravent notre route, notre liberté, notre innocence. Si c'était vrai, on devrait donc se sentir beaucoup mieux quand ils ne sont plus là. Mais non. Je n'étais pas plus heureuse, il y avait quelque chose en moi qui continuait à m'empoisonner. L'oiseau mort, le morceau de plâtre, le goût amer, c'était en moi qu'ils étaient, c'était en moi qu'ils avaient pris toute la place.

À cette époque, je ne pouvais pas supporter d'être seule, ne serait-ce qu'une soirée. Heureusement que j'avais beaucoup d'amis, il y avait toujours quelqu'un avec qui parler et boire du vin. Debout sur mon radeau percé, j'allais à la dérive, je ne savais plus nager, je ne savais même plus mon nom, tout ce que je savais, c'était que je revenais de Paris pour la centième fois et que ça n'avait rien changé, que peut-être la direction ce n'était plus Paris, qu'il y avait sûrement un autre ailleurs pour moi sur la terre, quelque chose qui modifierait pour de bon ma carte du monde.

C'était le mois de mars à Montréal, l'hiver n'en finissait pas et le cercle se rétrécissait de plus en plus vite dans ma tête. C'est alors que je suis allée voir la thérapeute mexicaine. J'avais d'abord appelé un jeune psychanalyste en vogue, dont on parlait beaucoup dans les journaux, mais il était surchargé et m'a donné un autre numéro de téléphone, et c'est ainsi que je me suis retrouvée chez madame K. par une belle journée de soleil. J'avais mis ma veste de cuir noir et des boucles d'oreilles bleues, et dans l'autobus j'avais eu du plaisir à regarder par la fenêtre, cela ne m'était pas arrivé depuis longtemps.

Quand je suis entrée dans son bureau, tout de suite j'ai su que cette femme assise très droite dans son fauteuil allait m'entendre dire quelque chose que je n'avais encore jamais dit à personne, ou du moins m'entendre dire que j'avais désespérément besoin de dire des choses que je n'avais encore jamais dites à personne, et j'ai eu alors terriblement envie d'être à sa place pour savoir ce qu'elle avait, cette fille douce et nerveuse dans sa veste de cuir noir.

J'ai raconté les arbres menaçants du parc Lafontaine, la boule rouge dans mon ventre et les chambres d'hôtels où j'aboutissais toujours dans mes rêves, puis je lui ai demandé pourquoi elle m'avait fait m'asseoir en

face d'elle plutôt que m'allonger sur un sofa. Elle a dit :
« Vous pouvez essayer si vous voulez », en m'indiquant le
canapé qui se trouvait contre le mur. Je suis allée m'étendre, j'ai regardé au plafond un moment, puis j'ai fermé
les yeux et j'ai eu un frisson, je voyais la boule rouge dans
mon ventre qui grossissait en dégageant de plus en plus
de chaleur, j'étais incapable de parler et tout devenait
terriblement flou, et j'ai compris pourquoi les psychana-
lyses durent sept ans. Sans qu'elle me le demande, je suis
allée me rasseoir sur la chaise de toile bleue en face de
madame K., et j'ai planté mon regard dans son visage
impassible. J'ai parlé comme un moulin, j'ai pleuré beaucoup, et elle se taisait, les mains sur ses genoux. Elle avait
l'air de méditer, immobile et silencieuse, un peu penchée en avant avec ses souliers plats, sa jupe foncée et ses
cheveux noirs. Je pouvais sentir la motte de terre s'effriter dans ma gorge, et madame K. a dit que c'était la peur,
que j'avais peur de traverser quelque chose de souffrant.
Puis elle a dit que ma thérapie, de type analytique et
d'orientation jungienne, durerait environ deux ans. Elle
était Mexicaine et ne dirait jamais un mot pendant les
cinquante minutes que je passerais avec elle une fois par
semaine.

Je n'ai pas fréquenté madame K. pendant deux ans,
mais pendant six mois seulement, au bout desquels elle a
dû retourner d'urgence au Mexique. Avant de partir, elle
m'a recommandé le docteur L. en disant qu'avec lui ce
serait gratuit à cause de son statut de psychiatre. J'avais
fait un bout de la route avec une femme, et maintenant
j'allais continuer avec un homme. C'était parfait. J'avais
toujours souffert de ce déséquilibre dans ma vie, entre le
yin et le yang.

*

123

C'est l'après-midi dans la chambre. La crête des monts se détache en arêtes sèches sur le ciel bleu, l'air est doux et cristallin, on peut l'entendre chanter. Il fait vraiment du bon travail, cet air-là, il vous nettoie, il vous calme et vous purifie. Ici je suis en cure de liberté, de luxe et de tranquillité. Chaque minute, je la savoure en essayant de ne pas oublier que je suis en voyage, que le présent m'appartient. J'aime vivre à l'hôtel. Ne pas avoir à m'occuper de la maison. Ne pas être dans ma maison. Ne pas être dans une maison.

Hier, c'était ma fête. Hier, j'ai eu trente-six ans. Vent doux, montagnes mordorées découpées en grosses vagues sur le ciel immense, c'était une journée magnifique et j'en ai bien profité. Fêter son anniversaire en voyage, c'est bien, car on se sent encore plus en voyage. Aujourd'hui je suis un peu étourdie, sans doute à cause du vin. Juste comme je constatais m'être bien acclimatée, j'espère que je ne vais pas commencer à me sentir mal. Mais j'ai un truc maintenant, c'est Esther qui me l'a montré, dès qu'on a un malaise, il faut s'arrêter, détacher ses vêtements, respirer lentement et profondément, et tout se replace. On s'aperçoit alors que si l'on étouffait, c'est tout simplement qu'on avait cessé de respirer.

Aujourd'hui j'ai trente-six ans et je n'ai pas peur, je suis engagée dans ma voie. Il faut juste suivre le fil du désir et aller au bout des choses, plus loin que mes stupeurs d'enfance derrière les rideaux, plus loin que mon adolescence enjouée à répondre au téléphone, plus loin que le grand amour de mes vingt-cinq ans. De quoi dois-je me préoccuper maintenant que j'ai bel et bien dépassé l'âge du Christ? Trente-six ans, c'est mélangeant. En même temps qu'on est encore une petite fille, on est aussi cette adolescente tourmentée au bord du vide, et aussi cette jeune femme rieuse et pleine d'espoir, et aussi cette autre qui connaît la vie et qui sait la douleur. Tout cela est en moi désormais. À part les pays où je ne suis pas allée, il n'y a que l'enfantement que je ne connais pas. Et aussi de mûrir dans l'écriture. Il me reste donc tout cela à connaître : les pays, l'enfantement, l'écriture, mûrir.

Hier, donc, c'était ma fête. Le matin d'abord, comme il faisait exceptionnellement beau, on est parties se promener, Sylvia et moi. Nous avons marché long-temps, le courant chaud du chinook avait radouci l'air et fait fondre la neige, ça sentait le printemps. Dans le petit sentier je respirais à fond, j'étais contente d'être là avec Sylvia. Depuis notre arrivée, nous sommes calmes et à l'aise ensemble, sans doute parce qu'ici tout est simple et à portée de main ; ce n'est pas comme à Montréal, où il faut toujours défier des agendas surchargés pour orga-niser le moindre rendez-vous. En marchant entre les arbres, Sylvia m'a raconté son dernier projet, une pièce de théâtre pour enfants où deux souris s'en vont au Nouveau-Mexique pour fuir la fin du monde. En l'écou-tant, je pensais à la réalité de l'écriture. Quand elle écrit, Sylvia écrit vraiment : elle prend son stylo et pendant des heures elle écrit, avec de la vraie encre sur du vrai papier, et après elle a mal à la main. Moi quand j'écris, je pense plutôt à l'écriture en regardant par la fenêtre, je n'ai jamais mal à la main après.

Au bout du sentier qui longe la rivière, nous avons bifurqué sur une large rue bordée de jardinets et de bungalows, pour aboutir enfin sur la Main où se trouvent tous les commerces de Banff. Au *wine store,* nous avons été enchantées de trouver des produits de qualité moins chers que chez nous, puis on est entrées dans la librairie juste à côté. Sylvia m'a offert un livre d'Anaïs Nin et je me suis acheté une grande carte du monde. En ressortant, je me suis demandé ce que penserait le docteur L. s'il m'entendait dire que voyager c'est la seule façon de grandir. «Il dirait sans doute de ne pas arrêter d'être en voyage quand tu reviens chez toi», m'a répondu une de mes petites voix.

Vers cinq heures, on est allées prendre un verre au *lounge,* et c'est là que nous avons fait la connaissance de Marion, la vidéaste hollandaise. On venait tout juste de commander des martinis (je n'en bois jamais, mais ici c'est un drink très à la mode), quand elle est entrée dans le bar, et c'est comme ça que mon party de fête a commencé : en buvant des martinis et en écoutant les histoires de voyages de cette femme extraordinaire, son séjour au Tibet, entre autres, où elle s'est rendue à l'occasion de ses cinquante ans pour visiter le plus grand temple bouddhique du monde, un temple d'un mille de long tout orné de sculptures et de figurines, avec un grand jardin autour.

Il y avait une belle douceur qui courait entre nous, j'étais contente. Pour une fois que je pouvais fêter mon anniversaire spontanément, sans rien décider d'avance. Il n'y a qu'en voyage que l'on puisse faire ça, car l'imprévu dans votre propre ville est une chose presque impossible. À Montréal, j'ai beau essayer, ça ne marche jamais, si je ne décide rien d'avance pour mon anniversaire, pour Noël ou pour le jour de l'An, je m'achemine vers une catastrophe, c'est certain.

Pour finir, on est allées souper au restaurant toutes les trois. En écoutant Marion raconter ses histoires, je me suis dit que moi aussi il faudrait que je voyage maintenant. On ne peut pas éternellement tout puiser en soi-même, sur une même rue, dans un même pays, on a besoin de l'humanité pour avancer.

Nous avons parlé de philosophie et de spiritualité. Je me suis enfargée plusieurs fois dans mes propos, Sylvia était beaucoup plus tranchante et articulée que moi, et Marion la regardait avec admiration. Ça ne m'a pas étonnée, c'est comme ça depuis notre arrivée, Sylvia a quelque chose d'imposant qui fascine, je vois bien comment les gens la regardent et l'écoutent. Quand elle parle, on dirait que du feu lui sort de la bouche. Moi j'ai du mal à me prononcer de façon claire et nette sur les choses, il y a toujours un «mais» qui vient obscurcir ma pensée. C'est agaçant mais je n'y peux rien. Je ne peux dire que ce que je sens, et de nos jours ce n'est pas très valorisé, on vous demande plutôt ce que vous en pensez. Est-ce par faiblesse que j'aime la compagnie des plus jeunes, celles qui sont encore naïves, spontanées et rieuses? C'est peut-être que mon âme d'adolescente n'est pas tout à fait morte. N'empêche qu'hier, en écoutant Sylvia parler, j'ai eu de l'admiration moi aussi, je me suis demandé d'où lui venait toute cette belle génialité qu'il y avait dans sa tête.

Nous avons quitté Marion vers onze heures, et j'ai entraîné Sylvia pour un dernier verre à l'hôtel. La télévision était allumée dans le bar, mais le son était plus fort que d'habitude, et au lieu de jouer au *pool*, les hommes étaient assis devant, l'air concentré : c'était le changement de la présidence américaine. Moi j'étais ivre et exaltée, encline à l'humour, et je regardais les hommes en souriant : c'était ma fête et j'avais envie d'un beau grand slow country. J'ai pensé à Tom avec inquiétude, en me demandant s'il m'attendait à Montréal, si un jour lui et moi on s'aimerait vraiment, si un jour on serait un couple d'amoureux confiants qui marche en se tenant par la main, si un jour on se raconterait notre vie au fil des trottoirs, indifférents aux passants trop pressés.

On s'apprêtait à regagner nos chambres quand Adriana, la New-Yorkaise, est entrée dans le bar accompagnée de Gregory, un photographe torontois arrivé il y a quelques jours. Il est beau et il a l'air plutôt sympathique. Comme d'habitude, Adriana était habillée de façon impressionnante, avec d'énormes bottines et des bas de dentelle, un t-shirt sexy et une jupe minuscule, et ses longs cheveux faisaient des vagues noires et brillantes autour de son visage. Elle avait l'air si bien dans sa peau, si à l'aise dans cette sensualité exacerbée qu'elle promène partout avec elle, que j'ai eu honte soudain de mes vêtements neutres et de mes manières retenues. Je me suis revue à vingt ans, j'étais très pleine dans mon corps à cette époque, j'avais de gros seins et je riais beaucoup, et même adolescente, un garçon avait dit de moi que j'étais «plantureuse»; on dansait un slow dans le sous-sol, je portais un chandail en mohair rouge très doux, et il avait passé ses mains dessous en souriant. Ensuite j'avais demandé à ma mère ce que voulait dire le mot «plantureuse», et elle m'avait regardée d'un drôle d'air. Quand j'ai eu quinze ans, elle m'a fait prendre la pilule après m'avoir expliqué brièvement ce que c'était faire l'amour. La première fois que je l'ai fait, j'avais la grippe, mes parents étaient partis pour la fin de semaine et Stéphane, le garçon de seize ans avec qui je sortais, était resté toute la nuit avec moi. Sur le mur de ma chambre, il y avait une grande photo d'un gourou indien, et tout ce dont je me souviens aujourd'hui, c'est un incroyable inconfort : on était là à se démener dans la noirceur, j'avais le nez bouché et je ne cessais de me moucher, il y avait plein de kleenex dans le lit. Je n'ai pas saigné. Peu de temps après nous avons rompu, Stéphane et moi. Je ne crois pas que je l'aimais.

Avec sa dégaine de femme fatale, Adriana s'est assise à notre table, suivie de près par un Gregory plutôt mou et effacé. On a commandé d'autre vin. J'étais à la fois intriguée et agacée par Adriana, par cette façon qu'elle a de s'adresser à vous comme si c'était une faveur, mais là je devais bien admettre qu'elle était plutôt gentille. S'allumant une cigarette et croisant ses belles jambes musclées, elle s'est mise à nous poser des questions sur Montréal et sur le Québec. On essayait d'y répondre du mieux qu'on pouvait, mais l'anglais de Sylvia était devenu impossible à cause du vin, quant à moi j'étais trop impressionnée par Adriana, envoûtée par sa voix rauque, et c'est donc cahin-caha que la conversation a continué en s'étiolant jusqu'à ce que, nous trouvant probablement fort ennuyantes, Adriana se lève en bâillant pour aller se coucher et qu'on décide tous de faire pareil.

C'est sans doute à cause de mon anniversaire, mais après, quand je me suis retrouvée toute seule dans ma chambre, j'ai eu une grosse nostalgie d'Elsa. Comme il est étrange d'être ici et de ne pas pouvoir lui écrire. Avant, elles faisaient partie de mes voyages, toutes ces lettres que je lui envoyais, elle l'amie à qui je disais tout. Aujourd'hui la beauté de cette femme, son intensité et sa générosité me manquent, cette connivence entre nous, cette complicité que j'ai crue inégalable et éternelle. Mais non. Notre histoire est brisée. J'ai été négligente et stupide, et j'ai tout perdu de cet amour qui n'a pas voulu durer toujours.

*

Ce matin j'étais plongée dans un rêve sombre et doux, quand je me suis fait réveiller par la femme de ménage qui cognait à ma porte. J'ai dû me lever tout de suite et tout faire très vite : m'habiller, me coiffer, ramasser mes affaires et marcher jusqu'à la cafétéria en évitant de passer trop près des wapitis qui grattaient dans la neige pour trouver un brin d'herbe ; puis déjeuner en écoutant distraitement une ennuyante conversation sur la réalité virtuelle, puis remettre mon manteau et marcher jusqu'ici, monter les escaliers, refermer la porte et m'asseoir. M'asseoir.

Mais une fois installée là, avec mon cahier noir ouvert devant moi, les montagnes en gros plan par la fenêtre et le ciel éblouissant qui giclait tout autour, je me suis sentie horriblement coincée. Oui, j'aurais beau m'asseoir trois heures par jour pendant six cents ans, tant que je n'aurais pas une histoire à raconter, je ne vaudrais pas mieux qu'un petit objet qu'on lance au bord d'un précipice et qui va, en tombant, se perdre dans le néant. Et je ne voulais pas, je ne voulais plus me perdre dans le néant. Je voulais écrire un livre. Un vrai livre qui serait publié, vendu dans des librairies et lu par des gens que je ne connaissais pas. Peut-être que j'avais besoin d'un *deadline*? Oui, si un éditeur me faisait une commande, avec une avance monétaire, et tout, peut-être que j'arriverais à écrire cette histoire et à la rendre à temps, avec le scénario, le décor et les personnages. Alors, quelle histoire écrirais-je si j'avais une commande, un *deadline,* un éditeur et un public à qui vouloir plaire?

MARILYN MONROE WAS HERE BEFORE. Au lieu de rester butée devant la fenêtre, j'ai décidé d'aller marcher le long de la Bow River qui coule derrière la ville. L'eau était vert émeraude, comme sur les cartes postales. Au début je croyais que c'était un traitement photographique qui donnait à ces images leur éclat douteux, mais non, c'est tout simplement que les couleurs d'ici ont un éclat surnaturel. Parce qu'elle s'alimente à même les glaciers, l'eau des lacs et des rivières est si pure, si verte, qu'elle fait penser à la mer des Caraïbes.

J'ai marché le long de la rivière, sur le petit chemin bordé d'arbres qui mène, d'un côté jusqu'au Vermillion Lake, et de l'autre jusqu'aux chutes du Springs Hotel. C'est là qu'Otto Preminger a tourné *The River of No Return.* Sur les panneaux touristiques, on peut voir une photo du tournage où Marilyn, habillée en exploratrice, est assise par terre, l'air torturé, alors que le réalisateur penché vers elle semble lui expliquer quelque chose.

En passant sous le vieux pont en pierre, près du petit château qui sert de musée à la ville de Banff, j'ai pensé à Max et je me suis dit que ce serait bien de marcher avec lui dans ce décor qui ressemble à l'Angleterre. Il me parlerait en français avec son accent un peu précieux, qu'il a pris à Paris. Il me poserait des questions, il écouterait attentivement les réponses, il enregistrerait les moindres détails de notre conversation. Ça me plaît, quelqu'un qui s'intéresse aux détails. Quelqu'un qui se rappelle exactement comment j'étais habillée le jour où je suis allée chez lui la première fois, et aussi cet autre où il m'a présentée à son meilleur ami. Quelqu'un qui peut lire sur mon visage, qui remarque mes humeurs, qui enregistre mes gloires et mes bévues, qui s'intéresse à ce que j'ai vécu avant. Qui me pose des questions sur mon enfance, sur ma famille, et sur les autres hommes que j'ai aimés.

Mais il valait mieux ne pas trop penser à Max pour le moment, et le long de la Bow j'ai continué ma promenade en regardant le soleil jouer dans les vaguelettes. J'aime l'eau : les lacs, les ruisseaux, les torrents, les lagunes, la mer et l'océan, mais ici, dans ce décor immobile de sapins et de montagnes, on dirait qu'elle prend une signification encore plus grande, seul élément vivant dans un monde où tout semble figé, comme en suspens. Je descends donc souvent à la rivière l'après-midi pour écouter le mouvement tranquille et puissant du courant, pour entendre son clapotis par endroits, là où les courbes de la rivière sont plus prononcées. J'y viens aussi pour voir les gens de la place, leurs maisons, leurs cordes à linge, leurs chiens. Cet après-midi, deux couples de gens âgés jouaient aux cartes dans un des chalets de

Buffalo Street, et j'ai pensé à mes grands-parents qui aimaient ça, eux aussi, jouer aux cartes sur des petites tables carrées en buvant du café ou du gin. Avec son toit pointu étiré en largeur, sa véranda vitrée et ses murs en bois d'un vieux vert écaillé, ce chalet me rappelait mes étés à Sainte-Catherine quand j'étais petite, l'odeur du poêle à bois, la voix de François Perrier dans le disque du *Petit Prince* que ma grand-mère me faisait écouter en dînant, et la couverture écossaise qui recouvrait le banc avant de l'auto de mon grand-père. Il était agent d'assurances sur la Côte-Nord, son auto était donc toujours très propre et en bon état, équipée d'une petite poubelle en plastique, d'une boîte de kleenex, d'une bouteille de gros gin De Kuyper et d'une petite mallette en cuir contenant une flasque et quatre gobelets en argent.

J'ai repris ma route, et au tournant du chemin, passé la série de chalets, j'ai entendu un «hi there!» dans mon dos. Je me suis retournée, c'était Gregory. Avec ses cheveux bouclés et son visage bronzé qui respirait la santé, je l'ai trouvé franchement beau malgré quelque chose d'un peu fuyant dans son regard. Nous avons marché en nous émerveillant du paysage. Gregory allait d'un pas souple à mes côtés, et nous avons échangé des banalités sur les nouvelles technologies : Gregory s'est mis à m'expliquer que déjà les cassettes ordinaires étaient *outdated* et que bientôt, très bientôt, on n'utiliserait plus que du DAT, que tout fonctionnerait au digital. J'ai dit : «Yes, I know, that's quite amazing, technology is going so fast, isn't it?» puis il s'est excusé et m'a quittée en accélérant le pas, il avait rendez-vous avec Adriana pour une séance de photos. Je me suis dit : «Tiens, comme c'est logique : la femme narcissique et le photographe.» Il y avait un petit dépit au fond de moi, mais je n'allais pas m'en faire avec ça, n'est-ce pas, j'étais une fille plus sérieuse et plus équilibrée que ça, je n'avais pas besoin, comme Adriana justement, que tout le monde s'intéresse à moi !

Je suis rentrée toute seule en prenant mon temps. J'étais contente quand même, il faisait beau et je me remplissais les poumons d'air pur. Il suffisait de ne pas trop penser à Montréal. Ni à Elsa, que je ne pourrai pas appeler en arrivant. Ni à ma maison, qui m'apparaîtra sûrement encore plus vieille et plus sale qu'avant. Ni à Tom, qui ne s'ennuie peut-être pas de moi. Ni à Aldo, avec la même petite angoisse qui me crucifie depuis des années. Ni aux rues de Montréal, que je connais par cœur, dont j'ai l'impression que jamais plus elles ne pourront me manquer, qu'il faudrait que je m'absente pendant dix ans pour que j'aie hâte de les revoir. Mais je ne suis ici que pour deux semaines encore. Deux semaines dans les montagnes, c'est à la fois peu et beaucoup, puisque le temps ici est comme en suspens.

III

On était à la mi-février. Il neigeait abondamment sur Montréal, les jours étaient froids et floconneux, ça donnait envie de garder ses pantoufles toute la journée et de ne rien faire d'autre que lire le journal et laver la vaisselle. La nuit je réussissais à me réchauffer toute seule dans mon lit, c'est d'une forme d'autonomie très concrète qu'il s'agit là, pouvoir lutter toute seule contre le froid, mais la blancheur des matins était si cruelle que juste l'idée de marcher jusqu'au dépanneur était désagréable.

Le silence de Tom m'effrayait mais je ne bougeais pas. Je respectais le pacte : il avait dit qu'il donnerait signe et j'attendais, inquiète. Étais-je en train d'être abandonnée ? Quelqu'un était-il en train de me plaquer sans que je le sache ? Ah, il me faisait de la cruauté sous ses airs raisonnables. Après tout, être un jeune architecte talentueux n'empêchait pas nécessairement d'être cachottier. J'avais été bien étonnée le jour où j'avais trouvé une pile de revues pornos dans sa garde-robe, je n'aurais jamais cru ça de lui. C'est ce qui m'avait sidérée ce jour-là, pas la porno, mais le fait qu'on puisse se tromper à ce point sur quelqu'un. On ne sait plus si on « est » trompée ou si on « s'est » trompée. Ainsi, sous des allures de travailleur acharné, sous des airs d'homme bon, doux, droit, honnête, bref, irréprochable, il y avait un homme qui s'achetait des revues pornos et y prenait plaisir. C'était aussi simple et ordinaire que ça. Je n'avais rien contre, j'en avais connu d'autres hommes qui achetaient de la porno, et moi aussi, chaque fois que j'étais tombée sur un de ces magazines, je n'avais pas hésité à m'en servir. Mais ce jour-là, je n'avais pu m'empêcher d'être un peu offusquée, comme s'il y avait de la fausse représentation quelque part. Peut-être était-ce contre moi-même que j'en avais le plus : je m'étais imaginé un homme pur, au-dessus de ces choses, et les revues pornos ne cadraient pas dans le tableau. Au lieu de la transparence que j'avais imaginée, il y avait des cachotteries. Des cachotteries d'homme qui voulait se masturber en paix.

Mais moi aussi j'avais des secrets. Des secrets de fille qui voulait rêver en paix. Comment avais-je pu penser qu'il puisse ne pas en être de même pour Tom ? Je devais avoir besoin d'une image bien rassurante pour la lui coller ainsi sans lui demander son avis. Je voulais qu'il soit un exemple de perfection et de droiture. L'homme sur qui on peut compter. Qui ne ment pas. Qui ne cache pas. Qui ne se sauve pas. Celui qui ne draguera pas une autre femme lors d'une soirée où vous vous rendez avec lui. Celui qui ne vous fera jamais de coup par en dessous, d'ailleurs il est trop occupé pour ça, il n'a pas de temps pour les intrigues. Celui qui vous aide, plutôt, qui vous veut du bien. Un homme pur, idéal comme votre papa. Dont vous ne pourriez absolument pas imaginer, même si ça ne vous regarde pas, après tout, qu'il puisse un jour tromper votre mère. Un homme honnête, à l'ancienne. Qui agit comme il pense et pense comme il agit.

Mais voilà qu'il y a erreur sur la personne. Votre mère, un jour, trouve un long cheveu roux sur le col de chemise de votre père. Vous découvrez une pile de revues pornos dans la garde-robe de votre amant irréprochable. Tout le monde a ses secrets. Tout le monde a ses vices. Est-ce que je racontais, moi, qu'adolescente je rentrais de l'école en courant pour aller me masturber? Est-ce que je racontais mes fantasmes, dans lesquels il arrivait qu'il y ait de la violence, dans lesquels il m'était arrivé d'être la personne qui forçait l'autre? Est-ce que je racontais mes rêves où il y avait des chiens, des femmes attachées, des bulldozers, de gros hommes en uniformes qui me faisaient de l'œil sur des bateaux? Est-ce que je racontais à mon amant mon désir pour un autre? Est-ce que je lui avouais que j'avais pensé partir en voyage avec un autre, et même faire un enfant avec un autre? Avec Tom j'étais sauve, car il ne me posait jamais ce genre de questions, mais en même temps ça m'agaçait, j'aurais voulu pouvoir me révéler à lui, tout dire, être transparente. S'il vous plaît, posez-moi des questions intimes et je vous répondrai. Demandez-moi un tas de détails, et je vous les donnerai, tellement je souhaite être connue de vous. Soyez indiscret avec moi. Indiscret mais respectueux, vous voyez ce que je veux dire?

Les revues pornos de Tom, je les avais découvertes par hasard un jour d'automne alors que j'avais la grippe et que j'étais restée chez lui pour me soigner. J'étais couchée dans sa chambre, et j'avais cherché une paire de bas chauds dans la garde-robe, et c'est là, en ouvrant un sac qui se trouvait parmi les vêtements, que j'avais trouvé la pile de magazines. Tom était en train de travailler à son ordinateur, et j'ai failli crier: «Mon Dieu, qu'est-ce que tu fais avec ça, je n'aurais jamais pensé ça de toi!» mais je me suis retenue. Après tout, je n'avais pas à fouiller dans ses affaires.

J'ai attendu qu'il parte et je les ai toutes sorties. Il n'y avait là rien de très particulier, j'en avais déjà vu de beaucoup plus osées, avec des animaux et tout. Je les ai étalées sur le lit et j'ai fini par en choisir une où des femmes baisaient dans un bain tourbillon puis sur une peau de bête devant un feu de foyer, et là, pendant que les deux femmes du magazine simulaient un orgasme simultané, l'une plongeant sa bouche dans le cul de l'autre et vice versa, je me suis masturbée sur le lit bleu de Tom, j'ai joui avec ces images qu'il s'était achetées pour son propre plaisir. Après j'ai tout serré en faisant attention, et je me suis demandé si ça l'aurait fait rire. Je me suis demandé si je le lui dirais.

Aujourd'hui je m'en foutais que Tom ait des revues pornos cachées dans sa garde-robe. Ce qui m'inquiétait, par contre, c'était son silence depuis dix jours, car il n'est pas très rassurant, n'est-ce pas, qu'un homme ait besoin de votre absence pour pouvoir réfléchir à sa vie. On se demande où ça s'en va, cette histoire-là. On se demande si on n'est pas précisément l'élément nuisible, obscurcissant, contraignant de son existence. On se demande si on n'a pas fait tout ça pour rien : écouter, parler, attendre, embrasser, offrir, s'offrir. Mais je n'y pouvais rien pour l'instant, je ne pouvais rien faire d'autre qu'attendre sans que ça paraisse, et tout faire pour oublier que depuis dix jours il n'y avait pas de message sur le répondeur, pas de belle voix anglaise qui disait : «Hello, Bruges, j'aimerais parler *avec* toi», car Tom n'avait pas encore compris cette nuance grammaticale que j'avais maintes fois tenté de lui inculquer.

On était donc à la mi-février. Les autos étaient prises dans la neige comme de gros igloos mal bâtis, et moi j'étais toute par en dedans, mon corps et mon cerveau étaient usés par cette hibernation forcée, mon jus était tout gelé, comme l'eau dans les tuyaux de la maison de Sylvia. J'aurais voulu que ça fonde et que ça coule, j'aurais voulu pisser comme une fontaine dans une ville en fleurs, j'aurais voulu mille mains en fleurs au bout de mes bras pour fêter le printemps, la révolution, la Saint-Valentin, n'importe quoi. Mais comme j'avais décidé de ne pas me plaindre cet hiver, il ne me restait plus qu'à me procurer des surplus vitaminiques. Prendre soin de soi, c'est tout ce qu'il y a à faire quand la queue de l'hiver commence à s'étirer trop longtemps.

Ce dimanche-là, de grosses fumées mauves s'échappaient dans le ciel, et je me hâtais chez Jean-Coutu pour aller m'acheter des aspirines. De vieux sapins de Noël traînaient encore sur les bancs de neige, pourquoi ne les ramassait-on pas? Un vieux sapin de Noël, c'est aussi triste qu'un toutou pelé ou une poupée sans bras, c'est aussi nul qu'une vieille citrouille de l'Halloween ou une carcasse de pigeon aplatie par les autos.

En ce dimanche plein d'ennui, je me hâtais donc sur le trottoir, la tête coupée en deux par une douleur familière, la douleur atroce de la migraine qui gronde dans le côté droit de votre tête. J'étais une migraineuse classique, c'est du moins ce qu'avait dit mon médecin quand je l'avais consulté à ce sujet, quelqu'une qui doit faire attention à ce qu'elle boit et mange, et aussi à ses émotions, car on ne sait jamais quel élément exactement déclenchera la migraine : est-ce l'énervement lors d'une soirée avec des amis, ou bien l'alcool, ou bien le fromage à la fin du repas, ou bien vos menstruations qui s'en viennent, ou encore votre ovulation, ou bien un peu tout ça à la fois? Sur le coup tout va bien, vous pouvez rire, boire et danser, mais la migraine fait son chemin en catimini, et ce n'est que le lendemain au réveil que l'enfer s'installe, la moitié de votre visage se trouvant prise comme dans un étau. «Il devrait y avoir des appareils pour ça, me suis-je dit en accélérant le pas, qui nous avertiraient du danger, qui indiqueraient à partir de quel morceau de fromage ou quelle gorgée de vin on prend un risque. »

Mais la veille, lors de cette soirée chez Esther, il n'y avait pas eu de migraino-test pour me prévenir, et même, je ne crois pas que j'y aurais prêté attention, trop émue que j'étais de revoir Claude et Josée, des gens que j'avais beaucoup aimés mais que je ne voyais presque plus, et ça m'avait rendue nostalgique. Et c'est ainsi que le petit mal de tête que j'aurais pu avoir s'était transformé en migraine classique, c'est-à-dire sans aura, le lendemain matin.

J'avais connu Claude et Josée séparément d'abord, puis ils étaient devenus un couple avec qui j'avais eu des relations particulières, comme on dit. J'avais habité avec Josée dans une ruelle du Plateau Mont-Royal. Claude était mon amant depuis quelques mois déjà, puis il était devenu celui de Josée aussi. Pendant quelque temps nous avions formé une sorte de ménage à trois, mais finalement leurs liens s'étaient resserrés, et quand Josée était tombée enceinte, Claude avait préféré qu'on ne couche plus ensemble lui et moi. J'avais donc déménagé, et peu à peu nos relations s'étaient étiolées.

Aujourd'hui encore, Josée était très belle. Elle venait d'avoir un deuxième enfant, mais elle était restée mince et droite comme avant, et ça m'a rassurée de constater qu'à notre âge on pouvait encore devenir mère sans renoncer complètement à son corps de jeune fille. Assises par terre chez Esther, on s'est rappelé un tas d'anecdotes qui avaient fait notre vie ensemble, jusqu'à ce jour où j'étais partie et où ils avaient pleuré tous les deux, accotés dans le cadre de porte. Puis Josée s'est informée de mon écriture, et j'ai dit : « Maintenant quand j'écris, j'ai davantage conscience de ce que je fais », ce à quoi elle a répliqué : « Mais tu as toujours eu conscience de ce que tu faisais ! » Ça m'a agacée. Le problème avec les gens qu'on connaît depuis longtemps, c'est qu'ils croient leur-perception-de-l'extérieur plus vraie, plus importante que la-vôtre-de-l'intérieur. C'est pour ça qu'on s'éloigne. Pour pouvoir changer en paix. Je savais bien qu'au fond Josée s'en foutait, qu'elle avait dit ça comme ça, mais c'est justement ce qui est agaçant parfois avec les amis, ils se sentent le droit de dire ça comme ça.

Quant à Claude, il était devenu un homme sûr de lui, qui parlait avec clarté et passion. Il était convaincu de la nécessité de l'indépendance du Québec, il trouvait qu'il fallait en finir avec l'hésitation et la culpabilité. Je n'étais pas certaine d'être d'accord avec lui, mais je l'enviais de savoir si bien ce qu'il voulait. Moi j'étais plutôt molle et inactive sur le plan politique, ce n'était sûrement pas grâce à des gens comme moi que les choses allaient changer.

C'est à ce moment-là que je suis devenue mélancolique. J'en étais à mon cinquième verre de rouge, et en parlant avec Claude et Josée je retrouvais un peu de notre ancienne amitié, je me rappelais toutes les conversations profondes que nous avions eues, la complicité qui avait existé entre nous. Et la réalité de mon manque soudain m'a sauté au visage et m'a griffée. Complicité. Ce mot-là, Tom ne le connaissait pas, je le lui avais déjà demandé. Peut-être ne voulait-il pas dire la même chose en anglais qu'en français?

En revenant de chez Jean-Coutu le lendemain matin, je me suis dit qu'il était sans doute normal d'avoir le cafard après une soirée pareille, quand les souvenirs se réveillent comme un bouquet de cloches trop bruyantes dans votre tête. Je me sentais coupée en deux et ce n'était pas seulement à cause de la migraine, c'étaient les choses du passé qui voulaient reprendre leur place, et je me sentais maladroite, impuissante envers elles. Claude,

Josée et Tom faisaient partie de ma vie, mais jamais ils ne seraient rassemblés, et c'était ça qui faisait mal : cette certitude que ma vie resterait brisée désormais, que jamais plus elle ne serait unifiée.

Mais pour le moment il fallait juste passer par là, avoir mal à la tête et être un peu déprimée. Bientôt le passé s'estomperait, et le présent reprendrait toute la place à nouveau. En attendant, c'était dimanche et ma ville baignait dans une lumière grise et froide. Comment penser quand on gèle dans une ville muette ? À quoi penser quand le feu du soleil est à moitié mort ? Que dire à tous ces absents, à tous ces gens retranchés dans leurs balbutiements gelés ? Oui, Montréal était particulièrement laide aujourd'hui. Comme un immense frigidaire plein de caisses de bière et de bouteilles de coke, un immense dépanneur plein de boîtes de biscuits, de tablettes de chocolat et de magazines où l'on pouvait tout apprendre sur le régime alimentaire de Julie Masse ou les dernières blagues de Gilles Latulippe. Ma ville, cette *laundromat* aux joues blêmes. Aux planchers sales et aux vitres graisseuses. Ma ville pleine d'arbres saouls et de poupées sans nom. Cette ville, mon mal de vivre, ma peine d'amour traînante et muette, ma fin de siècle abandonnée comme un vieux foulard. J'y errais en pilant sur les crottes de chiens. Comment ne pas sourire, comment ne pas grimacer quand on nous parlait d'éventuels changements politiques, comment imaginer que de réels changements soient possibles dans ce pays englouti par lui-même, triste de néant et de vertige, au bord de l'abîme, à bout de forces ?

Se plaindre est vain, mais il y a des moments où l'on ne peut s'en empêcher. C'est comme dans l'histoire du scorpion qui traverse la rivière sur le dos d'un hippopotame : il a beau savoir que par sa faute ils vont mourir noyés tous les deux, il ne peut s'empêcher de piquer l'hippopotame. Ainsi, je savais bien. J'aurais beau verser un torrent de plaintes, cela ne donnerait rien, rien qu'un peu de honte. Car la plainte et la honte vont de pair. Ce sont des plaies, des vampires, de méchantes petites machines à tourner en rond. Qui ne remontent pas le temps. Qui ne prédisent pas l'avenir. Qui ne changent pas la neige en or. Ni les maisons d'en face en forêt tropicale. Non. La honte et la plainte sont des laisses qui vous tiennent attachée là où vous êtes, faisant de vous un petit chien prisonnier dans sa cour, un animal qui n'a aucun pouvoir, si ce n'est d'emmerder tout le monde en jappant toute la journée d'un ton aigu. Mais aujourd'hui, avec toute cette nostalgie qui me remontait à la gorge, je ne pouvais m'empêcher de me plaindre un peu. Nostalgie, petite épine empoisonnée.

*

Après de nombreux jours de neige, il y avait eu des jours ensoleillés et très froids. C'était un froid solide, d'une densité presque concrète. Dur comme une roche pétrifiée et muette sous un soleil de plomb. «De plomb», a dit Aldo au téléphone ce matin-là, et j'ai pensé à *L'Étranger* de Camus, à cet aveuglement dans le soleil et au meurtre qui se produit ensuite comme par magie. Moi qui n'avais jamais tué personne. Moi qui ne tuerais jamais personne comme par magie dans un soleil de plomb. Y avait-il quelque chose que je ferais un jour qui vaudrait la peine qu'on en parle dans un roman?

Aldo m'a donné rendez-vous à sept heures à La Cabane. En entrant dans le restaurant, j'ai tout de suite vu Richard Desjardins qui était assis là, une assiette de poisson posée devant lui. Il avait les cheveux très lisses, un peu argentés, avec une coupe page. Il avait l'air d'un ange qui mangeait du poisson à La Cabane. Je l'ai regardé bien dans les yeux, mais il est resté sans expression, et je me suis dit qu'il ne devait pas nécessairement chercher à être repéré dans les endroits publics, qu'il devait en avoir sa dose d'être reconnu. Un jour à la télévision, c'était au début de son succès à Montréal, quelqu'un lui avait demandé ce que ça changeait dans sa vie d'être devenu célèbre, et il avait répondu en riant : « Ben, j'étais pas habitué à regarder par terre quand j'entre quelque part. »

Je suis allée rejoindre Aldo qui m'attendait dans l'autre salle. Il était habillé comme j'aimais, avec son grand manteau de tweed, une casquette et de gros souliers en cuir épais. On s'est assis le plus loin possible des haut-parleurs qui, déjà, crachaient trop fort leur mauvaise musique, et on s'est mis à parler de « la vie, l'amour, la mort », et très vite j'ai senti les choses se gâter. Comment parler de l'amour avec l'homme que vous avez quitté ? Comment parler de la vie avec celui qui, justement, voulait vivre avec vous ? Aldo me posait des questions, et je répondais tant bien que mal en mettant ma main sur son bras : « Ça va ? C'est-tu correct ? » Ce n'est qu'après, une fois dans l'auto en rentrant chez moi, que je m'étais rendu compte que ça n'allait pas du tout et qu'on s'était attristés mutuellement. Quand Aldo s'informait de moi, il ne fallait pas entrer dans les détails de mon questionnement existentiel. Il fallait juste dire : « Oui, ça va bien. » Il fallait jouer le jeu, quitte à ce que la conversation soit un peu superficielle, pour se donner une chance, puisqu'on était rendus là, à se laisser vivre chacun sa vie, à avoir cette générosité.

Un homme au regard slave, qui vient de l'est de Montréal et qui n'a pas peur du silence. Nous sommes assis à La Cabane, nous mangeons du poisson, nous buvons du vin, et le poids de cette histoire me remonte à la gorge, me fait plier les épaules et m'encombre à nouveau

146

comme une masse indéfinissable. Je ne veux pas me mettre à pleurer, mais je ne veux pas non plus qu'on se mette à discuter d'économie ou de politique pour faire diversion. En fait, je ne sais plus ce qu'il faudrait faire, et cela m'afflige. Peut-être qu'on ne pourra plus jamais juste s'asseoir ensemble à La Cabane en riant un peu de nous-mêmes comme de bons amis ?

Nous parlons d'Elsa. Je raconte la rupture muette. Aldo n'a jamais aimé cette histoire, une histoire d'amour trop entre deux filles qui n'ont jamais couché ensemble. Il dit qu'Elsa et moi nous sommes de fausses romantiques. Ce n'est pas très reluisant, mais ça ne me dérange pas qu'il dise ça, au fond c'est un peu vrai : combien d'heures, de semaines, de mois, d'années avons-nous passés elle et moi à espérer ceci ou cela, à se faire de beaux tableaux, des images grandioses de ce que pourrait être la vie si ? On était là, à rêver de grands départs, de grandes amours et de grandes aventures, mais on ne bougeait pas, on ne valait guère mieux que ces filles dont Aldo disait : «Elles ont toujours dans leur sac à main tout ce qu'il faut pour partir, mais elles ne partent jamais.»

Pour essayer de me donner une chance, je dis qu'en ce moment j'apprends à vivre avec mes «contradictions» et qu'un jour je finirai bien par être «en harmonie avec moi-même». Aldo me regarde d'un air ennuyé. Il ne croit pas à la thérapie. C'est clair et net. Il me l'a déjà dit. Ça ne l'intéresse pas. Ce n'est pas ce chemin qu'il veut prendre pour comprendre. Je respecte son opinion, j'aime que quelqu'un ait ses idées sur les choses, mais je m'en fous que la thérapie soit un truc à la mode : j'ai enfin rencontré quelqu'un qui peut m'aider à vivre, et je ne le lâcherai pas comme ça. Peut-être qu'au fond Aldo est jaloux de mon thérapeute, peut-être est-il déçu de n'avoir pu faire ça lui-même, m'aider à vivre.

La fumée s'était épaissie dans le bar, et la musique jouait encore plus fort, noyant la partie de hockey qui se déroulait à la télévision. Sous l'effet du vin, notre conversation avait ralenti peu à peu et la tension s'était relâchée, mais une petite tristesse s'était installée, implacable et sourde. Il y avait trop de choses accumulées entre les lignes, on ne pourrait pas faire le tour de la question ce soir, alors il valait mieux lâcher prise ; mais il était trop tard pour la légèreté, nous avions pénétré le monde des ombres. Aldo était un homme plein. Avec lui je retrouvais le poids de mes propres mots, et une petite frayeur aussi. En parlant de cette femme qu'il a rencontrée, il dit qu'il fait un bout de chemin avec elle, mais qu'elle pourrait disparaître de sa vie aussi vite qu'elle est venue. Il dit que c'est ça l'amour, avoir conscience que tout peut changer demain, mais le vivre quand même. Puis il demande : « Et toi ? » et je commence à bafouiller, je perds mes moyens, mes mots s'embrouillent, mes phrases avortent d'elles-mêmes. Tout cela qu'hier j'ai pu raconter si simplement au docteur L., ce soir dans la noirceur enfumée de La Cabane, je ne peux plus le dire, je suis incapable d'avouer à Aldo que moi aussi, comme la Cathy de *Wuthering Heights* qui dit : « I *am* Heathcliff », j'ai dit : « Je *suis* Aldo », que j'ai vu par ses yeux et respiré par sa bouche, que tout ce qu'il a pensé, je l'ai pensé aussi.

En essayant d'être courageuse, je le regarde bien droit dans les yeux et je dis que je suis passée d'un amour « fusionnel » à un amour « détaché », que je fais désormais attention à mon espace vital. Ça peut sembler un peu ennuyant comme ça, mais au fond c'est mieux, c'est une question de santé. Ça n'empêche pas le rire, l'extase et les moments de fusion, mais il y a toujours un retour à soi-même après, et c'est là toute la différence. « Oui, dis-je d'un ton sérieux, c'est plus sain comme ça. » Aldo s'allume une autre cigarette en me regardant d'un air perplexe. Il dit que c'est à la mode aujourd'hui, les questions de santé et de succès. « Comment veux-tu, avec ça, écrire de la poésie et changer le monde ? »

À onze heures, on est ressortis de La Cabane en pestant contre le froid. J'ai déposé Aldo dans la ruelle en face de chez lui ; dans son regard, il y avait un mélange de tristesse et de joie. Puis j'ai roulé lentement dans les rues noires en faisant jouer la radio très fort. C'était du Miles Davis, ça ne pouvait pas mieux tomber, c'était le musicien préféré d'Aldo. Ensuite, c'était Chet Baker.

*

Un jour, j'en ai eu assez et j'ai décidé de téléphoner à l'astrologue. Il y avait eu une photo de Prague sous la neige dans le journal de la fin de semaine, une statue toute blanche avec un pigeon perché dessus comme un drapeau, et ça m'avait troublée. Ferais-je ce voyage en Europe de l'Est ? Prendrais-je un jour le Transsibérien ? Arriverais-je un matin d'aube mauve dans une ville aux mille clochers blancs ? Ah, si quelqu'un pouvait m'indiquer le chemin. C'était ce dont j'avais toujours manqué quand j'étais petite. Il n'y avait jamais eu personne pour me dire quoi faire, sauf passer l'aspirateur le dimanche ou serrer mes affaires dans ma chambre. Personne pour me donner des indications précises sur la route à suivre, il n'y avait que des gens qui avaient des attentes envers moi, des attentes immenses et floues, intenses et muettes.

J'ai donc téléphoné à Arjuna, j'étais fébrile au bout du fil, et il m'a donné rendez-vous aussitôt. Une demi-heure plus tard, il m'accueillait avec un sourire ambigu, comme s'il riait dans sa longue barbe poivre et sel, et cette fois encore, je l'ai trouvé franchement laid. Dans le petit appartement sombre et encombré, il y avait la même odeur d'encens trop parfumé, et je me suis dit :

«C'est fou, moi qui ne faisais jamais ce genre de trucs avant.»

Arjuna m'a offert un siège et s'est assis dans son fauteuil pivotant en m'observant de ses yeux noirs recouverts d'épaisses lunettes. Il a dit qu'il me ferait un tarot et aussi un petit bilan scorpionesque, il sentait que ma vie était très chargée en ce moment, et qu'il fallait que je fasse attention. «Attention au sens de *prêter attention*, pas «prendre garde», a-t-il précisé.

Sur la table basse entre nous reposaient deux jeux de cartes. Un petit assez ordinaire, comme en avaient mes amies qui tiraient toutes plus ou moins au tarot, et un autre dont les cartes étaient plus grandes, en carton épais avec de magnifiques dessins peints à la main. Arjuna m'a tendu le deuxième paquet en me demandant de tirer les trois cartes qui détermineraient «l'enjeu spirituel» de mon tarot. La Mort. La Tour. Le Fou. Je l'ai regardé d'un air anxieux, mais il est resté impassible en me présentant l'autre jeu, et j'ai tiré une dizaine de cartes qu'il plaçait au fur et à mesure pour construire mon «arbre de vie». Je pouvais reconnaître les arcanes majeurs, à cause de leur imagerie symbolique, mais les autres, les Bâtons, les Coupes, les Deniers, et surtout l'organisation des cartes les unes par rapport aux autres, rien à faire. Arjuna, lui, regardait tout ça d'un œil de maître et j'ai été soulagée tout à coup, je sentais qu'il allait être bon pour moi.

«En gros, a dit Arjuna, ce que ton jeu exprime, c'est: quand on en arrache, c'est parce qu'on résiste. Ton jeu est dominé par la Mort, ce qui veut dire du détachement, une rupture, et la Tour indique la destruction d'une structure quelconque. Mais la présence du Fou suggère que cette séquence difficile servira à libérer l'essentiel en toi, l'enfant éternel. Tu es dans une importante période de changement, un changement subtil et profond qui résultera de la réconciliation des contraires en toi.» J'ai souri, contente. Ainsi ma dualité allait peut-être enfin toucher ses limites, j'allais peut-être enfin être libérée de ce chantage continuel des petites voix en moi? Arjuna a dit que oui, mais qu'il fallait d'abord que je me détache du passé et que je fasse attention à «chacun des pas de mon cheval». Que le bonheur s'en venait, mais que pour y arriver il faudrait que je trouve l'équilibre entre le principe de plaisir et le principe de réalité, et surtout que j'affile mon «mental» comme une lame de rasoir. «Bref, il va falloir que tu fasses un homme de toi», a dit Arjuna en partant à rire.

Je suis repartie chez moi apaisée et contente. Aller chez l'astrologue, c'était encore mieux que d'aller chez le docteur L. J'essayais de fredonner en marchant, mais il faisait si froid que mes mots gelaient au fur et à mesure dans ma bouche.

À la maison, je me suis dépêchée d'enlever mon manteau, mon chapeau et mes gants, et je me suis fait couler un bain pour me réchauffer. Il y avait une photo épinglée au-dessus de la baignoire, et je m'y suis attardée un moment, c'était une photo en couleurs prise lors d'un pique-nique familial dans les feuilles mortes sur le mont Royal. J'avais six ans, ma sœur Agathe trois, et nous étions assises à côté de mon père sur une couverture écossaise, un gros gâteau recouvert de glaçage blanc posé devant nous. C'était ma mère qui prenait la photo. Mon père avait l'œil vif et la chevelure lisse, il était beau dans sa chemise blanche. Agathe avait son air coquin de «petite Chinoise», comme l'appelaient mes parents, et moi, la tête appuyée dans une main, un doigt dans le glaçage du gâteau, j'avais déjà le regard un peu troublé, c'était sans doute que la dualité avait commencé à faire son travail, moi qui me perdrais plus tard en d'interminables attentes à la croisée des chemins, incapable de choisir l'une des voies qui se présentaient à moi. Assise à la fourche, combien de fois avais-je connu l'enfer à regarder passer un train, puis un autre, puis un autre encore, sans savoir lequel prendre, sans savoir où aller ? Car c'est simple, n'est-ce pas, une fois qu'on sait où aller, on a des chances de savoir quel train prendre. Mais moi je ne savais pas, et cette incertitude m'était intolérable, car je ne pouvais pas non plus me contenter de rester là où les routes se croisaient. J'étais pleine de curiosité pour tous ces inconnus qui souriaient, sautaient dans les trains, marchaient d'un bon pas, sûrs d'eux-mêmes. Je voulais savoir où ils allaient comme ça, ce qui se cachait derrière leur sourire, je voulais savoir ce qu'il y avait au bout du chemin, derrière la colline, de l'autre côté de la rivière, j'aurais voulu tasser les arbres autour de moi, j'aurais voulu dégager l'horizon avec ma main.

Mais on ne tasse pas l'horizon avec sa main. Il faut engager tout le corps. C'est ainsi qu'on change de paysage. Il n'est pas toujours nécessaire d'aller loin pour ça, mais parfois c'est mieux, car il arrive que le corps ait besoin d'être bousculé et poussée hors d'atteinte pour se trouver libre. Et c'est alors que, délesté de son fardeau de passé, emporté dans sa nouvelle cosmogonie, éclairant le monde avec ses mille yeux neufs, c'est alors que le corps devient tout-puissant, maître d'œuvre de sa propre cosmogonie, porteur d'eau et de lumière.

Les yeux plongés dans ceux de la petite fille sur la photo, je me suis demandé à quoi elle pensait, le doigt dans le glaçage du gâteau. Dans son regard il y avait de l'inquiétude, et aussi de la gourmandise, de la sensualité et de la gêne. Était-ce l'ambivalence dont avait parlé Arjuna ? Étais-je déjà, à cette époque, déchirée entre les principes de plaisir et de réalité ? Immobile devant la photo, je me sentais impuissante et pleine de compassion pour cette petite fille que je n'étais plus. J'aurais voulu la serrer dans mes bras et lui caresser les cheveux, j'aurais voulu qu'elle me raconte ses secrets, qu'elle me dise tout de ma propre vie, car il y a des trous dans une existence, n'est-ce pas, des milliers de petits trous noirs comme des soleils d'Alaska, épeurants et sombres comme ces rues où l'on marche vite en rentrant chez soi.

La mémoire est quelque chose de très fort et de très fragile à la fois. Pourquoi certaines bribes de l'enfance reviennent-elles régulièrement vous visiter comme un morceau de film égaré, toujours le même petit bout de film projeté dans votre tête, éclairant de sa lueur un peu pâle votre cinéma intime? Et au contraire, pourquoi certains événements de votre vie restent-ils absolument flous, niés à jamais dans vos souvenirs? Pourquoi certains gestes, certains mots sont-ils gravés dans votre mémoire, alors que d'autres, même si on vous les rappelle, vous avez beau vous forcer, vous n'arrivez pas à les replacer dans votre paysage intérieur?

Ainsi à Noël, récemment, une de mes cousines m'avait rappelé une histoire que j'avais oubliée, et c'était comme un cadeau qu'elle m'avait fait là en me redonnant ce petit morceau de ma vie. L'été de mes dix-neuf ans, nous avions entrepris, Christian et moi, d'acheter un cheval et une roulotte pour nous rendre de Montréal à Rivière-du-Loup en passant par les petites routes de campagne, comme des bohémiens. Le voyage avait duré deux mois. Le soir on demandait l'hospitalité dans les fermes, et chaque nuit on couchait dans un endroit différent. Ce fut un été somptueux. Dans les senteurs de la campagne, sur les routes intimes du territoire, je retrouvais mes racines, émue par la beauté de ce pays qu'ainsi je pouvais contempler et humer comme il eût été impossible de le faire en auto, en train ou même à bicyclette.

Un jour, donc, on s'était arrêtés à Deschaillons, au bord du fleuve, chez des parents de ma mère, et ce dont ma cousine se souvenait, elle était une enfant à l'époque, c'est qu'on s'était chicanés, Christian et moi, parce qu'il voulait en profiter pour prendre une douche et que moi je ne voulais pas : JE NE VOULAIS PAS PERDRE LES ODEURS DU VOYAGE, JE VOULAIS REVENIR EN VILLE AVEC DES TRACES.

D'habitude, je n'aime pas beaucoup qu'on me rappelle les choses du passé. J'aime vivre au présent, et il n'y a rien qui m'horripile davantage que les gens qui ressassent toujours leurs souvenirs. Mais cette histoire-là, par contre, m'avait fait très plaisir. Grâce à elle je retrouvais une partie de moi qui s'était égarée : la fille saine et confiante, dont le désir d'absolu n'avait pas encore été grugé par la peur, contaminé par l'indifférence. Et je voulais me réconcilier avec elle maintenant, cette fille qui avait voulu rester sale pour se souvenir, et qui riait quand les fermiers disaient en les voyant arriver : « Tiens, des Bohémiens, on en a vu, déjà, dans les années cinquante, y r'montaient des États-Unis pour s'en aller en Gaspésie. »

Quand je suis ressortie de la salle de bain, le soir était tombé, il faisait noir dans l'appartement. J'ai fait le tour de la maison en allumant les lampes, et le téléphone a sonné : c'était Max. Il était excité parce qu'il avait reçu une lettre de Toronto, son manuscrit était accepté mais il ne savait pas quoi faire, car il attendait encore des nouvelles de New York. Moi je me serais sans doute contentée de Toronto, mais il visait plus haut, peut-être qu'il avait raison, comment savoir ? Il a demandé où j'en étais, comment ça allait, mon écriture, et à brûle-pourpoint il a dit : « Si jamais tu parles de moi dans un livre, n'oublie pas l'histoire du petit chat. » Sur le coup ça m'a fait rire, et j'ai dit O.K. d'un ton léger, mais après avoir raccroché, j'ai senti une petite pointe de regret se raviver en moi. N'est-il pas bouleversant de constater ce qui est resté gravé dans la mémoire des gens, les souvenirs qui leur sont restés de ce que vous avez vécu avec eux?

Ainsi, cette histoire du petit chat semblait avoir pour Max une signification particulière, même s'il ne s'agissait que d'un événement minuscule, à peine racontable. En fait il s'agissait plutôt d'une image, mais les images dans les histoires d'amour sont extrêmement importantes, et quand Max m'a parlé du petit chat, j'ai revu tout de suite la route lisse et noire, la nuit qui sentait la mer, les lumières du restaurant où nous allions souper ce soir-là, et le minou égaré sur la route, à l'entrée du parking en gravelle. Max avait sauté de son vélo et s'était approché doucement pour l'attraper, c'était un bébé aux yeux bleus et à la fourrure très douce, et il l'avait apporté avec lui dans le restaurant, mais la serveuse avait dit qu'elle n'en voulait pas, que c'était le voisin d'à côté qui cherchait à s'en débarrasser. On était donc ressortis, un peu embarrassés, et finalement Max s'était dirigé vers la maison du voisin, avait ouvert la porte et y avait laissé entrer le petit chat. Au moins pour ce soir, il serait à l'abri.

Aujourd'hui, enveloppée dans ma serviette près du téléphone, j'étais songeuse. Je ressassais toutes ces images, je m'accrochais à elles pour essayer d'en retrouver la réalité. Y a-t-il quelque chose de plus beau qu'une histoire d'amour qui commence? Oui, une histoire d'amour qui dure, dira-t-on. Cette histoire n'avait pas duré. Au contraire, elle avait été brève et très intense. Quand j'étais revenue par le train de nuit New Carlisle-Montréal, j'avais éprouvé un tel sentiment de félicité que j'en avais eu le vertige. Vous savez, quand vous pensez que quelque chose ne se produira plus jamais dans votre vie, vous vous étiez presque habituée à cette idée, et voilà que soudain tout bascule : votre certitude, vos habitudes, votre routine, et voilà qu'elle est là, la possibilité d'aimer à nouveau. Vous savez. Tout le monde sait. Que les choses arrivent au moment où on s'y attend le moins. Pendant des années, j'avais été incapable de faire autre chose que de pleurer Aldo, et voilà qu'il y avait soudain deux hommes en même temps. Ou presque. Oui. Voilà la nuance dans laquelle tout s'était joué. Si j'avais rencontré Tom et Max en même temps, la situation se serait résolue d'elle-même. Mais là, ça avait été *coup sur coup*.

Cette année-là, il y avait eu la Troisième Guerre mondiale. C'était l'hiver à Montréal, les jours étaient gris, et moi je désespérais d'écrire un roman. Je notais : «Aujourd'hui est le jour un de mon roman.» Ou bien : «Aujourd'hui est le jour six du mois de janvier.» Ou bien : «Nous sommes le trois cent trentième jour de l'année quatre-vingt-onze.» Et j'essayais de calculer le nombre exact de jours depuis que j'étais née, en me disant qu'ainsi je serais une vraie romancière, quelqu'un à qui on peut se fier parce que les sources sont sûres et les détails précis. Mais je n'y arrivais pas, je n'arrivais pas à compter les jours de mon existence jusque-là, ni les craques qu'il y avait dans le trottoir d'un bout à l'autre de ma rue, ni le nombre d'enjambées qu'il fallait pour me rendre chez Jean-Coutu. Tout au plus étais-je capable de corriger les livres des autres, et c'est ce que je faisais, chaque jour je mettais de côté mes aspirations d'écrivaine pour ouvrir l'un des manuscrits qui gisaient sur mon bureau, et je m'attaquais aux fautes de grammaire et de syntaxe de cette inconnue qui, bientôt, serait publiée alors que mon talent à moi se gaspillait dans le néant. Dépitée, je me mordais les lèvres en ravalant mon envie, mais je n'en travaillais pas moins avec acharnement jusqu'à quatre heures et demie, quand la sonnerie du cadran me faisait sursauter et me lever brusquement de ma chaise. Le jour grisonnait par la fenêtre, il fallait agir vite : enfiler mon manteau, trouver mes gants roses, me coiffer, ne pas oublier les boucles d'oreilles espagnoles, aller au bureau de poste, puis à la banque, puis sur la rue Saint-Denis acheter un cadeau pour ma sœur Mireille, c'était son anniversaire, je l'avais presque oublié.

Penser aux autres est la seule issue, en tout cas c'est une bonne raison pour sortir de chez soi. Du moins en était-il ainsi pour la pauvre travailleuse autonome que j'étais, car on a beau jouir d'une belle indépendance, comme vous le font remarquer, envieux, ceux qui prennent le métro chaque matin, il n'en reste pas moins qu'enfermée toute la journée à travailler dans un salon double, on finit par ne plus savoir si la prison est dorée ou gris fer comme le jour. C'est pourquoi mon cadran était réglé pour quatre heures trente. Chaque jour à cette heure, peu importe la température, peu importe le travail qu'il me restait à faire, je sortais dehors en vitesse. Comme une maman qui va chercher son petit à la garderie. Comme une enfant qui s'en va jouer après l'école. Comme une travailleuse pressée du centre-ville.

Mais. Dès que je mettais le pied dans la rue je m'immobilisais, indignée par ma propre supercherie, l'hypocrisie sans bornes dont je faisais preuve depuis des années. Oui, j'avais menti pendant toutes ces années où, lorsqu'on me demandait ce que je faisais, je répondais que j'écrivais. C'était faux, je n'écrivais pas, j'étais en panne depuis cinq ans. Je n'étais plus quelqu'un qui produit, qui emmagasine de l'information pour en faire quelque chose. L'information était là, crue et vivante, et je ne pouvais rien faire d'autre que d'en prendre connaissance, comme d'un paysage. Mais chaque fois qu'on me questionnait sur mes activités, je mentais. Pour qu'on continue à m'aimer, à me respecter. De nos jours, quand on a dit «je travaille», on pense avoir répondu à toutes les questions, prévenu toute forme d'intrusion. Moi je disais «j'écris» comme une formule de politesse, un mot de passe qui me permettait de continuer à exister face aux autres comme si de rien n'était. On ne demande pas à quelqu'un ce qu'il écrit, ou du moins peut-on s'attendre à ce que la réponse soit floue. Le métier d'écrire est solitaire, et c'est justement cela qui fascine, qui suscite le respect, alors on respecte que l'écrivain réponde évasivement par les mots «roman», «nouvelle» ou «short story», se contentant de vider son verre de vin en vous posant à son tour toutes sortes de questions sur vous-même.

Moi ce n'était pas par pudeur que j'évitais le sujet, je n'étais pas une artiste fatiguée de parler de son travail, j'étais une fille fatiguée tout court. À leur curiosité à mon égard, à leurs questions pleines de sollicitude, j'étais incapable de répondre qu'aujourd'hui, après avoir pleuré silencieusement dans un parc en ressassant mon échec, eh bien, j'avais arpenté la ville dans la lumière de l'après-midi et souhaité désespérément être une autre, cette femme hindoue, par exemple, qui se rendait à pied à l'université McGill, habillée et voilée de blanc, habitée par la grâce, aurait-on dit : une grâce qui ne venait pas d'ici, qui n'était pas, ne pouvait pas être occidentale.

Dans les reflets froids de janvier, je m'accrochais à chaque journée de soleil comme à un *life-saver*. Paralysée et béate, je rêvais de partir. L'odeur de la mer en rêve me réveillait, et par certaine journée exceptionnellement douce, des images de rochers battus par les vagues venaient m'envahir. Je voulais quelque chose de radical. Quelque chose de grand et d'irrationnel. Une partie de moi était morte, pourrie. Il me faudrait l'ensevelir avant de faire ma valise.

*

C'était le début de l'hiver et j'en étais au point zéro de l'amour. Depuis ma rupture avec Aldo, j'allais comme une âme en peine malgré ces hommes qui venaient vers moi, à qui je disais oui, pas pour le sexe mais pour la conversation, et je me contentais d'une série de petits fantasmes que je me faisais au jour le jour, impuissante à provoquer le réel. Le soir je m'endormais en pensant à X, le matin je me réveillais en pensant à un autre, et il me semblait parfois devenir un peu folle, folle dans le domaine de l'amour, car pour le reste tout était à peu près normal : Montréal continuait d'être une ville agréable, vivante et bien aérée, et si j'y vivais, moi, dans un état de frustration quasi permanent, on pouvait par contre y faire tranquillement ses courses, aller à la piscine gratuitement et loger dans un grand appartement pas trop cher. L'hiver était de moins en moins neigeux et le printemps de plus en plus court, nous aussi étions victimes du bouleversement de la planète et de l'amincissement de la couche d'ozone, et bientôt peut-être, comme une grande et vraie nation, nous serions en guerre. Oui, c'était écrit dans les journaux, si c'était nécessaire, le Canada ferait partie des alliés contre l'Irak. Quant au Québec, il était en voie de devenir indépendant, les économistes du pays avaient pris les choses en mains, c'étaient eux qui allaient réaliser notre rêve, à leur façon, sans romantisme ni exaltation, juste par raison et logique. À force d'usure, il faut bien que les choses changent.

C'est alors que je rencontrai Tom, architecte canadien-anglais installé à Montréal depuis peu. Il connaissait Simon, l'éditeur pour qui je travaillais, et lors d'une soirée j'avais bavardé longtemps avec lui. Il était né en Saskatchewan, avait étudié à San Francisco et vécu longtemps en Ontario, et il ne parlait pas un mot de français.

Je l'avais averti en riant que j'étais une « *radical* Québécoise», mais comme il venait d'arriver, j'avais décidé de faire un compromis. N'empêche, c'était étrange de devenir l'amie d'un Anglais au moment même où on parlait tellement de se séparer du Canada, c'était comme si quelqu'un frappait sur mon épaule en disant : «Toc, toc, toc, je suis là, as-tu bien pensé à ton affaire?» Moi qui avais toujours été «contre» les Anglais, voilà qu'il y en avait un en chair et en os pour me sourire et m'inviter au restaurant, un bel Anglais qui semblait s'intéresser à moi et vouloir démentir le fait qu'entre eux et nous il ne devait jamais rien exister.

Il se passait alors si peu de choses dans ma vie que la moindre nouveauté était un événement. Je vivais à cette époque comme une provinciale, jeune femme bâillant d'ennui près de la fenêtre, attendant, comme dans les vieux films, qu'un homme vienne la prendre pour l'emmener loin de sa misère. Or Montréal n'était pas une ville quétaine et *cheap,* le genre de ville moyenne qu'on veut fuir à tout prix pour ne pas mourir d'ennui, où il ne se passe rien d'autre que la parade du dimanche, le cinéma du coin de la rue, l'Orange Julep et les danses du samedi soir. Non, tout le monde le disait maintenant : Montréal n'avait plus rien à envier à Paris ou à New York, au contraire, c'était une ville pleine d'artistes et même, il y en avait trop, il y avait trop d'artistes à Montréal, mais ça c'était une autre histoire.

Moi je voyais tout ça aller, et rien ne me tentait. Debout au coin de la rue, j'étais comme hypnotisée à force de regarder partir au vent les vieux journaux salis. Rien ne semblait plus devoir bouger dans mon existence. Je me réveillais le matin avec un remords à la gorge, une sensation amère et douteuse qui me forçait à me lever, puis je me faisais du café très fort, allumais l'ordinateur que j'avais eu pour pas cher et considérais les quelques phrases que j'avais écrites la veille. Les yeux rivés à l'écran, je contemplais ma déchéance. Ces mots qui auraient dû exprimer mon désir, ma peine, ma joie ou ma hargne, eh bien, ils restaient là muets, inaptes à dire quoi que ce soit, incapables de danser sur l'écran Macintosh, incapables d'inventer une histoire pour combler mon vide ; oui, mes mots étaient devenus aussi impuissants que moi-même, moi, femme au visage inquiet cherchant à fuir les morsures de la ville et ses rues trop familières ; moi, femme affamée, en quête d'un champ. Bref, j'étais à l'âge où l'on se demande : «Aimerai-je à nouveau ? Où est celui qui voudra tout entendre, tout donner et tout prendre ? »

*

Tom était un interlocuteur aimable, avec une voix virile et des yeux d'enfant. Un soir de janvier exceptionnellement doux, nous sommes allés voir la version rénovée de *L'Atalante*. Je portais des collants de velours noir et des bottines pointues, et nos talons résonnaient sur les trottoirs sans neige. J'étais de bonne humeur et prête à tout, mais la barrière des langues, comme on l'appelle, s'était bien vite dressée entre nous comme pour empêcher que nos langues ne se touchent, et pendant qu'on jasait en buvant de la bière à La Cabane, je ressentis un léger malaise à nous entendre hésiter l'un vers l'autre avec des phrases toutes croches, plus ou moins bilingues. En fait, j'aurais voulu que Tom m'invite à aller écouter de la musique dans son loft du Vieux-Montréal, mais on se retrouva finalement un peu caducs sur le trottoir à prononcer les inévitables banalités de l'au revoir : «Well, I guess our night is over, now.» Et moi, un peu ivre : «Well, I don't know, what do you think ? » J'attendais qu'il me propose quelque chose, mais il ne le fit pas et me donna deux petits becs sur les joues, après quoi je dus partir en courant pour attraper le 55 qui remontait vers le nord.

Dans l'autobus, je me sentis vaine et ridicule. Étais-je donc devenue si moche, si inintéressante ? Peut-être que je n'avais pas été assez explicite avec Tom, après tout, les Anglais étaient censés être des gens réservés. Aussi inutile qu'elle fût, cette pensée me rassura un peu, et je me laissai aller à ma contemplation par la fenêtre. Les rues semblaient en fête, les gens sortaient des bars et des restaurants sans se presser, les autos circulaient en masse le long des trottoirs, et les filles avaient mis leurs vestes de cuir noir au lieu de leurs gros manteaux en simili-fourrure.

Cet épisode avec Tom eut pour effet de bousculer mon statu quo, ma tranquillité fade. Je voulais maintenant avoir une aventure, il fallait donc agir en conséquence. Le lendemain, un beau soleil inondait la ville. J'avais rendez-vous avec Esther en fin de journée pour aller voir un spectacle, alors j'ai décidé d'aller nager à midi comme d'habitude, puis de descendre à pied sur la rue Saint-Laurent. Quand je suis sortie de la piscine, il faisait doux et j'ai marché, légère, en chantonnant, je me sentais pleine d'un courage fou. Sur Saint-Urbain, j'ai ralenti en passant devant chez H., l'étudiant chilien qui m'avait donné deux fois son numéro de téléphone mais que je n'avais jamais osé appeler, puis j'ai pensé à Pierre L., que j'avais aussi des chances de croiser dans ce coin-là. Il y avait tellement de désir en moi que je me disais : « Le premier homme que je rencontre, je lui propose quelque chose. »

En fait, je me promenais ce jour-là avec mes fantasmes comme de gros nuages accumulés dans mon corps. Le matin j'étais restée au lit jusqu'à dix heures,

163

j'avais eu beau interchanger des visages d'hommes dans ma tête, ça avait été incroyablement long avant que je parvienne à quelque chose, un petit orgasme de fortune au bout de trop d'efforts. J'étais un peu dégoûtée de moi-même, et l'ombre de cette soirée ratée avec Tom n'aidait en rien. Lovée au creux de mon lit dans la lumière matinale, je me suis dit que j'avais besoin de concret maintenant : il me fallait les mains, la bouche, l'étreinte de quelqu'un, il me fallait un homme, un vrai.

J'ai donc flâné un moment sur Saint-Laurent, mais sans rencontrer personne. Il faisait assez froid, les gens marchaient vite en faisant leurs courses, et les échanges de regards complices que j'avais imaginés ne se produisaient pas. Je suis entrée au café Méliès pour me réchauffer en lisant le journal, puis je suis ressortie avec un peu plus d'espoir, mais le hasard ne fut pas généreux et c'est en solitaire que je terminai ma promenade dans le soleil de l'après-midi, jusqu'à ce que je tombe sur mon cousin Édouard qui se promenait avec un ami. Il a proposé qu'on aille prendre un verre, mais il était trop tard maintenant, et puis, dans la rue venteuse et désertée de bonne heure avec la fermeture des magasins, mon humeur était revenue à la normale, c'est-à-dire pas très aventureuse et un peu morose.

Sur Ontario, Esther m'attendait dans un petit restaurant à côté du théâtre. Je venais à peine de poser mes fesses sur la banquette qu'elle m'annonçait d'une voix blanche que son mari venait de la quitter. Solennelle et blême, elle s'est allumé une cigarette en guettant ma réaction. J'étais estomaquée, bien sûr : pour moi, Esther et Fabien, c'était LE couple stable. « Comment te sens-tu ? — Mais très bien, c'est ça qui est le plus bizarre : il m'a laissée, j'ai pleuré pendant deux jours, et maintenant je me sens merveilleusement bien. » Ah, elle m'étonnerait toujours, celle-là. Elle n'était pas du genre à se culpabiliser,

Esther, elle n'était pas du genre à se tordre les mains ni s'effondrer dans les corridors. Elle n'était pas comme moi, sentimentale jusqu'à la perversion, pleine d'émotions braillardes et de colères inacceptées, elle était bien plus libre que ça, Esther : voilà qu'à peine abandonnée elle était déjà prête à se refaire une vie dans la jungle des villes.

« Le problème, dit Esther, c'est le sida. Je tombe vraiment à une mauvaise époque. Tu sais que juste embrasser quelqu'un, c'est déjà prendre un risque ? » Quoi, elle venait à peine de rompre qu'elle était déjà en train de planifier sa future vie sexuelle ? Peut-être avait-elle raison, peut-être qu'une peine d'amour ne devait pas durer plus de deux jours. Tout le monde n'était pas comme moi, après tout, capable de traîner partout sa tristesse comme un boulet, capable de s'enfarger dedans pendant des siècles comme une enfant dans ses habits d'hiver. J'ai demandé à Esther s'il lui arrivait de se sentir coupable. « Non, enfin je ne crois pas, c'est quoi au juste la culpabilité ? » Ah, elle me faisait bien rire celle-là. Ne connaissait-elle donc pas les affres du repentir, les pompes funèbres de la honte ? N'avait-elle donc jamais menti, trahi ou abandonné quelqu'un, elle, avec son beau sourire tout ouvert de franchise et d'étonnement ?

Il y avait quelque chose de suspect là-dedans, et ce soir je n'arrivais pas à y croire : tout cela était trop facile, trop beau, trop privilégié. Assise en face d'Esther sur la banquette de cuir rouge, je me sentais éclaboussée par sa simplicité désarmante. Une reine et une clocharde, voilà ce que nous étions en compagnie l'une de l'autre. Je transportais toujours la même petite douleur dans ma poitrine, alors qu'elle se promenait les mains pleines. En bonne thérapeute, elle avait toujours un conseil à donner, elle pouvait toujours vous montrer comment faire la connexion avec votre cœur. Son aura était puissante, riche. En sa présence, la mienne semblait étriquée et faiblotte comme une petite fille aux allumettes. Nous formions une drôle de paire toutes les deux. J'étais éblouie par sa grandeur mais un peu écrasée aussi; comme si, à force de prendre tant de place, elle m'obligeait à me tasser dans un coin de moi-même.

Après le spectacle, nous remontons à pied sur Saint-Laurent. En parlant de la chanteuse, Esther dit qu'elle manquait de douceur et de générosité, que ça paraissait dans son corps, que pendant tout le spectacle ses bras et ses mains sont restés raides et fermés. Elle demande si j'ai déjà pris des cours de chant: «Tu devrais suivre l'atelier de mon amie Jeanne, c'est formidable pour débloquer l'énergie. Il y a aussi cette femme qui travaille à partir des chakras pour aider les acteurs à donner leur texte, c'est utile pour n'importe qui, tu sais.» Je n'ai rien dit, mais je n'en pensais pas moins. Les ateliers et les stages de toutes sortes, ça m'emmerdait. J'étais une fille troublée, oui, mais j'avais ma fierté, et il était hors de question que j'aille faire le mouton devant quelque gourou expérimentale. Je vivais avec mes préjugés et ma solitude, je les assumais. Et puis je n'avais pas les moyens de faire des stages, il fallait que je travaille. Alors l'expérimentation, l'offrande et le grand partage, je faisais ça incognito et en marge. Bref, je faisais mon gros possible, même si je savais bien qu'en termes zen, c'est l'impossible qu'il faut tenter.

On est entrées aux Bobards. Affalée dans un large fauteuil, Esther me fixait de ses yeux très bleus. De temps à autre, elle se dressait sur ses fesses pour fouiller dans mon sac de chips et poser une question: «Et toi, comment ça se passe ces temps-ci, as-tu des amants?» Oh la la, allais-je lui faire part de mon petit drame confus? Allais-je lui raconter une fois de plus mon trouble, mes hésitations, mon incompétence totale? Je choisis plutôt de ne rien dire, quitte à paraître encore plus minable et timorée, et j'évoquai de vagues histoires de peur et de culpabilité, je m'enfargeai dans toutes sortes de faussetés. Esther m'a regardée avec étonnement d'abord, puis avec ennui. Elle n'apprendrait rien avec moi, c'est certain, ce n'était pas moi qui allais lui donner des trucs pour survivre, comme elle disait, des trucs pour ne pas mourir de solitude. « On est à l'époque des filles seules, ai-je murmuré, et ça me dégoûte. »

Esther restait silencieuse, enveloppée dans son grand manteau, et je me suis sentie immensément fatiguée tout à coup. Fatiguée de tout ce désarroi emmagasiné dans la ville, dans le pays, et dans l'Amérique du Nord tout entière. Fatiguée de mes propres mots qui se bousculaient au portillon sans trouver la sortie. Fatiguée de toutes ces ruptures à propos desquelles il aurait fallu s'exclamer, se scandaliser ou se réjouir, comme s'il s'agissait là de quelque chose de plus vrai que le lien indestructible auquel on avait tous cru un jour, à cette époque d'avant la solitude, quand la tête et le corps ne faisaient qu'un, quand c'était l'enfance et que la vie sentait bon.

Entendre Esther me raconter sa rupture d'un air calme et rationnel me donnait envie de vomir. La seule chose que je souhaitais en ce moment, c'était que des gens aient encore envie d'être ensemble. La solitude, je connaissais. Je savais ce que c'est que de se réveiller le matin en ne sachant plus très bien à quoi on appartient, avec qui on fait équipe. Je connaissais très bien tout ça : le silence trop lourd dans l'appartement, des journées longues et vides de sens, se réveiller au milieu de la nuit avec le désir de quelqu'un comme témoin dans sa vie, et de tout cela j'étais lasse, infiniment lasse. Seule l'idée du partage et de la communion maintenait une petite flamme allumée dans mon cœur. Alors, entendre mon amie s'inquiéter du sida et de sa future vie sexuelle me rendait sceptique : «As-tu des besoins sexuels si importants que ça?» D'un ton sérieux, Esther a répondu que oui. Qu'elle ne pouvait absolument pas se passer de sexe, et qu'avant Fabien elle avait eu un nombre abominable d'amants. Je ne parlai pas de mes longues périodes d'abstinence, c'était là une différence fondamentale entre nous. Je pouvais vivre sans sexe. Ce n'était pas que je le veuille, mais je le pouvais. Même s'il m'était arrivé d'être malade quand ça faisait trop longtemps. C'était là un aspect de ma personnalité, sans doute. Une faim et une soif immenses, mais aussi le goût d'une certaine sobriété.

Esther a regardé sa montre et j'ai commandé une autre bière, m'enfonçant dans le silence en évitant son regard. Calée dans ma fadeur, je me sentais un peu honteuse. D'entre nous deux c'était moi l'écrivaine, et pourtant j'étais sans mots pour dire ce qu'il y avait là, dans ce corps qui était le mien : les souvenirs brûlants, la passion phénoménale, les rêves marteaux-piqueurs.

Un jour, quand j'avais vingt ans, j'étais allée sonner chez un ami en plein après-midi, il habitait sur le même palier que moi, la porte d'à côté. Je voulais faire l'amour. On pense que les hommes sont toujours prêts à ça, mais non, en tout cas lui, ce jour-là, il s'était esquivé, il m'avait plantée là avec mon désir en invoquant quelque vague prétexte. Aujourd'hui ce genre de choses ne m'arrivait plus, c'étaient eux qui venaient vers moi.

Esther s'est étirée dans le fauteuil en roulant les billes bleues de ses yeux d'oiseau, et j'ai senti soudain monter en moi une petite chaleur, un petit réconfort. Au fond, je n'étais pas si nulle que ça, j'étais une femme compliquée mais sage aussi, je connaissais le renoncement. Je me suis revue un jour de fête, quand j'étais enfant. Je ne m'étais pas précipitée avec les autres pour choisir mon déguisement, j'avais attendu patiemment la fin de la ruée, et je les avais laissés passer devant moi avec leurs mains tendues et leurs yeux avides. Aujourd'hui encore, je me souvenais très bien de cet instant minuscule où, portée comme les autres par le même élan, j'avais soudain stoppé mon mouvement et choisi une autre attitude, qui n'était pas à proprement parler de la patience, mais plutôt une sorte de renoncement, un refus de participer à la frénésie collective. La monitrice avait remarqué mon geste et m'en avait félicitée après, mais ça m'avait mise mal à l'aise : je me sentais obligée d'accepter des félicitations qui ne me concernaient pas, puisque j'avais agi gratuitement, sans y penser. Pour la première fois de ma vie peut-être, je faisais l'expérience de la fausseté humaine, cette subtile salope qui peut se glisser n'importe où sans qu'on s'en aperçoive.

Il était minuit quand nous sommes ressorties du bar. Il faisait froid et la rue était vide. Esther a dit qu'elle avait des billets pour une pièce de théâtre dans deux semaines, si ça me tentait, et on s'est quittées rapidement au coin de Villeneuve. Quelques jours plus tard éclatait dans le golfe Persique ce qu'on appelait déjà «la Troisième Guerre mondiale».

La veille du jour fatidique, j'avais passé une deuxième soirée avec Tom. Dans son loft de la rue King d'abord, on avait bu une bouteille de vin rouge pendant qu'il me racontait ses études à San Francisco. D'emblée, j'avais dit : «Je fais un effort avec toi, mais politiquement je suis contre le fait de parler anglais à Montréal.» Il comprenait, avait-il répondu d'un ton conciliant en remplissant mon verre jusqu'au bord. Ensuite on avait marché sous une pluie verglaçante jusqu'à un restaurant italien de la rue Crescent. Les pâtes étaient bonnes, les banquettes confortables, et alors qu'on buvait en s'épiant par en dessous, je me suis dit que j'avais été stupide de m'en faire avec ce rendez-vous : je me sentais bien avec Tom dans la chaleur du restaurant, tout était simple et facile. Au début j'avais cru qu'il était timide, mais non, c'était juste qu'il n'était pas exhibitionniste, il donnait l'impression de prendre son temps par en dedans. Il avait des gestes posés et une démarche lente, mais son sourire pouvait jaillir tout d'un coup, un sourire très large qui lui montait jusqu'aux yeux, illuminant soudain tout son visage.

Ce soir-là, alors qu'on parlait doucement au fond d'un restaurant de l'ouest de la ville, si innocents avec toute notre tristesse et notre bonne conscience, les « hostilités » étaient déclenchées en Irak, et moi j'avais manqué les premières heures d'informations pour faire des pas tout croches dans la sloche avec un inconnu fort gentil, qui avait payé mon repas et m'avait ensuite quittée rapidement au bord du taxi qui me ramènerait chez moi.

À la maison, Sylvia était assise devant la télé, enveloppée dans un grand poncho. Elle était rentrée d'Afrique deux semaines plus tôt, où elle avait participé à une rencontre d'écrivains de la francophonie, et transitait chez moi en attendant que son appartement soit libre. Tout de suite en arrivant, elle avait fait une grosse crise de palu, et elle passait son temps enveloppée dans de gros lainages, ne pouvant supporter le froid de février. Sans enlever mon grand manteau tout mouillé, je me suis jetée à côté d'elle sur le sofa. Ça bougeait vite sur l'écran noir et blanc de ma vieille télé, et dans ma tête aussi, ça s'était mis à aller vite, il y avait beaucoup d'action tout d'un coup : un homme, une guerre, une amie qui revenait d'Afrique, et même une souris qui traversait le salon au moment où Sylvia demandait : « As-tu passé une bonne soirée ? » les yeux rivés à l'écran.

Le lendemain je me suis levée de bonne heure, et comme tout le monde j'ai couru acheter les journaux.

Partout on titrait : «Aujourd'hui, premier jour de guerre?»
À dix heures, j'ai pris un taxi. Le chauffeur était dans
tous ses états, c'était un Roumain qui s'était battu contre
les Syriens, et il avait peur des Arabes, il était pro-améri-
cain. Tendue sur le siège arrière, je l'écoutais avidement,
peut-être parce que c'était un étranger, peut-être parce
qu'il avait déjà fait la guerre, en tout cas sa présence me
soulageait, je me sentais moins seule avec toute cette
absurdité. J'avais rendez-vous avec Simon à son bureau. Il
était en compagnie d'un journaliste italien de passage à
Montréal pour interviewer des écrivains québécois sur
«le rapport à la langue et au pays». «Pas très original»,
me suis-je dit. Simon et le journaliste étaient énervés. À
propos de la guerre, l'Italien a eu des propos dépités :
«Dégueulasse, une guerre économique qui se règlera au
chimique.» Quant à Simon, il a déclaré : «Ce soir, je ne
me couche pas. J'écoute les nouvelles à minuit, et si c'est
la guerre, je descends dans la rue.»

Je les ai quittés vers deux heures, et j'ai marché
toute seule sur la rue Mont-Royal en scrutant les yeux, la
bouche, le dos courbé des passants. Je cherchais en eux
une réponse, une complicité à mon agitation ; j'aurais
voulu les aimer un peu plus que d'habitude mais je n'y
arrivais pas, et je continuais à les frôler comme une étrangère, à croiser en vain leurs yeux fatigués, leurs silhouettes
affaissées, leurs épaules courbées sous une tonne de soucis. Dans les magasins, les vendeuses s'ennuyaient. C'était
mardi et il pleuvait, elles se tordaient les mains en écoutant CKOI FM annoncer que la guerre était imminente du
même ton qu'on annonce le dernier hit au palmarès,
mais ce hit-là, madame, personne n'en reviendrait. Au
coin de la rue Resther, je suis entrée dans la boutique du
Chinois pour m'acheter du savon au jasmin. Il est venu
vers moi les mains tendues, l'air contrit, en disant : «War,
war, it's terrible», puis il s'est enquis de ma santé. J'ai dit :

«Bien, pas trop mal», mais il a m'a priée d'enlever mon manteau, et je me suis retrouvée assise sur une chaise au milieu de la boutique à me faire masser les mains, les bras, les épaules, le cou. Il a dit que j'étais très fatiguée et que j'aurais besoin de trois massages complets de deux heures et demie chacun. Il a parlé du yin et du yang en faisant rouler dans ses mains des petites boules métalliques qui faisaient des sons de clochettes. J'avais l'impression qu'à travers moi c'était l'humanité au complet qu'il tentait de réconforter. Puis le Chinois a dit que la guerre c'était *bad*, que c'était à cause du déséquilibre entre le yin et le yang.

En remontant la rue Saint-Laurent dans la fin du jour, j'ai pensé à ma vie dans ce pays-ci, dans cette société-ci, avec cette guerre là-bas à laquelle je ne pouvais rien. Je pensais à la solitude nord-américaine, cette solitude nouvelle, lourde, tentaculaire, qui contrastait durement avec les rêves que j'avais eus, des rêves de vie collective et d'amitiés subversives. Cette guerre, ou du moins la menace imminente de cette guerre me faisait pleurer sur ma propre vie, dénuée de sens tout à coup, trop petite et trop vide surtout. On ne pouvait pas continuer à être aussi seule dans un monde dévasté.

Les événements suivaient leur cours, hypermédiatisés. Dans le désert c'était l'horreur, et ici on s'inquiétait, le nez dans nos foulards de laine. Le gel était pris dans les fenêtres, les cœurs saignaient dans les manteaux d'hiver. Comme tout le monde, j'avais d'abord eu un énorme sentiment d'impuissance face à cette guerre, ensuite était venue la confrontation à mon ignorance : comment prendre parti quand on ne connaissait que la superficie de ces choses complexes et scabreuses? Guerre de religion. Guerre économique. Guerre territoriale. Nous entendions tout ça à la télévision, Sylvia et moi, assises sur le sofa dans notre pays confortable et gelé; ce pays si tranquille, disait Sylvia, qu'on pouvait penser y passer toute sa vie sans avoir jamais d'ennemis. «Mais c'est faux, insistait-elle, il y a toujours un ennemi quelque part, sauf qu'ici l'ennemi est difficilement identifiable, et c'est ce qui nous maintient sur la ligne du centre, la ligne confortable qui permet d'avoir vue des deux côtés. On ne peut pas être radical au Québec. On peut juste être confus, confits au Québec.»

À l'ombre de la guerre naissante, je lisais des romans italiens et j'étais obsédée par cette scène de *La Storia* où une vieille femme juive veut monter dans le train où sont captifs tous les membres de sa famille. Pour elle, il était désormais moins difficile de périr avec eux que de vivre sans eux. J'ai dit à Sylvia: «On ne peut pas savoir si c'est du courage ou non. On ne peut pas imaginer une telle situation. Cela n'a aucun sens en dehors de la cruauté du réel.»

J'avais mis sur mon lit la courtepointe rouge et blanche héritée de ma grand-mère Molino, une grande couverture en coton avec de grosses fleurs stylisées, tout un travail de perfection et de délicatesse. Grâce à cette couverture, je pouvais continuer à aimer cette grand-mère que j'avais assez peu connue, la mère de mon père, une femme généreuse et fière qui, en plus d'entretenir la maison et d'élever sa nombreuse famille, trouvait le tour de faire des merveilles avec le moindre bout de guenille. Elle avait été une femme vaillante et forte, imbattable, comme dans les vieux romans canadiens-français. Elle était morte très âgée, et pourtant je n'avais pas eu le temps de lui dire que je l'aimais. De combien de temps avons-nous besoin pour dire aux gens que nous les aimons?

*

Et puis le printemps était arrivé, triste et doux dans la ville. La lumière était tamisée au-dessus des maisons, des drapeaux flottaient aux balcons, sales et inutiles. De la guerre on ne parlait presque plus : nous l'avions consommée, elle avait été avalée par les écrans de télévision. Maintenant on ne savait plus très bien ce qui se passait là-bas, comment les gens s'en sortaient. Tout ce qu'on savait, c'est que ça ne nous arriverait pas, du moins pas cette fois-ci. On pouvait continuer à écouter les nouvelles sans se sentir concernés, on était redevenus des téléphages surinformés.

Sylvia avait réintégré son appartement et moi mes vieilles habitudes. Comme tout le monde, j'ouvrais portes et fenêtres en espérant que les courants d'air purifieraient mon existence, mais dehors je ne voyais ni flore ni faune, rien que du ciment et des petits tas de neige qui tardaient à fondre malgré la nouvelle saison. De la grosse neige noire avec des sacs de plastique pris dedans, voilà le genre de sculptures auxquelles on se heurtait au fil des trottoirs.

J'essayais d'écrire de la poésie maintenant, quelques lignes par jour, cela durait environ huit minutes. Le reste du temps je ne faisais pratiquement rien, je n'avais plus de contrats de correction, alors je contemplais mes propres phrases en y cherchant en vain des messages réconfortants, ou bien j'allais me promener en ville. Le mot «volcan» était à la mode, je le voyais partout. Sur les écrans vidéo. Dans les titres des livres exposés dans les vitrines. Sur les murs placardés d'affiches. Il y avait de l'incandescence dans l'air. Oui. Une guerre mondiale avait peut-être été évitée, mais le réel était encore en proie à la famine, le monde entier avait froid, des hommes couraient tout nus dans la tempête. Y aurait-il assez de vin pour tout le monde ? Quelle question. Dans mon pays tranquille, il y aurait toujours assez de vin.

Malgré la désolation qui grandissait à l'autre bout du monde. Malgré le silence des peuples endormis par le malheur. Malgré la molle répétition des événements politiques.

J'avais revu Tom souvent. J'aimais sa présence calme, il était doux et intelligent, et il ne me demandait rien. Tard le soir, après le cinéma ou le restaurant, on se quittait au bord du trottoir pour marcher dans des directions opposées, moi vers le nord, lui vers le sud. Il me parlait beaucoup de son métier, il enseignait l'usage des ordinateurs dans des firmes d'architectes, et je lui parlai peu du mien : je m'exprimais mal en anglais, et puis Tom n'était pas très littéraire, nous n'étions pas du même monde, lui et moi. Artiste de l'image, il faisait partie de ce nouvel ordre mondial qui privilégiait l'évidence du message à première vue, facilement diffusable à l'échelle de la planète. Tom pouvait donc me montrer ses maquettes et ses dessins, il n'y avait pas de barrière des langues pour ça, mais je ne pouvais pas lui faire lire mes textes ni lui faire connaître mes écrivains préférés, il ne pouvait pas savoir ce qu'il y avait dans ma tête. Au début j'avais cru que ce serait agaçant, mais finalement ça ne me dérangeait pas trop, je crois qu'au fond je trouvais ça reposant.

Et puis on est devenus amants, après plusieurs mois de fréquentation, comme dans l'ancien temps. C'était un beau soir d'avril, et au retour du cinéma, à minuit, j'ai eu envie qu'on ne se sépare pas comme d'habitude au coin de la rue, alors je l'ai invité à venir prendre une tasse de thé à la maison. Je n'étais pas sûre de vouloir coucher avec lui, je n'étais pas certaine de mon désir, mais il a dit : «A cup of tea?» en souriant et m'a suivie à bicyclette dans les rues sombres qui montaient vers chez moi. Nous avons écouté de la musique longtemps, assis sur le sofa, et après des siècles d'immobilité, son épaule pas loin de la mienne, il s'est finalement jeté sur moi, lui qui semblait si retenu, presque inhibé. J'avais imaginé un amoureux timide, au corps frêle et aux gestes délicats, or ses baisers étaient fougueux, ses bras forts, son étreinte solide et chaude : c'était un homme, un vrai homme en chair et en os qui s'agitait sur moi et m'égratignait le visage avec sa barbe. Quand je me suis réveillée près de lui le lendemain matin, nos corps étaient confortablement collés l'un contre l'autre, et j'avais dormi d'un long sommeil dans ses bras qui sentaient bon.

En même temps que j'essayais de l'oublier, je pensais souvent à Aldo, et j'avais parfois des rechutes qui m'entraînaient loin dans le désespoir. Alors je m'éloignais de Tom et j'allais errer en ville, heurtée et pensive. Les yeux plissés dans la lumière de l'après-midi, je laissais remonter les souvenirs douloureux : l'avortement, la séparation, le black-out qui avait suivi, et l'impossibilité dans laquelle je m'étais retrouvée d'écrire une seule ligne. Aujourd'hui encore, cet échec résonnait en moi de manière insupportable : le fait de n'avoir pas réussi, avec un homme, à aller jusqu'au bout. Comme si, par là même, j'avais échoué à me rattacher à l'humanité tout entière.

Et puis je m'enfuyais à nouveau, et j'allais retrouver Tom dans son lit bleu. Nous échangions des baisers, des caresses et des paroles en anglais, des bribes de passion au bord de nos corps intrigués, sans réponse. Je dévorais ses lèvres charnues, je fouillais dans ses cheveux épais, je l'implorais de s'enfoncer encore plus loin, encore plus fort, je l'implorais de tout donner et tout prendre. Ses bras, son odeur citronnée, la chaleur jeune de sa peau, je les imprégnais de ma volonté d'amour, et ça marchait. C'était un plaisir pur et délicat, odorant et charnel. Avec lui, j'essayais d'oublier l'impossible. Avec lui, je voulais être neuve.

*

Les jours allongeaient. À la sortie des écoles, les filles s'en allaient deux par deux, vêtues de manteaux fluorescents mauve et rose. Ce jour-là, il faisait encore clair quand j'étais sortie de chez moi, et j'avais poussé ma promenade plus loin que d'habitude. Passé la rue Napoléon, j'ai rencontré Esther, vêtue de cuir noir, qui marchait très lentement, un gros thermos à la main. J'ai d'abord été saisie par sa beauté pâle et solennelle, mais ce n'est qu'en la serrant dans mes bras que j'ai senti la maigreur inhabituelle de son corps. À bien la regarder, elle avait l'air malade. «Qu'est-ce qui t'arrive?» Elle ne se remettait pas très bien de la rupture avec Fabien, et sur les conseils d'une collègue thérapeute elle avait jeûné pendant une semaine, à raison de trois verres d'eau par jour. Ensuite elle avait recommencé graduellement à manger: d'abord une orange, puis un pamplemousse, puis des poires. Pas étonnant qu'elle soit si blanche. J'ai dit: «Avec le genre d'hiver qu'on a, tu ferais mieux de manger un peu de viande.» Mais Esther était branchée sur l'intelligence de ses cellules, comme elle disait, elle croyait à la nécessité de faire le vide. Elle m'avait bien fait rire le jour où elle m'avait raconté l'histoire d'une certaine madame Théon qui, au lieu de manger comme tout le monde, s'allongeait sur son lit, posait un gros pamplemousse frais sur son ventre et constatait au bout d'une heure que le pamplemousse était plat comme une galette.

Au «comment ça va?» d'Esther, j'ai répondu: «Ça va», d'un ton traînant. Je n'ai pas parlé de la faille qu'il y avait dans ma vie, ni de la lassitude qui m'avait envahie depuis quelques jours à cause de mon cycle hormonal. Esther aurait sans doute voulu me fournir quelque recette dont je n'avais pas envie, et puis, comparé à un jeûne de trois semaines, mon syndrome prémenstruel était bien insignifiant.

Esther avait eu une vie difficile. Une enfance infernale à Gaspé, entre un père alcoolique et une mère dépressive, puis une succession de fuites en avant et de ruptures forcées. Il était étonnant qu'elle ait réussi à passer à travers tout ça sans devenir folle, sans commettre de crime, sans essayer de se suicider. En fait, je la trouvais plus équilibrée que la plupart des gens que je connaissais : son courage l'avait menée vers une sorte de sagesse pleine de bonté pour le genre humain. Elle s'était battue pour ne pas mourir, et maintenant elle voulait profiter de la vie comme d'une chose précieuse, précieuse comme les pierres qu'elle utilisait pour ses *healings*.

Esther a proposé qu'on aille faire un tour au parc Jeanne-Mance. Nous avons marché lentement jusqu'aux courts de tennis, puis on s'est assises sur un banc, le visage offert aux faibles rayons du soleil. J'avais un peu mal à la tête à force d'avoir retenu mes larmes, et soudain, comme si elle pouvait lire à travers moi, Esther s'est mise à m'expliquer qu'on pouvait arrêter de s'en faire comme on arrête de trop manger, trop boire ou trop fumer. « Au fond c'est très simple. De la même manière qu'on a plus de chances de réussir un régime en le suivant mine de rien, simplement parce que c'est meilleur pour la santé et qu'il y a mieux à faire dans la vie que de trop manger, de la même manière on peut se dire qu'il y a mieux à faire dans la vie que de souffrir, et quand on trouve quoi, on n'a même plus besoin d'y penser, c'est la vie elle-même qui nous détourne de nos problèmes. »

Les paroles d'Esther me faisaient de l'effet. Il en est des mots comme des gens : il y en a qui ne donnent rien, il y en a qui ne «donnent» pas. On ne peut pas décider d'avance lesquels, ce serait comme de décider qu'une couleur est mauvaise, qu'une saison est laide ou qu'une note de musique ne sert à rien, mais il se peut fort bien que le climat créé par l'agencement de certains mots, certaines couleurs ou certaines notes de musique soit plus propice qu'un autre à éveiller quelque chose en vous. Ainsi, chaque phrase d'Esther me faisait l'effet d'une flèche du tir à l'arc zen. Elle me trottait longtemps dans la tête après, comme une amie qui veut vous apprendre à viser juste.

Nous étions là depuis un moment, immobiles et silencieuses, quand une fille aux cheveux noirs est venue vers nous en souriant. C'était Paméla, une chanteuse que je connaissais vaguement. J'ai souri moi aussi, mais je n'avais pas envie de lui parler, je n'avais pas envie de faire d'efforts. Paméla a persisté dans son sourire en se rapprochant de nous, elle n'avait pas l'air pressée. Nous avons parlé de nos métiers, des gens autour, du pays. De la musique qui, selon Paméla, était une affaire d'hommes. «Ah, les hommes, a-t-elle soupiré, on souhaiterait qu'ils nous aident à vivre mais ils ne le font pas, ils s'obstinent, on dirait, à ne pas le faire.» Elle disait qu'elle n'était plus capable de chanter, qu'elle manquait trop d'amour et que ça prenait toute la place, qu'elle n'en pouvait plus d'être seule. Elle se sentait isolée, disait-elle, en tant que femme et en tant qu'artiste. Elle était écœurée du showbusiness québécois, et c'était pour ça qu'elle ne pouvait plus chanter. Elle trouvait que les hommes n'étaient pas assez là et que le Québec était un pays pourri.

Esther et moi nous l'écoutions tout en restant muettes. Esther détestait que les gens se plaignent, quant à moi, je n'avais pas assez d'énergie pour encourager Paméla. Si quelqu'un nous avait observées en ce moment, il aurait sans doute trouvé que les femmes aujourd'hui étaient bien déprimantes.

Un peu décontenancée par notre apathie, Paméla s'est finalement levée pour partir, et quand elle a été loin, Esther a dit qu'elle en avait marre de ces artistes qui se plaignaient tout le temps. « C'est de la fausse représentation. Ils se font passer pour des victimes, mais ils ne font malgré tout que de l'art bien propre. Tant qu'ils ne se dévoileront pas, il ne se passera rien. J'en ai assez de leur drame confus, de leur opacité. » J'étais un peu d'accord avec elle, mais je n'ai pas insisté pour écorcher Paméla davantage. J'avais changé depuis quelque temps, j'avais perdu mon sens critique, je faisais toujours bien attention de n'égratigner rien ni personne, j'avais peur de la réplique, moi l'improductive, moi qui ne savais plus quoi répondre quand on me demandait : « Alors, qu'est-ce que tu fais de bon ces temps-ci ? »

Esther n'avait pas ce problème. Quand elle allait au concert, au théâtre ou au cinéma, c'était en spectatrice libre, elle se prononçait sans crainte d'être taxée d'envie ou de jalousie. Moi je me tenais sur mes gardes, comme une criminelle en liberté provisoire, j'avais toujours l'impression que partout on m'attendait avec une brique et un fanal. C'est de la paranoïa, dira-t-on. Car au fond, tout le monde se foutait bien de mes opinions, de mon silence ou de mes récriminations. Personne n'était posté le soir en bas de chez moi pour vérifier si j'étais là, avec qui je couchais, de quoi je parlais au téléphone. Les gens vivaient très bien leur vie sans moi, ils continuaient leur chemin, ils faisaient avancer leur carrière, ils ne se préoccupaient pas de ce que je pensais ou faisais.

Esther s'est étirée sur le banc en soupirant, puis elle s'est levée à son tour, elle semblait très fragile dans la lumière de six heures. Je restai seule à méditer sur mon sort, pendant que le parc était envahi de chiens qui couraient en tirant leur maître au bout de leur laisse. Les tennis étaient déserts, les arbres allongeaient leurs ombres en silence à travers les grillages, et j'eus un petit émoi en pensant à l'été, qui, un jour, finirait sûrement par arriver.

*

Et puis la grippe m'est tombée dessus et je suis restée clouée au lit pendant trois jours. Dans mon immobilité forcée, je ne cessais de penser à Tom et à Aldo, voguant de l'un à l'autre dans une sorte de confusion délirante. C'était aigu et pénible, aussi pénible que l'horreur d'être malade sans personne pour vous soigner. Dix fois, j'avais écouté Carole Laure chanter *Stand by your Man,* et ça n'avait pas arrangé les choses : j'étais une fille en manque et mêlée, et j'avais la grippe en plein mois d'avril.

Ce dimanche-là, donc, je m'étais étendue sur le sofa pour lire le dernier roman d'une écrivaine québécoise. J'en étais à mon trentième verre d'eau depuis le matin, et la lumière s'accentuait dans la pièce au fur et à mesure de ma lecture, quand soudain, comme si on avait pesé sur le chakra qui ne demandait qu'à s'ouvrir, quelque chose en moi a explosé, mon cœur s'est mis à gémir, des larmes ont jailli de tout mon corps malade et, forcés par la fatigue sans doute, tout le chagrin, tous les rêves, toutes les images de ce qui n'aurait peut-être jamais lieu dans ma vie ont fusé en un terrible et douloureux feu d'artifices.

Ce livre était un bon roman, un savant désordre d'images et de pensées, avec une histoire pas trop appuyée mais bien racontée, et beaucoup d'effet dans le non-dit. Mais surtout, ce qu'il y avait dans ce livre, c'était une belle histoire d'amour entre une femme et son enfant, une extraordinaire et banale histoire d'amour, comme celle à laquelle j'avais eu droit, enfant, mais pas encore en tant que mère. Dans la lumière écorchante de l'après-midi, une trâlée de sirènes se sont mises à hurler, déchirant le silence de la maison et la petite paix chétive de mon corps en voie de guérison. Le coup avait porté. J'étais knock-out, impuissante et vide avec ce trou, là, à la place du cœur, et ce rêve qui n'en finissait pas de briller dans mon front comme un troisième œil, ce rêve qui me semblait désormais impossible à rattraper. Les mots avaient exercé leur pouvoir. Ils avaient rouvert la blessure. Je n'étais plus une simple femme grippée par un beau dimanche après-midi, j'étais Jeanne d'Arc s'en allant au bûcher, une louve sans voix, une condamnée.

C'est une simple image de bonheur qui m'avait fait chuter dans l'absurde. Assises sur un banc, la mère et sa fille attendaient l'autobus, c'était l'été, elles portaient des robes légères et des lunettes fumées (l'enfant de grosses vertes en plastique et la mère des Ray-Ban sophistiquées), et la petite fille expliquait qu'elle n'aimait pas son professeur de mathématiques (un homme à la voix forte et aux manières rudes), et la mère essayait de lui faire comprendre qu'il ne fallait pas détester les mathématiques pour autant, qu'elles étaient la clé de l'univers, le seul moyen de comprendre le temps, l'espace, la planète et peut-être même les êtres humains, et peut-être même son professeur de mathématiques, et peut-être même ses propres parents.

J'étais terrassée. Pendant des années, j'avais marché dans la rue en m'imaginant parler ainsi à mon enfant, imaginant tout ce que je lui apprendrais, tout ce qu'elle m'apprendrait. Pendant des années, au volant de ma voiture, en allant à la banque ou en faisant mes courses, j'avais contemplé son visage, ses yeux, ses cheveux, je l'avais vue me sourire, j'avais senti son poids à mes côtés, j'avais été une femme accompagnée. Mais aujourd'hui, aux prises avec la grippe et quelques années de plus, je ne trouvais pas ça drôle du tout : le temps avait passé et elle n'était toujours pas là, la petite fille issue de ma genèse, elle n'existait toujours pas, celle à qui je voulais raconter ma vie au fil des trottoirs. Et cet avortement que je n'avais pas voulu s'imposait à ma mémoire comme une erreur impardonnable, une défaite. Il y avait un an de cela, mais le regret était intact.

J'ai pleuré pendant trois heures, inerte, le cœur flagellé en un deuil infini. Sur mon ventre, le livre était posé comme le pamplemousse de madame Théon, mais aucun miracle ne se produisait, et je restai là, révoltée, avec ma grosse possibilité qui n'avait servi à rien. C'est dans cet état que ma mère m'a trouvée quand elle a appelé vers six heures. Elle m'a parlé doucement au téléphone, me recommandant de prendre un bain chaud, de boire du thé et de manger de la soupe. Puis je me suis couchée, et j'ai passé deux jours enfermée dans l'appartement sans répondre au téléphone. Je mettais la musique au maximum et je pleurais, je criais, je hurlais. Le troisième jour, je me suis réveillée calmée et meurtrie, j'avais les os brisés et je me sentais frileuse : c'était comme si un autobus m'avait passé sur le corps.

Juin était arrivé, noyé dans la pluie. C'était l'été mais c'était difficile à croire : il faisait gris et froid, mais c'était l'été, oui, oui, oui, c'était écrit dans les journaux. Noires, blanches, rouges, les autos gisaient comme des cadavres dans ma rue. Elles appartenaient à toutes ces familles qui avaient assez d'argent pour le luxe ordinaire contemporain : l'auto, les vacances, le duplex, le jardin, deux enfants, de beaux vêtements, un barbecue, un piano. Moi j'étais celle d'en face qui se plaint tout le temps, celle qui en voulait à leur maudite propriété privée. Celle qui recevait de l'aide sociale, travaillait au noir et ne faisait jamais de déclaration d'impôts. Celle qui voulait déménager mais ne se décidait jamais. Celle qui ne décidait pas. Celle pour qui personne ne décidait jamais rien.

J'aurais voulu que Tom m'emmène quelque part, qu'il me propose un voyage, mais il avait du travail et semblait se plaire à Montréal, dans cette ville où je m'ennuyais, moi, depuis si longtemps. «Je voudrais voir la mer», chantait Michel Rivard à la radio. Oui. Quand le vent se lèverait, je partirais moi aussi, j'irais au bord de la mer, il y aurait du sable sur mes pieds et de l'eau à perte de vue pour mes yeux fatigués. Un bel océan bleu foncé serti d'une magnifique pointe d'iceberg. Pas ce gros bloc de glace sale qui me bloquait la vue et rendait difficile la quête de nourriture. Ce que je voulais, c'était aller quelque part où, pour un temps, je ne souhaiterais plus être ailleurs. Toute cette attente, tout ce désœuvrement, tout ce gaspillage étaient en train de me rendre folle.

Vous savez, quand vous avez soupé avec tous vos amis, bu toutes les bouteilles de vin qu'il fallait, lu toutes les annonces dans les journaux pour une maison de campagne, un piano, un condo en Floride, n'importe quoi qui pourrait changer votre existence? Quand vous avez épuisé toutes les formes de bonjours au coin de la rue, que votre électro-ménager est foutu (le poêle chauffe mal, le frigo n'est pas assez froid) et que soleil et chaleur arrivent en retard dans la ville éreintée d'avoir tant attendu? Voilà où j'en étais. Prise comme un rat avec mes amours meurtries, mes tentatives d'écriture et mon obsession de liberté. Immobilisée entre la fuite et la lutte, comme les rats de Laborit. J'avais laissé pourrir le réel, qui ne supporte pas la stagnance. J'avais laissé mes rêves se vider de leur substance et se perdre dans des poubelles. Et maintenant c'était l'été. Je n'avais toujours pas déménagé. Je n'avais toujours pas trouvé de maison à la campagne, ni d'hôtel au bord de la mer, ni de ranch dans une vallée de la Lune. Coincée entre mon frigo foutu et mon poêle déficient, je me crispais dans la moiteur en imaginant le pire. Mais je n'irais pas jusque-là, non, je savais bien que je ne me mettrais pas la tête dans le fourneau. C'était tout ce qu'il me restait, cette certitude, cette très mince victoire sur le désespoir.

Et puis ça a été juillet. Le jour de la fête du Canada, il faisait très beau, et Tom a proposé qu'on aille à bicyclette sur l'île Notre-Dame. Comme des vacanciers, nous avons roulé lentement au soleil. Le ciel était si bleu, si net qu'il semblait crier de pureté. Les fleurs, les arbres, les oiseaux, tout frémissait ce jour-là dans la lumière dense de l'été.

Après avoir trouvé un coin tranquille près du canal, nous sommes restés là longtemps à nous détendre, absorbant la tranquillité muette de cette journée de congé. Couchée dans l'herbe, je regardais tout ça à travers mes lunettes fumées : les canots bleus qui voguaient lentement, la végétation soigneusement entretenue, oui, c'était beau, toute cette douceur et tout ce ruissellement, c'était reposant. Tom était assis pas loin et sa chemise rouge se découpait sur le feuillage. Il n'avait pas apporté de livre, il contemplait plutôt ce qu'il y avait à contempler : l'eau scintillante, l'herbe très verte, la luxuriance ordinaire de ce jour d'été ensoleillé, ou peut-être était-il rendu très loin dans ses pensées, quelque part dans une autre vie loin d'ici, loin de moi et de Montréal ? Par politesse, je n'ai pas demandé : « What are you thinking about ? », je me suis dit qu'il fallait le laisser à ses pensées, même si je trouvais que ça n'avait rien à voir avec l'impudeur de l'amour : laisser l'autre à ses pensées. Ne pas s'imposer. Respecter les distances. Toutes choses inutiles dans les feux de la passion. L'amour entre deux êtres ne s'encombre d'aucune politesse.

Au lieu de questionner Tom sur ses états d'âme, je me suis rapprochée de lui en glissant dans l'herbe, et j'ai posé ma tête sur ses cuisses. Le tissu de son short était doux à ma joue, et j'ai cherché son sexe à travers le coton, j'ai promené lentement mes mains dans les plis du tissu jusqu'à ce que je le trouve enfin, dur et soyeux entre mes doigts. En m'abritant de mon autre bras, j'ai détaché son short et sorti son pénis dressé vers moi, souple comme une fleur, et je l'ai sucé longtemps. Des vacanciers étaient assis dans l'herbe un peu plus loin, mais personne ne faisait attention à nous. Tom s'est mis à soupirer, et quand j'ai su que pour rien au monde il ne voudrait que je m'arrête, j'ai déboutonné son short complètement et j'ai plongé vers lui, humant l'adorable parfum de sa tige, la frottant doucement contre mes lèvres pour la dévorer ensuite avec toute l'ardeur déployée de ma langue, reprenant parfois mon souffle pour plonger à nouveau et accélérer la succion, jusqu'à ce qu'il se mette à gémir davantage et que je l'entende murmurer qu'il s'en venait, alors j'ai dit : «OK, but don't come in my mouth», et j'ai tout mis dans ma langue pour qu'il jouisse très fort. Il a poussé un grand soupir, et j'ai senti le liquide chaud jaillir sur ma main, sur ma joue, dans mes cheveux. Puis j'ai posé ma tête sur son ventre. Son sexe était redevenu mou entre mes doigts, le ciel était très bleu au-dessus de nous. Tom souriait et moi j'étais contente, j'avais fait quelque chose de ma journée.

Le temps s'envolait en orages et en ciels fumeux, traversés parfois par de gros éclats de soleil qui aspergeaient soudain les arbres, leurs feuilles et leurs troncs épais. Tout le monde le disait, c'était plutôt un été de chien jusque-là. J'avais sorti mes cartes du Maine, de la Gaspésie et du Bas-du-Fleuve, mais la grisaille semblait prise à jamais dans les chevelures d'enfants et les imperméables à capuchons. La ville était morne, blasée et sale. Les nuages formaient une grosse armée dans le ciel, n'autorisant aucune folie, aucun abandon. Pas question de prendre la route par un temps pareil.

Pour me changer les idées, je lisais des livres de psychologie populaire et je me perdais dans la vie des autres, dans les récits fascinants du «vrai monde». Bientôt ce serait très à la mode, la vraie vie du vrai monde, plus personne n'écrirait de romans, plus personne ne ferait de films, plus personne ne chercherait à inventer des histoires. Il n'y aurait que ça, la vraie vie du vrai monde étalée partout dans les livres et sur les écrans de cinéma. Au lieu d'aller voir *Jules et Jim* ou *Gone with the Wind*, c'est à *La Vie de Marie Léonard* ou à *L'Adolescence de Denis Rousseau* que l'on assisterait pour se divertir, et on se regarderait tous vivre les uns les autres pour essayer de mieux se comprendre soi-même.

Parfois, quand il faisait beau, j'allais jouer au tennis avec Tom ou avec Florence, la seule de mes amies avec qui je pouvais faire ça sérieusement. Mais la plupart du temps, la ville était en larmes et les cœurs dormaient comme des roches à l'abri des grottes. Qu'était-ce donc que ce pays pitoyable où l'on ne pouvait parler que de la température, été comme hiver?

Heureusement que j'avais rendez-vous avec le docteur L. une fois par semaine. «Le docteur aux petits pieds», avais-je pensé en ressortant de son bureau la première fois, il y avait un an de cela. Posées à côté des miennes sur la carpette en caoutchouc, ses bottines m'avaient paru étonnamment petites pour celles d'un homme. À part ça, le docteur L. était tout à fait normal, presque un cliché du thérapeute de bon goût, avec ses cheveux ondulants et bien peignés, sa voix douce, son eau de Cologne de qualité et ses manières polies, des manières de gentleman à l'ancienne. Une parfaite image de père. Mais avec le talent d'observation d'une mère. C'est pourquoi je n'avais pas hésité à retourner le voir. Moi qui ne ne croyais pas à la réincarnation, il y avait enfin quelqu'un qui voulait m'aider à comprendre que ma vie était à moi, que je pouvais la toucher, l'aménager, l'aimer comme on aime une maison.

C'est ce que j'ai dit au docteur L. ce jour-là. Que j'avais vécu longtemps attachée au bout d'une corde, comme un chien, ou plutôt comme une enfant qu'on protège en l'attachant comme un chien. Au bout de la corde il y avait une maison blanche, et avec les années la corde s'était allongée, mais moi j'étais restée attachée, je n'avais jamais rompu avec quoi que ce soit. Aujourd'hui la corde était si longue que je ne voyais presque plus la maison au bout, et je comprenais que c'était à moi de la couper, cette sangle invisible qui m'enserrait la taille, oui, je la couperais avant d'être trop vieille, ma vieille corde trop longue et pleine de nœuds. Et cette maison blanche, j'y retournerais un jour et je l'habiterais. Mais avant, j'aurais coupé la corde et fait le ménage. LE ménage. Pas DU ménage.

Le docteur L. est parti à rire et ça m'a fait plaisir, je me sentais toujours intelligente quand je le faisais rire. Calée dans le fauteuil de cuir noir, ma robe d'été fripée autour de mes cuisses, j'ai dit que pendant longtemps j'avais cru être existentialiste, mais qu'en réalité j'étais plutôt mystique, je m'en rendais bien compte maintenant. «Vous comprenez, j'ai toujours cru que je serais récompensée pour ma conscience, que les choses allaient m'arriver parce que je les méritais. J'ai toujours aimé parler à Dieu le soir dans mon lit. Mais l'existentialisme, ce n'est pas ça du tout, c'est prendre le taureau par les cornes et décider soi-même de son sort, ne pas attendre que Dieu s'en occupe, ou du moins, c'est ce que dit Tom.»

Le docteur L. a dit qu'on pouvait très bien rêver à Dieu ET prendre sa vie en mains. Que ça n'avait rien à voir. Qu'on était libre de tout ce qu'on voulait, et que c'était ça l'existentialisme. Ça m'a soulagée. J'étais une grande inquiète, et c'était pour ça, disait le docteur L., que je cherchais à m'ériger des lois avec tout.

Le soir je regardais la télé avec Tom, assis en pieds de bas sur le sofa, ou bien on allait manger au restaurant indien tout près de chez moi. La nourriture et le sexe sont des plaisirs faciles et on ne s'en privait pas lui et moi, nous n'avions pas peur de devenir gros, il y aurait toujours bien assez d'angoisse, de fureur et de passion pour fatiguer nos corps encore jeunes. Tout de suite après le film, on se mettait au lit pour s'envelopper l'un dans l'autre, comme au creux de l'hiver on se réconforte avec des couvertures, des tisanes, des feux de bois. On s'embrassait passionnément dans la chaleur des draps, on aimait ça et on recommençait. Était-ce cela l'amour? J'enfouissais ma main dans ses cheveux et je me collais à lui toute la nuit, je le désirais énormément et toujours. Était-ce cela l'amour? Son odeur m'enivrait, j'aurais voulu la garder imprégnée sur ma peau, dans mes draps, sur mon oreiller. Était-ce cela l'amour? Je l'avais eu avec mes parents, je n'en étais pas encore revenue. Je l'avais eu avec des hommes, mais ils étaient partis en me faisant croire que j'étais d'accord. Je l'avais eu avec ma meilleure amie, mais elle m'avait lâchée. Maintenant je l'avais peut-être avec Tom. C'était là, et c'était épeurant.

À la mi-juillet, Sylvia a téléphoné, tout excitée, pour me proposer un voyage. Elle avait été invitée à participer à un colloque qui se tiendrait à l'automne dans les montagnes Rocheuses, une rencontre internationale de femmes travaillant dans le domaine «des communications», et elle pensait que ce serait intéressant pour moi. Ça ne coûtait pas trop cher de s'inscrire, et l'endroit était magnifique, m'assurait-elle. Nous serions logées dans un hôtel sympathique et je pourrais rester plus longtemps après, si je voulais, je bénéficierais d'un tarif réduit à cause du colloque; c'est du moins ce qu'elle avait l'intention de faire, car c'était un endroit réputé pour son air pur et ses paysages grandioses.

Il y avait de la bonne humeur dans la voix de Sylvia, ses affaires marchaient bien en ce moment. Sa dernière pièce venait d'être montée à Montréal et une autre avait été lue à Milan. Elle avait beaucoup voyagé depuis quelque temps, en France, en Italie, en Afrique, aux États-Unis, et je l'enviais pour cette liberté, je l'enviais pour son succès qui la menait aux quatre coins du monde. Sur ses voyages, Sylvia avait toujours plein d'histoires à raconter. Il y avait la troupe de théâtre espagnole avec qui elle avait vécu à Barcelone. Et cette croisière sur le fleuve Zaïre, l'horreur de Sylvia quand elle s'était aperçue que les animaux vivants qui étaient à bord se retrouveraient un jour cuits en ragoût dans son assiette. Et le petit village de Calabre où elle avait passé deux mois toute seule à écrire un roman. Elle s'était installée dans une maisonnette rudimentaire, écrivant souvent jusqu'à douze heures par jour. Quand elle sortait le soir pour la *passeggiata,* les femmes l'invitaient à s'asseoir avec elles pour manger du melon, et elle prenait plaisir à leur conversation animée. Le dernier jour, elle avait donné une petite fête et avait été émue de constater qu'un lien réel s'était créé entre ces gens et elle, l'étrangère, la *straniera.*

Moi j'écoutais toujours les histoires de Sylvia en bavant d'envie, mais maintenant qu'elle me proposait de partir à mon tour, j'hésitais. Pourtant je n'étais jamais allée dans l'Ouest canadien, et j'étais en manque de voyages. Alors j'ai dit que j'y penserais et la conversation s'est terminée là-dessus : j'avais un mois pour me décider.

Selon Sylvia, il y a deux choses qu'un écrivain peut faire : fuir son pays ou parler contre. Quitter de bonne heure les jupes de sa mère, ou s'appliquer à dénigrer la nation qui l'a vu naître. «Mais le Québec est un pays difficile à quitter, il est trop confortable, et c'est là le piège dans lequel nous agonisons tous ici, en tant qu'individus et en tant que nation.»

Assise devant la télévision ce soir-là, je me suis dit qu'elle avait raison, que c'était sans doute ce qui m'arrivait, j'étais en train d'agoniser en tant qu'individu. Il y avait eu une émission spéciale sur l'ex-Yougoslavie et je m'étais forcée à la regarder, moi la chialeuse, moi la chanceuse de vivre dans un pays qui ne serait jamais grugé par le fascisme ou la famine, un pays où il serait toujours possible d'avoir un petit coin à soi, un endroit où s'asseoir et relaxer. D'ailleurs on parlait beaucoup de relaxation dans mon pays. Ce n'était pas comme en ex-Yougoslavie, où on ne parlait que de misère, de fuite et de violence. Oui, comparé à un tas d'autres pays, le Québec était un havre. S'ils pouvaient s'enfuir, les ex-Yougoslaves ne viendraient-ils pas ici? Ne voudraient-ils pas relaxer et prendre des bains flottants? C'est ce que je me demandais, assise sur le sofa en me massant les tempes. J'avais mal à la tête, et j'ai pensé : «La douleur, c'est bien relatif.» Avant je n'employais jamais ce mot, je le détestais, tout était absolu et définitif dans mon existence, hors de contrôle, mais maintenant que j'avais passé l'âge de trente ans, j'étais souvent confuse entre le bien et le mal, le oui et le non, et j'avais honte. C'était pour ça que je regardais les nouvelles à la télévision : pour me conscientiser davantage, mais ça ne donnait pas grand-chose, je ne me décidais jamais à passer à l'action, je finissais toujours par me dire qu'après tout, comme tout le monde, j'étais victime d'une immense et terrible machination à laquelle je ne pouvais rien, absolument rien.

Après l'émission sur l'ex-Yougoslavie, j'ai regardé le film de onze heures, et j'ai pensé à Sylvia et à son petit village. C'était l'histoire d'un prêtre italien qui s'insurgeait contre l'hypocrisie sociale et religieuse de son pays. On le voyait plonger dans la mer du haut d'une immense falaise, et j'ai eu peur un moment qu'il n'ait tenté de se suicider, mais non, il restait là à barboter dans l'eau scintillante, un immense sourire allumé dans son beau visage. Assise sur le sofa, j'ai fondu immédiatement pour ce sourire qui portait un tel contentement, le contentement d'un homme qui n'avait pas désappris à s'émerveiller. C'était comme un sourire d'enfant dans un visage d'homme, et quand une femme voit ça, un sourire d'enfant dans un visage d'homme, elle ne peut s'empêcher d'être bouleversée. Assise dans l'obscurité de mon salon tout propre, j'avais un émoi devant la télé. Je voulais connaître cet homme, je voulais savoir s'il était capable d'aimer, s'il avait déjà souffert, s'il pouvait aider une femme à vivre. J'avais un coup de foudre. Pour un prêtre de province italien. Ça tombait bien, car moi aussi je voulais être une sainte. Moi aussi je voulais aider les autres. Je voulais les délivrer du mal. J'en étais capable, puisque je savais d'où il venait. Puisque je connaissais le bordel de l'âme.

Ça commence par une peine d'amour, c'est toujours par une peine d'amour que ça commence. On se traîne pendant des mois, des années, jusqu'à ce que, comme par miracle, on se remette à aimer le soleil, le bruit du vent dans les arbres, les gens dans la rue, les enfants d'en face. Vous aviez oublié la douceur du printemps sur votre joue, le goût du café fort et du vin rouge, les ciels noyés de l'automne, l'obscurité des salles de cinéma et le contraste après, l'été, dans la rue pleine de lumière à sept heures du soir. Pendant des mois vous avez marché sur la pointe des pieds, en ayant peur de faire du bruit; pendant des mois vous avez eu peur d'exister, d'être là pour quelqu'un, c'était devenu votre hantise : la possibilité de vous trouver sur la route de quelqu'un et de ne pouvoir l'éviter, et de vous ramasser à nouveau avec un couteau entre les côtes.

Et puis un jour on se lève, et le travail est accompli : le pays est propre, votre âme aussi, et les premiers pas que vous faites hors du lit ne sont pas trop pénibles, et ce que vous voyez par la fenêtre n'est pas trop repoussant. Vous avez retrouvé la santé. Suffisamment tramé le mal dans votre guérite. Vous en avez assez, il faut croire. Alors vous sortez, fraîche et diurne, et vous regardez le monde d'un autre œil, un œil neuf, ou plutôt non, avec votre vieil œil, celui que vous aviez avant le désastre. Mais on ne sort jamais indemne d'une histoire d'amour, n'est-ce pas, alors disons plutôt que l'œil est réhabilité, le corps réincarné, la santé rebâtie, la joie reconquise, et cetera.

Ce qu'on appelle le miracle, ce n'est pas tant de ne pas être morte de cet amour ni d'avoir évacué l'histoire, l'homme ou la femme, le père ou la mère, mais plutôt d'avoir réussi à continuer à vivre *avec* cette impossibilité justement. Alors vous pouvez être une sainte. Alors vous pouvez aimer le monde. Maintenant que l'autre s'est logé quelque part en vous pour toujours, et que vous n'avez plus à vous soucier de l'oublier, de le quitter ou de vous faire comprendre de lui, vous pouvez marcher le cœur ouvert en allant au-devant de vous-même, plus loin que l'ombre, au bout de l'ombre.

*

Un beau dimanche, je suis allée jouer au tennis avec Tom. Il faisait soleil et je gambadais sur l'asphalte caoutchouté du court. Tom jouait avec ferveur, il était agile, il courait vite et pouvait sauter avec élégance par-dessus le filet, il était toujours en sueur au bout de dix minutes et ça me faisait rire, j'aimais le voir se dépenser comme ça. Ce jour-là il m'avait battue, comme d'habitude, et j'étais sortie du court avant lui pendant qu'il cherchait une balle égarée. Assis sur la pelouse près des clôtures, des gens attendaient pour jouer, et quand je suis passée près d'eux, un homme s'est adressé à moi, il était vêtu de blanc et portait des lunettes fumées, et il a dit: «Si tu cherches quelqu'un pour jouer, mon numéro de téléphone est sur le babillard, je m'appelle Max. » J'ai dit : « Euh, oui, merci, peut-être, je ne sais pas... », tout en continuant à marcher lentement, et puis Tom m'a rejointe, il a passé son bras autour de mon cou et on s'est éloignés. Tout ça s'était passé très vite, et je n'avais pas eu le temps de prêter attention à cet homme, si bien qu'en repensant à lui par la suite, j'ai été incapable de me souvenir de son visage. Une semaine plus tard, je suis allée jouer avec Florence et j'ai jeté un coup d'œil sur le babillard. Effectivement, un certain Max cherchait des « partenaires de niveau intermédiaire ou avancé ». Je n'étais pas certaine d'être la bonne candidate, mais j'ai noté le numéro de téléphone quand même. Je voulais m'améliorer au tennis, et pour ça il fallait jouer le plus souvent possible.

Un jour je me suis décidée à l'appeler. Florence était partie en vacances, et Tom pour une conférence à Toronto. J'étais un peu gênée, mais je me suis dit qu'après tout c'était lui qui l'avait proposé. Au bout du fil, une voix avec un bel accent anglais m'a priée de laisser mon message, et quelques heures plus tard, cette même voix me rappelait pour me donner rendez-vous le lendemain. J'ai demandé à Max de quel niveau il était exactement et j'ai bégayé un peu en expliquant que je n'étais pas très bonne, que je n'avais pas beaucoup joué ces dernières années, mais il a répondu en riant que je n'avais pas à m'en faire, qu'il aimait « rencontrer » toutes sortes de joueurs.

Le lendemain, on était tous les deux à l'heure au parc Jeanne-Mance. J'étais un peu nerveuse, comme avant de passer un examen, mais Max m'a tout de suite mise à l'aise, il était simple et calme, et il ne cherchait pas à forcer la conversation. Maintenant qu'il était là, debout devant moi sans lunettes fumées à s'étirer dans le soleil de quatre heures, je pouvais vraiment le voir, et ce que je voyais c'était un bel homme, je veux dire un bel homme du genre homme, avec un certain poids dans le corps et une certaine fatigue dans le visage. Il était encore un peu engourdi, disait-il, parce qu'il avait travaillé toute la nuit et s'était levé très tard. Et puis la cloche a sonné bruyamment et tous les joueurs se sont dirigés vers les courts : on avait le numéro cinq, et c'est là que la magie s'est produite, sur le court numéro cinq.

Max était un extraordinaire joueur de tennis. Il bougeait vite mais jamais pour rien, et ses mouvements étaient gracieux, rythmés, économes et puissants. J'étais stupéfaite. Face à lui à l'autre bout du court, je n'en menais pas large, mais je m'arrangeais pour ne pas que ça paraisse, je me concentrais plutôt sur chacun de mes coups, et ça marchait : mes mouvements étaient coordonnés, je renvoyais bien la balle, et dans les vapeurs sucrées de l'après-midi je me sentais souple et légère, on aurait dit qu'une grâce m'accompagnait soudain. J'avais toujours aimé jouer au tennis, mais je découvrais là quelque chose d'infiniment plus grand, plus raffiné, plus total, une ivresse, un ravissement quasi sacrés. Mon corps me faisait l'effet d'une belle machine fonctionnant à merveille, ma pensée était anéantie par l'effort physique, et l'odeur des feuillages dégagée par la chaleur rendait la chose encore plus sensuelle, bref, j'étais exaltée et ravie. Je tâchais de ne pas trop le montrer, mais au fond ce n'était pas nécessaire, Max n'était ni arrogant ni paternaliste, il jouait au tennis comme on pratique un art : avec humilité, passion et générosité. Il trouvait que j'étais en forme et que j'avais de bons réflexes, il ne cessait de m'encourager tout en me montrant des petits trucs. J'étais heureuse et fière. Je m'en tirais plutôt bien finalement, et j'aimais la présence de cet homme, un parfait inconnu. C'était excitant.

Nous avons rejoué plusieurs fois. Je faisais d'énormes progrès, c'était comme si on m'avait jeté un sort. Même mon revers, que j'avais plutôt mou et mal dirigé, était devenu aiguisé et souple, quasi parfait. Après le tennis, on s'assoyait dans l'herbe pour parler, et c'est ainsi que j'appris qu'en plus d'être traducteur, Max était en train d'écrire un premier roman. D'origine écossaise, il était né à Ottawa, avait étudié à Paris et vivait à Montréal par choix. Il s'était beaucoup intéressé à la culture québécoise et avait fait traduire des extraits de *Bonheur d'occasion* en anglais à ses étudiants. Mais aujourd'hui, il était un peu dégoûté du Québec et de la situation politique, il trouvait qu'on se comportait en peuple capricieux et gâté, il avait envie de partir, il rêvait d'aller vivre ailleurs.

Max avait loué un chalet en Gaspésie, où il allait bientôt se rendre pour travailler à son roman. Un jour, après le tennis, il avait dit : « Pourquoi ne viendrais-tu pas me voir là-bas ? » et j'avais répondu oui tout de suite. Moi qui hésitais toujours devant l'inconnu, moi qui étais toujours extraordinairement lente à prendre la moindre décision, j'avais dit oui sans réfléchir, comme à quelque chose d'absolument nécessaire, naturel, impérieux. Comme si, par le biais de Max, se présentait une voie essentielle à ma destinée. C'est du moins ce que j'ai voulu penser à ce moment-là, pour ne pas trop m'en faire à propos de Tom. Pour que ce voyage soit possible, il me fallait absolument le considérer comme une fatalité, quelque chose à quoi je ne pouvais pas renoncer, tout simplement parce que ma liberté fondamentale, mon cheminement personnel en dépendaient. « Ainsi, me disais-je, ce n'est pas à un homme que je dis oui, mais à l'aventure. » Je voulais rester vierge de tout désordre, puisqu'il y avait déjà Tom dans mon cœur, mais une aventure, c'était différent. J'en avais besoin, j'y avais droit, il y avait trop longtemps.

Max est parti au début d'août. Deux semaines plus tard, il téléphonait pour convenir d'un rendez-vous. J'irais le rejoindre dans une semaine et passerais cinq jours là-bas. Max semblait heureux au bout du fil. Il me décrivait la beauté de l'endroit, le calme, la mer, le ciel; il a dit que j'arriverais pour la pleine lune, que ce serait magnifique, puis il m'a donné l'horaire de train et m'a conseillé d'apporter des vêtements chauds.

Je n'avais pas parlé de Max à Tom. Un jour qu'on était assis dans l'herbe à manger une crème glacée, j'avais dit qu'il fallait que j'y aille, que j'avais un match de tennis à quatre heures. Tom avait demandé avec qui, et quand j'avais évoqué «someone I don't really know», il avait dit d'un ton badin : «Oh, maybe I should come and watch, in case.» J'avais ri, flattée par cette petite marque de possessivité, mais je n'avais pas trouvé nécessaire de lui parler du voyage en Gaspésie, je voulais garder cette histoire pour moi toute seule.

Le jour où je suis partie, il faisait très chaud à Montréal. J'avais donné rendez-vous à Tom dans un Van Houtte pour lui dire au revoir, et quand je suis entrée dans le café, j'ai été saisie. Il était si beau ce jour-là, avec son veston noir, sa peau bronzée et ses sourcils qui caressaient son regard. Après, nous avons marché sur la rue Sainte-Catherine. Je lui avais demandé : «Hold my hand, please», et il l'avait fait, il avait serré ma main dans la sienne, et je m'étais sentie très amoureuse en déambulant à ses côtés dans la rumeur chaude du centre-ville. Je portais des jeans bleus et un petit foulard à motif léopard qui flottait autour de mon cou; les cheveux de Tom brillaient dans la lumière et sa démarche était un peu penchée dans son habit noir. Nous nous taisions, entourés par le crépitement de la ville. C'était étrange et excitant, l'euphorie de cet amour qui grimpait en même temps que se profilait l'ombre du départ, cette conscience aiguë que j'avais à la fois de l'instant présent et de l'ailleurs qui m'attendait.

On s'est arrêtés au coin de Crescent et René-Lévesque. J'ai dit à Tom que je l'appellerais à mon retour, et il s'est éloigné rapidement au soleil. J'avais laissé mes bagages à la consigne et je marchais, légère, presque ivre, à la fois excitée et anxieuse. Au coin de Peel, il y avait un beau petit parc avec une église et beaucoup de feuillages, et je me suis assise sur un banc pour reprendre mon souffle. Je vacillais dans la chaleur, les arbres bruissaient au vent et les travailleurs portaient des chemises légères. J'étais décontenancée. J'aimais un garçon au regard très doux et je m'en allais prendre un train pour en rejoindre un autre. C'était ainsi, je n'y pouvais rien, tout arrivait toujours en même temps dans la vie. Parfois il n'y avait rien du tout, rien que du silence, de la solitude, de l'ennui et des souvenirs, et voilà que soudain il y avait trop de choses en même temps, trop de monde, trop d'émoi, trop de mouvement.

J'ai regardé l'heure et je me suis levée pour me rendre à la gare. Vingt minutes plus tard, j'étais assise dans un wagon-bar aux murs sales, et le train démarrait lentement dans la fin du jour. J'ai bu une bière en compagnie d'un homme qui voyageait avec son petit garçon, il disait avoir raté sa vie à cause d'un mauvais mariage, d'où son problème d'alcoolisme, puis je suis retournée à ma place et j'ai regardé le défilé des arbres dans le soir qui tombait. C'était un vieux train inconfortable, et la mauvaise lumière m'empêchait de lire le *Magazine littéraire* que je m'étais acheté exprès. J'ai donc peu lu et mal dormi durant tout le trajet, et c'est avec soulagement que j'ai vu poindre les premiers rayons du jour par la fenêtre ; la voix de Robert Ashley dansait dans mon walkman pendant que dehors les sapins prenaient des teintes bleutées et qu'une brume irisée fumait au-dessus de la mer. Et puis des maisons sont apparues au loin, et dans le ralentissement du train, j'ai vu un homme marcher le long de la voie ferrée, c'était Max, il portait des jeans noirs et des lunettes fumées. Puis il y a eu l'air frais du matin sur mon visage, la petite gare silencieuse, mon émoi quand Max a soulevé ma valise et qu'ensemble nous avons remonté la côte en nous émerveillant de la beauté du paysage, jusqu'au petit village qui brillait comme un bijou au soleil, avec ses cordes à linge qui battaient au vent et la mer qui scintillait au loin, par-delà les champs bien ordonnés en grands rectangles labourés. On est arrivés devant un petit chalet blanc, Max a ouvert la porte et m'a fait passer devant en souriant, il m'a montré ma chambre, et j'ai posé mon sac sur le lit. C'était une petite pièce pleine de lumière qui ressemblait à une cabine de bateau, avec de légers rideaux qui bougeaient au vent. Max a dit : « J'espère que tu seras bien ici, je suis content que tu sois venue. »

Ensuite, tout s'était passé très vite. Je ne savais pratiquement rien de cet homme, mais rapidement ça avait été comme si on se connaissait depuis longtemps. Pendant qu'il travaillait à son roman, j'allais me promener dans le village ou bien je lisais, assise sur les rochers. Ensuite on allait marcher au bord de la mer, on mangeait de la crème glacée, et le soir on se faisait des spaghettis avec du vin rouge. Pendant les trois premiers jours, il n'y avait eu que ça : la vie tranquille d'un petit village du bout du monde où résonnaient parfois des voix d'enfants et des tondeuses à gazon, où circulaient silencieusement des autos très propres immatriculées R-E-T-I-R-E-D. Et la contemplation du soleil au-dessus de l'eau. Et les odeurs noires du lichen. Le stand à hot-dogs au bout du chemin. Le chant des vagues sous la lune. Et la mer, l'eau extraordinairement froide de la mer où j'avais plongé dès le premier jour comme en une retrouvaille primordiale et nécessaire. Max était resté assis sur sa serviette pendant que je faisais ma courageuse, et ainsi tous les autres jours après je m'étais baignée, même quand il pleuvait, comme pour exorciser tout ce qui avait été vieux et désolant dans mon existence; oui, ma vie avait été un bateau fou, j'avais descendu d'innombrables rivières et remonté d'innombrables fleuves, mais là j'accédais enfin à l'eau puissante et bleue qui m'ouvrait les bras pour entendre mes secrets, me fouetter le sang et me nettoyer l'âme. Petite et fière dans mon maillot vert, je respirais profondément face au grand océan, je retrouvais la respiration originelle, celle qui fait que le bébé, dès la première seconde, est capable de survivre au choc de naître.

Le quatrième jour, c'était un après-midi très chaud, nous avons marché longtemps sur une plage mince et longue. Le t-shirt blanc de Max lui collait à la peau et j'avais noué le mien sur ma tête pour me protéger du soleil. Au bout d'une heure, terrassés par la chaleur, on s'est arrêtés pour se baigner. Je me suis jetée à l'eau, Max a fait pareil, et quelques secondes plus tard on se retournait en même temps pour se jeter dans les bras l'un de l'autre. Extase. Illumination. Choc. Nous sommes restés là longtemps, enlacés et muets, comme hypnotisés dans l'eau froide, puis on s'est mis à rire et à parler très vite, saisis par l'émoi. Vous savez, cet instant où tout bascule, ce bien-être soudain quand la tension est brisée, quand les gestes ont lieu, quand tout s'ouvre enfin dans les palpitations du désir? Eh bien, il y eut tout cela dans cette première étreinte au pied des falaises rouges. Plus tard, il y en eut une deuxième dans l'herbe bleue du soir. Puis une troisième dans la blancheur d'un lit défait. Et une quatrième, dans la grisaille des rochers juste avant l'orage. Le temps s'était accéléré soudain, et en deux jours il y eut tout cela. Le soleil et la pluie. Le froid et le chaud. L'intimité. L'éblouissement. Et mon retour en train dans la nuit. Ma confusion. Tout cela que je n'avais pas imaginé ni espéré. Mais qui avait eu lieu. Le banal et l'extraordinaire.

*

À Montréal, Tom lisait du Henry Miller en pensant à moi, c'est du moins ce qu'il a dit quand je l'ai appelé le lendemain de mon arrivée. Le premier jour, j'avais décidé de rester seule, j'avais besoin de reprendre mon souffle. Esther m'avait dit : « Tu peux faire tout ce que tu veux, l'important c'est de ne pas oublier de respirer. Respirer, ça veut dire que tu répartis également l'inspiration et l'expiration. L'expiration, c'est l'attention que tu portes aux autres, et l'inspiration c'est l'attention que tu te portes à toi-même. » Elle disait qu'en période d'activité amoureuse intense il fallait faire très attention, car on avait tendance à diriger toute son attention vers l'autre et à s'oublier soi-même, et que cela entraînait inévitablement de l'épuisement et de la peur.

Le lendemain, donc, j'ai téléphoné à Tom, il a dit : « Come, come by ! » et quand j'ai monté l'escalier une heure plus tard, j'avais beau essayer de suivre les conseils d'Esther, j'étais affolée. Assis très droit sur une chaise au milieu de son loft, Tom m'attendait dans la lumière éclatante de l'après-midi, tenant un petit chien beige au bout d'une laisse, qu'une amie lui avait confié pour quelques jours. Au lieu de rire et de me précipiter sur lui pour l'embrasser, j'ai été saisie d'effroi : il était si beau, si touchant et si calme dans son habit noir, avec des gestes si délicats pour la petite bête ébouriffée qui batifolait à ses pieds, alors que moi j'avais quelque chose d'horrible à lui dire, quelque chose de banal et de vicieux, une saloperie. Dans la grande pièce criblée de soleil, mon cœur me criait du noir et de l'horreur. Je me sentais horriblement mal. Quelqu'un m'aimait, maintenant ils étaient deux. Et moi dans tout ça?

Comme d'habitude, Tom était calme et de la sueur perlait sur son front à cause de la chaleur. Il a proposé une promenade dans le port et nous sommes sortis, Tom me tenait par le cou et le petit chien faisait des cabrioles au bout de sa laisse. On s'est assis sur un banc dans un endroit joliment aménagé au bord de l'eau. Devant nous reluisait la nappe foncée du fleuve, le grand ciel au-dessus et de gros bateaux amarrés tout près, et les gens s'arrêtaient pour jouer avec le chien, tout le monde s'exclamait en le caressant: «Oh, he's so cute, he's so cute!» Ça faisait rire Tom, et c'est à ce moment précis, quand il a dit en riant: «When you have such a nice little dog, everybody talks to you», que j'ai craché le morceau et que j'ai tout assassiné en même temps: la lumière, la douceur, l'amour, l'amitié. «Tom, I must tell you something.» Son visage s'est légèrement figé. «Something happened.» Son visage s'est figé davantage et quelque chose s'est écroulé en moi, j'aurais voulu ravaler mes mots mais il était trop tard, tout était vertigineux maintenant, et je pouvais sentir toutes les cellules du corps de Tom en action pour se contenir. Il est resté calme, il n'a pas élevé la voix, mais dans son visage j'avais vu l'horreur, et ensuite tout est allé très vite: les explications, les pleurs, le désordre, la fin de l'été.

Le reste était banal. Pendant quelque temps j'avais essayé d'aimer deux hommes à la fois, et je m'étais épuisée à faire l'amour, à mentir, à pleurer et à me sentir coupable. Il y avait deux hommes, mais l'un d'eux était venu en premier et il avait fini par me demander de choisir, et c'est ainsi que l'été s'était achevé. Je m'étais cachée pour pleurer, Tom n'avait plus reparlé de cette histoire, et Max avait recommencé à voir Miryam, avec qui il avait déjà essayé de rompre trois fois.

*

Et puis un jour Sylvia a téléphoné pour savoir si j'avais pris ma décision, et j'ai dit que oui, j'irais dans les montagnes, que sans doute un peu d'air me ferait du bien. Il y a des moments dans la vie où il faut se bousculer, c'est la seule façon de faire de l'ordre. Et comme personne ne met le feu à votre maison, comme personne ne vous fait monter de force dans un avion en partance pour Shanghai ou Porto Rico, il faut vous-même prendre une décision. J'avais là une occasion de partir. Ce n'était pas très exotique de m'en aller pour un mois à l'autre bout du Canada, mais j'avais tellement besoin d'un ailleurs que n'importe où aurait fait l'affaire.

J'ai donc fait mes bagages, excitée mais pleine de craintes aussi, car si j'aime les voyages, je déteste les départs, je déteste ce moment où l'on se retrouve avec ses valises devant l'inconnu. Dans ma tête, dans mon corps c'était l'état d'urgence : le vent soufflait, les sirènes hurlaient, même la ville si familière à mes yeux n'était plus tout à fait la même. Comme un animal qui sait qu'on s'apprête à le quitter, elle se faisait sourde et distante, elle semblait vouloir se dérober à moi alors que je m'occupais des millions de petites choses qu'il y avait à régler. Je pensais à ce que je devais emporter et à ce que je retrouverais en revenant, à ce que je souhaitais qu'il y ait de changé à mon retour. Car c'est bien à ça que servent les voyages, n'est-ce pas, à changer ce qu'on trouve en revenant.

IV

C'est samedi dans les montagnes. Il fait gris et le Rose & Crown est tranquille. Tout à l'heure, je m'apprêtais à accomplir mon petit rituel du samedi comme à Montréal, c'est-à-dire déjeuner longtemps en lisant les journaux (chose que je ne fais jamais les jours de semaine), sauf que là c'est le *Globe and Mail* que j'ai acheté au lieu du *Devoir,* mais je n'ai même pas eu le temps de le lire, car Ruth est venue s'asseoir avec moi et s'est mise à me raconter ses histoires d'amour. C'est une chose à laquelle j'ai du mal à m'habituer ici, déjeuner avec les gens. Je suis comme Jean-Paul Sartre, voyez-vous, je n'aime pas parler le matin, j'aime boire mon café toute seule en lisant le journal.

Mais tout à l'heure, assise en face de Ruth, cette belle femme sympathique aux cheveux roux, je me suis dit qu'il n'était pas obligatoire de traîner partout ses mauvaises habitudes, et je me suis forcée un peu à sourire et à l'écouter. *Basically,* Ruth travaille au service d'animation du Carradyne Centre, et elle vit à Calgary, où elle est en amour avec deux hommes : l'un qui est très jeune (vingt-deux ans), et l'autre beaucoup plus âgé qu'elle (il vient d'avoir soixante ans, alors qu'elle en a quarante-trois). Ruth dit qu'avec le jeune homme elle vit une passion sexuelle comme elle n'en a jamais connu avant, et elle ne se gêne pas pour me décrire la bouche de John, la texture de ses lèvres, la qualité de sa salive, la douceur, la rondeur et la fraîcheur de sa langue; et aussi leurs baisers, comment leurs bouches s'épousent, comment elles aiment prendre une éternité à se caresser avant de s'étreindre férocement et s'ouvrir enfin l'une dans l'autre comme des coquillages. Elle dit que même là, quand leurs bouches s'ouvrent l'une dans l'autre, c'est tout à fait différent d'un *french kiss* ordinaire, où les langues s'affolent en faisant toutes sortes de trucs violents et compliqués; qu'embrasser John, ça n'a rien à voir avec le savoir-faire, c'est plutôt une expérience, elle n'aime pas ce mot mais n'en trouve pas d'autre, une expérience, reprend-elle donc en grimaçant, enchanteresse, magique, comme si les bouches étaient faites l'une pour l'autre. «As if they were made for each other.» Le visage de Ruth se pâme un peu dans l'émoi, et elle semble faire un immense effort pour être capable de continuer, m'expliquant combien il est troublant, au-delà des jeux du sexe et des courbes orgasmiques, de rencontrer un jour quelqu'un dont la bouche épouse si bien la vôtre, comme si elle voulait l'aimer là, telle quelle et pour toujours. «I've never experienced anything like it, dit-elle en se ressaisissant, and it's not like it's my first lover, far from it, I'm forty-three years old!»

Les mains à plat sur la table, le dos redressé, Ruth dit que par contre avec Brian, elle partage un même point de vue sur les choses, une même vision du monde, qu'elle aime son sens de l'humour, la profondeur de sa réflexion, sa carrure d'homme qui a vécu et qui s'est engagé socialement, un homme qui a déjà été marié et dont la fille est du même âge que John, le musicien à la bouche suave. Elle dit qu'avec lui, elle aime les choses du quotidien : faire des courses, aller en camping, jouer au tennis, discuter d'un film, d'un livre ou de la pièce de théâtre qu'il est en train de monter, ou de son travail à elle ; elle dit qu'il s'intéresse beaucoup à ce qu'elle fait. Moi j'écoute Ruth, intriguée, en buvant mon café, je pense aux hommes que j'ai aimés et à leurs baisers, aussi différents que l'étaient le grain de leur peau, la lumière dans leurs yeux, la douceur de leurs mains, et quand, dans mon parcours mental, j'en arrive à la bouche de Tom, je me sens tout émue, car il me semble bien n'avoir jamais autant aimé embrasser quelqu'un, oui, mais je suis confuse entre le *french kiss* et le sublime, car de son côté à lui, je ne suis pas certaine qu'il ne soit pas tout simplement en train de me donner un *french kiss*, comment savoir ? En reposant ma tasse, je dis à Ruth que moi aussi j'aime en ce moment un homme dont les baisers me renversent, mais je ne lui parle pas de mon point d'interrogation. J'ai déjà tellement fait ça à Montréal, raconter mes histoires à tout le monde, qu'ici j'ai décidé de me mettre en vacances sur toute la ligne.

Son café terminé, Ruth décide de remonter à sa chambre et je reste là à me demander quoi faire maintenant. Je suis fatiguée. Ruth parle beaucoup, c'est vrai, mais c'est surtout qu'hier soir j'ai bu du saké avec Monica et que j'ai les jambes encore un peu molles de la longue promenade que nous avons faite avant.

Monica est reporter et vit à Brooklyn. Elle est bizarre et sympathique, j'aime beaucoup sa compagnie, d'autant plus qu'elle parle très bien français. En effet, quelle n'a pas été ma surprise d'apprendre que même si elle vit à New York depuis dix ans et se considère comme une vraie Américaine, elle est née à Montréal où elle a étudié dans une école française.

Hier après-midi, donc, nous avons grimpé Tunnel Mountain. Il faisait beau soleil, et à mi-chemin on s'est arrêtées un moment au belvédère pour contempler la vallée qui s'étalait en bas dans toute sa splendeur. L'air était pur et sec, les arbres et les broussailles avaient les couleurs de l'automne, et j'ai pensé à la France, à mes randonnées dans les Pyrénées, et j'ai eu envie, soudain, d'être là-bas. Pourquoi faut-il toujours que je rêve de l'ailleurs, même quand je suis ailleurs?

Accoudée au parapet, je demande à Monica pourquoi elle a choisi de vivre à New York, et elle répond : «Parce que j'aime la difficulté, je trouve ça stimulant.» Elle dit que vivre à New York, c'est faire partie de quelque chose à la fois d'horrible et de privilégié, de terrible et d'essentiel, comme une sorte d'enfer au bord du paradis, un tourbillon où se jouent tous les jeux, toutes les formes de *gambling,* un immense souk où se rencontrent tous les corps, grossiers et subtils; que c'est difficile, mais qu'elle accepte de payer le prix pour être au cœur de l'action, que ça lui donne le sentiment d'être courageuse, et que ça, c'est déjà beaucoup. «Et puis, dit Monica dans un français impeccable, j'aime les buildings de New York, j'aime l'architecture de cette ville, je ne m'en lasse jamais.»

Nous avons continué dans le sentier qui serpentait parmi des arbres minuscules. La lumière giclait à travers les branches, et de la neige éparse brillait au soleil. On pouvait sentir l'air se raréfier au fur et à mesure qu'on avançait. Rendues en haut, à bout de souffle et un peu étourdies, nous sommes restées un moment silencieuses et immobiles dans cette vision du monde à trois cent soixante degrés, caressées par un vent doux qui donnait le vertige. Partout autour, les montagnes s'étalaient comme de grosses baleines bleues et grises, et plus loin on regardait, plus grosses elles semblaient.

Assise sur une roche, Monica me parle de ses dernières lectures. Elle dit qu'elle est en train de redécouvrir Freud, que trop de gens aujourd'hui pensent connaître la pensée freudienne sans même en avoir lu une seule ligne, que le féminisme, entre autres, a tissé une grille critique trop serrée autour de l'œuvre du vieux Bouc et qu'il est facile aujourd'hui de la considérer comme «mauvaise» ou «dépassée» sans l'avoir soi-même étudiée. «Oui, dit Monica, il est temps, aujourd'hui, de relire Freud et de le resituer dans son contexte original, de le réactualiser, finalement, tout comme il serait intéressant de relire Marx et de s'interroger sur le marxisme, par exemple : qu'est-ce que ça signifierait, aujourd'hui, la naissance du communisme? »

Moi j'écoutais Monica en souriant. Je me trouvais drôlement chanceuse de pouvoir discuter de Freud avec une amie new-yorkaise au sommet d'une petite montagne albertaine qui faisait penser au Japon. Je n'avais, en cet instant précis, besoin d'aucun ailleurs, je ne m'ennuyais de rien ni de personne.

On est redescendues en faisant des petits pas pour ne pas glisser, l'après-midi baissait entre les arbres et ça sentait bon les feuilles mouillées. Il était quatre heures et demie quand on est arrivées en bas, et Monica a proposé qu'on fasse un spécial ce soir, qu'on aille souper au restaurant.

On s'était donné rendez-vous devant l'hôtel à six heures. C'était vendredi soir et la petite ville scintillait de toutes ses lumières, les gens traînaient le long des vitrines, on entendait de la musique par les fenêtres entrouvertes des pick-ups et des pubs. En me promenant ainsi avec Monica, rieuse et détendue, j'ai pensé à Elsa et à toutes ces fois où l'on avait marché ensemble en faisant les courses pour le souper, car il est vrai qu'à part souper, parler et boire du vin, nous avons fait très peu de choses ensemble, elle et moi ; c'est peut-être ce qui a nui à notre amitié. Mais Elsa était difficile à bouger, elle aimait rester dans sa sacro-sainte maison bien en ordre. Et maintenant, marchant dans les rues de Banff en compagnie d'une autre femme, je m'imaginais l'appeler à mon retour et lui proposer un voyage en auto. Quelle ne serait pas sa surprise, après des mois de silence, d'entendre ma voix au bout du fil qui dirait : «Salut bébé, c'est moi, ça te tente-tu d'aller à Cape Cod? On part demain.» Mais je pouvais bien rêver, l'amour d'Elsa était mort, et il était hors de question que je l'appelle un beau jour de décembre pour lui proposer un voyage en auto aux États-Unis.

On s'est finalement décidées pour un restaurant japonais. Le Fuji Yama était plein de monde, des touristes japonais pour la plupart, et aussi quelques couples de Canadiens anglais à l'allure sportive. On s'est bourrées de sushis et de saké. Très vite j'ai été un peu saoule, je n'ai plus ma bonne vieille résistance : avant, je pouvais boire toute une bouteille de vin à moi toute seule. Monica aussi semblait affectée par l'alcool, elle parlait beaucoup et très vite, mélangeant le français et l'anglais en une sorte d'espéranto surprenant, et voilà qu'elle était revenue à son obsession freudienne, la voilà qui m'expliquait maintenant le syndrome de l'avarice tel que décrit par le vieux Bouc. «Selon Freud, avarice et constipation vont ensemble, comme pingrerie et masochisme. Si les gens avares sont constipés, c'est parce qu'ils en sont restés au stade anal, ils retiennent la merde tout comme ils retiennent l'argent, ils refusent de laisser partir ce qu'ils ont.» Ça m'a fait rire. J'ai dit que moi c'était plutôt le contraire, que je ne retenais rien du tout : ni la merde, ni l'argent, ni les émotions. Que je ne calculais jamais rien : ni ce que je donnais, ni ce que je recevais, ni ce qui me restait en banque, ni combien de vin je buvais, ni le temps qu'il me restait pour faire les choses. J'ai dit : «À ton avis, suis-je restée au stade oral, moi qui n'arrive jamais à retenir rien ni personne?»

214

Sérieuse, Monica répond que notre rapport à l'argent détermine tout notre rapport au monde. «Pour les catholiques, l'argent n'est pas une valeur noble, alors ils aiment la richesse d'une manière hypocrite. Chez les Juifs, par contre, l'argent est considéré comme bon, c'est la première chose que l'on peut souhaiter à quiconque, avec la santé.» J'ai dit: «C'est vrai. L'année dernière, mon amie Ethel m'a donné un sac de sous en chocolat pour Noël. Elle m'avait recommandé de ne pas les manger, car c'était un souhait de prospérité, alors je les ai mis sur le frigidaire et finalement ce sont les souris qui les ont bouffés. J'ai toujours su que je ne serais jamais riche.»

Il se faisait tard. Le restaurant était vide. On est ressorties en riant et en parlant fort, et on a décidé de faire un détour par Mountain Road. Il faisait très froid et très noir, mais comme on était ivres on ne sentait rien du tout. La montagne était haute et sombre, les étoiles toutes allumées dans le ciel, les nuages ramassés en gros paquets ouateux à la lisière des arbres. C'était beau et terrifiant, je me sentais toute petite dans ce paysage si *huge* et si *beautiful* qu'il faisait penser à la création du monde.

Pour finir, on a traversé le petit bois clairsemé qui se trouve derrière le Rose & Crown, des wapitis apparaissaient entre les arbres, dressant l'oreille, immobiles comme des statues. En entrant dans le hall, je me suis enfargée dans le tapis, et la femme de la réception m'a regardée d'un drôle d'air. «Un air d'Anglaise sans expression», ai-je pensé avec ironie.

Monica a été invitée au colloque pour donner une conférence sur son récent voyage en Afrique du Sud. Avec ses lunettes, ses cheveux courts et ses lèvres très maquillées, elle a des allures à la Jane Bowles, des allures d'intellectuelle des années quarante. Elle est douce, intelligente et maigre. Elle a une sensibilité exacerbée qui frise la folie par moments, elle est rongée par l'angoisse, c'est du moins ce qu'elle a confié à Sylvia. Monica est fascinée par Sylvia. Elle la trouve brillante et drôle, elle est impressionnée par les histoires qu'elle raconte avec beaucoup d'images et d'exagération. Monica aime être impressionnée. Ça me déçoit un peu. Je l'aurais crue au-dessus de ça. Mais la plupart des gens aiment être impressionnés. Ils veulent des héros, des images superbes, des personnalités fortes qui donnent un sens à leur existence. Moi je n'impressionne personne. Surtout quand quelqu'un comme Sylvia est dans le décor. Alors je me fais petite et silencieuse, à l'écoute. Ça ne me dérange pas trop, sauf quand Sylvia, dans ses moments d'humeur, se met à faire la diva et vous répond d'un ton si abrupt que vous en êtes toute décontenancée. Mais Sylvia est une grande écrivaine et je l'admire, j'admire comment un jour elle a décidé que désormais dans sa vie tout serait à vif et radical. Comme tous les grands écrivains, elle a du mal avec les petits détails de la vie, on dirait qu'ils lui échappent, on dirait qu'elle a la tête tellement pleine d'images qu'elle ne voit pas toujours ce qui se passe autour d'elle.

Je connais les souffrances de Sylvia, ses fantômes et ses peurs, et je sais que son apparente dureté n'est qu'une armure contre ses propres démons. Mais parfois je lui en veux de m'ignorer dans la rue, de ne pas vouloir me reconnaître un soir de première au théâtre, de passer devant moi sans sourire, de ne pas vouloir de mon amitié en public, comme s'il lui fallait constamment maintenir son rôle dans la foule, celui d'une reine qui marche droit et sait où elle va. Étant de nature un peu paranoïaque, il me faut souvent me convaincre que «ce n'est pas mon problème», que le comportement des gens n'est pas tout entier organisé et dirigé contre moi, et que Sylvia, par exemple, ne m'en veut pas spécialement ce soir-là, que c'est plutôt sa façon à elle d'essayer d'être forte et indépendante.

Sous l'indifférence, il y a la peur. Et la peur est une salope qui fait faire des bêtises. Au lieu d'aller vers l'autre, on l'ignore. Au lieu de dire je t'aime, on s'enfuit. Au lieu de sourire, on ferme les yeux. Mais moi je supporte mal qu'on ne soit pas gentil avec moi, c'est une faiblesse de caractère, comme me l'a déjà fait remarquer ma sœur Agathe, je suis comme ça même avec le gars du dépanneur : je ne supporte pas qu'on ne fasse pas attention à moi. Pour ça, les femmes sont habituellement plus perspicaces que les hommes. On le sait, nous, quand quelqu'un va mal, quand une fille n'est pas dans son assiette, quand il y a du trouble dans l'air. On le sait à cause de ces détails insignifiants : la vaisselle pas faite ou alors expédiée trop vite et bruyamment, une porte à peine claquée, des yeux rougis, des habits légèrement fripés, une petite absence dans le regard, une obscurité, une voix neutre au téléphone, une carte postale qui ne dit rien. Pour ça, les hommes sont plutôt nuls. Ils ne voient pas ce qui est là, tout près. Ils ne voient pas le pot de confitures qui se trouve sous leurs yeux. Ils ne voient pas la tristesse sur votre visage, cette étrange émotion que vous traînez depuis quelques jours à cause de vos menstruations qui s'en viennent, ou l'absence soudaine dans votre regard quand vous leur en voulez de ne pas chercher à vous aider, à vous réconforter.

Une des choses que Sylvia aime le plus, à part écrire, c'est parler d'écriture, et quand elle s'y met elle ne peut plus s'arrêter. À Paris, on le faisait souvent en buvant du vin dans la petite cuisine au plancher rouge, mais maintenant elle le fait avec son amie Hélène, car moi je n'aime plus ça, je suis devenue trop vulnérable à cet égard. Face à Hélène et Sylvia, je me sens un peu minable, un peu en retrait. À cause de ce livre que je n'arrive pas à écrire. À cause de toutes ces pages avec lesquelles je n'ai réussi à rien faire.

C'est vrai. Je ne comprends pas comment ils font, les romanciers, avec leurs scénarios bien organisés. La vraie personne, celle qui t'a inspiré ton histoire, s'appelle Jacques, mais pour qu'elle devienne un personnage, un vrai personnage de roman, tu l'appelles Harold. Ton amie, celle dont tu parles dans ton livre, elle s'appelle Ève, mais pour qu'on y croie comme on aime croire à un personnage, tu l'appelles Marie. Alors Harold et Marie, substitués à Jacques et Ève, deviennent les êtres rêvés par qui tout peut arriver, grâce auxquels un éditeur acceptera de te publier et les gens de te lire et « enfin, diront-ils, tu as pris une distance face à toi-même ». Cette distance face à soi-même, je n'ai jamais compris où les gens prenaient ça. Comment on peut vivre autrement qu'agglutinée à soi-même, prise dans son moi comme un escargot dans sa coquille. Je n'ai jamais pu faire la différence entre ces choses : l'écriture, la vie, la quête.

Je suis en train de me faire de nouvelles amies. C'est drôle et merveilleux. Être loin de Montréal et parler anglais avec des femmes que je ne connais pas. Mais tout de même, je ne peux m'empêcher de penser à Elsa, Elsa qui ne veut plus de moi, Elsa que pendant dix ans j'ai appelée « ma meilleure amie ». Avoir une amie, c'est important. La vie est absurde sans cette femme à qui on peut tout dire, de qui on n'a pas à se méfier, cette femme grâce à qui on n'est pas seule dans la vie. Mais depuis presque un an maintenant, je n'ai plus de meilleure amie. Elsa m'a laissé tomber et je lui en veux, je lui en veux terriblement d'avoir eu le sens de la survie à ce point. Car elle a beau être douce et généreuse, mon Elsa, elle peut aussi être égoïste et radicale, cette belle femme longue aux cheveux foncés. Oui, elle était devenue vraiment très belle, ma Portugaise aux yeux brûlants, épanouie comme une femme amoureuse. Était-elle amoureuse? Non, je crois plutôt que ce nouvel éclat dans son visage, cette nouvelle solidité dans son corps étaient dus à un changement intime et profond, une sorte de pacte qu'elle aurait fait avec elle-même.

Aujourd'hui, en ce gris samedi de novembre, à trois mille milles de Montréal, je me demande où elle est, ce qu'elle fait, avec qui elle parle au téléphone. Elle à qui j'aurais envie d'écrire de longues lettres pleines de détails et d'états d'âme. Mais c'est justement de cela qu'elle était écœurée, mon Elsa, de mes états d'âme. Elle a eu beau dire, lors de cette dernière et fatale conversation téléphonique, qu'elle n'en avait pas moins d'estime pour moi, je pouvais sentir l'effet du dégoût dans sa voix, vous savez, quand vous êtes saturée de quelque chose et que juste y penser vous donne mal au cœur? Eh bien, c'est ainsi que je la sentais au bout du fil, dégoûtée mais passive et polie, attendant que je me décide à raccrocher, attendant patiemment que j'en aie fini avec mes questions qui, de toute façon, resteraient sans réponse.

Car ne cherchez pas à savoir quelque chose d'Elsa qu'elle ne veut pas vous dire. Pour ça elle est féroce comme une mère couveuse, c'est une championne du mutisme et du quant-à-soi. Vous aurez beau l'asticoter, la travailler, la harceler, vous n'en resterez pas moins sur votre appétit, et vous devrez vous faire une raison, raccrocher le téléphone et vous replonger dans vos affaires en espérant qu'elle vous rappelle un jour, quand elle aura décidé de refaire surface.

Mais cette fois-là fut la dernière, Elsa ne m'a jamais rappelée. Et ce ne fut pas pour cause d'héroïsme solitaire, ce fut pour cause d'overdose, une dose mortelle de moi, son dégoût exacerbé de nous voir prises toutes les deux dans une machine qui n'avançait plus, oui, la très grande fatigue de moi qu'elle en était arrivée à avoir.

Les voyages servent à cela. À comprendre ce qui s'est passé. Ici je pense à toute cette histoire sans que les larmes me viennent aux yeux. En fait, je ne me suis pas autorisée à la pleurer, cette peine, elle est restée silencieuse comme une hébétude. J'ai encaissé le coup, comme on dit. J'ai téléphoné une fois, puis deux, j'ai tenté de savoir, mais je me suis bien vite rendue à l'évidence. Le silence durerait. Les larmes ne serviraient à rien. Et puis j'ai beau ne pas être orgueilleuse, il y a tout de même des limites à rester là comme une fautive. Alors j'ai fermé la porte moi aussi, j'ai dit adieu à Elsa un soir d'automne dans le noir de ma chambre. J'étais allée toute seule au cinéma et j'étais rentrée à pied dans les rues mouillées, je me sentais très calme en montant l'escalier. Esther a téléphoné pour me proposer de sortir, mais j'ai dit non, que j'avais quelque chose à faire. J'ai pris une feuille et un stylo, et j'ai écrit : «Adieu Elsa. C'est très grave et très triste ce qui nous arrive là, mais je ne pleurerai pas, j'ai assez pleuré. Je t'ai vue l'autre jour sur la rue Roy, tu marchais avec ta mère, vous étiez élégantes toutes les deux, j'ai trouvé que tu avais l'air heureuse. Je t'en veux. Je t'en veux et je te dis adieu, adieu, ma lâche et paresseuse Elsa. Je ne te chercherai plus. Nous voici libres l'une de l'autre.»

J'ai relu la lettre et cacheté l'enveloppe, jeté un dernier coup d'œil dans la rue qui brillait sous les lampadaires, fait le tour de la maison pour éteindre les lumières, et je me suis couchée. Recroquevillée dans le noir de ma chambre, j'ai senti une larme couler sur ma joue, puis je me suis endormie.

*

Ici, la première chose dont on parle le matin, c'est la température. Il est impossible d'échapper à ce rituel, l'état de votre journée passant avant tout par l'état du temps et du paysage. Ce matin, donc, à mon baromètre, un gros soleil irise les pentes sapineuses et les wapitis ont déjà commencé leur lente procession entre les arbres. C'est lundi et je prends mon temps. Je n'ai finalement pas lu le journal en fin de semaine, je n'ai pas lu le journal depuis des jours et je m'en fous. C'est peut-être ça, le luxe d'être ailleurs : ne pas lire le journal, ne pas savoir ce qui se passe à Montréal ni dans le monde, être toute tournée vers soi-même sans se sentir coupable. Oui, le luxe maximum dans tout ça, c'est sûrement l'absence de culpabilité.

Cette nuit, j'ai fait une crise de claustrophobie. Il y avait longtemps que je ne m'étais pas retrouvée ainsi à quatre pattes dans une chambre, à essayer de trouver la sortie. Avant ça m'arrivait souvent de me réveiller au milieu de la nuit pour constater que j'étais toute nue en train d'ouvrir une porte ou une fenêtre, de descendre l'escalier, ou même de courir dans le corridor d'un motel, le cœur me débattant si fort que je pensais exploser dans la panique, cette maudite panique qui, des centaines de fois, m'a surprise dans mon sommeil, sans que je sache quelles images, quels rêves avaient bien pu la provoquer.

Cette nuit encore, à quatre pattes sur le tapis brun, je ne me suis souvenue d'aucun rêve, il n'y avait aucun mot, aucune image dans ma tête, rien qu'une intense panique toute noire, rien qu'une énorme explosion dans mon cœur. Si quelqu'un avait pu prendre une photo à l'intérieur de moi, qu'y aurait-on trouvé ? Mon père ? Ma mère ? Un homme inconnu, un violeur, un soldat nazi ? Ou bien une femme méchante ? Ou bien une enfant peureuse cachée dans une garde-robe ? Ou bien un ours, un cheval noir, une pieuvre, un berger allemand? Si on pouvait voir l'image qui se déploie au fond de soi quand on a mal, guérirait-on instantanément? Et d'abord, c'est quoi exactement «guérir»? Et puis, est-ce qu'on veut vraiment «guérir»? Voilà le genre de questions qui m'énerve. Artaud dit que non. Tom dit que oui. Et moi, comme d'habitude, je n'en suis pas certaine.

Il y a des thérapies pour ça, qui vous amènent petit à petit à affronter ce qui vous fait peur : le métro, l'avion, l'ascenseur. Au début on vous fait passer quelques minutes dans la situation qui vous terrorise, et ensuite, de plus en plus longtemps. On vous apprend ainsi à vous conditionner vous-même, à vous convaincre «qu'il n'y a pas de problème», que tout est dans votre tête, qu'il suffit de penser autrement pour que ça change. Ça s'appelle le behaviorisme. C'est un homme qui m'en a parlé un jour, un homme que je ne connaissais pas. J'étais allée au complexe Guy-Favreau faire renouveler mon passeport, mais le bureau des passeports se trouve au troisième étage et il n'y a pas d'escalier pour s'y rendre, il faut prendre l'ascenseur. Alors j'ai fait comme d'habitude, j'ai demandé qu'on appelle le gardien, je lui ai expliqué mon cas, que j'étais une sorte de handicapée et que j'avais besoin d'un traitement spécial, serait-il assez aimable pour m'accompagner en haut par l'escalier de secours? Le gardien était un gros homme pas très sympathique, je voyais bien que ça l'emmerdait, mais il l'a fait quand même, me conduire en haut, et tout. Plus tard, quand j'ai voulu redescendre, j'ai appelé à nouveau pour qu'on m'envoie quelqu'un, et cette fois c'est un jeune homme blond qui est venu. Il était très poli et gentil, un peu guindé dans son habit de sécurité, et quand, en le suivant dans l'escalier, je lui ai expliqué mon problème en essayant d'avoir l'air le moins folle possible, il s'est retourné vers moi et il a dit d'un ton calme qu'il comprenait, que lui aussi était comme ça avant, mais que maintenant il était complètement guéri parce qu'il avait suivi une thérapie spéciale. Rendu en bas, il m'a ouvert la porte avec un grand sourire, il faisait soleil et chaud dehors, et il m'a suivie à l'extérieur pour continuer à parler. Il a dit: «C'est dans notre tête, ces affaires-là, c'est ça qu'il faut comprendre, ce n'est pas la réalité. Une fois qu'on a compris ça, il n'y a vraiment plus de problèmes.» Je comprenais, oui, il me semblait bien que je comprenais, mais tout de même, ça continuait à ne pas vouloir dans ma tête, ça continuait à refuser de s'adapter. C'est quoi la réalité? C'est-tu quand on est toute seule ou quand on est avec les autres? C'est-tu dans notre tête, ou dehors dans la rue, ou dans les maisons des autres? J'ai failli demander au gardien si c'était ça le but: pouvoir passer sa vie à monter et descendre des étages en ascenseur, et ouvrir des portes avec un gros trousseau de clés, comme un gardien de prison, mais il était là, si poli, si gentil devant moi, qu'en riant j'ai dit plutôt: «Vous voyez, ça a quand même ça de bon, la folie, sinon on ne serait pas là en train de faire connaissance, vous et moi!» Il est parti à rire lui aussi et m'a souhaité bonne chance avant de rentrer dans son building, puis je me suis éloignée en marchant lentement. Dans l'autobus, j'ai regardé par la fenêtre en continuant à me demander: «Qu'est-ce qu'on fait quand on ne veut pas affronter ce qui nous fait peur? Quand on n'est pas spécialement intéressée à prendre des ascenseurs ou des tunnels, ni à dormir dans des garde-robes? Quand on trouve plus intéressant ce qui se passe dans notre tête que dans les bureaux de ces vingtièmes étages du centre-ville où mènent les ascenseurs?» Le nez collé contre la vitre, je m'interrogeais: que s'était-il donc passé dans ma vie d'enfant pour que je devienne une fille paniquée? J'avais beau essayer de me souvenir, je ne trouvais rien, à part le fait que j'avais eu très peur du viol à partir de l'âge de quatorze ans, et alors? Toutes les filles de quatorze ans n'ont-elles pas un peu peur du viol? On finit par se sentir presque anormale, de nos jours, de penser qu'on n'a pas été abusée sexuellement au moins une fois dans sa vie.

*

Je ne sais pas si c'est l'air des montagnes ou celui de l'hôtel, mais j'ai du mal à dormir depuis quelques jours, j'ai les yeux enflés et la gorge sèche. Quel paradoxe, se retrouver dans un endroit où l'air est si pur et avoir des problèmes de sommeil et de respiration.

J'en avais plus ou moins envie, mais je suis allée hier à Calgary en autobus avec les femmes du colloque, on nous emmenait visiter la ville et assister le soir à une série de performances. Ça m'a fait du bien finalement. De voir une vraie ville avec des rues sales, des autobus, des buildings, des graffitis sur les murs et des magasins.

Après avoir passé un moment avec le groupe dans un café, à boire des cappuccinos dans d'énormes verres en plastique, on est parties de notre côté, Sylvia et moi. Je voulais m'acheter de la musique country. On m'avait donné le nom d'un magasin de disques, je croyais que ce serait simple, mais quand je me suis informée au vendeur, il a eu l'air terriblement perplexe, comme si je lui demandais du folklore zoulou ou rajasthanais. Finalement, il a appelé un autre gars qui m'a demandé ce que je cherchais au juste. J'ai dit: «Du country. — Yes, but what kind? — Ben, de la musique western. — Western? You mean "country and western"? — The singers, you know the singers we hear on the radio? The ones with the nice voices and the guitars? That is what I want.» Alors il m'a fait signe de le suivre, et pendant qu'il fouillait dans les rayons, il s'est mis à m'expliquer que pour les jeunes d'ici, la musique country était dépassée, que c'était de la vieille musique de leurs parents. J'ai dit : « Oh yes, I understand, it's a bit like Gilles Vigneault or Félix Leclerc for us. Do you know them ? » Il a dit non, et j'ai continué : « Isn't it funny ? Human being is the same everywhere, we always want to walk on the neighbour's grass. When my French friends come to Montréal, they want to listen to some *folklore québécois*, but me, I don't like it, I find it very boring. And here, me, *Québécoise*, I am interested in country music, but you, Albertans, you prefer Peter Gabriel and Michael Jackson, it's normal. It's the same in Yougoslavia, you know. I have some musician friends who have been there, before it became ex-Yougoslavia, they were performing in Belgrade, and they told me that the young Yougoslavians, they listen to new music from the States, not to gipsy music. »

Le vendeur a souri aux mots « neighbour's grass » et « Peter Gabriel », et je suis ressortie du magasin avec un sac plein de cassettes. Prudente, Sylvia n'avait rien acheté. Elle a dit : « Tu me feras écouter les tiennes avant. »

La deuxième étape, c'était les bottes western. Ça faisait longtemps que j'en voulais des vraies, c'était donc l'occasion ou jamais. Au bout d'une demi-heure de marche, on s'est retrouvées au Calgary Boots Store, un immense magasin où il n'y avait que ça, des bottes western, à vous enlever à jamais l'envie d'en porter : des noires, des brunes, des grises, des beiges, des blanches, des rouges, des bleues, des vertes, des mauves, des jaunes, des roses, des rayées, des zébrées, des picotées, des patchées, des gravées, des *plain,* toutes avec un bout pointu comme un nez de sorcière, toutes avec un gros talon croche. C'était trop. J'en avais voulu, mais là j'en voulais plus. Et puis il faisait trop chaud dans le magasin, il y avait trop de monde, si bien qu'après avoir regardé de gros hommes essayer des bottes qui leur allaient mal, et des femmes boudinées dans des jeans trop serrés se hisser sur des espèces de sculptures à franges, j'en ai eu assez. Mais Sylvia a insisté : «Tu devrais au moins en essayer une paire!» Alors je l'ai fait, j'ai essayé une paire de bottes jaune pâle avec des coutures blanches et des petites fleurs rouges cousues dans le cuir. Elles étaient très belles, oui, mais belles toutes seules, comme des objets : une fois qu'on les avait dans les pieds, ça n'allait plus du tout, elles étaient franchement inconfortables. «Je ne vais tout de même pas m'acheter une paire de bottes pour les poser sur une étagère et les montrer à mes amis», ai-je dit à Sylvia. On est ressorties du magasin sans rien acheter cette fois, il se faisait tard et on a pris un taxi pour aller rejoindre les autres. Le chauffeur buvait un Pepsi en conduisant très lentement pour nous montrer les beautés de sa ville. D'une grosse voix, il s'est indigné que nous ne soyons de passage que pour quelques heures, il a dit que Calgary méritait vraiment d'être vue.

Après avoir mangé dans un restaurant vietnamien, le groupe de douze femmes que nous formions s'est dirigé d'un seul bloc vers le petit théâtre où l'on devait passer la soirée, on avait l'air d'un voyage organisé ou d'une classe en voyage d'étude. À part cette fille qui, à la fin de son numéro, s'écrasait en faisant le grand écart sur un énorme gâteau plein de glaçage au chocolat, les performances m'ont plutôt ennuyée. C'étaient des numéros de *stand-up comic* qui portaient tous sur les *gender issues,* comme on dit ici, et dont je commence franchement à avoir ma claque. Je trouve que les féministes anglophones sont obsédées par le sexe, qu'elles ne réussissent à en parler qu'à coups de grotesque et de mauvais goût, et ça m'énerve. Aussi, c'est peut-être parce qu'à Montréal on a eu notre dose, mais j'ai de plus en plus de mal à supporter les spectacles à caractère humoristique ou caricatural.

Au retour, dans l'autobus, j'ai allumé mon walkman et j'ai écouté une première cassette. Le chanteur avait une voix simple et vibrante, c'était du vrai country comme je voulais. En regardant la lune par la fenêtre, je me suis dit que j'aimais bien mieux la vieille musique country que la *political correctness* des féministes d'aujourd'hui, et puis j'ai changé de cassette et ça s'est gâté sérieusement. Je me suis reproché d'avoir dit le mot «radio» au vendeur, car c'était tout à fait ce que j'avais dans les oreilles maintenant, la pire musique de radio qui soit, et j'étais toute mêlée, je ne savais plus laquelle était du vrai country. Je me suis dit que j'en parlerais à Tom à Montréal, il m'avait déjà expliqué tout ça, mais j'avais oublié. C'est comme pour les ordinateurs, Tom me donne toujours plein d'explications en anglais et j'oublie, ça tombe dans le néant. Il y a des choses comme ça qui ne nous restent pas dans la tête.

Quand on nous a déposées devant l'hôtel, il était une heure du matin. Je n'ai pas été capable de m'endormir tout de suite, et j'ai pensé à Gregory. Je me suis demandé s'il était rentré de Vancouver, où il était parti pour quelques jours avec Adriana et une autre fille. Et puis je me suis trouvée vraiment stupide. Gregory ne s'intéressait pas à moi. C'était un fantasme. Inutile. Mais. N'est-il pas stupide de penser que l'utilité d'un fantasme soit liée à sa réalisation? Les fantasmes ne sont pas faits pour être réalisés, ils sont faits pour exciter les gens, pour leur donner de l'énergie, point.

*

Jeudi soir, minuit. Tout à l'heure je suis allée prendre un verre au *lounge,* Gregory y était avec Adriana et Gail, ils venaient tout juste d'arriver. Tel que je l'avais prévu, il semble s'être acoquiné pour de bon avec la belle sorcière. Dieu qu'elle m'énerve. Elle est tellement centrée sur elle-même, toujours empêtrée dans son immense et inépuisable entreprise de séduction. C'est fatigant. Gregory est dans ses pattes. Je n'ai plus rien à faire avec lui. Voilà. C'est terminé. Réglé.

À vivre parmi des inconnus, on se trouve confrontée à toutes sortes d'images de soi-même, celles que l'on s'était faites, que l'on connaît, mais aussi d'autres qu'on ne connaissait pas, et c'est bien la vertu du voyage. On se sent neuve. On se découvre d'étonnantes possibilités. On se met à grandir très vite tout d'un coup, on a une énorme poussée de croissance.

À Montréal, je me plains souvent de la «solitude». J'ai pris l'habitude d'utiliser ce mot pour nommer mon mal de vivre, mais en fait ce n'est pas de cela du tout qu'il s'agit, je m'en rends bien compte maintenant, c'est plutôt le contraire, il s'agit d'une surcharge de liens, d'un trop-plein d'histoires pas réglées. Sylvia dit qu'il faut faire partie des gens qui ont le courage de rompre, elle ne se gêne pas pour rayer des noms dans son bottin de téléphone. Moi je me dis toujours qu'il faudrait que ça s'arrange, qu'il faudrait tenter d'éclaircir les choses. Mais peut-être que Sylvia a raison, après tout, peut-être faut-il en arriver à rayer des noms dans son bottin de téléphone.

Elsa aura compris tout ça plus vite que moi, elle qui a toujours su s'enfuir au bon moment. Avec moi elle a fait comme avec sa mère, elle s'est sauvée sans explications pour aller se constituer orpheline ailleurs. Elsa ne souffre pas de culpabilité. C'est pour ça qu'elle peut rompre. C'est pour ça qu'elle a pu s'exiler en France. Comme je la comprends maintenant. Là-bas elle était saine et sauve. Comme je comprends cela maintenant, qu'il faille un jour être seule à l'étranger, avec personne pour vous reconnaître, personne pour attendre de vous que vous soyez celle qu'ils ont connue, personne pour pouvoir vous comparer à ce que vous étiez avant.

Ici je m'analyse tout le temps, je fais le point dix fois par jour. Voici donc mon bilan pour aujourd'hui : malgré mon énorme manque de confiance en moi, je constate tout de même, à vivre parmi des étrangers, que j'ai un «bon fond», un ego solide mais pas trop gros, qui sait se protéger tout en restant ouvert. Seule ombre au tableau : la paranoïa. J'en ai parlé au docteur L. avant de partir, j'ai dit : «C'est nouveau, ça, dans ma vie», et il a répliqué qu'aujourd'hui ce mot était employé à toutes les sauces, qu'il s'agissait plutôt, dans mon cas, d'un manque d'estime de soi. Je veux bien, mais qu'est-ce qu'on fait avec le manque d'estime de soi? On se prend soi-même dans ses bras, et on se dit toutes sortes de choses fines et positives? On essaie de se donner à soi-même ce qu'on trouverait normal de recevoir des autres : amour, attention, chaleur, confiance? Galvaudée ou pas, je déteste la paranoïa. C'est une salope dont les effets sont rapides et dévastateurs. Un jour, vous en arrivez à ne plus pouvoir sortir en public, vous ne pouvez plus aller à des fêtes ou voir des spectacles, il y a toujours quelqu'un quelque part pour vous faire chier, pour vous dire la chose pas nécessaire ou vous regarder d'un drôle d'air, et vous ne le supportez plus, chaque fois c'est comme si on vous donnait une claque en pleine face. Alors vous vous dites : «Ça y est, je suis devenue parano, je n'ai plus d'énergie pour affronter les humains.»

Mais ça, c'est plutôt à Montréal que ça se passe. Montréal, ma ville paranoïante où j'habite depuis trop longtemps. Où il y a toujours quelqu'un pour me dire une niaiserie. Où il y a toujours quelqu'un qui ne m'aime pas assez.

Quand je me plains de ne pas être heureuse, mon cousin Édouard dit que le bonheur ça n'existe pas, qu'il ne faut pas penser à ça, que ma vie est très bien comme elle est et que je n'ai aucune raison de me plaindre. Il dit que l'insatisfaction est nécessaire, qu'une vie sans manques serait insupportable et ridicule. Sur ce plan nous sommes bien différents. Lui, quand il se plaint, c'est toujours de choses concrètes : son travail qui l'ennuie, le temps qu'il n'a pas pour voir les gens ou écrire des poèmes, une grippe, les coûts de rénovation de sa maison. Il ne se plaint jamais de la vie en général. Moi c'est le contraire, je me plains de l'existence, je me plains de la cruauté de l'existence. Tom, lui, trouve que je suis négative et que c'est nuisible, que ça empêche de réussir dans la vie. Je me demande ce qu'il veut dire par là : réussir. Moi je pense qu'on est comme on est, point. Et que notre succès, on en est plus ou moins responsable. Mais peut-être que Tom a raison. Peut-être que nos pensées négatives finissent par nous avoir au détour. Peut-être qu'on ne peut pas résister éternellement à son propre autoconditionnement. Quelqu'un, par exemple, qui se donnerait une claque dans la face tous les matins en se regardant dans le miroir pourrait-il développer la moindre estime de soi ? Non. Au contraire, je l'ai lu dans des livres, il faut se regarder dans le miroir en souriant, il faut prendre le temps, chaque matin, de se dire bonjour, de se dire qu'on est belle, fine et intelligente, que la vie est bonne et que tout ira bien ; et même mieux, il faut se dire qu'aujourd'hui, justement, il va nous arriver quelque chose d'extraordinaire parce qu'on le mérite, parce qu'on est quelqu'un de bien, quelqu'un d'extraordinaire.

Alors, qu'arriverait-il si je me mettais à me lancer des fleurs le matin au réveil ? Entrerais-je subitement dans la catégorie des gens qui réussissent ? « Man », comme dit Monica, cela me ferait toute une découverte pour aujourd'hui. Car après tout, ce n'est peut-être pas si compliqué. Décider, du jour au lendemain, de voir le bon côté des choses au lieu du mauvais, croire en l'humanité plutôt que la considérer comme un échec total, envisager l'avenir comme quelque chose d'agréable plutôt qu'un monstre d'incertitude, aimer les gens au lieu de les trouver stupides, menteurs, lâches, méchants, opportunistes, ignorants, mous, arrivistes, égoïstes et sans âme; oui, sourire à ma voisine quand elle manque d'assommer sa petite fille avec une grosse pelle noire en criant «ma tabarnak!» et trouver charmants les hurlements des petits gars en face de chez moi. Être positive. Comment fait-on? Docteur, y a-t-il des trucs, des pilules pour ça? Si oui, je veux bien essayer. Je suis fatiguée d'être de mauvaise humeur, je suis fatiguée de ne pas aimer ma gueule dans les miroirs. Car c'est ainsi qu'il faut commencer, je l'ai lu dans des livres, il faut aimer sa gueule dans les miroirs, s'arranger pour aimer sa gueule et ne plus l'appeler ainsi, l'appeler plutôt mon visage, mon beau, mon doux visage.

*

Il fait très froid. Sylvia est partie pour Edmonton, où l'on a monté une version anglaise de sa pièce. Elle revient dans quatre jours, me voilà «seule» ici. Je me suis levée tôt ce matin pour aller prendre un café avec elle, puis je l'ai accompagnée à l'autobus. Ensuite j'ai rencontré Gregory au dépanneur, nous avons marché en parlant de choses insignifiantes, et il a dû me trouver bien ennuyante: j'étais fatiguée et je n'avais pas envie de faire la conversation. Je me suis endormie tard hier soir, car Sylvia m'avait donné à lire une partie de son manuscrit, mais surtout, je crois bien avoir pleuré toutes les larmes de mon corps, enfermée dans ma chambre.

Pourquoi a-t-il fallu qu'hier, en ce fatidique vendredi treize, je décide d'appeler Aldo? C'était l'après-midi et j'étais de bonne humeur, alors je me suis dit que c'était un bon moment pour lui téléphoner. Tout de suite, d'une voix excitée, il dit qu'il a rencontré quelqu'un, qu'il est en amour. Sur le coup je suis contente, véritablement contente pour lui, et je le dis, je dis: «Oh, mais c'est merveilleux !», mais au moment même où les mots s'articulent dans ma bouche, j'éclate en sanglots. Aldo parle doucement au bout du fil, et moi je bafouille, je renifle, je m'excuse, je dis: «Je t'assure, je t'assure que ça me fait plaisir, c'est juste que je me sens terriblement émotive tout à coup.» Il dit qu'il comprend. Je me ressaisis. Je demande des détails, où il l'a rencontrée, qu'est-ce qu'elle fait dans la vie, et je raconte mon séjour ici, les nouvelles amies, les montagnes, la paix, mais une grosse noirceur s'est installée en moi et quand, finalement, on se dit bonjour au bout du fil, je me dépêche de raccrocher car je suis sur le point d'éclater.

Debout près du téléphone, j'avais le tournis. Mon amour pour Aldo, je l'avais clamé beaucoup, je l'avais écrit sur des murs et dans des cahiers noirs, mais là c'était le mot FIN qui s'écrivait en grosses lettres molles dans ma tête. Ah, quelqu'un pouvait-il consoler mon cœur noyé de regrets? Quelqu'un pouvait-il me convaincre que la vie n'allait pas de pire en pire, mais de mieux en mieux? Quelqu'un pouvait-il me faire croire aux miracles?

J'ai marché lentement dans le couloir. Maintenant qu'il y avait cette impossibilité d'Aldo, il me semblait impossible de rester ici plus longtemps, impossible de retrouver Tom à mon retour, impossible de continuer à parler anglais avec lui, et j'avais honte, j'avais honte d'avoir à reculer maintenant, maintenant que j'étais veuve. Longtemps après qu'on s'était quittés, Aldo et moi, j'avais continué à me comporter en femme mariée, j'avais continué à lui ménager une place spéciale dans mon cœur. Les autres hommes étaient toujours en second plan, c'étaient mes amours «contigentes», sauf que j'étais la seule à le savoir : les autres hommes pensaient qu'ils étaient avec moi, et Aldo pensait que c'était fini entre nous, et moi qui avais tout voulu, je n'avais rien du tout finalement, ni Aldo ni les autres hommes. Pendant des années, j'avais vécu dans l'ambiguïté la plus vicieuse qui soit, mais voilà qu'aujourd'hui ce silence de fin du monde annonçait la mort d'une époque, il sonnait le glas de mes années floues.

Je suis finalement rentrée dans ma chambre, désolée et défaite, et j'ai mordu dans le sandwich qui traînait sur la table. On ne peut pas manger et pleurer en même temps, c'est pourquoi ma bouchée m'est restée prise en travers de la gorge.

Un peu plus tard, Sylvia est passée pour me remettre son manuscrit et s'est inquiétée en voyant mes yeux rougis. J'ai dit : «Non, non, ça va», persuadée que c'était vrai, jusqu'à ce que le roman de mon amie m'achève, tout simplement, faisant remonter mes souvenirs d'amour, de sexe, de sueur et de jouissance éperdue dans les draps. Car Sylvia a beau appeler ça de la baise et en remettre avec ça, de la baise et encore de la baise, toutes ces possibilités de s'ouvrir à un homme et qu'un homme s'ouvre à vous, c'est toujours d'une histoire d'amour qu'il s'agit, n'est-ce pas ? On a beau être directe et crue, de son temps, pas romantique et surtout pas naïve, tout ça que vous appelez de la baise, avec le sexe de l'homme qui s'enfonce en vous, et son corps pesant, et les mots qu'il dit, et les mots que vous, vous aimez dire, tout ça, c'est de l'amour, ça ne peut exister que dans l'amour, n'est-ce pas ?

Dans la chambre brune, j'ai eu envie de m'en aller tout de suite, je voulais reprendre l'avion, m'enfuir. Je ne voulais plus de ce silence ni de cette immobilité du paysage, je ne voulais plus voir Sylvia, ni Monica, ni Ruth, ni les montagnes, ni les animaux sauvages par la fenêtre, je ne voulais plus sourire à la femme qui passe l'aspirateur dans le couloir, je ne voulais plus faire d'efforts envers qui que ce soit. Mais j'étais coincée dans cette chambre au cœur des montagnes, il était huit heures du soir et il n'y avait aucun train, autobus ou avion pour m'emmener au loin. Alors j'ai bu un grand verre de vin en écrivant une lettre au docteur L., puis j'ai pris un long bain et je me suis étendue toute nue sur le couvre-lit en polyester. Les yeux au plafond, je me suis mise à compter les jours, comme une prisonnière, en me demandant comment j'allais faire pour rester là jusqu'au bout, dans cette prison dorée où j'avais délibérément choisi de venir m'exiler.

Je suis une obsédée des prisons. Normal pour une claustrophobe, dira-t-on. C'est vrai, je ne suis jamais allée en dedans mais ça m'obsède, l'idée que quelqu'un soit pris derrière les barreaux, qu'un écrivain trouve le courage d'écrire, le corps à l'étroit dans sa cellule mais l'esprit vagabond, affranchi de la cellule, des murs et des cadenas. Jean Genet. Rosa Luxembourg. Pierre Vallières. Le marquis de Sade. Cesare Pavese. Nazim Hikmet. Les écrivains politiques. Les écrivains érotiques. Les écrivains dangereux. Pour Hikmet c'est pire, parce qu'en plus de la prison il y a eu la torture, et la torture est une chose inadmissible. Un homme qui a survécu à la torture en écrivant des lettres et des poèmes dans sa cellule est un saint. Hikmet est un saint, mais ça c'est une autre histoire.

Étendue sur le petit lit, je me suis demandé si un jour moi aussi j'aurais du courage, le courage de mes idées. Mais peut-on être enfermée pour ses idées quand ce qu'on trouve de mieux à faire dans la vie, c'est de suivre une thérapie pour essayer de comprendre pourquoi on a peur de tout? Il y a des prisons-îles, comme celle d'Alcatraz, et des îles-prisons, comme celle où Napoléon a été exilé en Italie. Ma prison à moi n'était qu'une ordinaire chambre d'hôtel où résonnaient trop fort les voix du passé; et moi, une médiocre prisonnière sans harmonica pour jouer son blues, un blues pour un homme qui venait de l'est et qui, avec cette nouvelle femme, y retournait. Car elle en vient aussi, elle a été élevée dans le même quartier que lui, c'est ce qu'il a dit en riant au téléphone: «Sur la rue Lafontaine, imagine-toi donc, à deux maisons de chez nous!» Avec ces mots-là, Aldo enfonçait un autre couteau dans mon cœur. Moi qui suis née dans l'ouest francophone, j'ai toujours été jalouse de cette appartenance; depuis mon enfance, je traîne cette honte inutile de n'être pas née à l'est, essayant de me rassurer à l'idée que chez nous on n'est Outremontais que de très fraîche date (pas comme ces horribles familles où on l'est depuis des générations), persistant à me considérer un peu hors-la-loi puisque je suis née à Québec et mes parents aussi, et pas dans des quartiers riches. Mais on dit qu'on n'échappe jamais vraiment à son enfance. Vous aurez beau changer de nom, de quartier, de ville ou de pays, il y a quelque chose de votre jeunesse qui vous suivra toujours. Ainsi, mon amie Esther sera toujours une belle fille de la Gaspésie. Et Tom, un fils d'immigrés russes en Saskatchewan. Et Aldo, l'enfant d'une famille nombreuse de la rue Lafontaine. Et mon père, un p'tit gars de Limoilou. Et moi, une fille de l'ouest. Même si j'en suis partie de bonne heure parce que je n'en aimais ni les gens, ni les hommes, ni les chiens pure race, ni les rues silencieuses. Même si je leur aurai préféré celles du Plateau Mont-Royal, où il y avait du monde, des dépanneurs, des *laundromats*, des bars, des enfants, des bicyclettes.

Le seul gars d'Outremont que j'ai aimé était un être rebelle et tourmenté, qui passait son temps à critiquer la société bourgeoise et s'était fait tatouer une énorme fleur de lys sur le bras droit. Il était allé en Israël travailler dans un kibboutz, puis en Grèce, d'où il avait dû se faire rapatrier car il n'avait plus d'argent pour reprendre l'avion. Aujourd'hui, il est père de famille et enseigne à l'université. Quant à son gros tatouage, il se l'est fait enlever au jet de sable, ce qui a laissé une cicatrice bosselée sur son bras, où transparaissent encore un peu de rouge et de bleu.

*

C'est le soir, il neigeote entre les arbres. Maintenant que Sylvia est partie, je me retrouve vraiment seule ici et j'aime ça, j'aime le regard neuf des étrangers sur moi.

Tout à l'heure, je suis allée prendre un verre au *lounge*. J'avais mis mes vêtements dans une laveuse au sous-sol et j'avais du temps à perdre, alors je me suis assise près de la baie vitrée, j'ai commandé une bière et j'ai tranquillement fumé une cigarette en regardant les nageurs en bas dans la piscine. Et puis un grand gars aux cheveux blonds est venu vers moi en souriant, et il a demandé s'il pouvait s'asseoir. Il s'appelle Allan, il travaille comme sonorisateur au Carradyne Centre. Il rentre tout juste de Calgary, où il travaillait à la production d'un disque avec l'orchestre symphonique. Nous avons bavardé un moment, c'était vraiment agréable de parler avec un homme. D'avoir une conversation normale, avec un homme normal, qui s'adressait à moi de façon normale. Et puis Monica est arrivée, elle s'est assise avec nous, et au bout de quelques minutes la conversation roulait doucement dans tous les sens : il y avait de la chaleur dans l'air, tout était simple et dégagé ; oui, je crois bien qu'il n'y avait pas la moindre petite parcelle d'inquiétude qui traînait au fond de moi.

L'art de vivre, qui consiste à cultiver le dedans tout en ayant de bons contacts avec le dehors, je suis en train de l'acquérir peu à peu. Est-il normal que ce soit si long, docteur, ou bien suis-je en retard ? Ça dépend du genre de vie que vous avez eu avant, paraît-il. Je dois être une bien jeune âme, car malgré mes trente-six ans, je n'ai pas encore fait la connexion entre les choses philosophiques et pratiques de l'existence. Mais ne dit-on pas qu'en réalité il y a une progression tout le long ? Même dans ces moments où vous avez l'impression de reculer à toute vitesse vers le ventre de votre mère ; ou pire, ces moments où vous vous la payez, votre descente aux enfers, les deux pieds pris dans le réel comme ces oiseaux englués dans le mazout noir de la guerre du Golfe ?

*

Aujourd'hui il fait moins cinq et il y a du givre dans ma fenêtre. Le givre, c'est l'hiver pour de vrai. C'est ce que j'ai pensé tout à l'heure en sortant de l'hôtel, je faisais des petits pas pour ne pas glisser et j'ai croisé Mitsuo, la Japonaise qui se promène toujours pieds nus dans ses sandales. Eh bien ce matin, pour la première fois, elle portait des bas. Des bas roses dans des sandales japonaises, c'est signe que c'est vraiment l'hiver.

Cette nuit, j'ai rêvé que j'étais dans une assemblée et que je disais un mensonge : je racontais que j'étais allée vivre à New York pendant un an, mais il y avait dans la salle une femme qui savait fort bien que je mentais, car elle était au courant de toutes les allées et venues dans la ville, et elle me disait : « Why don't you just say the

237

truth, why don't you just face it, what's bad about it, why don't you accept to see things as they are, why don't you just say things as they are? » Et moi je me taisais, à la fois honteuse et soulagée d'avoir été débusquée dans mon mensonge.

Je me suis réveillée avec un puzzle dans la tête : est-ce parce que je suis compliquée que je ne peux pas dire les choses telles qu'elles sont, ou bien est-ce parce que je ne peux pas dire les choses telles qu'elles sont que je suis compliquée ?

Moi qui croyais m'être bien accoutumée à l'altitude, voilà que je me réveille chaque nuit maintenant, et ça dure longtemps, les yeux écarquillés et brûlants, à me retourner dans le noir. Je ne veux pas prendre de médicaments ni m'assommer avec de l'alcool, alors je me masturbe, c'est le seul remède que j'ai trouvé. Je me fais toutes sortes d'images, je pense à la belle New-Yorkaise, si elle savait, elle serait sûrement dégoûtée, mais il faudrait qu'elle comprenne que c'est pour une bonne cause, que je n'ai trouvé qu'elle ici avec qui faire ça. Peut-être qu'elle aussi a du mal à dormir, tout le monde ici a du mal à dormir, à cause de l'altitude. J'en parlais hier avec Monica, et on a ri en regardant notre montre, car on s'est fait un petit règlement elle et moi : nous avons droit chacune à cinq minutes par jour, pas plus, pour parler de nos problèmes de sommeil.

Je me demande à qui pense la New-Yorkaise le soir dans son lit. À qui ils pensent avant de s'endormir, tous ces gens qui comme moi ont des problèmes de sommeil. Ici, nous devons être une bonne centaine à faire de l'insomnie, cela fait donc un sacré grondement dans les montagnes. Et peut-être parfois y a-t-il des recoupements, peut-être deux ou plusieurs personnes pensent-elles à la même simultanément ? Ça s'appelle le sexe thérapeutique,

238

et c'est un peu triste. Disons que c'est une forme d'autonomie et que c'est moins malsain que les pilules, mais je
n'aime pas ça : je suis une romantique, et je déteste verser
des larmes après un semblant de coït. Si je le fais beaucoup ici, c'est que vraiment mon cerveau est agité
comme un animal fou. L'air des montagnes rend fou. Il
active tellement la mémoire qu'elle finit par déborder
comme une disquette trop chargée, et quand ça se met à
crier FULL dans votre tête, il est trop tard, vous n'y pouvez
rien, ça ne veut plus s'arrêter. D'où la nécessité d'avoir
quelqu'un à qui penser avant de s'endormir.

Comme c'est étrange. Je peux penser écrire tout un
livre sur un homme que j'aime, mais je ne peux pas
penser à lui pour me masturber. Quand je pense à
l'homme que j'aime, ce sont des «sentiments» qui sont
interpellés, ce sont des «sentiments» qui vivent et qui
cherchent leur espace, et ils ne collent pas, mais vraiment pas, avec l'orgasme thérapeutique. Quand j'aime,
c'est plutôt comme une nuée d'oiseaux qui s'envolent,
une lumière dorée qui se lève en moi comme un soleil.
Tout devient très doux et majestueux, petit, humble et
éternel.

Maintenant que j'ai lu le livre de Sylvia, je dois faire
attention de ne pas écrire comme elle. Il est si facile
d'adopter le ton, la voix de quelqu'un d'autre. Quand je
sors du cinéma, par exemple, je parle toujours comme la
fille dans le film, et ensuite, pendant toute la soirée, je
me comporte comme elle, j'ai les mêmes attitudes, la
même façon de tenir ma cigarette, de prendre une pause
ou de regarder face à la caméra. Bref, j'en profite pour
prendre congé de moi-même, congé de mon ton de voix
et de ma façon de fumer ma cigarette.

Il y a des films qui font passer le temps, qui dis-
traient, et il y en a d'autres qui vous aident à vivre, qui

vous aident à prendre une décision. Comme celui-là, que j'étais allée voir toute seule un soir d'automne à Montréal. C'était un film français, je ne me souviens pas du titre, juste de l'émotion, une émotion d'amour et de gravité. Après le mot «Fin», je me suis levée calmement de mon siège, je suis sortie de la salle et me suis dirigée tout droit vers le téléphone, tout était clair et net dans ma tête. J'ai composé le numéro d'Elsa et j'ai dit: «Allô, c'est moi, dis-moi quelque chose, quelque chose qui nous concerne.» Mais elle n'a rien dit. Elle est restée muette, non disponible au bout du fil. Tout de même, j'étais soulagée de l'avoir fait. Je me sentais courageuse, et c'était à cause du film, à cause de la façon dont la fille dans le film était allée voir cet homme et lui avait demandé pourquoi il ne l'aimait pas.

Mais veut-on vraiment connaître les raisons pour lesquelles quelqu'un ne nous aime plus? Non. Quand on demande une chose pareille à quelqu'un, c'est qu'en fait on voudrait entendre que ce n'est pas vrai. Parce que si c'est vrai, les raisons, alors, n'ont plus aucune importance. C'est donc ce soir-là, dans une cabine téléphonique du cinéma Parisien, que j'ai su qu'Elsa ne m'aimait plus. À cause de la neutralité dans sa voix. Debout au bout du fil, je me suis sentie toute molle, j'ai vu double dans la file de gens qui attendaient pour la prochaine représentation, mais je n'ai pas pleuré. J'ai encaissé le coup, comme la fille dans le film.

*

Il fait soleil sur les cimes sapineuses, des wapitis avancent lentement entre les arbres, et moi aussi je prends mon temps en marchant sur la petite route derrière le Rose & Crown. J'ai retrouvé ma légèreté, mon calme, j'ai retrouvé cet état du début: la sensation d'être en voyage et d'avoir tout à apprendre. Ici, je peux tout faire en paix et dans l'ordre que je veux, et même ne rien faire du tout, il n'y a personne pour exiger, demander ou même suggérer. C'est très spécial je trouve, d'être entièrement livrée à soi-même, le temps passe lentement, et il faut dire qu'ici il y en a beaucoup, il y a autant de temps qu'il y a d'air et de montagnes, c'est-à-dire des tonnes.

Aujourd'hui, pour la première fois de ma vie, je me suis acheté une bouteille de whisky. Un whisky irlandais, un *blend*. C'est très compliqué quand on commence à s'intéresser au whisky, il y en a vraiment de toutes sortes : les mélangés, les pas mélangés, les écossais, les irlandais, les canadiens, les américains, et il faut aussi savoir faire la différence entre le rye et le scotch. Sur les conseils de Monica, j'ai donc acheté une bouteille de Bushmills, puis je suis allée au bureau de poste où m'attendait une carte postale de Max, envoyée d'Écosse : d'énormes falaises au bord d'une mer agitée. Sur la table de ma chambre, j'ai posé la carte postale écossaise à côté de la bouteille irlandaise, et maintenant je peux regarder la mer en buvant mon whisky doré sur glace, la mer dont Max m'écrit qu'elle est : «... marvellous, I wish you were here», et je me demande si c'est une formule de politesse, ce *wish*. Avec les Anglais, on ne sait jamais, ils ont beau avoir des ancêtres voleurs de moutons ou idiots de village, il n'en reste pas moins qu'ils ont fait de leur politesse une manière de vivre qui passe pour du respect. Mais. Est-on vraiment plus respectueux en étant introverti et discret qu'extraverti et explicite ? C'est la question que je me pose depuis que je suis ici, et aussi depuis que je connais Max et Tom, qui n'ont rien en commun, ceci dit, à part d'être Canadiens anglais et d'avoir fait l'amour avec moi l'été dernier. Pourquoi fallait-il que je rencontre deux Anglais en même temps, moi qui n'en avais jamais connu avant ? Pourquoi fallait-il qu'il y ait deux hommes tout à

241

coup, alors que je commençais à peine à me détacher d'un autre?

Ici, il n'y a pas trop d'hommes dans ma vie. Il y a des souvenirs, des images, des cartes postales, des lettres, des coups de téléphone, mais il n'y a pas de corps d'homme dans mon lit, pas de regard d'homme pour plonger dans le mien, pas de voix d'homme qui dit je t'aime. À Montréal, avoir plusieurs amants, c'est risqué, c'est à rendre folle. La ville est trop petite. La famille trop étroite. C'est ce qu'Esther m'expliquait récemment: «Tu peux aimer plusieurs hommes à la fois, mais il ne faut pas que ce soit dans la même ville, c'est tout. Il faut les choisir à différents endroits dans le monde et voyager, laisser de la distance entre eux, pouvoir reprendre ton souffle dans les avions et les trains. Assise sur ton siège numéroté, tu rêves en regardant par la vitre, tu laisses le visage d'un homme s'effacer dans la distance alors qu'un autre se dessine au fur et à mesure que tu te rapproches d'une nouvelle ville. »

Pour l'instant, je me contente d'emprunter un beau petit sentier pour aller m'acheter du whisky, et cela me fait faire d'innombrables chassés-croisés entre les gens, les lieux, les noms et les choses de ma vie: le Cutty Sark d'Aldo, le scotch de Max, le Toronto de Max et celui de Tom, le Boston de Tom et celui d'Aldo, et celui de mes parents quand j'avais deux ans, mes parents à Brooklyne, Sylvia Plath à Brooklyne, mon amie Sylvia, les étés de Sylvia Plath à Cape Cod et les miens sur les plages de North Truro, et la Bow River aujourd'hui, et la Loire en France, et le Saint-Laurent au Québec, et Christian au bord de la Loire, et Aldo au bord du Richelieu, et la baie des Chaleurs avec Max, et la côte du Maine avec Tom; et quand j'arrive au bout du chemin, je suis très fatiguée, j'ai les jambes molles, oui, mais c'est surtout que ma mémoire voudrait bien oublier un peu, dormir, se reposer, oui, se reposer.

Parfois c'est comme un hôpital ici. On peut s'imaginer qu'on est venu guérir ses poumons ou sa gorge, alors on accroche «please do not disturb» à la porte et on s'allonge sur le lit, on ouvre un livre pour le refermer aussitôt, et on rêvasse en plein jour pendant que dehors les animaux continuent leur lente procession entre les arbres.

*

Hier soir, il y avait un party costumé au Carradyne Centre. C'est toujours pareil dans ce genre de fête : il y a ceux pour qui l'audace se résume à porter un chapeau ou un petit masque en papier, et il y a les autres, ceux qui n'ont pas peur du ridicule, ceux qui choisissent de s'exprimer par leur habillement. Je faisais partie du premier groupe, bien sûr, quant au deuxième, il était plutôt restreint et constitué uniquement de filles, dont Ruth qui était déguisée en... aubergine !

J'ai bu une bière en vitesse, puis je me suis jetée dans la musique comme dans un bain d'eau chaude. J'exagérais mes mouvements et ça faisait du bien, comme si des lambeaux de mon passé se détachaient de moi, j'avais l'impression de flotter dans une aura de lumière. Monica ne dansait pas, elle s'amusait plutôt à regarder les autres, les New-Yorkaises surtout : sombres et impudiques, sensuelles mais froides, elles bougeaient en suscitant du malaise autant que du désir, et je me suis trouvée pas mal rétro avec mes déhanchements sud-américains et mes langueurs de fille qui se laisse enfin aller.

Sylvia est revenue hier après-midi. Elle est arrivée par l'autobus de deux heures et n'est pas venue me dire bonjour, elle est restée dans sa chambre longtemps. Je l'ai croisée en allant manger, elle semblait de mauvaise humeur et je n'ai pas osé demander pourquoi. J'ai dit : «Viens-tu à la fête ce soir?» et elle a répondu qu'il n'y avait rien de moins sûr. Elle est venue quand même et toute la soirée elle est restée assise au fond du *lounge,* elle semblait exaspérée. J'étais un peu embêtée, j'avais envie de m'amuser, mais en même temps je me sentais mal de ne pas m'occuper d'elle. Finalement j'ai bien vu que ce n'était pas nécessaire, car du fond du bar, avec ses habits noirs et ses allures d'Européenne de classe, Sylvia attirait les gens comme un aimant. À tour de rôle, ils venaient s'asseoir avec elle pour bavarder, je pouvais les entendre s'informer du temps qu'il faisait à Edmonton, ça avait l'air de les préoccuper vraiment, le temps qu'il faisait à Edmonton.

Sylvia faisait de grands gestes avec ses bras en parlant, j'avais l'impression qu'elle pourrait exploser n'importe quand, mais en même temps elle imposait une sorte de respect autour d'elle et ça m'a choquée. Si vous êtes gentil avec les gens, ils vous regardent de haut, et si vous les envoyez promener, ils se traînent à vos pieds. C'est stupide mais c'est comme ça, et hier, en regardant la petite foule se grouper autour de Sylvia, je me suis dit que j'essaierais un jour. D'envoyer promener les gens.

La soirée était déjà pas mal avancée quand Allan est arrivé. J'avais beaucoup dansé, j'étais ivre et euphorique. Il s'est assis tout près de moi et m'a posé des questions sur ma thérapie. Il dit qu'il est à un tournant important de sa vie et qu'il pense en suivre une lui aussi. J'ai dit : «Mon Dieu, si mes amies entendaient ça! Chez nous, ce sont les femmes qui suivent des thérapies, pas les hommes. C'est fatigant, parce qu'en plus de faire tout ce travail sur nous-mêmes, il faut aussi qu'on les accepte «tels qu'ils sont.»

Je me sentais bien avec Allan. Je lui racontais des choses intimes, et il était fraternel avec moi. Pour finir il a dit que si ça me tentait, un jour, on pourrait aller au lac Louise en auto. J'ai dit : « Oh yes, I would love it, lac Louise is such a symbol for me! You know, my grandparents were there in nineteen tirthy-seven, for the tenth anniversary of their marriage. »

Il était deux heures du matin quand je suis rentrée me coucher. Je suis tombée sur le lit, épuisée, et je me suis endormie tout de suite. Je n'ai pas fait d'insomnie. J'ai rêvé que je me fâchais contre Sylvia, j'étais extrêmement violente et je lui hurlais toutes sortes de choses horribles à la tête. Je me suis réveillée meurtrie comme si je sortais d'une réelle bagarre, et je me suis dit : « Parfait, je n'aurai pas besoin de me chicaner pour de vrai. »

*

C'est l'après-midi dans la chambre. Il fait froid. Debout devant la fenêtre, je regarde le soleil descendre sur les pentes du mont Rundle et mon cœur bat trop vite. Trop de café, sans doute. Un premier ce matin en lisant le journal, puis un second avec Marion, puis un troisième avec Allan. Il y a de la chaleur et de l'amitié dans l'air. Allan me fait les yeux doux, je le laisse faire, tout cela est très agréable, mais s'il vous plaît, ne tombez pas en a-mour avec moi. Je veux juste faire cette balade en auto et patiner sur le lac Louise, je veux juste qu'on roule ensemble en écoutant de la musique country. Oui, je suis assoiffée de chaleur et d'amitié, de country et de voyages en auto.

In the middle of the room, I am standing naked. I believe in what I feel. Do I really believe in what I feel? Cet endroit sera bénéfique, c'est certain. Aussi vrai que le jour est en train d'achever sa clarté, aussi vrai que mes sens sont

245

allumés comme des chakras brûlants. Oui, cette vallée est un endroit magique. Ici votre âme s'ouvre, vos yeux voient. Grâce au ciel immense et pur. Grâce au grand corps immobile des montagnes.

En entrant à la cafétéria tout à l'heure, je suis tombée sur Marion qui venait d'assister à une conférence donnée par un écologiste amérindien. Les yeux brillants, elle dit que cet homme a des vues très larges sur l'écologie, pas l'attitude un peu rétrograde qu'on rencontre souvent dans ce domaine. Elle dit qu'elle l'invitera à Amsterdam pour le groupe de recherche auquel elle collabore depuis des années. Aussi, il lui a appris qu'autrefois les Amérindiens venaient ici pour les rituels et le *healing*, que cette vallée était un lieu sacré. En soupirant, elle dit : « It is so nice to meet wise people », et je ne peux m'empêcher de répliquer : « But you are wise, Marion ! » C'est vrai. Blonde, absolument hollandaise, la lèvre douce et charnue, les yeux profonds, j'ai là devant moi une femme qui me donne de l'espoir, une belle femme de cinquante ans à qui ça ne me dérangerait pas de ressembler quand je serai plus vieille. Mais une petite pudeur me retient de lui dire que j'ai confiance en elle, et que sa vision du monde me rappelle celle de mon amie Esther : féminine et sage, audacieuse et douce.

Changeant de sujet, Marion dit qu'elle est inquiète parce qu'elle vient d'avoir des nouvelles de sa mère, qui est malade. Elle demande : « Et toi, ta mère, as-tu de bons rapports avec elle ? » Je dis que oui, ma mère est vraiment quelqu'un de bien, mais que depuis quelque temps, c'est bizarre, je suis un peu en réaction, comme si c'était la seule façon de couper le cordon. Marion dit qu'elle comprend, qu'elle a fait ça très tard elle aussi, et ça me rassure, ça me rassure d'entendre ces mots-là dans la bouche d'une femme de cinquante ans.

Pour finir, Marion dit qu'elle voudrait aller visiter le Tyrrell Museum of Paleontology, qui se trouve à quatre heures de route d'ici. Elle louera un camion pour deux jours et propose qu'on se joigne à elle, Sylvia et moi.

Je suis ressortie dans la lumière de l'après-midi, et quelques minutes plus tard, j'ai rencontré Allan. Il a proposé qu'on aille prendre un café, alors je l'ai suivi chez Bilbo. Dans les bruits de vaisselle et de machines expresso, nous parlons de l'amour et de la famille. Allan dit qu'il se sent prêt à recommencer sa vie, mais qu'il a peur parce qu'il en est déjà à son deuxième divorce. En riant, je dis : « Don't worry, you will always find a girl kind enough to take care of you. Men are luckier than women for that. » Il me regarde d'un air surpris, il ne sait pas comment réagir à mon sarcasme, moi qui ai l'air si gentille comme ça.

Le jour tombait quand je suis rentrée à l'hôtel en pensant à l'amour et à la famille, aux hommes et aux femmes, aux mères et aux filles. C'est vrai, non, qu'on est plus mal prises que les hommes ? Un homme pourra toujours remplacer l'amour de sa mère, il y aura toujours une femme assez maternelle dans le décor, bien que de nos jours ce soit un peu plus rare. Mais une femme qui n'est pas lesbienne et qui cherche à remplacer l'amour de sa mère est bien mal prise, car elle ne trouvera jamais l'équivalent chez un homme. C'est pourquoi il lui faut devenir mère à son tour, ou alors devenir sa propre mère, c'est à la mode ces temps-ci, car le monde aujourd'hui est d'une brutalité, d'un silence et d'une solitude tels qu'on ne peut plus compter sur personne pour s'occuper de nous. Pour survivre aujourd'hui, il faut construire sa propre maison à l'intérieur de soi. Ainsi, avec cet habitacle dans votre ventre, vous pouvez être à l'aise partout. C'est un peu comme en camping, vous êtes tout équipée, vous pouvez voyager.

Un jour, j'ai vécu avec un homme. On s'achetait du brocoli sur la rue Saint-Laurent, on faisait de longues promenades sous la neige, on lisait les mêmes livres, on allait à la campagne. Et puis un jour il est revenu de voyage, je suis allée le chercher à l'aéroport, et dans l'auto il a pris ma main, il a dit : «On continue, han?» et moi je n'ai rien dit. Je savais qu'on ne continuerait pas, que j'avais dépassé mes limites, que je n'étais plus capable de donner.

Aujourd'hui je refais le chemin en sens inverse, comme on retourne sur ses pas pour essayer de retrouver ses gants. Et je me dis qu'à force je finirai bien par y arriver, je finirai bien par aimer quelqu'un comme il faut. Oui. Un jour je serai une femme libre, et j'aimerai librement un homme libre, et on jouera au père et à la mère de temps en temps sans que ça devienne névrotique. Mais peut-être que tout ça c'est de la *bullshit,* et que l'amour n'a rien à voir avec l'équilibre, ni avec la liberté, ni avec la bonne volonté. Vous aimez quelqu'un, et avec lui vous réussissez ou pas à traverser le mur du son, c'est tout. Vous aurez beau aller voir un psy une fois par semaine en pensant très fort à votre évolution, cela ne vous rendra pas un amour perdu. Vous aurez beau pleurer, honteuse de votre incompétence, en essayant de comprendre ce qui, depuis des siècles, empêche l'humanité d'avancer, cela ne vous rendra jamais quelqu'un qui était là et qui n'est pas resté.

*

Sept heures du soir. Cheveux mouillés, t-shirt blanc, je fume une cigarette, assise à la petite table de ma chambre. Je rentre d'un long voyage en camion avec Marion et Sylvia. Nous avons pris la route de bonne heure hier matin, c'était une journée splendide. Dans la

248

plaine, les champs n'étaient pas recouverts de neige, il brillaient, roux et dorés dans la lumière, et pendant des milles et des milles nous avons roulé à perte de vue. Keoma, Irricana, Beiseker, Carbon, les petits villages se succédaient, de plus en plus éloignés les uns des autres, jusqu'à ce que ça se mette à ressembler à un désert, un désert roux et rocheux dont les allures d'infini me donnaient le vertige. On était trois filles dans un Voyager gris perle, trois filles en cavale dans l'Alberta profonde. Sylvia conduisait, Marion se taisait, et moi je regardais par la fenêtre en rêvassant, bercée par la musique de Bali qui jouait dans mon walkman.

Après quatre heures de route, on est finalement arrivées à Drumheller, village célèbre pour son musée et ses squelettes de dinosaures. À part ça, presque rien. Une rue principale, deux bars, un restaurant grec et, bien sûr, l'inévitable Badlands Motel où nous avons couché dans une chambre orange et rouge dont les couleurs arrachaient les yeux. Je n'ai pas fait d'insomnie, au contraire, dans ce Badlands Motel qui faisait penser au film *Bagdad Café*, j'ai dormi d'un long sommeil paisible. J'ai rêvé que j'aimais un homme, un homme au corps charnu qui m'achetait des vêtements rouges : des mocassins, des bas, une robe de chambre et un chandail, tout était rouge.

Le lendemain matin, nous avons déjeuné de crêpes et de mauvais café dans un petit restaurant familial. Accroché au plafond, un immense train électrique roulait bruyamment au-dessus de nos têtes. Sylvia a raconté qu'elle avait rêvé à un bonze qui se promenait pieds nus dans le village, vêtu d'une grande robe rouge. J'ai dit que tout ce rouge, c'était sans doute à cause des couvre-lits. Ensuite on s'est rendues au musée, c'était facile, un énorme dinosaure en plastique était planté au bord de la route, le pouce tendu vers l'est pour nous indiquer le chemin. On était samedi, mais le Tyrrell Museum était

249

désert. Dans le hall, une grande photo de la reine accueillait les visiteurs, et ça nous a fait rire Sylvia et moi. C'était encore la même photo, celle où Elle est assise de trois quarts sur une chaise recouverte de velours cramoisi, vêtue d'une robe turquoise et d'un chapeau de la même couleur, les mains gentiment posées sur ses genoux, comme pour vous rappeler, au cas où vous auriez tendance à l'oublier, ce qui est mon cas, que le Canada est un vrai pays doté d'une vraie histoire, avec une vraie famille royale, de vrais costumes et de vrais tabourets de velours.

Dans la grande salle du musée régnait une superbe jungle reconstituée, où se dressaient de grands dinosaures, également reconstitués. Ravie, Marion repérait les images qu'elle tournerait le lendemain pour son vidéo, et Sylvia prenait des notes dans son carnet, car il est question de la création du monde dans sa dernière pièce. Quant à moi qui n'aime pas beaucoup les musées, j'avançais plutôt fascinée entre les différentes espèces d'*Allosaurus* ou de *Camptosaurus*, chaque spécimen, expliquait-on, ayant été rigoureusement construit en polyuréthane d'après l'original, mais comprenant également de vrais os, de vrais morceaux de dinosaures.

Le soir, on a soupé au restaurant grec en parlant du romantisme. J'étais supposément la plus romantique des trois, sans doute parce qu'un peu malgré moi je m'affiche ainsi depuis mon arrivée à Banff, pour faire contraste avec l'esprit très *politically correct* qui règne au Carradyne Centre, proclamant volontiers que je n'ai pas toujours besoin d'une bonne raison pour aimer quelque chose et que tout n'a pas besoin d'être «intéressant» pour que je m'y intéresse. Mais à force de discuter avec Marion ce soir-là, j'ai fini par me dire qu'au lieu d'être une grande romantique, je n'étais peut-être qu'une grosse sentimentale. Car il y a une différence, n'est-ce pas, entre pleurer pour n'importe quoi et poser des gestes de bravoure sous le coup de la passion. Et puis, ma remarque sur l'influence de la couleur des couvre-lits dans le rêve de Sylvia, Marion trouvait que c'était plutôt réaliste.

Peut-être qu'on porte les deux en soi, après tout, le réalisme et le romantisme, et que toute sa vie on se débat entre les deux. On pense être aux prises avec soi-même, alors qu'on est aux prises avec l'Histoire, avec les déchets et les dépouilles qu'elle aura laissés en nous à travers les siècles : les dépôts invisibles de romantisme, de catholicisme ou de scepticisme qui se seront accumulés dans nos gènes au fil des âges. «Mais tout de même, ai-je dit à Marion, ne crois-tu pas qu'il nous reste des pulsions, à nous, les enfants de l'humanité?» Elle m'a regardée en grimaçant, et j'ai pensé au docteur L. Un jour j'étais arrivée dans son bureau en disant : «J'ai perdu mon instinct, pis ça me rend terriblement triste», et il avait grimacé en disant que l'instinct ça n'existait pas.

Vers neuf heures, on est rentrées sagement au motel. J'ai tiré le rideau jaune orange et j'ai allumé la télé au poste country. Ça m'a fait penser à Tom, et je me suis ennuyée tout à coup : les motels ne sont-ils pas faits pour les lunes de miel?

Le lendemain matin, on est retournées au Tyrrell pour que Marion puisse tourner ses images, et j'ai acheté plein de cartes postales pour ma collection. Il était une heure quand on est remontées en camion, prêtes à suivre la fameuse Dinosaurs Trail, comme nous l'avait suggéré le gars du motel. Vingt minutes plus tard, on roulait dans le plus étrange paysage qui soit : le sol était sculpté, bosselé, travaillé comme s'il avait été mille fois rongé puis rhabillé par la mer, et partout se dressaient les *hoodoos*, sortes de sculptures naturelles en forme de champignons dont les teintes grises, roses, ocre et orangées brillaient au soleil.

251

En réalité, cet endroit était un cimetière, comme nous l'apprit un peu plus loin une pancarte au bord de la route : ici même avait vécu la dernière plus importante colonie de dinosaures. On est sorties de l'auto pour fouler le sol ancestral. Marion se taisait, visiblement bouleversée, pas question de filmer quoi que ce soit ici. Elle a dit que c'était déjà bien assez d'être là, qu'il ne fallait pas voler son âme à la nature.

Nous avons repris notre route, et les Prairies sont réapparues comme une percée sur l'infini. Mauve et bleu, le ciel semblait basculer au-dessus de notre tête, effleurant le toit des rares fermes plantées comme des jouets au milieu de l'immensité. Marion avait sorti sa caméra pour filmer par la fenêtre, et moi j'étais emportée dans ma rêverie, si bien qu'on ne s'est pas rendu compte que Sylvia s'était trompée de chemin, et on s'est retrouvées égarées dans un village désert, un village morne comme un décor de carton-pâte dans un film western. Pas un chat dans les rues en cette froide fin d'après-midi. C'était comme si la population avait fui tout d'un coup en ne laissant derrière elle que des maisons ruinées, des fenêtres béantes et un immense silence de fin du monde. «Le genre d'endroit idéal pour tourner un film», a dit Sylvia. «Ou pour tomber en amour, ai-je répondu, oui, ça serait peut-être ça l'extrême romantisme, tu trouves pas ? Tomber en amour avec un homme de ce village, un homme en marge, au visage tranquille et au corps pesant, un homme au sexe plein d'amour et de chaleur, une immense chaleur d'homme dans un petit village du bout du monde.»

Une croisée des chemins nous a finalement indiqué notre route, et bientôt la ligne frisée des montagnes s'est dessinée au loin, sombre sur le ciel encore clair. Le soir commençait à tomber quand on est arrivées à Banff.

Maintenant il fait très noir, et il commence à neiger. Je bois un whisky, assise en petites culottes au bord du lit, et je pense à cet homme du bout du monde. Oui. Je voudrais aller en jeep dans le désert, aller dans un pays très chaud et faire un pacte avec quelqu'un. Quelqu'un qui veuille aller jusqu'au bout avec moi. Quelqu'un avec qui ce ne soit pas à moitié, à peu près, peut-être, ou un jour si. Mais est-ce à coups de vouloir que ça marche? Il paraît que non. Il paraît qu'il ne faut pas trop vouloir, car c'est là que le désert se fait persistant.

*

Il y a deux jours, une délégation de femmes indiennes est arrivée à Banff. Je ne sais pas s'il faut dire «indiennes» ou «hindoues», on se chamaillait souvent à ce sujet, Elsa et moi, toujours est-il que ces femmes venues présenter leurs films au Carradyne Centre ont débarqué parmi nous comme des fleurs dans la neige avec leurs saris, leurs couleurs, leurs clochettes et leur grâce.

C'est Shanti, une Indienne de Calgary, qui a organisé ce mini-festival. Voilà la réalité canadienne. Qu'on se retrouve à Winnipeg, Edmonton ou Vancouver, on tombe sur des demi-Indiens, Hongrois, Néerlandais ou Polonais, des gens pour qui la question de l'identité est importante, comme pour nous, les Québécois. En fait, depuis mon arrivée, je suis étonnée par la quantité de gens qui me parlent de leurs *roots,* de leur désir de retourner dans la *mother country* pour apprendre la *mother tongue* et pouvoir raconter l'histoire de leur famille. Ça me touche beaucoup, je me sens moins seule finalement, je me sens moins anormale de vouloir qu'on reconnaisse ma différence.

Mais pour en revenir aux femmes indiennes, disons qu'elles opèrent sur moi une charme certain, et j'aime à croire qu'elles me portent chance. Un jour, à Montréal, j'en ai rencontré trois dans la même journée, et j'ai eu l'impression qu'elles voulaient toutes me révéler quelque chose. Le matin d'abord, cette jeune femme voilée de blanc qui marchait sur la rue Milton, gracieuse et calme : il y avait une telle sérénité dans sa démarche que je l'ai enviée immédiatement. Ensuite, une petite fille a traversé la rue avec ses parents, elle portait une robe vert lime et ses cheveux étaient noués en une longue tresse noire qui lui pendait dans le dos. À un moment donné, elle s'est mise à danser sur le trottoir et ça m'a émue, j'aurais voulu être à sa place, avoir six ans à nouveau et danser sur les trottoirs en compagnie de mon père et de ma mère. Et puis au parc Jeanne-Mance, en fin d'après-midi, je cherchais une balle au fond du tennis quand une vieille hindoue est passée près du grillage et m'a fixée longuement de son regard noir, son visage semblait porter toute la sagesse du monde. Je me suis dit que ces trois femmes symbolisaient les différents âges qui cohabitaient en moi désormais : la petite fille, la femme adulte et la femme âgée, que j'en étais là dans la vie, à la fois jeune, mûre et vieille.

Hier soir, donc, il y a eu la projection des films indiens, et je n'ai pas manqué d'y assister. L'un d'eux était tourné à bord d'un train, et par la fenêtre on voyait défiler les champs, les arbres et les montagnes en un arc-en-ciel étonnant de roses, de jaunes et de verts. Ensuite il y a eu la brume du matin, les silhouettes noires des paysans dans les champs, les eaux pour le lavage des tissus, les gestes rythmés des laveurs, et pour finir, l'immobilité dorée d'une grosse femme qui chantait, assise par terre près de la voie ferrée, ses bijoux scintillant dans la lumière.

Ça m'a fait du bien. Il y avait dans ces images une sorte de ralentissement, une tranquillité qui m'a apaisée immédiatement. Il faut dire que la veille j'avais vu les films des Américaines, et qu'ils m'avaient pour la plupart assommée. Je ne supporte plus le culte du mauvais goût des Américains, l'espèce de perversité avant-gardiste qui sévit à New York. Ceci dit, j'espère ne pas avoir été trop brusque envers Allan ce soir-là, je venais de parler à ma sœur au téléphone, qui m'annonçait que j'avais reçu une convocation du bureau d'aide sociale, et j'étais ressortie de la cabine inquiète et contrariée. Ensuite je me suis emportée contre la fille du *lounge* parce qu'il n'y avait plus de sandwiches, je me suis excusée mais le mal était fait et la fille m'en voulait, c'était évident, puis je me suis rendue à la projection avec Allan, il mettait toujours sa main sur mon genou et ça m'énervait, à un moment donné je ne l'ai plus supporté.

Hier, après la projection des films indiens, il y a eu un cocktail dans le grand salon. J'ai parlé longuement avec Shanti, qui est aussi poète, une belle fille ronde aux yeux foncés et à la peau mate. Elle dit qu'en Inde l'art est un rituel, une offrande qui n'a rien à voir avec le culte artistique des Occidentaux. J'ai dit que je croyais bien l'avoir perçu dans les films, qu'il me semblait bien avoir senti la vieille âme douce et ridée de l'Inde s'adresser à la mienne, trop jeune, pleine de crème glacée et de patates frites. Shanti est partie à rire. Elle avait un très beau sourire, des yeux brillants, l'air un peu garçonne. Contrairement aux autres, qui portaient toutes des saris et des tas de bijoux, elle était vêtue à l'occidentale, en habit noir avec des bottes western.

*

C'est la fin du jour, j'allais dire «la fin du monde», dans les montagnes. En bas dans la vallée, le village est tout allumé et le paysage est en train de s'estomper dans la blancheur égale de la neige. C'est dimanche et voilà qu'un léger cafard me prend, une nostalgie, un grain, comme on dit. Pourquoi faut-il toujours que le dimanche un grain me traverse le cœur, comme le grain de la tempête qui se lève dehors, faisant frissonner le grain de ma peau?

La fin du voyage approche. Plus que cinq jours maintenant. Excitation, fébrilité, joie et tristesse se mélangent en moi en une bouillie plus ou moins digeste. Parce que je repars bientôt, j'ai recommencé à penser à Montréal et à mon appartement frisquet, où il n'y aura même pas de chat pour m'accueillir. Revenir chez soi, n'est-ce pas insupportable quand la maison est vide? C'est peut-être pour ça qu'on se décide à avoir une femme de ménage. Quand la solitude est telle que juste le fait de savoir qu'on a ramassé votre courrier, pris les messages sur le répondeur, fait le ménage et passé l'aspirateur partout vous rassure, vous rend moins pénible l'idée de revenir.

Maintenant que la parenthèse s'ouvre, il faut penser à ma vie normale qui bientôt reprendra son cours, et je n'en ai pas envie. Je n'ai pas envie de penser à l'avenir, ni à ma vie normale sur une longue rue droite bordée de maisons rouges. Et puis je commence à être émue à l'idée de quitter les gens d'ici, tous ces gens qui, comme moi, retourneront bientôt à leur vie. Je trouverai ça difficile de faire mes adieux, j'aurai envie de faire ça très vite et sauvagement.

Ici, dans la distance et l'éloignement, je suis en train de réaliser une chose très simple : il n'est pas si difficile d'écouter ce qui se dit au fond de soi. Ce n'est qu'une question d'habitude, une fois qu'on l'a, il n'y a là rien de très compliqué. C'est un peu comme pour le travail ou le sport. Il n'est pas si compliqué de s'asseoir chaque jour à son bureau ou d'aller trois fois par semaine à la piscine.

Ce qui est difficile, c'est de décider de s'y mettre. Oui, c'est toujours de décider qui est difficile. Comme dit Esther, il faut s'exercer graduellement à ce processus, jusqu'à ce qu'il devienne familier, ensuite on peut prendre de la vitesse et faire ça très vite : décider en trente secondes de partir ou de rester, de dire oui ou non, de poser tel ou tel geste. Car voilà le grand art de la vie, n'est-ce pas : le fragile équilibre entre vitesse et lenteur. Il faut savoir prendre son temps, oui, mais il faut aussi savoir aller vite, sinon le train repart sans vous et c'est moche. Il faut savoir monter dans le train au bon moment, et aussi en débarquer quand le voyage a assez duré ou que le paysage est trop beau pour qu'on ne s'y attarde pas. Il y a aussi des paysages qu'il suffit de voir par la fenêtre sans s'arrêter. Oui. C'est tout cela qui se joue et s'harmonise dans la vie, mais le plus souvent on ne décide rien du tout, les choses ont lieu d'elles-mêmes et on n'a pas le choix, il faut juste les accepter comme elles viennent.

Le voyage est un baume. C'est ce que j'expliquerai au docteur L. : l'activation de la mémoire, le rafraîchissement des images, la cicatrisation des plaies, le renforcement du système immunitaire. Je lui expliquerai qu'en s'éloignant on respire mieux, on redevient capable de penser et de rire. Dira-t-il que c'est une fuite, ou pensera-t-il comme moi que c'est une question de survie, un pas vers la liberté ?

*

Le jour est froid et lumineux, pur comme un cristal. Je me lève tard et je me rends au *lounge,* où j'ai rendez-vous avec Allan pour aller patiner. Nous buvons un bon café fort, assis près des baies vitrées qui surplombent la piscine inondée de soleil, et Allan propose qu'on aille au Two Jack Lake, je dis : «O.K., anyway it's you who know the place.» En m'assoyant dans son auto, je pense à la mienne, une vieille Toyota Corolla que ma mère m'a donnée il y a six ans, et je prie pour qu'elle ne me lâche pas de sitôt. Nous roulons silencieusement dans un paysage de carte postale en écoutant le dernier disque de Leonard Cohen, et au bout d'une longue route à travers les arbres nous arrivons au Two Jack Lake, un grand bijou de glace encastré dans les montagnes, un beau lac bien dur où quelques patineurs sont déjà en train de virevolter.

C'est une éclatante matinée de décembre. En vitesse, nous chaussons nos patins et Allan s'élance hardiment. Je le regarde faire puis j'y vais à mon tour, prudemment. Je suis un peu maladroite au début, mais bientôt je me mets à glisser avec bonheur sur cette glace si lisse et si transparente qu'on peut voir les algues, les roches, les arbres échoués qu'il y a dedans. Au début, c'est presque vertigineux de glisser ainsi en voyant au-dessous de soi, mais le soleil est éclatant et je m'exalte, j'avance de plus en plus vite sur le lac aux teintes bleues, vertes et noires, j'enlève mes lunettes fumées et je me laisse emporter par mon propre mouvement, de plus en plus rapide, et je peux voir toutes sortes de dessins se former sur mon passage, de grandes lignes droites fendues dans la glace, de gros cristaux éclatés comme des bulles de savon, des petites étoiles blanches disséminées un peu partout.

Euphorique, je respire de tout mon corps, je me laisse aller comme une danseuse, sans soucis, sans lendemain. Si c'est ça le Canada, c'est beau en maudit. Voilà ce que je dis à Allan qui tourne autour de moi comme un grand gamin. Éblouie par le soleil, réchauffée par ma course, je pense à mon retour à Montréal dans quatre jours, et l'inquiétude me prend tout à coup quand je pense à Tom. Au-delà de l'effervescence sexuelle du début, quelle sorte de retrouvailles aurons-nous?

Étendus sur la glace au milieu du lac, nous reprenons notre souffle, Allan et moi. Il demande si je suis avec quelqu'un en ce moment. «Yes, I have a boyfriend in Montréal.» Il me parle de ses deux mariages et de l'amitié qu'il a conservée pour sa deuxième femme. Je dis : «But I don't know what love is anymore.» Sans ajouter : «Mais je te jure que jamais je n'aurais pensé dire ça un jour.» Allan dit qu'il ne lui reste de l'énergie que pour un seul amour, qu'il pense ne pouvoir aimer encore qu'une seule fois dans sa vie, qu'il attend la «bonne personne». Les yeux noyés dans l'immensité du ciel, je l'écoute, heureuse comme une enfant. C'est vrai, il me semble avoir rajeuni depuis que je suis ici. Je suis redevenue quelqu'un qui a tout à apprendre. J'ai oublié mes habitudes et mon passé. La douleur et l'impossible. La douleur de l'impossible.

Allongée à côté d'Allan, je contemple le paysage en respirant profondément, et ça me rappelle les hivers de mon enfance, quand on se couchait dans la neige, les bras grand ouverts, pour y laisser l'empreinte de nos corps. Je ne sais pas ce qu'Allan pense de moi. Parfois il essaie de me toucher, il m'effleure de la main, il voudrait être caressant mais je l'évite, je ne veux pas qu'il me veuille. Je ne suis pas attirée par lui physiquement. Allan est un ange, comme dit Sylvia, il n'est pas assez roc ou volcan à mon goût. Mais j'apprécie sa présence souple et calme, et sa voix me plaît, c'est important la voix d'un homme. Dans la lumière époustouflante de l'après-midi, nous parlons de l'amour, c'est la première fois depuis des semaines que j'ai un contact intime avec un homme, et un instant mon corps s'interroge : si je voulais, je pourrais peut-être embrasser Allan, mais non, il y a déjà bien assez de ce qui s'est passé hier avec Shanti.

En voyage, quand le désir se réveille, c'est troublant car il n'y a que des inconnus à embrasser. On ne sait pas à qui on a affaire, et on se retrouve parfois dans des situations bizarres. Hier soir, donc, c'était la Saint-Nicolas, et Marion nous a invitées, Sylvia et moi, à fêter avec elle selon la tradition néerlandaise, avec du vin, des poèmes et des bougies. En montant à ma chambre vers une heure du matin, j'ai entendu du bruit au deuxième, des rires de femmes mêlés à de la musique indienne. J'avais bu, j'étais un peu excitée, et je me suis avancée dans le couloir : la porte d'une des chambres était entrouverte et j'allais tendre le cou pour voir, quand on m'a invitée à entrer. Dans la chambre 247, une quinzaine de femmes en tenues légères étaient assises sur les lits ou par terre à se faire toutes sortes de traitements de beauté en écoutant de la musique. C'était l'anniversaire d'une des cinéastes, et elle avait organisé un *pyjama party*. « Quelle drôle d'idée », ai-je pensé en contemplant cette scène ahurissante. Il y avait des bonbons et des fleurs partout, des pâtisseries, des tissus de toutes les couleurs et aussi des bouteilles de whisky, de sambuca et de vodka. En plus des Indiennes, il y avait Ruth et Adriana, et d'autres que je ne connaissais pas ; c'était hallucinant, toutes ces belles femmes en pyjama qui se faisaient des massages, des coiffures, des manucures, des maquillages, des masques d'argile et des dessins au henné sur les mains.

Shanti était là, étendue sur un lit. Elle m'a souri et je suis allée m'asseoir à côté d'elle, et c'est là que j'ai eu envie de l'étreindre, dans les vapeurs sucrées de ce party de filles *with much fun and laughing, etc.* Je sentais bien qu'elle y pensait aussi ; depuis le soir des films, elle n'avait cessé de me regarder par en dessous.

Une femme m'a offert un verre de vodka, et je me suis étendue à côté de Shanti qui se taisait. J'ai passé ma main dans ses cheveux noirs, elle a grimacé parce qu'ils étaient enduits d'une huile indienne qui les rendait poisseux. Je baignais dans une sorte de fatigue béate, contemplant le spectacle qui se jouait autour de moi, l'intimité un peu érotique de ces femmes dont aucun homme n'était voyeur. Shanti ne bougeait pas, elle souriait, l'air un peu alanguie. Finalement, je me suis levée en bâillant et je suis montée à ma chambre. J'allais éteindre la lumière, quand on a frappé à la porte. C'était Shanti, elle avait un livre à la main, un recueil de ses poèmes qu'elle voulait me prêter. Elle avait l'air gênée, mais elle a dit oui quand je lui ai proposé d'entrer un moment. Nous avons bu de l'eau, assises au bout du lit sans parler. J'étais en train de feuilleter son livre et j'allais relever la tête pour dire quelque chose, quand j'ai senti sa main sur ma cuisse. «Shanti, I'm afraid I'm not a lesbian.» Elle a dit qu'elle savait, que ce n'était pas grave. Elle me regardait en souriant et ses yeux noirs brillaient dans la lumière tamisée de la chambre, elle était vraiment très belle. Et puis j'ai senti sa main monter sur ma cuisse en même temps qu'une petite voix en moi criait: «Allez, laisse-toi donc aller.» On s'est embrassées longuement au bout du lit. Shanti sentait l'alcool et la fraise, et ça m'a rappelé la monitrice avec qui j'avais fait un exercice de respiration artificielle au camp du lac Trois-Saumons, elle avait mangé un bonbon qui avait laissé un parfum acidulé dans sa bouche. Puis Shanti s'est mise à fouiller sous mes vêtements et je me suis tordue un peu entre ses bras, je n'étais pas certaine de ce que je voulais, j'essayais juste de ne pas retenir ce que mon corps, lui, semblait vouloir faire. J'avais déjà embrassé des femmes mais ça faisait longtemps, et j'étais à la fois gênée et pleine de désir pour le corps ondulant de Shanti, sa peau très douce, ses courbes et ses odeurs de femelle. Je l'ai laissée me faire ce qu'elle voulait. En fait je l'ai laissée tout faire, je suis restée passive, comme on dit, mais consentante, et je ne crois pas qu'elle m'en ait voulu, elle savait se débrouiller. Elle est repartie très tard, et je suis restée un long moment les yeux ouverts dans le noir. Je lui avais fait promettre que ça ne causerait pas de problèmes entre nous, et elle avait dit : «Don't be silly.»

Allan se relève en se secouant, il dit qu'il commence à avoir froid. Il me tend la main et nous repartons pour quelques tours. Dans la lumière argentée de l'après-midi, je glisse sur le grand lac gelé, éblouie par l'éclat profond et lumineux de la glace où se reflètent les arbres et le ciel. C'est beau, encore plus beau qu'une photo du *National Geographic*. Ça ressemble tellement à une légende esquimaude que je ne serais pas étonnée de voir apparaître un homme emmitouflé de fourrures, un traîneau tiré par des chiens, une femme en train de faire sécher du poisson. Dans cette image plus vraie que nature, je glisse, patineuse de mes seize ans, je glisse, romantique de mes vingt-deux ans, je glisse, nouvelle enfant de mes trente-six ans, sans honte, *without shame,* sans dépit, sans mots pour nommer tout cela : la langueur qui me prend à cause du grand air, la petite sagesse qui semble être venue s'introduire en moi depuis que je suis ici, en cure de quoi, en quête de quoi? Chose certaine, quelque chose a changé en moi, c'est aussi *obvious* que le crissement de mes patins sur la glace noire. J'étais morte, je ne le suis plus. J'étais asphyxiée par la honte, bouffée par la peur. Je ne le suis plus. J'ai retrouvé mon courage, j'ai retrouvé ma voix, j'ai retrouvé le plaisir de ces mots-là : courage, voix, j'ai. Oui. Au pied des cimes brillantes, dans les chemins neigeux peuplés de cerfs panachés et de *magpies* noires et blanches, je te retrouve enfin, toi ma voix qui savait parler.

Allan me sort de ma rêverie en arrêtant ses patins à deux pouces des miens. Il me tend la main pour marcher jusqu'à l'auto, et nos pas tout croches me rappellent le patinage de mon enfance. «Are you back in my life to stay?» chante Cohen. C'est la fin de l'après-midi et nous roulons lentement vers Banff, le ciel semble s'évaporer dans sa lumière blanche presque jaune. Allan propose un chocolat chaud. Je dis O.K., puisque aujourd'hui tout est plaisir.

*

Ce soir la lune est très grosse dans le ciel bleu marine. Et moi je suis là, plantée devant la fenêtre avec mon désir gros comme la lune, mon sexe allumé qui me tient réveillée. Mais qui donc embrasser maintenant : une femme ? un homme ? un wapiti ? Je lis *Incest* d'Anaïs Nin, et je suis troublée par la quête de cette femme qui la mène jusqu'à faire l'amour avec son père, je suis troublée par cette écriture absolument femelle qui dévale, coule, roule, déboule comme une rivière. C'est comme ça avec Anaïs, chaque fois je retrouve le goût de ma féminité, le goût de vivre comme une femme, entière, fluide et puissante comme une rivière qui dévale, coule, roule, déboule.

Ce soir j'ai téléphoné à Tom. Il était enjoué, de bonne humeur, s'informant de moi tout en restant discret, ne disant pas qu'il avait hâte de plonger sa queue en moi, ne disant pas : «I am looking forward to fuck you», de sa belle voix chaude. Et maintenant je pense à sa queue douce et dure, à sa langue pleine de fougue et à son corps tout entier qui bientôt s'offrira à moi dans la chaleur des draps, son feu qui se tortillera entre mes cuisses, sa queue qui s'enfoncera facilement et voudra rester là longtemps, dans mes parois de velours, dans mon cratère d'amour. Et moi j'aimerai tellement ça que j'en crierai, que j'en redemanderai.

Au bout du fil, Tom a redemandé la date et l'heure de mon arrivée en confirmant qu'il viendrait me chercher à l'aéroport. J'ai dit : «Yes, yes, thank you», et une petite angoisse a pointé, tout était si rapide soudain, dans quelques jours à peine je serais à Montréal, sur cette longue rue dont je ne m'ennuyais pas du tout. Pourquoi faut-il toujours qu'il y ait un « mais » pour saboter le présent ? « C'est votre ambivalence », dira le docteur L. lorsqu'à nouveau je m'assoirai devant lui. Oui, ma maudite ambivalence. Qui prend trop de place dans mon panorama, ordonnant toutes choses de ma vie en deux camps ennemis. Ma fleur à deux tiges, mon champ à deux voies, mon monstre à deux têtes.

Le téléphone raccroché, j'ai décidé d'aller faire un tour au *lounge*. La nuit était belle et la lune éclairait mes pas en faisant des ombres le long du petit chemin. Il était seulement dix heures quand je suis entrée dans le bar, mais il y avait déjà beaucoup de monde et les gens parlaient fort, une certaine excitation régnait dans l'air, une fébrilité presque palpable. Gregory était là et je l'ai trouvé encore plus beau que d'habitude. On a parlé du film d'Annie Sprinkle, il n'était pas d'accord avec moi, il disait que c'était un bon film, que c'était une manière intéressante de faire tomber les tabous. Ça ne me dérangeait pas trop qu'on ne soit pas d'accord, j'aime que les gens tiennent à leurs idées. Bill, un des administrateurs du centre, me regardait par en dessous avec ses yeux noirs. Je crois que je lui plais. Mais je ne suis pas attirée par lui. Quant à Gregory, il me plaît mais moi je ne lui plais pas. C'est la vie.

*

Avant-dernier soir. Allan, Monica et moi nous montons en voiture sur Sulphur Mountain pour aller nous baigner dans les eaux curatives d'un établissement célèbre. C'est la pleine lune et il neige, ce sera magnifique, nous assure Allan qui y est déjà allé.

Au sommet de la montagne se dresse une bâtisse carrée en brique brune flanquée d'un parking et d'une grosse antenne parabolique. À l'intérieur, les murs et les planchers sont recouverts de tuile jaunâtre, éclairés par une lumière trop crue qui me rappelle les vieilles piscines de Montréal : le bain Schubert, le bain Lévesque, le bain Saint-Michel. En fait cet endroit est plutôt laid, on dirait un établissement sanitaire soviétique, ce n'est pas comme le hammam où je suis déjà allée à Paris, avec ses fioritures et ses jardins. Monica et moi nous passons du côté des femmes. Le plancher est glacial sous nos pieds, et nous enfilons rapidement nos maillots avant de descendre les quelques marches qui mènent à la piscine. Dehors le tableau est saisissant. Sous une pleine lune laiteuse, un bassin ovale reluit dans la pénombre, dégageant un léger nuage de vapeur qui rend floue et quasi irréelle la silhouette des baigneurs qui évoluent lentement dans l'eau bleue. Tout autour c'est l'hiver, alors il n'est pas question d'hésiter longtemps : Monica se dépêche de pénétrer dans le bassin, et je la suis de près. L'eau est très chaude, une fine neige tombe sur nos cheveux, et les voix chuchotées se mêlent aux clapotis qui résonnent dans la pénombre. De temps à autre apparaît un gardien qui fait le tour du bassin en scrutant attentivement le brouillard.

Et puis Allan nous rejoint en bougeant très lentement, comme un danseur de tai-chi. La lumière blanche rend son visage flou et dramatique. Il est beau avec ses cheveux mouillés, lissés par en arrière. Monica est toute mince dans son costume de bain noir, et moi j'ai l'air d'une petite grenouille avec mon maillot vert et mes cheveux noués, mais je préfère me prendre pour une sirène et je dresse la tête pour contempler la lune, je fais de grands mouvements lents avec mes bras et mes jambes, je sens mon corps se délier dans la chaleur du bain. Et puis, à ma grande surprise, je finis par faire comme les autres, je sors de l'eau et marche autour de la piscine. Moi qui suis si frileuse, je n'en reviens pas de me promener sous la neige en maillot de bain, mais je le fais, j'y suis enfin à ces petites extravagances qui font du bien. Allan me regarde avec douceur, je ne sais pas s'il me trouve belle ou quoi, en tout cas il n'a jamais tenté de m'embrasser ou de venir me rejoindre le soir dans ma chambre. Je ne sais pas si c'est anglo-saxon, mais ça me plaît qu'un homme puisse vous apprécier sans nécessairement vouloir vous sauter dessus. Chose à laquelle je n'étais pas habituée avant de connaître Tom, Tom qui a attendu quatre mois avant de m'embrasser.

Après le bain, nous repartons en auto sous la neige. Je suis toute rouge et mon cœur bat trop vite. « I'am afraid to collapse », dis-je en m'affalant sur la banquette. Allan met du country et Monica propose un verre au Buffalo Lodge, un hôtel de sports d'hiver sur la route de Tunnel Mountain, à l'autre bout de la ville. Les yeux plongés dans la noirceur du paysage, je me laisse bercer par Emmylou Harris qui chante *Hello Stranger*. Allan et Monica parlent de John McPhee, cet écrivain américain qui écrit sur la géologie, ou peut-être est-ce un géologue qui écrit aussi de la littérature, je ne sais plus, mais en tout cas leurs voix complices me font plaisir, c'est ce que je cherchais depuis longtemps : des amitiés interreliées, une intimité viable à plusieurs, une légèreté. « Hello stranger, would you like to be a friend of mine ? » Le défilé des arbres fait place aux lumières de la ville, et Allan bifurque à droite pour se garer dans le parking du Buffalo, un beau chalet en bois entouré d'immenses sapins bleus.

Dans le grand salon cossu, un feu brûle dans la cheminée, au-dessus de laquelle trône une énorme tête de bison. Affalés dans des fauteuils confortables, Sylvia,

Ruth, Bill et Marion sont là, autour d'une table pleine de verres et de bouteilles. En nous voyant, ils font de grands signes joyeux et mon cœur se serre. «C'est le départ, me dis-je, c'est la célébration du départ qui commence.»

*

La fin du jour est en train de se brouiller dans la neige. La tempête est partout dans la vallée, et par la fenêtre je n'y vois presque plus rien. À part la tache rouge d'un autobus qui serpente au loin entre les sapins, tout est gris et blanc comme dans un dessin japonais. On m'avait dit qu'ici le paysage me semblerait irréel, et aujourd'hui c'est tout à fait ça : les montagnes en gros plan semblent avoir été découpées dans du carton et posées là en aplat comme un grand décor de théâtre.

Je reviens du lac Louise, où Allan nous a emmenées en auto, Sylvia, Monica et moi. Nous avons décidé ça hier soir au Buffalo Lodge, après avoir bu quelques bières; Allan nous a convaincues que c'était un *must,* alors ce matin on est partis après le déjeuner, il commençait à neiger, j'ai dit à Allan que j'avais peur qu'on soit bloqués par une tempête, mais il n'a rien voulu entendre. Quand on est arrivés au lac Louise, la neige tombait, épaisse et drue, et tout ce qu'on voyait, c'était la masse sombre des arbres autour du lac gelé et les formes noires et pointues du toit du château qui se dressait, confondu dans la blancheur du paysage.

On a tout de même patiné en avalant de gros flocons. Monica m'a impressionnée, elle avançait très vite en donnant de grands coups sur le côté, comme un garçon. Je suis vraiment contente qu'elle se plaise avec Allan. Hier soir, on a beaucoup ri tous les trois. C'est toujours pareil, c'est vers la fin que les intensités se créent. Et maintenant je n'ai plus envie de partir, je ne veux pas retourner dans «avant», et en écrivant ces mots je me dis que c'est justement ça qui doit changer. Cette manie que j'ai de toujours retourner dans «avant».

On est entrés se réchauffer au restaurant du château, où Sylvia était restée pour écrire en buvant du café. En nous voyant arriver, tout excités, les joues rouges et les habits couverts de neige, elle a dit qu'elle se sentait comme une mère qui surveille ses enfants par la fenêtre. Ensuite on s'est pris en photo avec nos patins accrochés autour du cou, comme dans l'ancien temps. Nous avons posé à tour de rôle devant le petit château de glace, parfaite réplique miniature de l'autre, le vrai gros château du lac Louise.

Quand on est repartis, c'était la tempête. Les montagnes étaient noyées dans la neige, le ciel et la terre confondus en un même horizon tout blanc. On se taisait, vaguement anxieux, il était vraiment difficile d'y voir quoi que ce soit devant nous. Heureusement, un gros camion nous ouvrait le chemin et Allan ne se gênait pas pour lui coller au cul. Furtivement, j'ai pensé à Elsa, que j'aurais aimé pouvoir lui raconter tout ça : la neige, le patinage, Allan au volant de sa Toyota, les deux châteaux du lac Louise, le goût du chocolat chaud en écoutant de la musique country. Mais c'est fini. Il faudra bien que je me le mette dans la tête. Et je resterai pour toujours avec cette question : «Pourquoi fallait-il se quitter pour que les choses changent?» Un beau titre pour une mauvaise chanson.

Voilà, je pars demain, c'est fini. J'ai fait le ménage de ma chambre, jeté les papiers inutiles, recopié dans mon carnet l'adresse de mes nouveaux amis. Je suis heureuse. Ici je suis redevenue un être humain, une voyageuse. Ici j'ai retrouvé ma véritable famille, une famille élargie qui a la terre entière pour territoire, une famille nomade, une famille ouverte. Qui m'aime sans vouloir m'attacher. Qui me flatte les cheveux sans chercher à me retenir. Moi l'enfant qui voulait vivre sur les routes. Moi l'adolescente qui est restée trop longtemps attachée au port. Moi qui ne voulais pas d'un appartement trop grand, trop cher et trop encombrant, voilà qu'ici je retrouve mon âme de *gipsy*. Oui, voilà qu'ici, dans l'immobilité des montagnes, je retrouve mon goût du mouvement, mon âme d'aventurière.

Pas besoin d'aller à Paris ou à Berlin pour apprendre quelque chose. Les *elks* et les montagnes, les arbres et les lacs, les Indiens, les cow-boys, les coyotes et les *magpies*, c'est bien aussi intéressant que la Côte d'Azur ou le pont des Arts, l'Alexanderplatz ou les forêts de Bavière. La poésie d'ici est *huge* et sauvage, il faut aimer le silence pour l'apprécier. Il faut aimer les couchers de soleil nordiques à travers les sapins, les teintes bleutées que prennent les montagnes en fin de journée, la transparence pure et verte des lacs profonds, les prairies rousses, le ciel plus grand que grand. Il faut aimer les atmosphères de bout du monde, l'odeur du feu de bois, l'air cristallin. Il faut aimer la nature pure et dure, vierge, sacrée, avec la musique country en *background*, cette musique parfaite pour les grands espaces et les routes à perte de vue, cette musique parfaite pour les longs voyages en auto.

Le soir est en train de tomber entre les arbres, et dans sa chute il emporte avec lui le tumulte du jour, les aspérités du devenir, les inquiétudes aussi bien que l'espoir. La lumière est bleu-gris dans la vallée, et le silence est majestueux. Tantôt j'irai souper chez Ruth avec Sylvia. J'ai faim.

V

Mars était arrivé. Le soleil était éblouissant dans les vitres sales des autos. Les autos sont toujours sales au mois de mars à Montréal, on attend pour les laver que ça en vaille la peine. C'est du moins ce que je faisais, moi, j'attendais le printemps pour faire le ménage de la mienne. D'ici là, les tickets de parking, les paquets de gomme et les pelures de bananes continueraient à s'accumuler sur le *dash;* les patins, les balais et les vieux chandails continueraient à s'entasser sur la banquette arrière.

Une immense fatigue m'avait envahie depuis quelques jours. Il y avait en moi une telle tension, une telle attente, que je ne pouvais plus me concentrer sur quoi que ce soit. J'essayais de terminer ce contrat de correction pour Simon, un ouvrage sur les maladies vénériennes, mais j'entendais les voisins d'en haut faire l'amour en plein après-midi et ça me dérangeait. Je pensais à Tom et je m'ennuyais de ses bras, de ses mains, de sa bouche, et je me sentais un peu idiote, tendue sur ma chaise, à essayer de me rappeler les parties de son corps, et son odeur qui me manquait tant. Pourquoi faut-il s'ennuyer des gens pour les voir dans toute leur splendeur, pour se mettre à les vénérer jusque dans les moindres détails de leur anatomie?

Un samedi soir, je suis allée à une fête. C'étaient les trente ans de mon cousin Édouard et il avait décidé de faire ça bien, il avait loué une salle et invité pas mal de monde. Je suis donc arrivée là avec du vin, des fleurs, mes yeux et ma bouche maquillés, sans être certaine de rester très longtemps, car je me sentais un peu souffrante depuis deux jours, j'avais la nausée et des crampes à l'estomac, c'était peut-être un début de gastro, ou alors c'est que le lendemain je devais lire des extraits de mes textes à Sylvia et ça m'énervait ; oui, c'était sans doute ce qui me donnait mal au ventre.

C'est ce que j'ai dit à Édouard pendant qu'il m'aidait à enlever mon manteau, qu'il me débarrassait du vin, des fleurs et de mon sac à main. Il portait une chemise jaune avec une cravate rouge et s'est mis à me raconter fiévreusement qu'il avait reçu la veille un premier exemplaire de son livre, qu'il était rentré en vitesse de chez l'éditeur pour se jeter sur son lit et pleurer pendant des heures. J'ai dit : «C'est bon ça, c'est très bon signe.» Mais lui, il ne comprenait pas pourquoi il fallait pleurer quand on avait dans les mains le livre sur lequel on avait peiné pendant deux ans. J'ai dit : «C'est pas pour rien qu'on dit qu'un livre c'est comme un accouchement. Ça sort de toi, mais une fois que c'est sorti ce n'est plus toi. Alors ça fait mal, ça fait mal de se détacher de cette partie de soi qui n'est plus soi. Tu sais que certaines femmes refusent de voir leur bébé qui vient de naître? Elles l'ont porté pendant neuf mois, mais cette concrétude soudain leur paraît absurde et insupportable. C'est pareil pour ton livre. Tu avais beau le connaître par cœur, avoir décidé du titre, du nombre de pages et de l'illustration de la couverture, il n'en reste pas moins que l'objet, lui, le livre, tu n'y avais pas encore touché, et c'est là que l'émotion a lieu. Quand on touche à quelque chose. »

Moi j'étais contente de savoir qu'Édouard avait pleuré, ça me donnait un indice de plus sur sa sensibilité, je savais maintenant qu'il était aussi capable de ça, lui qui était toujours si contrôlé, lui qui réussissait tout ce qu'il entreprenait. C'était son premier recueil de poèmes, et je n'avais aucun doute sur son talent, son intelligence et son raffinement, mais tout de même, j'étais un peu rassurée de le voir dépassé par les événements. Je me suis dit : « C'est bien, il met de l'émotion dans ce qu'il fait. »

J'avais fini d'attacher mes souliers. J'ai embrassé Édouard en lui souhaitant beaucoup d'amour et de succès, il a dit : « Le succès, c'est bien quand c'est quelque chose en plus », et j'ai pensé que c'était son plus grand talent, la subtilité. Puis il m'a tendu son bras en souriant et on est entrés dans la salle, où une trentaine de personnes bavardaient en prenant un verre. Il n'y avait pas de musique dans les haut-parleurs, et ça m'a frappée : c'est si rare de nos jours de n'entendre que le bruissement des voix dans une fête ou dans un endroit public. Je suis allée saluer Michel, le chum d'Édouard, un bel homme de quarante ans aux cheveux presque ras, puis Yvonne, sa meilleure amie, puis Donna, la grande Italienne qui disait toujours ce qu'elle pensait, même et surtout si ça vous dérangeait. Esther était là aussi, occupée à converser avec un homme que je ne connaissais pas. L'atmosphère était chaleureuse, je me sentais calme et ouverte, disponible. Bizarrement, c'est souvent quand je suis un peu malade ou fatiguée que ça marche le mieux avec les gens. Comme si mon manque d'énergie me procurait un état qu'autrement je chercherais vainement à atteindre, le genre d'état qui vous permet de laisser les choses faire leur chemin toutes seules. Ce soir-là justement, une fille aux longs cheveux roux est venue vers moi en disant : « Tu as changé, tu as l'air mieux qu'avant. » C'était une vidéaste que j'avais déjà croisée chez Édouard, mais on ne s'était jamais parlé, et j'ai été surprise qu'elle m'interpelle ainsi. «Mais les partys sont faits pour ça», me suis-je dit, alors j'ai souri en me plantant à côté d'elle. Évidemment, si elle avait dit : «T'as pas l'air bien, t'avais l'air mieux avant», j'aurais trouvé ça dur. Mais c'était le contraire, je pouvais être rassurée, tout ce travail que j'avais fait sur moi-même semblait avoir porté fruit.

La vidéaste était de bonne humeur. D'un ton fiévreux, elle s'est mise à me parler des gens de «notre» génération; c'était bien la première fois que quelqu'un me tenait un discours pas déprimant sur les baby-boomers, il y avait longtemps que j'avais pris ce mot en grippe, depuis toujours il signifiait à mes yeux quelque chose de dégradant et d'insipide, mais elle disait qu'«on» n'était pas si perdus que ça, qu'«on» était en train d'acquérir une grande force intérieure, et qu'«on» allait être bons pour notre société finalement. Je n'étais pas sûre d'aimer ce «on», car je ne m'étais jamais vraiment considérée comme une baby-boomer. J'étais venue après, à la limite, j'en convenais, mais après quand même, et j'avais toujours estimé que je ne faisais pas partie du lot. J'avais eu à ce sujet de vertes discussions avec Mireille, ma plus jeune sœur, quand elle était tombée sur un livre-choc qui assassinait les gens de «ma» génération, et j'avais eu beau lui expliquer que je ne cadrais pas dans le tableau, elle n'en avait pas moins profité pour me tomber dessus avec toute l'agressivité qu'une cadette peut éprouver envers son aînée, moi qui étais censée avoir tout eu : non seulement une position privilégiée face à l'amour maternel, mais aussi tous les avantages d'une société qui, un jour, aurait ruisselé d'abondance et n'avait désormais plus rien à offrir aux jeunes.

Paradoxalement, Mireille avait toujours été beaucoup mieux organisée que moi, et elle gagnait déjà très bien sa vie comme reporter à la télévision alors que je me débrouillais tant bien que mal avec des petits contrats à droite et à gauche. Mais ce jour-là, chez mes parents à la campagne, j'avais eu beau lui dire : « Mireille, je suis née en cinquante-cinq. Les baby-boomers c'est avant, pas beaucoup avant, mais avant quand même », elle avait trouvé dans ce livre une tonne d'arguments convaincants, et puis les rivalités entre sœurs sont parfois tenaces, et elle m'en voulait encore, Mireille, elle m'en avait toujours voulu d'avoir été la première dans le cœur de ma mère. Mais qu'est-ce que j'y pouvais, moi ? Et comment lui expliquer qu'il n'était pas si enviable d'être la première, qu'une aînée avait peut-être été très désirée par ses parents, oui, mais qu'elle était aussi prise avec les responsabilités qui en découlaient ?

À cette époque, il était difficile de discuter avec Mireille. Elle était toujours pressée, stressée, au bord de la crise de nerfs, et comme je souffrais, moi, d'hypersensibilité chronique, nous évitions les sujets épineux. Ce jour-là, au bord du lac, elle portait une belle robe blanche et un chapeau de paille comme dans les vieux films français, et elle gambadait dans l'herbe avec son amoureux qui, lui aussi, avait lu le livre et partageait son opinion. Alors j'avais abdiqué. Je n'avais pas assez d'énergie pour les contrer tous les deux, et puis c'était souvent comme ça avec Mireille, elle me terrorisait un peu et je préférais ne pas avoir à me battre contre elle. C'était un drôle de revirement des choses car, petite, c'était souvent moi qui l'avais repoussée avec violence. Un jour, j'étais tellement furieuse que je l'avais envoyée revoler la tête la première contre les pieds massifs d'une grosse table en bois.

Maintenant ça allait mieux entre nous. Mireille m'invitait souvent à l'accompagner au spectacle, et on aimait bien rire ensemble de nos petits bobos, car tout en étant très différentes, nous avions tout de même certains points en commun : les migraines, les maux de dos, et nos peines d'amour, nous les avions souvent eues en même temps. Avec le temps, ma sœur était devenue une sorte de célébrité dans son milieu, les gens la reconnaissaient dans la rue et au restaurant, et souvent on me demandait si j'étais « la sœur de ». Je la taquinais à ce sujet et elle pouvait en rire aussi, à condition que ma mère ne soit pas là pour faire un commentaire du genre : « C'est un peu ridicule, ce sont les gens des médias qui sont les vedettes, pas les artistes », anéantissant du même coup l'entente fragile qui s'était échafaudée entre Mireille et moi. J'en avais longtemps voulu à ma sœur de me détester à cause de ma mère, mais un jour je m'étais rendu compte que ma mère n'était pas tout à fait innocente dans cette histoire ; qu'elle s'était peut-être un peu servie de notre rivalité pour se défendre de Mireille, avec qui elle était souvent en conflit.

Une famille de filles, c'est *heavy*. On a l'air douces comme ça, pas bruyantes ni écervelées, mais on peut aussi être très dures. J'avais été choquée le jour où ma mère m'avait confié qu'elle trouvait ingrat de n'avoir eu que des filles. Comme si nous n'aimions pas notre mère ! Mais maintenant je comprenais. Elle ne connaîtrait jamais l'amour suave, total, qu'un fils voue à sa mère. Elle en savait quelque chose puisqu'elle-même venait d'une famille de filles.

La vidéaste était toujours plantée devant moi avec son verre de vin. Elle bougeait beaucoup en parlant et s'allumait une cigarette après l'autre. En me scrutant de ses yeux bruns, elle a dit qu'il y avait quelque chose de changé dans mon regard, et ça m'a rappelé cette comédienne que j'avais vue un jour à la télé, elle revenait d'un séjour en Inde, et l'intervieweur s'était exclamé : « Mais, il me semblait que vous aviez les yeux noirs ! » alors que là il les voyait bleus et très pâles. En riant elle avait répliqué que non, ses yeux avaient toujours eu cette couleur, mais qu'avant son voyage elle avait le regard sombre et impénétrable, alors qu'aujourd'hui il y avait de la lumière dedans, parce qu'elle était devenue plus transparente.

J'étais contente de ce que disait la vidéaste. J'avais changé, et ça paraissait. C'est bien beau le travail sur soi, mais il faut que ça serve, n'est-ce pas, on ne peut pas juste passer sa vie à s'améliorer, il faut que ça donne quelque chose. Et maintenant une inconnue me confirmait que je n'avais pas travaillé pour rien, c'était parfait. Curieusement, ce sont rarement vos proches qui peuvent constater les changements qui s'opèrent en vous, c'est rarement en leur présence que vous vous laissez aller à être cette nouvelle personne que vous êtes devenue. Avec eux, vous pouvez encore aisément vous cacher derrière l'autre, l'ancienne personnalité, derrière ses vieilles habitudes, sa vieille routine, son vieux mode de vie.

C'est ainsi qu'un beau samedi soir, vous vous rendez à une fête. Vous êtes calme, vous buvez lentement, ça ne vous dérange même pas qu'Esther en vous voyant dise que vous avez l'air préoccupée. Normalement, cela vous aurait rendue paranoïaque et vous vous seriez fait du mauvais sang toute la soirée : «Pourquoi dit-elle ça, alors que quelqu'un d'autre vient de me dire le contraire? Qui donc a raison, qui faut-il écouter?» mais la vérité dans tout ça, c'est que oui, vous allez mieux qu'avant, ce qui ne vous empêche pas d'avoir aussi certaines préoccupations au présent. Aller bien ne veut pas dire avoir la tête vide, l'âme pleine de violons et la peau lisse comme une pelure de banane.

N'est-ce pas intelligent et bien ordonné, la vie, n'est-ce pas subtil et grand? Pendant des années vous avez cherché quelque chose, un rayon de lumière dans l'obscurité, et voilà qu'un beau soir vous êtes récompensée par quelqu'un à qui vous n'avez rien demandé, quelqu'un qui vous confirme que vous êtes tout près du but. Mais. Si vous vouliez être un peu perverse, vous pourriez vous demander quels sont les motifs de cette personne pour vous flatter ainsi. Vous pourriez penser qu'elle veut se faire aimer de vous, sachant que c'est là un des moyens les plus sûrs pour y arriver, en tout cas avec vous il fonctionne à tout coup. Et puis, dans un groupe, ne vaut-il pas mieux se faire le plus d'alliés possible? Oui, si vous vouliez être carrément perverse, vous pourriez très bien penser que l'intérêt que cette personne vous porte n'est sans doute rien d'autre que son propre besoin d'être aimée et qu'Esther a raison : vous avez l'air préoccupée, votre corps est incliné dans une sorte de fatigue, votre visage porte toujours cette expression un peu renfrognée, et tout cet exercice physique que vous faites chaque semaine ne réussit peut-être qu'à durcir vos muscles et votre attitude en général, si bien qu'en votre présence on ressent toujours une sorte de malaise, une tension. Que cela a toujours été. Que cela sera toujours.

Oui. Cela pouvait être une manière de voir les choses, car c'est bien de cela qu'il s'agit dans la vie, n'est-ce pas, les différentes manières de voir les choses? C'est ce qui constitue la richesse, la vibrance de la vie, sa musique. Le comportement d'une personne tout au long de son existence n'est-il pas aussi important qu'une prise de position dans une situation politique? Votre manière de voir les choses ne constitue-t-elle pas votre *statement* à vous, votre système de valeurs?

Alors moi ce soir-là, au lieu d'hésiter plus longtemps entre Esther et la vidéaste, je décidai de me fier à moi-même, moi qui pouvais leur faire confiance à toutes deux parce qu'il y avait différents niveaux de perception dans la vie, et que c'était, fondamentalement, ce qui m'intéressait dans l'existence. En ce samedi soir du mois de mars, ce serait mon *statement* sur le monde, et c'est à partir de là que toute la soirée il se passerait des choses agréables, et que même mes crampes à l'estomac ne m'empêcheraient pas de danser et de m'amuser avec Édouard.

Édouard et moi on se connaissait depuis toujours, puisqu'il était le fils d'une des sœurs de ma mère, mais notre amitié datait surtout de cette époque difficile où il avait eu à affronter la famille à propos de son orientation sexuelle. Il avait provoqué un véritable branle-bas en apprenant à ses parents qu'il était gai. Son père, surtout, avait eu une réaction très violente en déclarant qu'il aurait préféré que son fils soit infirme ou bandit. Moi j'avais aidé Édouard à traverser cette crise. Mon oncle et ma tante me faisaient confiance, et j'avais réussi à les apprivoiser à l'idée qu'il n'y avait là rien de terrible, que l'important c'était l'amour, l'amour vrai qu'il y avait entre les gens. Ça avait pris du temps, mais finalement tout s'était arrangé, et maintenant Michel était accepté dans la famille, il venait à tous les soupers d'anniversaire ainsi qu'à Noël et au jour de l'An, et mon oncle s'était même pris d'une grande affection pour lui.

Quand j'étais petite, j'étais un peu amoureuse d'Édouard. Je le trouvais beau mais je n'en montrais rien, j'étais une fille gênée. Ce n'est que beaucoup plus tard que je m'étais aperçue de sa «différence». Il avait de nombreuses amies, mais je ne lui avais jamais vu de gestes amoureux envers elles. Et puis un jour il m'avait confié ses tourments : il avait une relation avec un gars depuis un an et ne pouvait plus supporter de se cacher tout le temps. J'étais devenue sa confidente. Ça me plaisait, moi qui n'avais pas de frère, de pouvoir donner des conseils à un garçon qui me racontait ses histoires. Avec le temps, Édouard était devenu un très bel homme. Les filles ai-maient son regard noir et ses cheveux lisses, et les amies à qui je le présentais craquaient pour lui. Il était gai, oui, mais il n'en avait pas les manières, ce qui causait toujours des quiproquos avec les femmes, il arrivait toujours un moment où il était obligé de les avertir qu'il n'était pas disponible pour ça.

J'étais donc en train de danser avec lui ce soir-là, ce beau gars qui, en plus d'être mon cousin, était homosexuel, et voilà que soudain ça m'a fait tout drôle qu'il me prenne par la main pour me faire tournoyer et me ramener avec force contre sa poitrine, qu'il me mène dans la danse et que je me laisse faire, mon corps collé contre le sien, oui, que j'en arrive là, si près du corps d'Édouard et des désirs qu'il pouvait contenir, peut-être parce que mon père aussi s'appelait Édouard et que lui non plus je ne connaissais pas son corps ni les désirs qu'il y avait dedans. Toujours est-il que mon cousin, qui portait ce soir une chemise jaune et une cravate rouge, on aurait dit qu'il n'était plus le même, celui avec qui j'avais si souvent parlé et joué aux cartes dans les réunions de famille, non, c'était plutôt un vrai homme en chair et en os qui me faisait valser et tanguer maintenant, un homme avec des odeurs de sueur et une barbe de deux jours, et moi, femme de chair et d'os dans ses bras, je ne comprenais plus quelle sorte de barrière il devait y avoir entre nous. J'étais mêlée, troublée. Il y avait là comme une surprise, une trouée dans la normalité des choses.

Danser avec un homme sans que votre sexualité se trouve interpellée, cela peut être ennuyant ou relaxant, ça dépend. Avec Édouard c'était à la fois étrange et relaxant, comme si je me retrouvais enfin dans les bras de mon frère, ce frère absent, inexistant, nul, dont j'avais tellement rêvé pourtant : le soir avant de m'endormir, le matin en me réveillant, combien de fois avais-je imaginé qu'il allait arriver, sonner à la porte et dire : «Bonjour, c'est moi. Je suis là, je suis là maintenant.» Ce soir, dans les vapeurs de la fête et les roucoulements de la musique, j'avais l'impression qu'il était bel et bien revenu de voyage, mon frère au regard noir, et je me sentais très légère à valser dans ses bras.

Je me préparais à aller me chercher un autre verre de vin, quand un garçon au sourire coquin m'a attrapée par l'épaule. Il s'appelait Jules et disait qu'on s'était connus à Paris il y avait longtemps, mais c'est fou, je ne pouvais pas me souvenir de lui ni de tout ce qu'il me racontait. Bien sûr, je me rappelais très bien ce séjour à Paris en 1975, pendant l'Année de la Femme. J'y étais allée avec Christian qui terminait ses études, et j'avais connu la plupart de ses amis, mais Jules, non, je n'arrivais pas à le replacer. Et pourtant il était là devant moi à tout me raconter : les films qu'on allait voir, son appartement dans le XIVe arrondissement et le nôtre, rue du Cardinal-Lemoine, les graffitis sur les murs, la mode Mao, un voyage en auto qu'on avait fait ensemble dans le sud de la France, c'était moi qui conduisais et je les avais bien énervés, semblait-il, parce que je n'avais jamais conduit une manuelle. En riant, Jules a demandé si j'étais encore amoureuse de mon père. « Tu ne te souviens donc pas? Tu étais obsédée par ton père à cette époque, tu parlais toujours de lui. On avait même eu le projet d'un vidéo dans lequel Christian ferait une parodie de Coco Chanel pendant que toi, assise dans l'entrebâillement d'une fenêtre, tu raconterais avec fierté que ton père, durant la Crise d'octobre, avait mis le Manifeste du FLQ bien en vue sur la table du salon. » Intriguée, j'aurais voulu en apprendre davantage, mais Jules était déjà en train de parler avec quelqu'un d'autre et ça m'a déçue, j'aurais aimé savoir ce que je pensais de mon père quand j'avais vingt ans, cela m'aurait fourni une autre clé pour mon puzzle, car c'est ainsi qu'une histoire se révèle, n'est-ce pas : par bribes, par accumulation d'indices, au fur et à mesure que des portes s'ouvrent, de très petites portes parfois, qui sont restées cachées longtemps et que soudain vous laissez s'entrouvrir.

Car il n'y a pas que la mère dans tout ça, il y a aussi le père. Le mien était un homme discret, mais il avait toujours été là, c'était de mon vrai père qu'il s'agissait. Adolescente, j'étais souvent agressive envers lui parce qu'il m'énervait avec ses manies de prudence, mais plus tard tout avait changé. C'était à Paris justement, la première fois que j'y étais allée, dans le cadre d'un échange franco-québécois. Mon père s'y trouvait en voyage d'affaires, et le soir il m'emmenait souper, on avait eu de longues conversations en mangeant dans les restaurants, il m'ouvrait la porte et me faisait passer devant, j'aimais m'imaginer qu'on nous prenait pour des amants, j'aimais ce quiproquo. Moi qui n'avais pas été victime d'inceste, d'abus ou de trahison, je pouvais me payer ce luxe, qu'on nous prenne pour des amants le temps d'une soirée au restaurant.

C'est à cette époque que je m'étais rendu compte que cette distance qu'il y avait entre lui et moi n'était pas seulement due à la timidité normale qu'il peut y avoir entre un père et sa fille, mais aussi au fait qu'il m'avait été facile, voire inévitable, puisque je ressemblais tellement à ma mère, de croire que je n'avais pas grand-chose en commun avec lui. Adolescente, je rêvais au divorce de mes parents en me disant qu'ainsi j'aurais mon père à moi toute seule au moins une fois par semaine. Cela faisait partie d'une série d'autres fantasmes, comme de me casser la jambe en patinant pour qu'un garçon me ramène à la maison dans ses bras.

Jules est reparti danser et la soirée a continué en douce. J'ai bu encore un peu et fumé quelques cigarettes. De l'autre côté de la salle, un garçon blond me regardait par en dessous. «Un artiste connu», a dit

Esther, mais que je ne connaissais pas. Quand je me suis levée pour partir, il est venu vers moi en disant : « On ne s'est pas parlé, c'est dommage, est-ce qu'on peut se revoir ? » Surprise, j'ai bredouillé : « Euh, oui, ben, je sais pas... », et il s'est mis à insister davantage quand Donna est arrivée en disant très fort : « Ben décidément, Mimo, tu lâches jamais, han ? » Elle s'est excusée après en m'assurant qu'il était un épouvantable dragueur, et j'ai répondu qu'elle m'avait peut-être rendu service, que j'étais du genre à me faire avoir par les dragueurs. Mimo était un peu insulté mais il a fini par en rire, et je leur ai offert un lift dans ma voiture. J'ai déposé Donna au coin de Mont-Royal, puis Mimo un peu plus loin. Avant de descendre, il a dit qu'il était sculpteur et qu'il allait bientôt exposer dans une galerie de la rue Sainte-Catherine, mais il n'a pas proposé de rendez-vous, il n'a pas offert de me donner ses coordonnées.

*

Et puis Tom a enfin appelé. Ça faisait exactement trois semaines, jour pour jour, heure pour heure, qu'on s'était quittés sur la rue Saint-Laurent, quand le téléphone a sonné ce samedi-là en fin d'après-midi. J'étais énervée, mais je me suis forcée à prendre mon temps pour aller répondre. C'était lui. Oui, il allait mieux. Non, il n'était plus malade. Il avait la même voix paisible que d'habitude, la même bonne humeur tranquille, et proposait qu'on se voie le lendemain.

Le lendemain, je suis sortie de chez moi vers six heures après avoir mis beaucoup de temps à m'habiller et à me regarder dans le miroir. J'avais peur que Tom n'ait des aveux terribles à me faire, et en montant l'escalier je me suis forcée à chasser tout ce qu'il y avait de noir dans ma tête, j'ai mis toute ma volonté en avant, et quand il a ouvert la porte, je lui ai sauté au cou. Tom était très calme, comme au sortir d'une maladie, ses yeux étaient clairs et ses gestes posés. Il m'a prise sur ses genoux, et nous avons passé un moment enlacés sans rien dire, puis on est allés au restaurant indien et la soirée s'est déroulée de façon normale, plutôt ordinaire finalement, comme si de rien n'était. Vraisemblablement, Tom n'avait pas de grande déclaration à me faire, et comme d'habitude nous avons savouré lentement ces mets que nous aimions, en parlant de choses et d'autres. En un sens j'étais rassurée, mais aussi un peu déçue : pourquoi tant d'émoi si tout devait être comme avant? Assise en face de Tom qui n'avait rien de spécial à me dire, je n'osais demander où il en était par rapport à «nous», et c'est en vain que j'ai espéré que le mot *us* surgisse d'entre ses lèvres.

La conversation allait donc son chemin, tranquille et légère, mi-français mi-anglais, quand Tom a demandé soudain : «What is your dream?» Surprise, je n'ai pas su quoi répondre, en fait je n'avais jamais su quoi répondre à ce genre de questions. Quand j'étais adolescente, on faisait ça avec des amis, chacun devait raconter son rêve le plus grand, le plus fou, ce qu'il ferait, par exemple, s'il gagnait le million ou si demain matin, comme par magie, il pouvait devenir quelqu'un d'autre. Moi j'étais terrorisée. Je n'avais aucun rêve à formuler, aucune ambition inédite, je n'avais aucune idée de ce que pourrait être le grand truc de ma vie, le genre de truc inimaginable qui comblerait soudain toutes mes aspirations. J'ai toujours détesté les «ce que je ferais si». Il n'y a pas de si. Il y a ce qui est là, ce qu'on a été capable de faire jusqu'à maintenant, et le temps qu'il nous reste pour faire le reste.

Mais ce soir-là au restaurant indien, je me sentais stupide de n'avoir rien à répondre à Tom qui, pour une fois, me posait une question. En fait, tous mes rêves étaient des rêves d'amour, j'étais une fille banale qui rêvait d'amour, il en avait toujours été ainsi et je ne pouvais pas le dire à Tom. Alors j'ai demandé : «And you, what is your dream? — To start my own business and to live in New York City.» Mon Dieu, comme je me sentais nulle avec mon manque d'ambition, moi qui me contentais de vivre dans cette ville moyenne qu'était Montréal; moi qui, rêvant de l'ailleurs, pensais au bord de la mer plutôt qu'à une grande ville pleine de dangers, à une maison de campagne plutôt qu'à un appartement cadenassé du East Side Village. Mais je ne pouvais pas dire ça à Tom, en ce moment où l'équilibre était si fragile entre nous, alors je lui ai caché que le mot succès ne résonnait absolument pas dans mon cœur. On ne peut pas dire ça à quelqu'un qui veut devenir quelqu'un de célèbre vivant dans une ville célèbre.

Un jour, une amie m'avait dit : «Henry Miller n'aurait pas pu vivre à Montréal.» J'avais trouvé ça stupide. Il y avait New York, il y avait Paris, et pourquoi pas Montréal? D'accord, un roman écrit à Montréal n'était pas confronté au monde de la même manière qu'un roman écrit à New York. Bien sûr, puisque le monde ne pénétrait pas à Montréal comme il pénétrait à New York. Et sans doute y avait-il un vice propre à Montréal, qui tenait à son confort et à son amabilité dolente. Et alors? C'était ça qui finissait par nous engloutir ici, un léger sentiment de médiocrité. Y a-t-il rien de pire qu'un léger sentiment de médiocrité?

Après le souper, on est rentrés à pied dans les rues désertes. Tom me tenait serrée contre lui, le vin avait créé un espace chaud dans mon ventre, et je faisais de la buée à travers mon foulard. Dans ma chambre, on s'est embrassés longtemps à la lueur des bougies. L'ambition de Tom ne me déplaisait pas, ni son désir d'aller à New York, mais ce que j'aimais le plus en lui, c'était lui : sa chair, ses mains, ses lèvres, et pendant que nos ombres s'agitaient au plafond, nos corps se sont emmêlés en un tourbillon parfumé, sur sa peau ça sentait le cari et l'encens. Ainsi nos retrouvailles étaient accomplies : il n'y avait eu ni rupture ni demande en mariage, et je me suis endormie dans les bras de Tom, à la fois soulagée et perplexe.

Le lendemain matin, il avait recommencé à neiger doucement sur la ville. Tom devait partir de bonne heure pour travailler, mais je ne voulais plus le lâcher, il y a des moments où le corps de l'autre est tellement confortable qu'on le prendrait volontiers comme refuge, comme maison permanente. Enfant, j'avais vécu dans l'abondance, mais j'étais restée avec la peur d'en manquer. De nourriture. De temps. De vin. D'amour. Quand j'avais dix ans, j'allais me coller contre ma mère qui lisait le journal dans le salon et lui demandais : « Maman, est-ce que tu m'aimes ? », et elle, invariablement, répondait : « Mais bien sûr que je t'aime » sans jamais me satisfaire. Aujourd'hui c'était pareil, sauf que c'était à Tom que je demandais : « Do you love me ? », ce à quoi il répondait : « Mais oui... » sans jamais le dire.

On a fait l'amour deux fois de suite, et Tom est parti en vitesse. Toute la journée je suis restée avec son odeur sur moi, mon désir de lui qui ne s'en allait pas. Assise à ma table ou marchant dans la rue, il n'y avait rien à faire, je ne pouvais m'empêcher de penser à sa queue longue et douce qui m'avait ramonée avec ardeur, à la rondeur mouillée de ses lèvres où j'avais enfoncé ma langue, à la fermeté de ses cuisses, à la douceur de ses mains sur lesquelles j'avais déposé des baisers, vous savez, ces petits baisers très doux qui disent l'amour après l'amour ?

Avant Tom, je n'avais jamais fait l'amour en anglais. Je l'avais fait en français, en italien et en allemand, mais pas en anglais. Car si une langue est une musique, le sexe aussi en est une, et il est donc normal qu'avec un étranger vous soyez tentée de chanter dans sa langue pour dire que vous aimez ça et que vous en voulez encore. Aujourd'hui, dans les vapeurs du plaisir, je disais des choses comme : «Oh yes, oh yes, it's so good, oh baby, oh darling, oh please!» et quand je demandais : «Is it good, do you like it?» il répondait : «Oui...», d'un ton traînant et un peu nasillard, et j'aimais sa voix qui devenait très chaude à ce moment-là, vulnérable. Car c'est ce qui arrive, n'est-ce pas, quand on parle une autre langue : on devient vulnérable, en quête, un apatride, quelqu'un qui se cherche, quelqu'un qui cherche à exister.

Tom était le premier homme à qui j'osais dire toutes ces choses qu'on peut se dire quand on se fait toutes sortes de choses. Le sourire aux lèvres, le corps ouvert, je laissais les mots sortir de ma bouche : «Oh fuck me, fuck me please!» en même temps que le plaisir prenait toute la place en moi. Et la trame de nos corps s'activant l'un sur l'autre se mêlait à la trame de mes mots qui décrivaient l'action, posaient des questions, racontaient des histoires, ce qui parfois faisait rire Tom, mais l'énervait aussi parce que ça le déconcentrait, disait-il.

La ville était neigeuse. Je me suis installée pour travailler, et j'ai trouvé ironique d'avoir à corriger un livre sur les maladies vénériennes. Dehors le jour était blanc et morne, des enfants s'interpellaient dans l'air sourd. En les voyant aller, erratiques et joyeux sur les trottoirs, je me suis dit que les bouddhistes avaient raison : la vie était partout. Dans les flocons de neige. Dans les habits colorés des enfants. Dans le visage paisible de mon voisin, monsieur Chan. Oui, même dans ses aspects les plus ordinaires, la vie était riche, vibrante et brillante, il suffisait qu'on l'aime et qu'on la reconnaisse, il suffisait qu'on la laisse être. N'était-ce pas là ce que les parents devraient montrer aux enfants, que dans ce qui peuplait leur vie il y avait tous les éléments d'un chef-d'œuvre?

Quant à moi, la dose d'affection que je venais d'avoir m'avait rendue terriblement zen. C'était sans doute ce qu'Esther appelait «l'amour indifférencié». «Pas *indifférent,* avait-elle précisé, mais *indifférencié.* Qui consiste à aimer quelqu'un comme on devrait s'aimer soi-même : ni plus ni moins, d'égal à égal. Il ne s'agit pas de verser *dans* l'autre ton amour, mais d'accéder *par* lui à l'amour. Et même quand l'autre n'est pas là, tu peux continuer à l'aimer, on ne se vide pas nécessairement de tout amour quand l'autre s'en va. »

Ainsi, Tom était parti mais je pouvais continuer à l'aimer en aimant la rue, le ciel et les enfants qui revenaient de l'école. Ou bien étaient-ce la rue, le ciel et les enfants que j'avais aimés à travers lui?

Depuis quelque temps le soleil réchauffait enfin la ville, réveillant mon envie de partir comme un appel irrésistible, le désir animal d'aller marquer mon territoire ailleurs. De gros tas de neige brillaient encore dans les parcs, mais les senteurs qui s'en échappaient me faisaient rêver à un voyage en auto sur des routes de campagne, ou à un départ en avion, une nouvelle paire de souliers à mes pieds et un cahier neuf dans mon sac.

J'avais recommencé à être obsédée par Elsa. Ce serait mon premier printemps sans elle, le premier printemps où l'on ne s'assoirait pas ensemble dans les marches en se demandant quoi faire maintenant qu'il était temps de bouger, le premier printemps où on ne s'installerait pas dans la petite cour de la rue Coloniale pour manger des grillades et boire du vin rouge.

J'avais eu une meilleure amie avec qui il m'était arrivé de rire beaucoup. C'était ce que je regrettais le plus, maintenant que notre amitié n'était plus, ces moments où nous avions eu des fous rires à nous écrouler par terre, ces moments où je n'hésitais pas à faire la clown pour elle, et ça marchait : elle riait de bon cœur en longeant les vitrines, et moi aussi, accrochée à son bras. Y a-t-il quelque chose de plus délicieux que de marcher en riant avec quelqu'un qu'on aime ? Cette amie n'était pas morte ni enfuie dans un pays lointain. Elle vivait ici même, dans cette ville, à quelques rues de chez moi, mais il était hors de question qu'on se rencontre par hasard : quand il n'y a plus de liens entre les gens, il n'y a plus de hasard non plus. Je pouvais donc remonter la rue Saint-Laurent deux fois par jour sans jamais la rencontrer. Je savais que de toute façon elle se ferait invisible si. Je savais que nous ne voulions pas nous rencontrer.

«Un premier printemps sans Elsa», c'est joli comme ça, suave comme un titre de chanson, mais moi je ne trouvais pas ça drôle du tout. Cette histoire, en fait, me mettait de très mauvaise humeur. J'aurais voulu que tout soit clair et scintillant dans ma vie, or il y avait cette ombre, cette tache qui obscurcissait l'horizon. Car une amie qui vous quitte sans crier gare, ça ne peut pas ne pas vous pincer, ne pas vous agacer. Vous avez beau vous convaincre que c'est pour le mieux, que chacune s'en trouve plus libre désormais, il n'en reste pas moins que c'est d'une rupture bête et brutale qu'il s'agit, d'un acte sauvage et sans rémission, d'une démission.

Et maintenant dans les balbutiements du printemps, je pensais à nos fous rires sur la rue Saint-Laurent. À nos ivresses à Paris dans Belleville. À nos lendemains de la veille en attendant l'autobus sur Ménilmontant, en face de la maison où était née Édith Piaf. Un jour quelqu'un m'avait dit : «Chaque rencontre comporte déjà sa propre rupture.» Eh bien, la rupture avec Elsa ne pouvait avoir lieu qu'ainsi, de façon brutale et définitive. On ne termine pas raisonnablement une histoire trop. Or c'est de cela qu'il s'agissait entre elle et moi. Il y avait trop de temps, trop d'attachement dans cette histoire pour qu'elle puisse se terminer raisonnablement.

Je n'avais pas relancé Elsa, je l'avais laissée dans son ombre. J'aurais pu la rappeler cent fois. Sonner à sa porte. Casser une vitre. Pleurer, hurler, implorer. J'aurais pu me battre. Mais non, je m'étais tue. Et c'est en silence que j'avais brisé son nom dans mon cœur, en silence que j'avais eu ce geste stupide : ne pas recopier son adresse dans mon nouveau bottin de téléphone. Aujourd'hui Elsa n'existait plus pour moi. Elle était devenue un fantôme que je ne cherchais même pas à rencontrer la nuit dans mes rêves. Plus jamais je ne saurais ce qui lui arrivait, si elle était amoureuse, si elle partait en voyage, si elle avait un enfant, si elle déménageait dans un autre pays. Et si par hasard une rumeur parvenait à mon oreille, je ne voudrais même pas l'entendre, je la laisserais continuer son chemin sans moi. Le jeu de l'amour est cruel, car il arrive qu'un jour, les mains de l'autre, vous ne les reconnaissiez même plus. Son visage s'estompe dans votre mémoire, et cela vous semble incroyable : avoir pu oublier les yeux brûlants de cette femme à qui vous disiez tout.

*

Un jour, à mon grand étonnement, Max a téléphoné pour m'offrir un petit travail. Il était en train de terminer une traduction, et la fille avec qui il collaborait était tombée malade, est-ce que je pouvais l'aider à corriger son texte ? J'ai accepté et Max est venu chez moi, nous avons travaillé une partie de la journée, puis il m'a proposé un tour d'auto. Dans sa vieille Buick rouge, nous avons roulé lentement vers le sud, c'était un bel après-midi plein de soleil et l'avenue du Parc resplendissait. Au bout d'un moment, Max s'est mis à me parler de Miryam et de leur relation compliquée. Je me suis dit : « Tiens, serions-nous en train de devenir amis, serions-nous en train de refaire le chemin en sens inverse ? », et il m'est apparu clair soudain qu'on s'y était mal pris lui et moi, que dès le début on avait dansé autour d'un feu qui brûlait trop vite.

C'est ce que j'ai dit à Max en l'observant de côté, beau et sérieux au volant de sa voiture. Peut-être qu'on faisait tout à l'envers aujourd'hui, et que c'était la cause du bordel invraisemblable qu'étaient devenues les relations humaines. La mort de la famille nous avait jetés dans le ravin, on était tous devenus des sans-abri de l'amour, si bien qu'à la première occasion qu'on avait d'aimer quelqu'un, on le faisait comme des affamés, on se précipitait les uns sur les autres mais ça ne durait pas, le festin ne durait pas. Les gens mangeaient, s'abreuvaient, assouvissaient leur désir. Ils s'épuisaient mutuellement avant même d'avoir fini de digérer et repartaient aussitôt voir ailleurs, et ils passaient leur vie comme ça, à passer dans la vie des autres.

J'avais envie d'être franche avec Max, de lui dire que ça me dégoûtait, ces avortements à répétition dans la vie des gens, mais une petite lâcheté m'encourageait à me taire comme pour préserver un peu de mystère, un peu de possible entre nous. Les yeux plissés dans la lumière, je l'ai écouté plutôt me raconter ses difficultés avec Miryam, j'essayais de poser les bonnes questions pour l'aider à s'éclaircir les idées, et il a dit que c'était justement le problème avec elle, qu'il avait du mal à lui parler. Rendus dans le Vieux-Port, on est sortis de l'auto et on a marché le long du fleuve en luttant contre le vent. Max a recommencé à parler de Miryam, puis il m'a posé des questions sur Tom, et je me suis dit : « C'est fou, cette histoire où on ne s'adresse jamais à la bonne personne. » Ainsi, Max ne se confiait pas à Miryam, ni moi à Tom, et Tom non plus ne me disait jamais rien qui nous concernait tous les deux : chacun semblait condamné à faire son chemin tout seul, sans savoir ce qu'il y avait dans la tête de l'autre. « C'est une sale époque, c'est une sale époque», me suis-je dit en accélérant le pas. Mais il valait mieux profiter de cette belle journée et de la présence amicale de Max, il valait mieux ne pas trop penser au futur. Puisqu'il n'y avait plus de futur. Puisqu'on ne pouvait plus savoir si les gens seraient encore là demain.

Vers quatre heures et demie, la clarté s'est mise à baisser doucement autour de nous, comme si le ciel en s'assombrissant nous jetait un grand châle sur les épaules. Des lampadaires se sont allumés le long de l'esplanade qui surplombait le fleuve. C'était beau, l'immensité du ciel qui basculait au-dessus des eaux gelées, la masse sombre des paquebots immobiles dans la pénombre, et les lumières de la ville qui jaillissaient peu à peu, faisant surgir comme un décor de théâtre les maisons en pierre du Vieux-Montréal.

Au retour, Max a voulu faire un détour par le mont Royal, et on s'est arrêtés au lac des Castors. Petite, j'y étais venue souvent patiner sur l'étang gelé, tout autour il y avait des lumières et des arbres chargés de neige. L'endroit n'avait pas changé, sauf qu'aujourd'hui la patinoire était fermée et il était recommandé de ne pas s'aventurer sur le lac. J'ai dit à Max : «C'est beau, tu trouves pas? À force d'être habitué aux choses autour de soi, on finit par ne plus les remarquer. Pourtant, un lac des Castors dans une ville, c'est bien aussi joli qu'un jardin du Luxembourg à Paris, c'est bien aussi exotique qu'un Tiergarten à Berlin.» Max a dit qu'il aimait m'imaginer à l'âge de six ans, patinant dans mon *snowsuit* rouge, et ça m'a troublée. Il faisait souvent ça avec les gens : il voulait savoir quelle sorte d'enfant vous aviez été, où vous habitiez quand vous étiez petit, comment ça s'était passé pour vous. Moi aussi j'aimais les histoires d'enfance. Combien de fois avais-je été émue quand Aldo me parlait de son père qui travaillait pour le Pacifique Canadien, de sa famille où pratiquement tout le monde était musicien, et des spectacles qu'il donnait avec sa sœur dans des clubs de la rue Sainte-Catherine? Et Tom aussi me remuait le cœur quand il me racontait son enfance en Saskatchewan, la ferme de son oncle et les grands champs de blé tout autour, je voulais retourner en arrière avec lui, qu'il me raconte quand il avait sept ans, avant d'être entraîné dans le cirque des adultes, je voulais le voir jouer au bord de la rivière, je voulais lire les rêves qu'il y avait eu dans ses yeux, ses secrets, son mystère, l'origine de cette lumière qui, encore aujourd'hui, ressurgissait dans certains moments d'abandon.

Alors, qu'un homme s'intéresse à l'enfant que j'avais été m'impressionnait. Que Max aime la petite fille qui patinait dans son *snowsuit* rouge me faisait regretter ce pan de ma vie disparu pour toujours, mais qui continuait à vouloir survivre dans ma chair.

Il était environ six heures quand on est redescendus de la montagne. Max roulait lentement, et par la fenêtre j'ai contemplé ce beau soir de mars : un croissant de lune était en train d'apparaître dans le ciel très net, et une Vénus brillante était accrochée pas loin. Max a demandé si je connaissais ce philosophe espagnol du seizième siècle qui proclamait que les femmes devraient brûler leur miroir quand elles sont petites. J'ai dit : «Ouais, comme ça les hommes seraient délivrés du péché, et ce serait encore aux femmes de payer. — La beauté des femmes, j'ai dit, c'est le problème des hommes, pas celui des femmes.» Max est parti à rire. On était arrivés sur la rue Clark, et il s'est arrêté devant chez moi. En s'étirant un peu sur la banquette, il a dit qu'il venait de voir un magnifique reportage sur la ville de Prague et que ça donnait vraiment envie d'y aller. J'ai hoché la tête en souriant, mais je suis restée silencieuse. Pourtant je pouvais être certaine qu'on ferait un beau voyage lui et moi, qu'on aurait la même émotion devant les paysages. C'est important, n'est-ce pas, comment on peut regarder le paysage avec quelqu'un? C'est ce qui détermine les gens avec qui vous pouvez voyager. C'est un peu comme les visages dans les histoires d'amour, sauf qu'on peut très bien faire l'amour avec quelqu'un et ne pas voyager ensemble, alors qu'au contraire il est rare que l'on se retrouve en voyage avec quelqu'un avec qui l'on ne fait pas l'amour. Il y aurait donc les gens avec qui vous faites l'amour ici, dans votre ville, et ceux avec qui c'est en voyage que ça se passe. L'idéal, bien sûr, serait quelqu'un avec qui l'on puisse faire l'amour ici et aussi partir en voyage. Le voyage serait une extension de l'amour, et l'amour serait une suite au voyage. Il s'agirait d'un grand amour, cet amour dont on parle quand on parle d'une telle chose.

Je n'avais pas voyagé avec Aldo. Je n'avais pas voyagé avec Tom. Avec Max, on aurait dit qu'il n'y avait que ça de possible, mais aujourd'hui j'hésitais, j'hésitais à partir en voyage avec un homme avec qui je ne faisais pas l'amour dans ma propre ville. Alors j'ai remercié Max pour la promenade, je lui ai demandé de me rappeler s'il avait d'autre travail pour moi, et j'ai monté l'escalier en me demandant pourquoi, pourquoi la vie était si compliquée.

Le lendemain c'était dimanche, et tout l'avant-midi j'ai baigné dans mon habituelle confusion du dimanche. J'étais distraite, embrouillée, et je savais d'avance que ça ne ferait qu'empirer toute la journée, je ne trouvais jamais de répit le dimanche, il me fallait chaque fois passer à travers comme une sale histoire. Je ne savais plus s'il fallait travailler ou être en vacances. Je ne mesurais plus rien. Tout faisait mal. Même les jappements de chiens.

J'ai lavé la vaisselle, puis j'ai lu quelques pages d'un livre, puis je me suis traînée à la fenêtre et j'ai passé

297

un quart d'heure à regarder dehors. Ensuite j'ai composé un numéro de téléphone, personne, puis un autre, personne encore. J'ai écrit un début de lettre, puis j'ai entrepris de faire le ménage de la pile de papiers qui trônaient sur mon bureau, mais je les ai laissés là au lieu de les ranger. J'avais hâte que cette journée finisse. J'avais hâte à demain. J'avais hâte que soit terminé ce ridicule programme d'angoisse et de temps perdu. J'essayais de me distraire en pensant à des choses exotiques ou à des gens fabuleux : Georgia O'Keefe, par exemple, qui peignait dans le désert du Nouveau-Mexique. J'avais vu une photo d'elle avec tout son attirail, le visage buriné, les yeux perçants, et ça m'avait impressionnée. Il y avait Jack London aussi, qui avait été chercheur d'or en Alaska. Et Henry Miller, qui avait fait le grand saut entre New York et Paris. Et Paul et Jane Bowles, qui avaient choisi le Maroc, la drogue et la poussière du Sahara. Tous ces gens qui avaient eu le sens de l'aventure, dont la vie avait été nourrie par leur sens de l'aventure. Et moi, en ce dimanche perdu, je me demandais : « Où est mon désert à moi, où sont mes villes étrangères ? »

Si au moins j'avais été capable d'écrire une histoire, cela m'aurait divertie. Une vraie histoire avec un décor, des changements de saisons et des personnages typés, mais j'étais coincée dans cette maison où j'habitais depuis trop longtemps, sur cette rue dont je connaissais la moindre clôture, le moindre bout de trottoir, et je me sentais inapte à inventer quoi que ce soit, j'avais juste envie d'être ailleurs. Un jour, Sylvia m'avait suggéré d'imaginer où je voulais être et d'écrire ici comme si j'étais là-bas, mais je n'avais jamais réussi à faire cet exercice. Comment pouvais-je penser écrire un jour un roman si j'étais incapable d'imaginer un après-midi dans une ville étrangère ou un personnage d'homme qui vient de quitter sa femme ? Comment écrire un roman si on ne peut parler d'autre chose que ce que l'on voit par la fenêtre, le présent vous clouant toujours dans son impitoyable *here and now*? Était-ce un problème personnel que j'avais là, ou un problème québécois, comme me le suggérait récemment quelqu'un dans un bar?

Au café Romolo, j'avais parlé longtemps avec Manuel, un grand blond qui habitait pas loin de chez moi, il disait qu'au Québec on ne savait pas écrire des histoires, qu'on était juste un peuple de poètes, et ça m'avait choquée, je trouvais que c'était une attitude de colonisé. J'avais donc rétorqué: «C'est difficile d'écrire une histoire, tu sais. Tôt ou tard on se retrouve à mi-chemin entre le réel et la fiction, on se perd entre le vrai et le faux, le cru et le cuit, la poésie et les faits. On voudrait s'ancrer là, dans cette chose imaginaire, mais on ne veut pas non plus perdre le sens du réel, alors on recule dans «la vraie vie», mais on s'aperçoit que «la vraie vie» n'est rien d'autre que ce dont on était justement en train de parler dans notre histoire, alors on retourne dans l'histoire et au même moment on se dit: si une histoire c'est comme la vraie vie, à quoi ça sert? Et c'est là que ça devient vraiment compliqué.» Manuel m'avait regardée d'un air moqueur, et j'avais continué: «Comment veux-tu qu'on sache écrire des histoires si on sait même pas qui on est? Prends les Américains, ce sont les rois de la *short story*, les rois de la concrétude et du réalisme, oui, mais regarde aussi tout ce qu'ils ont imposé de leur histoire et de leur concrétude à la planète au complet.»

Mon interlocuteur ne semblait pas convaincu, j'avais l'impression qu'au fond ça faisait son affaire de chialer contre le Québec. Je le comprenais, moi aussi j'aimais ça chialer contre le Québec, mais là j'avais envie de le défendre un peu, mon pauvre petit pays trop jeune, alors j'ai dit: «Un pays, c'est comme une personne. À quinze ans on raconte pas sa vie, on la vit. Le Québec est comme un adolescent qui en serait encore au stade du symbole : le réel lui fait peur, comment pourrait-il en parler ? Peut-être qu'un jour le Québec sera un vieux *beef* comme les États-Unis, avec des histoires pleines de coups de fusils, de téléphones pornos et de tremblements de terre, mais en attendant, donne-lui une chance. » Je m'étonnais de la couleur patriotique qu'il y avait dans ma voix, habituellement c'était moi qui attaquais le Québec, moi qui m'écriais contre l'infantilisme dans lequel on semblait condamnés à vivre ici, mais là je ne pouvais plus le supporter, sans doute parce que j'étais moi-même incapable d'écrire une histoire. Être d'accord avec Manuel aurait signifié que j'étais cuite, que je faisais partie de cet immense problème qu'était notre pays, et j'en étais là dans la vie, à essayer de me donner une chance. Alors je voulais faire pareil pour mon pays, je voulais lui donner une chance.

Ce dimanche-là, donc, je suis restée longtemps chez moi à ne rien faire en buvant trop de café, si bien que vers trois heures je me suis sentie comme une zombie, et j'ai décidé de sortir. Il faisait beau et j'ai marché lentement au soleil en essayant de me vider l'esprit. Tout ce que je voulais, c'était me faire bercer par la rumeur de la ville. Tout ce que je voulais, c'était être là.

Arrêtée à un coin de rue, j'ai regardé les gens traverser avec leurs chiens, leurs enfants, leurs bicyclettes. C'était la fin mars à Montréal, la lumière était grandiose dans la ville, et des images de bord de mer se sont surimposées soudain sur le pan de réel que j'avais sous les yeux, faisant gicler sur l'asphalte les déchirures ocre et turquoise d'un ciel penché vers l'eau. Je n'avais jamais fait ça, partir sans avertir personne. Je n'avais jamais loué une maison pour moi toute seule dans un endroit sauvage et beau. Je n'avais jamais marché sur une plage dans la douceur du printemps. Pourquoi était-ce si difficile de partir? En fait, ce n'était pas de partir qui était difficile, c'était de vouloir partir avec quelqu'un avec qui l'on faisait l'amour dans sa propre ville. Or c'était ce que je voulais. Je voulais à la fois l'aventure et le réconfort. Quelque chose de grand comme le Far West et de doux comme une chanson country.

L'aventure et le réconfort sont les deux faces d'une même médaille, l'une sans l'autre n'est jamais vraiment intéressante. Ainsi, il n'y a de réel réconfort que si l'aventure est possible, de même que l'aventure n'est attirante que si l'on sait qu'on pourra se reposer de temps en temps. C'est compliqué. D'autant plus qu'aujourd'hui, les femmes comme les hommes ont des besoins complexes et les expriment. C'est une époque comme ça : les femmes se lassent et elles le disent, elles n'hésiteront pas à aller voir ailleurs si elles ne sont pas satisfaites. Aussi sommes-nous très nombreux aujourd'hui à vouloir à la fois l'aventure et le réconfort. C'est épuisant et ça coûte cher, chacun ayant besoin d'une auto, d'un espace de travail à la maison et de vacances de son côté. Oui, que vous soyez un homme ou une femme aujourd'hui, vous pouvez être insatisfait de la relation et vouloir continuer quand même, partir en voyage de votre côté sans vouloir briser la relation, accorder plus d'importance à votre entraînement physique qu'à votre vie sexuelle, vous réfugier dans votre travail car vous vous ennuyez dans la relation, préférer lire au lit plutôt que de faire l'amour, avoir envie de le faire avec quelqu'un d'autre, le faire, le dire et même l'écrire et en être fier, penser que vous faites des choix alors qu'en réalité vous ne faites que suivre le courant, et vous faire avoir en bout de ligne, parce qu'à force de courir plusieurs lièvres on finit par tout perdre, oui, vous retrouver floué en bout de ligne pour avoir comme tout le monde confondu liberté et avidité.

La tête en feu, j'ai continué ma promenade. Dans la ville tout était immensément vivant. Les rues étaient pleines de monde, les visages miroitaient dans la lumière, et moi je me promenais au soleil avec mes gros souliers noirs, je pensais à trop de choses en même temps et ça me donnait le vertige, il y avait un kaléidoscope dans ma tête, et je me suis dit que c'était sans doute ça qui était actuel de nos jours, le kaléidoscope dans la tête de chacun, le fait qu'on ne pouvait plus penser à une chose sans aussitôt penser à une autre.

En fait, il y avait quelque chose de très noir dans la vie d'aujourd'hui, une sorte de mensonge un peu flou. Alors qu'avant la quête de soi était l'affaire des philosophes et des fous, aujourd'hui elle était devenue l'affaire de tout le monde : aujourd'hui tout le monde se cherchait, tout le monde écrivait des livres sur le mieux-être, et tout le monde les lisait dans le métro. Je n'avais rien contre. N'était-il pas normal, après tout, qu'à force de s'interroger sur elle-même, l'humanité en fût arrivée à formuler ses questions sur toutes les bouches en même temps ? Mais ce qui était étrange, c'est que personne n'avait l'air plus heureux pour autant. À part les bébés dans leur carosse et les amoureux qui s'embrassaient dans l'autobus, la plupart des gens avaient l'air perdus et blasés. Et même, n'était-il pas devenu d'un banal effroyable d'être à la recherche de soi-même ? Vous n'aviez qu'à essayer pour voir, dans un bar ou lors d'un souper entre amis, de parler de votre quête, vous ennuieriez immédiatement quelqu'un. Ne pourriez-vous pas cesser un peu d'être aussi personnelle et intimiste ? Parlons plutôt de ce spectacle, qu'en pensez-vous ? Que pensez-vous de ce film, de cet acteur, de ce danseur, de cette chanteuse, de cette nouvelle salle de théâtre, de cette nouvelle émission de télévision ? Que pensez-vous de la vie culturelle de notre pays ? Que pensez-vous du succès fulgurant de cet artiste qui, il y a quelques mois à peine, était encore un parfait inconnu? Ne trouvez-vous pas qu'il commence à être très urgent que le Québec soit mieux représenté sur la scène internationale?

Sur Saint-Denis, une foule compacte déambulait du côté est de la rue, et les magasins étaient ouverts même si c'était dimanche. Je suis donc entrée chez Jacob, où je me suis acheté deux paires de petites culottes en dentelle tout à fait printanières, puis je suis passée à la Société des alcools pour prendre une bouteille de vin rouge. Ensuite j'ai remonté Duluth jusqu'à Saint-Laurent, j'ai descendu vers le sud et je me suis arrêtée devant chez Gallimard. Sur le trottoir, un couple contemplait les livres dans la vitrine. L'homme a dit à la femme : «Regarde, regarde comme c'est beau...» Sa voix était pleine d'émotion : «... que c'est beau les livres!» La femme a répondu par un vague : «Oui... oui...», puis il a dit d'un ton doux, peut-être triste : «C'est dommage que je ne sache pas lire», et il l'a prise par le bras en l'entraînant vers la rue, et ils ont disparu.

Je ne suis pas entrée chez Gallimard moi non plus, je suis restée là quelques minutes en me demandant si c'était vrai. Qu'il ne savait pas lire. Puis j'ai remonté la rue en sens inverse, j'ai acheté des brioches à la boulangerie et j'ai tourné en direction du parc Jeanne-Mance. Il y avait beaucoup de promeneurs le long de l'Esplanade. C'était la fin de l'après-midi, le ciel était mauve et blanc, sur ma peau l'air était doux et dans mes poumons je ressentais le bienfait de la marche. C'était agréable, comparé à mon angoisse du dimanche. Mais tout de même, j'étais contente d'avoir passé à travers. Qui sait, peut-être que cette promenade n'aurait pas goûté aussi bon sinon.

*

Quelques jours plus tard, au grand désarroi de tout le monde, l'hiver avait recommencé à souffler sur la ville. J'avais invité Sylvia à dîner, et elle est arrivée de mauvaise humeur après avoir marché longtemps dans la neige. Dehors la tempête faisait rage, on pouvait à peine voir les maisons d'en face, le vent était pris dans les fils électriques ; oui, c'était incroyable mais vrai : la ville était à nouveau noyée dans un océan de blancheur.

En montant l'escalier, Sylvia a dit qu'Hélène était partie au Mexique, et j'ai eu un tel élan d'envie que j'en ai eu honte. Tom n'était pas encore parti travailler, si bien que nous avons bu un café tous les trois dans la cuisine. Tom prenait son temps, il ne semblait pas pressé d'aller affronter le froid, et Sylvia était mal à l'aise. Sa mauvaise humeur me contrariait. Elle qui pourtant s'était levée de bonne heure pour méditer, elle qui pourtant cherchait à guérir son âme.

Shift de jour, *shift* de nuit. J'avais espéré qu'un jour il n'y aurait plus d'incompréhension dans ma vie, plus de séparation entre les gens, mais non, entre Tom et Sylvia, le fiasco était total, il me fallait bien l'admettre maintenant, et je leur en voulais de ne pas avoir le même rêve que moi. Mais peut-être était-il normal que des êtres aussi différents n'aient rien à se dire ; après tout, c'était moi qui avais des amitiés contradictoires, pas eux. Tom et Sylvia n'avaient pas ce problème, ils menaient leurs affaires à l'abri des regards indiscrets, ils vivaient leur vie sans chercher à ce que tout le monde s'aime.

Tom a finalement décidé de partir. Je l'ai embrassé en haut de l'escalier en disant : « You are the nightshift in my life », puis j'ai dîné avec Sylvia, et on est sorties dans la tempête. Le vent soufflait fort et nous avons marché très vite en retenant nos capuchons. Un homme au crâne pelé se terrait dans l'entrée de chez Jean-Coutu. On est entrées en trombe dans le magasin, j'avais besoin de désodorisant et de peignes pour mes cheveux; Sylvia, de chandelles et de produits de beauté.

La femme du comptoir à cosmétiques nous a envoyées au rayon des désodorisants, puis une autre nous a renvoyées aux cosmétiques. Sylvia a dit : « Coudonc, on dirait que tout le monde est envoyé à la femme des cosmétiques. » Effectivement, il y avait une longue file près de son comptoir, et la vendeuse semblait prête à craquer. C'était une mauvaise journée chez Jean-Coutu, et comme partout dans le pays en ce moment, tout le monde avait l'air épuisé, on n'entendait que des conversations sur la fin de l'hiver, la gastro qui courait, la fatigue normale à ce temps-ci de l'année. J'ai pensé à Elsa avec un pincement au cœur. Pendant longtemps c'était avec elle que j'avais fait ce genre de choses : magasiner chez Jean-Coutu et se plaindre de l'hiver, conscientes de notre redondance. « Quand on est en vie, on est comme tout le monde. Et quand on est content d'être en vie, on est capable de répéter la même chose à chaque fin d'hiver sans se sentir ridicule. » C'est ce que je disais à Elsa, et on riait en répétant les mêmes phrases fatidiques. « C'est le *sweet talk* de l'humanité, qu'on se disait, la musak humaine qui ne se lasse pas d'être en vie malgré tous ses petits bobos. » Étrangement, Elsa et moi on passait pour des filles trop sérieuses. Pourtant on pouvait être très drôles des fois. Ça dépendait des jours. Ça dépendait de moi. J'étais la pire des deux. Elsa faisait aisément figure de sainte, figure de fille parfaite, c'était très fatigant pour moi qui étais pleine de défauts. En sa présence, j'avais souvent l'impression d'exagérer, mais je croyais qu'elle aimait ça, que c'était justement pour ça que nous étions amies. Or. Elsa. S'était poussée. Elle. S'était poussée. De moi comme. On se pousse. De quelqu'un. Qui. Nous a fait du mal.

Nous avons enfin trouvé nos produits, grâce à la femme des cosmétiques qui semblait connaître le magasin par cœur. «Normal, a dit Sylvia, si c'est auprès d'elle que tout le monde s'informe», puis on est ressorties sur Saint-Laurent. La ville était secouée par la bourrasque, il y avait des tourbillons de vent au-dessus des maisons et les vieux messieurs faisaient attention en traversant la rue.

De retour chez moi, je me suis fait un bon café fort, j'ai allumé la radio et je me suis assise près de la fenêtre. Le ciel était mauve et l'après-midi s'égrenait dans la ville. Je pensais à Hélène qui était au Mexique, et je ne pouvais m'empêcher de l'envier. Moi aussi je voulais une montagne avec la mer en bas. Je voulais un petit hôtel tout blanc avec une chambre pour moi toute seule. Et dans cet hôtel tout blanc, j'écrirais des pages et des pages. Et sur la plage en bas, je marcherais pendant des milles et des milles. Et dans l'horizon parfois bleu parfois rose, je plongerais mes yeux pour voir, et je verrais.

Mais pour l'instant, j'étais une femme prisonnière d'une tempête de neige, et j'avais beau essayer de visualiser mon rêve en regardant par la fenêtre, j'avais plutôt l'impression qu'il était en train de s'effriter comme un vieux chiffon. C'est ce qu'Esther m'avait dit un jour: pour que les choses se réalisent, il fallait les visualiser. «Avant de monter sur scène, un comédien se visualise devant le public, prêt à donner. Avant de partir en voyage, tu te visualises ouverte et sans peur dans des paysages nouveaux. Tu ne sais plus quel est ton rêve? Tu marches en respirant profondément et tu essaies de le visualiser, tu te concentres jusqu'à ce qu'il réapparaisse, très net dans ta tête.»

Mais aujourd'hui dans les fumées poudreuses de mon cerveau, il y avait comme un black-out, et je ne pouvais demander de l'aide à personne. Elsa se cachait.

Aldo se taisait. Le docteur L. était en vacances. Et ma mère, j'essayais de ne plus l'ennuyer avec mes histoires. Et mon père, je n'allais tout de même pas le déranger au bureau pour ça, d'autant plus qu'il avait eu le souci, ce matin, de m'appeler pour savoir si j'avais réussi à faire partir mon auto, car il avait eu du mal avec la sienne, et celle de ma sœur n'avait carrément pas voulu démarrer. Quant à Tom, eh bien Tom, je pouvais rire, boire et manger avec lui, je pouvais lui mettre du rouge à lèvres et des boucles d'oreilles, me dessiner une moustache, lui faire un striptease et lui sauter dessus en lui demandant de mettre un condom, je pouvais avec Tom faire toutes sortes de folies après le souper et dormir ensuite collée contre lui dans un confort absolu, mais je ne pouvais pas lui parler des circuits obscurs et compliqués de mon âme, il finissait toujours par me dire: «Do you want to be happy?» en appuyant sur le «want», et ça me rendait folle.

Une chanson western jouait à la radio. J'ai monté le volume et j'ai décidé de faire un peu de ménage; si je ne réussissais pas à visualiser mon rêve aujourd'hui, j'aurais au moins une maison propre. Mais tout de même, je ne voulais pas perdre mon rêve, je ne voulais pas qu'il se noie dans la brume de mes égarements, alors je me suis forcée un peu en passant l'aspirateur, et une belle image s'est lentement dessinée dans ma tête. Je me suis vue sur un balcon à la campagne, grande, forte et rieuse, avec un bébé dans les bras et un homme à mes côtés, à qui je pouvais tout dire. Je ne m'étais pas laissé avoir par la médiocrité environnante: j'avais réussi à trouver l'harmonie la plus belle, la plus désirable qui soit, entre le travail et l'amour, la liberté et le partage, le quotidien et le merveilleux. Et il y avait même de la place pour les voyages dans tout ça. Une cabane au Mexique. Des amis dans différents pays. Quelqu'un qui jouait bien du piano dans la maison. Beaucoup de livres. Un homme capable d'une grande écoute, mais capable d'action aussi, qui savait comment réparer les fenêtres et les robinets, qui aimait faire des choses pour moi, le genre de choses concrètes qui rendent la vie plus agréable.

Hier par exemple, j'avais descendu l'escalier derrière Tom, il avait ouvert la porte, un publi-sac était accroché à la poignée, et je m'étais demandé s'il allait l'enlever de là, puisque c'était évidemment ce que j'allais faire : qui donc veut qu'un publi-sac reste accroché toute la journée à sa porte ? Bref, je m'étais demandé s'il ferait chez moi ce qu'il aurait fait chez lui dans la même circonstance. Mais Tom était quelqu'un de discret, ce n'était pas son genre de s'introduire dans la vie de quelqu'un comme si c'était la sienne. Alors il n'avait pas touché au publi-sac, pas plus qu'il n'avait offert, ce matin-là, de ranger la table du petit-déjeuner ou de sortir les poubelles.

Mais pour en revenir à mon rêve, il ne s'agissait pas que de tablettes et de publi-sacs, bien sûr, il s'agissait surtout d'amour : l'amour et tout ce qu'il y a dans tout amour digne de ce nom ; l'amour, cette chose mystérieuse qui brise les enfermements de votre cœur et vous permet enfin d'être la déesse cachée au fond de vous, la voyante, la dissidente, la femme de lumière et de justice. Oui. C'était ça le rêve. La plénitude, imaginée mille fois, de cette femme qui m'appelait au centre de moi-même, à qui je n'avais pas encore accès, vers qui je n'étais pas encore tout à fait libre d'aller. Car c'est bien ce qui s'appelle un rêve, n'est-ce pas ? Au loin il y a quelque chose, quelqu'un, un lieu où l'on voudrait se rendre, mais entre vous et ce quelque chose se trouve une distance qui n'est pas physique comme le sont les kilomètres qui s'accumulent entre Montréal et Tokyo, non, cette distance se trouve plutôt à l'intérieur de vous-même, il est impossible de la calculer en termes d'heures, d'octets ou de mégatonnes. Et c'est justement cela qui constitue l'essence du rêve : l'impossibilité de vérifier scientifiquement ce qui vous sépare de votre objectif.

Après avoir passé l'aspirateur, j'ai arrosé les plantes et entrepris de ranger les vêtements qui traînaient dans ma chambre. Je ne cessais de penser à la femme heureuse sur son balcon, et je me suis dit qu'Esther avait raison : qu'un rêve soit un rêve à cause de son inaccessibilité, d'accord, mais il fallait tout de même essayer de s'en rapprocher le plus possible, sinon la médiocrité était là pour vous sonner les cloches, elle était prête à vous sauter dessus. Car sous des airs tranquilles, la médiocrité est un véritable charognard : toujours en quête de festin, elle rôde, invisible, dans les parages de quiconque s'apprête à manifester un peu de lâcheté. C'est un animal subtil malgré sa puanteur, et vous ne la remarquerez pas toujours quand elle vous poursuivra de son ombre, mais dès que, pour la moindre raison, vous vous autoriserez à manquer à votre rêve, dès que vous aurez accumulé quelques moments d'inattention envers cette femme qui vous appelle au centre de vous-même, eh bien, flang ! la médiocrité ouvre la gueule et vous attrape un bout de peau avant même que vous ayez eu le temps de crier.

Le soir était tombé, j'avais fini mon ménage. J'ai coupé court à la partie de hockey qui commençait à Radio-Canada, et je me suis fait couler un bain. La maison était sombre et calme. Je n'avais plus qu'à me caler dans l'eau chaude en pensant très fort à ce petit hôtel blanc, et à cette femme qui m'appelait dans un grand champ vert et brillant. Alors, à moi la rosée du matin et les bonnes odeurs de la terre. Les sculptures de la mer en furie. La fourrure de l'hiver dans un bois clairsemé. Le jour et la nuit, et tout ce qui les habitait, tout cela que l'on pouvait qualifier de merveilleux, mais qui n'était en fait que le résultat d'une certaine lueur sur les choses, à cinq heures du soir ou dans le matin qui se lève.

*

La ville avait enfin retrouvé ses allures de printemps. De jour en jour, la lumière grandissait en étirant ses ombres un peu plus tard en fin d'après-midi. C'était le temps des bicyclettes et des bruits de pas sur les trottoirs. Le temps des coups de foudre, des virées en auto et des éblouissements au coin des rues. Les parents promenaient leur pousse-pousse au soleil, ils prenaient l'air tout en prenant soin de leur bébé. Ils avaient l'air heureux, et je les enviais pour cette béatitude franche, cette conviction. Avoir un enfant, c'est extrêmement thérapeutique, on se trouve obligé de tout mettre en ordre dans son existence : plus que jamais, il faut vivre comme on pense et penser comme on vit, le plus loin possible de toute confusion.

Avec Tom, on parlait de l'été qui approchait. J'aurais aimé qu'on loue un chalet quelque part, mais il avait un contrat qui l'occuperait sans doute jusqu'au mois d'août. Sylvia me racontait ses projets : elle irait donner une conférence à Paris en juin, puis elle s'installerait au bord d'un lac en Abitibi pour pouvoir écrire en paix.

Comme tout le monde, j'étais déstabilisée par le changement de saison. C'est comme ça, le printemps à Montréal : on perd l'équilibre, on devient tous un peu fous. Vous avez passé trois mois dans la peau d'une ourse endormie, et voilà qu'il faut redevenir une mouette, un écureuil, une chatte agile, réapprendre à grimper aux arbres et sauter les clôtures, troquer votre gros manteau pour une robe ou une paire de jeans, et ce n'est pas si simple : on prend l'habitude d'être une fille cachée sous plusieurs épaisseurs de vêtements. Pendant des mois, vous avez vécu comme dans une cabane au fond d'un rang, et vous voilà soudain dans une vraie ville pleine de vrai monde, des gens qui vous reconnaissent et vous disent bonjour dans la rue, des gens qui s'arrêtent pour vous parler et proposent d'aller prendre un café.

Un soir, je suis allée au vernissage d'une exposition à laquelle Mathilde participait, et elle m'a prise à part pour me raconter que Louise, une de ses amies, avait eu elle aussi une aventure avec Max, quelle extraordinaire coïncidence, n'est-ce pas ? C'était une chose anodine qui avait éveillé son attention : un jour en lui parlant de Max, j'avais dit qu'il était sécurisant sans être paternaliste, or cette phrase, elle l'avait ensuite entendue mot pour mot dans la bouche de Louise, et c'est ainsi qu'elle avait su qu'il s'agissait du même homme.

Ça m'a rendue furieuse. Je ne voulais pas que mon histoire soit réduite à des banalités, je la voulais intacte, à l'abri de la rumeur montréalaise, et je trouvais que Mathilde n'avait pas à s'en mêler, car il n'y avait rien à résoudre dans cet imbroglio qui faisait qu'elle se trouvait au cœur d'un drôle de petit diagramme amoureux, du genre A aime B qui aime C qui aime D, et je ne voulais rien trouver d'extraordinaire au fait que Mathilde m'ait embrassée un soir de fête, pour ensuite coucher avec Louise qui, plus tard, avait eu une aventure avec Max qui, déjà, en avait eu une avec moi. J'avais mes secrets et j'y tenais, je ne voulais pas connaître la vie sexuelle des gens, seules les histoires d'amour m'intéressaient, et il y en avait très peu dans le milieu.

Le milieu, ce sont les gens que vous côtoyez depuis des années dans cette ville où vous habitez, les gens qui constituent le paysage humain de l'endroit où vous vivez. Vous les rencontrez dans la rue, au centre sportif, au cinéma, dans les bars, parfois chez un ami commun. Ce

311

ne sont pas des inconnus, mais ce ne sont pas non plus vraiment des amis. Ce n'est pas avec eux que vous partez en voyage, que vous faites l'amour, que vous changez de vie. Avec eux vous ne faites rien : vous leur montrez ce que vous faites, ils vous montrent ce qu'ils font, et ensuite chacun repart de son côté. Et il n'y a rien de mal à cela, en principe tout est simple avec eux, il n'y a pas d'ambiguïté possible puisqu'il n'y a pas vraiment de relation.

Mais il arrive parfois que la rumeur du milieu prenne trop de place dans votre tête. Au lieu de cultiver votre jardin ou de discuter de l'avenir avec la personne que vous aimez, vous vous retrouvez dans des soirées avec un tas de gens, et vous parlez, vous parlez, et on vous parle, on vous parle, et après vous avez l'impression de peser deux tonnes en rentrant chez vous. Le lendemain matin, votre cerveau est comme une petite éponge ratatinée, salie par la fumée de cigarettes et les commérages, et ça vous fâche, vous voudriez du neuf, mais il ne peut rien y avoir de neuf avec le milieu puisqu'il n'y a pas d'histoires qui se construisent. Ce n'est pas grâce à lui que vous allez changer votre vie, ce n'est pas avec lui que vous allez vous marier.

C'est ce que j'ai dit à Mathilde ce jour-là. Elle trouvait que j'exagérais, mais moi c'était comme si on m'avait arraché un petit morceau de ma vie et qu'on l'avait volontairement sali, déchiré et jeté au fond d'une poubelle. Bien sûr, j'aurais pu tout aussi bien en rire avec Mathilde, car il y avait quelque chose d'un peu rohmérien dans tout ça, le genre de quiproquo qui, habituellement, faisait mes délices au cinéma. Mais il y a des jours où l'on est incapable d'humour envers sa propre vie, et c'est dans ce temps-là qu'on se chicane avec ses amies. Parce qu'au fond, qu'est-ce que ça pouvait bien faire que Louise sache que j'avais couché avec Max ? Qu'est-ce que ça pouvait bien faire qu'elle sache que je savais qu'elle savait? Et même, qu'est-ce que ça pourrait bien faire que Max le sache aussi? Qu'est-ce que ça changeait à ma vie, qu'est-ce que ça changeait à toute cette histoire, qu'est-ce que ça changeait au fait que j'étais toute mêlée et que c'était ça le problème au fond?

N'empêche. Je me suis retrouvée le lendemain pleine de mélancolie. Il y avait de l'angoisse dans mes veines, de l'amertume dans ma bouche, et j'en avais assez. Je voulais de l'entier, du vrai, du cru, oui, je voulais de la clarté. C'est ce que je me suis dit en me dirigeant vers la cuisine, mon estomac criant qu'il avait faim. Je voulais de la clarté dans ma vie, autant qu'il était clair que mon estomac criait sa faim. Quand on a faim, on se lève et on mange. Mieux, on mange ce qu'il faut pour être en santé. Alors pourquoi était-ce si compliqué pour le reste? Pourquoi était-il parfois si difficile de faire le nécessaire? Était-ce une question d'époque ou de style personnel? Était-ce un problème spécifiquement montréalais ou québécois que j'avais là?

J'étais en train de fouiller dans le frigidaire, quand le téléphone a sonné. C'était Max. Il a dit: «Il fait beau, hein?» d'une voix excitée, et je me suis forcée à cacher ma mauvaise humeur. Il y avait des gens qui crevaient de faim dans le monde, et moi j'avais du mal avec un vulgaire changement de saison; et puis, dans la mesure où on ne couchait plus ensemble, je n'étais pas certaine que Max s'intéressât encore aux labyrinthes tordus de mon âme. Pour qu'un homme s'intéresse à votre pensée, il faut d'abord qu'il ait accès à votre corps, mais le problème c'est que souvent, même après, il continuera à ne pas s'intéresser à votre pensée.

Max revenait de Toronto, où il était allé rendre visite à ses parents, et en se promenant au bord du lac Ontario il avait décidé de rompre avec Miryam. Maintenant il attendait le moment de l'annoncer et ça le stressait, d'autant plus qu'il avait énormément de travail en ce moment. C'est vrai qu'il avait l'air stressé au bout du fil, mais il a dit qu'il allait bien quand même, qu'il se préparait à amorcer un nouveau tournant et que ça lui plaisait, l'idée de repartir à neuf. Je ne sentais pas vraiment de peine dans sa voix, plutôt de la fatigue et de l'énervement. Je le connaissais ce ton-là, c'était celui d'un homme pressé et surchargé de travail, un homme capable de fonctionner même si les choses vont mal, capable de tourner la page et de continuer à travailler malgré les ennuis conjugaux.

Avant de raccrocher, Max a dit qu'il avait pris sa décision, qu'il achèterait son billet d'avion pour Prague cette semaine. «Alors, tu viens avec moi?» À sa proposition moqueuse, j'ai cherché en vain quelque chose de drôle à répondre, puis j'ai prétexté du travail et je me suis retrouvée à nouveau toute seule dans la cuisine. Il était midi, c'était l'heure de dîner. Dans les bureaux du centre-ville, les travailleurs s'apprêtaient à manger leur lunch ou un sandwich au Van Houtte du coin, et dans leur maison les ménagères se préparaient quelque chose en vitesse au bout du comptoir. Je n'étais ni une ménagère ni une travailleuse du centre-ville, et j'allais manger une salade de cresson comme d'habitude.

À la mi-avril, je suis allée passer un week-end à Québec avec Tom. Il participait à un colloque sur les nouvelles technologies et m'avait invitée à le rejoindre. J'avais dit oui à condition qu'on aille rendre visite à Mimi, ma grand-mère maternelle, et c'est ainsi que ce vendredi-là je me suis retrouvée à rouler sur la 20 dans un Voyageur aux vitres sales.

Assise dans l'autobus, je regardais par la fenêtre en pensant à tous ces voyages que j'avais faits en famille pour aller voir mes grands-parents. À Pâques, un soleil un peu froid découpait la ville taillée à même le roc, et je ressentais toujours le même éblouissement dans la lumière, peut-être à cause du contraste intense qu'il y avait entre la noirceur des falaises et le ciel très bleu, entre les eaux foncées du fleuve et les grosses glaces blanches qui le recouvraient encore à moitié. Nous portions des petits manteaux neufs, mes sœurs et moi, avec des souliers vernis et des collants blancs. Mon grand-père nous emmenait voir les canons sur les plaines d'Abraham, puis il nous promenait sur la terrasse du château Frontenac, il était très fier de sa ville et de ses petites-filles, il nous montrait comme de beaux bijoux.

Ce n'est que tardivement que j'avais découvert la beauté de Québec. J'y étais née, mais je n'y avais pour ainsi dire jamais vécu puisque mes parents en étaient partis quand j'avais un an, et je m'étais longtemps comportée en Montrélaise un peu snob : je trouvais Québec ennuyante et engoncée dans ses manières endimanchées, j'endurais mal la monoethnicité d'une ville qui n'était pas vraiment une métropole, où l'on ne rencontrait pas de Juifs, pas de Noirs, pas de Chinois, pas d'Hindous, une ville où on ne parlait pas plusieurs langues. Mais aujourd'hui tout cela avait changé. À Québec maintenant, si vous demandiez un renseignement dans la rue, il se pouvait fort bien que vous tombiez sur un étranger et qu'il ne puisse pas vous aider. C'est d'ailleurs ce qui m'est arrivé ce jour-là en débarquant de l'autobus, je me suis informée auprès d'un Arabe qui ne connaissait pas la ville. En fait, n'importe où qu'on soit, n'est-ce pas toujours à la mauvaise personne qu'on s'adresse quand on est mal pris : une Anglaise à Laval, un Arabe à Québec, une Française dans une rue de Philadelphie ?

J'ai marché jusqu'à l'hôtel du boulevard Charest où Tom m'attendait, calme et content. Tout de suite il m'a serrée contre lui en m'attirant vers le lit, et je me suis laissée aller. L'amour en plein jour, c'est bon, c'est rare. Ensuite on est sortis pour aller manger, ça me faisait drôle de déambuler avec Tom dans les rues anciennes de cette ville où j'étais née. Québec était vraiment belle aujourd'hui, et il s'enthousiasmait comme un vrai touriste.

Le soir on est allés à la conférence. Chacun des participants exposait sa recherche et ses méthodes de travail, nous bombardant de détails techniques qui m'épouvantaient. Il y avait là un artiste australien très sympathique dont les manières charmantes contrastaient avec les images de ses performances, qui consistaient à se suspendre au bout de longues cordes accrochées à sa peau par des hameçons. Le maximum qu'il avait duré jusqu'à maintenant avait été de trois minutes. C'était étrange, en parlant de son corps, il disait toujours «the body» et non pas «my body».

Après la conférence, on est allés prendre un verre sur la rue Saint-Jean. J'ai demandé à Peter, l'Australien, s'il avait recours à certaines techniques de méditation, comme les yogis qui marchent sur du verre pilé, mais il a dit que non, c'était juste une question de concentration. Ce qui me semblait incroyable, et pourtant je le voyais bien sur ses bras et ses jambes, c'était qu'il ne portait aucune marque de ses expériences. Pas de cicatrices, pas de boursouflures, pas de veines éclatées.

On est rentrés tard à l'hôtel Tom et moi. On a fait l'amour deux fois de suite dans les draps propres, et on s'est endormis épuisés. Le lendemain midi on est partis chez ma grand-mère. Dans l'auto, je me suis souvenue de l'odeur exacte qu'il y avait dans les armoires de sa cuisine quand j'étais petite, et aussi d'une mouche posée sur ma main, j'aimais m'imaginer que c'était toujours la même, je l'avais surnommée Catherine, c'était ma mouche, une mouche apprivoisée que je retrouvais chaque fois que j'allais à Québec chez mes grands-parents.

Aujourd'hui Mimi habitait un petit appartement près du parc des Braves. De sa fenêtre, elle pouvait regarder les gros arbres changer d'allure avec les saisons et la basse-ville s'étaler en bleu et mauve au bout du parc. «Quand j'aurai quatre-vingt-dix ans, je préférerais être évaporée», m'avait-elle dit un jour en partant à rire de son petit rire cassé. Aujourd'hui elle les avait, ses quatre-vingt-dix ans, et elle n'était toujours pas évaporée, au contraire, elle avait la mémoire pleine d'une longue vie heureuse, et se souvenait parfaitement du tintement des grelots le jour où elle était partie en voiture à cheval pour aller accoucher de son premier enfant. C'était l'hiver 1932 à Québec, une énorme tempête de neige s'était abattue sur la ville, et Mimi se souvenait parfaitement de l'angoisse mêlée de bonheur qu'elle avait ressentie pendant ce trop long voyage, serrée entre «ses deux hommes»: son mari à droite, et son père à gauche qui priait sainte Anne pour qu'ils arrivent à temps.

Petite et digne, Mimi nous attendait dans le couloir. Elle s'était mise belle pour nous recevoir. Je lui ai offert des fleurs, elle nous a servi du porto, puis j'ai sorti les vieux albums de photos. Je voulais que Tom me voie quand j'étais petite, mais ça n'avait pas l'air de l'émouvoir beaucoup: il était fatigué, il ne parlait pas assez fort et ma grand-mère l'entendait mal. À la fin, elle s'est excusée de son mauvais anglais en disant: «Je sais que je ne peux pas dire *I love you*, mais je vais le dire quand même, je ne connais pas d'autre façon.» Elle voulait mon bonheur et je sentais qu'elle observait Tom de ce point de vue, il avait l'air de lui plaire, mais moi j'étais déçue. J'aurais voulu qu'il tombe en amour avec elle, qu'il l'adore comme moi je l'adorais, j'aurais voulu qu'il soit éclatant et terriblement gentil dans son amour pour nous deux, la grand-mère et sa petite-fille. Mais Tom ne s'exclamait pas facilement, il ne criait pas ses sentiments.

Dans mes lettres, j'avais souvent parlé de lui à Mimi, sans toutefois lui donner trop de détails: avant je disais toujours tout à ma grand-mère, mais maintenant je faisais attention à elle, je ménageais ses émotions, préférant lui laisser entendre que tout allait bien plutôt que de lui raconter mes tracas. D'ailleurs elle le disait elle-même, elle n'avait plus le cœur assez solide pour ça. Je n'aurais jamais cru en arriver là un jour, mais c'est vrai, je préférais maintenant la rassurer plutôt que de la mettre au courant de tous mes états d'âme. Avant, j'aurais pensé que c'était une forme d'hypocrisie, mais maintenant je trouvais plutôt que c'était une forme d'amour.

Comme beaucoup de gens de la ville de Québec, Mimi parlait un français très pur, qui n'était pas bourré d'anglicismes comme celui des Montréalais. En fait, elle parlait un français quasi parfait, très net, avec des mots simples et précis. Pas un français snob qui essayait d'imiter le français de France, non, juste un beau français dépouillé et vibrant, comme on en entendait rarement de nos jours. En tout cas, c'est ce qu'a dit Tom après dans l'auto : que ma grand-mère parlait bien et qu'il avait réussi à comprendre tout ce qu'elle disait. Je suis restée silencieuse en regardant défiler le chemin Sainte-Foy par la fenêtre. J'étais mélancolique, mais je ne n'ai rien dit à Tom. Je n'ai pas dit : «J'aurais voulu que tu tombes amoureux de la petite fille sur les photos, j'aurais voulu que tu tombes amoureux de mon enfance. »

La deuxième soirée du colloque consistait en une conférence télématique entre Québec et Toronto. Les participants de Québec étaient assis face à un grand écran où l'on voyait les gens de Toronto, et il en était de même pour eux là-bas. En rentrant à l'hôtel, je me suis jetée sur le lit et Tom s'est jeté sur moi, mais on ne s'est pas embrassés très longtemps, je ne cessais de penser au visage de cette fille qui était apparu sur l'écran, du côté de Toronto : à chaque fois que Tom prenait la parole, le visage de cette fille s'illuminait et un grand sourire se dessinait sur ses lèvres. Sur le coup ça ne m'avait pas frappée, mais plus tard dans la chambre ça avait fait taf! dans ma tête : ce sourire était celui d'une femme amoureuse. C'était donc elle, la Roxanne de Toronto dont Tom m'avait souvent parlé en disant qu'entre eux ça avait été plutôt «sexuel» qu'amoureux. Maintenant j'étais sûre d'une chose : c'était peut-être vrai pour lui, mais pas pour elle. Elle l'avait aimé et elle l'aimait encore, c'était aussi évident que son sourire sur l'écran couleurs de la conférence. Couché sur moi, Tom continuait à vouloir m'embrasser, mais j'étais agacée, incapable de répondre à son étreinte, et j'ai demandé : «Was there someone you knew on the screen?» Il a dit: «Maybe...», en continuant à bouger sur moi, mais ce *maybe* évasif m'a tapé sur les nerfs et j'ai remué violemment en insistant: «It was Roxanne, wasn't it?», et Tom s'est un peu énervé: «Oh, Bruges, please, stop it, it's not important!», et finalement il a roulé sur le côté, et on s'est endormis avec notre amour manqué pour ce soir, en tout cas, moi, il n'était pas question que je lui donne ce qu'il voulait.

Le lendemain matin, je suis partie me promener toute seule. J'ai pris le boulevard Charest jusqu'à la marina, puis j'ai continué dans le port. C'était un beau dimanche ensoleillé et j'avançais, légèrement troublée. J'avais oublié le pouvoir que peut exercer une ville natale sur quelqu'un qui se cherche, j'avais oublié ce que ma ville natale pourrait réveiller d'images et de sensations en moi. Dans la lumière éblouissante, je pensais à ma famille, à mes grands-parents et à l'enfant que je n'avais toujours pas, je pensais à la vie et à la mort, c'était une véritable obsession depuis quelque temps, jamais je n'avais autant pensé à la mort, mais jamais je n'avais autant ressenti l'urgence de donner la vie. C'est ce que j'avais dit récemment au docteur L., qu'il y avait toujours cette image qui me trottait dans la tête: je me voyais en train de présenter mon enfant à mes parents comme une offrande, comme si je leur faisais le plus beau cadeau du monde, comme si j'allais ainsi justifier mon existence à leurs yeux, et chaque fois ça me donnait le goût de pleurer. Le docteur L. avait répliqué que oui, c'était le désir de justifier mon existence, mais que c'était surtout le désir de ne plus être une enfant aux yeux de mes parents.

Je me suis assise sur un banc face au fleuve, et j'ai regardé le traversier s'éloigner vers Lévis en faisant de gros remous dans l'eau noire. L'image d'offrande persistait.

Qu'allais-je donc faire de cet amour que j'avais à donner, cet amour total et sans conditions, le genre d'amour qu'on ne pouvait donner ni à un homme, ni à des amis, ni à des parents, le genre d'amour qu'on ne pouvait donner qu'à un enfant?

Pour être un peu plus réaliste, je me suis dit qu'être mère ça ne réglait pas tout, qu'il y avait aussi ma vie professionnelle, c'était important de nos jours, la vie professionnelle : on était à l'ère du béton et des complets-vestons, on ne savait plus reconnaître les plantes ni les nuages, on endurait à peine les chats et les chiens, alors comment endurer un enfant? Et puis j'oubliais toujours de penser à l'homme dans tout ça, le père de mon enfant, comme s'il n'avait aucune importance. Mais un père, c'est important, non? Tout de même, j'étais confuse quant au rôle d'un père dans la vie d'une fille. Pourtant j'en avais eu un. Un vrai. Un beau. Un fin. Qui ne nous avait jamais brimées, mes sœurs et moi, même s'il ne nous laissait pas prendre beaucoup d'initiatives, du genre peinturer une chaise ou construire des étagères. Ça l'agaçait d'avoir à nous montrer ces choses, il préférait les faire lui-même. Il n'avait pas beaucoup de patience pour ça.

Les yeux fixés sur les montagnes qui s'étalaient sur l'autre rive, je pensais à mon père et à sa famille. C'était plutôt du côté de ma mère que j'avais été élevée, mais depuis quelque temps les traits des Molino étaient en train de se réveiller en moi, comme si je voulais leur redonner place dans mes gènes, avec leur caractère plus sobre, plus simple, plus humble. Comme si j'avais besoin, aujourd'hui, de compenser par l'intelligence pratique de mon père les fantaisies de ma mère, ses éclats, ses écarts, ses ruades dans les brancards.

Chez les Molino, on ne se parlait pas beaucoup, les choses étaient plutôt sous-entendues que manifestes. Je n'avais donc pas eu de grande intimité avec ma grand-mère paternelle qui pourtant nous accueillait toujours avec bonheur, mes sœurs et moi. Elle nous préparait du poulet rôti et des carottes coupées en lamelles, et pour dessert il y avait des cornets fourrés à la crème qu'elle achetait en paquets de six. Elle portait un tablier, et sa maison était toujours impeccable : les parquets étaient cirés, les meubles épousssetés, et dans le salon il y avait des armoires vitrées avec de la vaisselle ornée et des bonbons.

Ma grand-mère vivait avec Adrienne, l'unique sœur de mon père, qui était restée vieille fille, une vraie vieille fille extrêmement croyante, comme dans l'ancien temps. Adrienne ne sortait pratiquement jamais de son quartier. Elle travaillait à la teinturerie du coin et allait à l'église à deux rues de chez elle. On racontait qu'il y avait eu un grand amour dans sa vie, un homme qu'elle n'avait pas eu le droit de fréquenter, sous prétexte qu'il était communiste. C'était une histoire un peu floue à laquelle nous aimions croire, mes sœurs et moi, préférant penser que c'était par romantisme plutôt que par bigoterie que notre tante avait renoncé à l'amour.

Quand on arrivait à Limoilou, Adrienne était si contente de nous voir qu'elle nous serrait le visage entre ses mains moites, et ça nous énervait. Maintenant que j'étais tante à mon tour, je pensais à ça quand je prenais la tête de mon neveu entre mes mains, je faisais attention de ne pas l'agacer avec mes caresses. Mais il est bien difficile, n'est-ce pas, de ne pas avoir envie de serrer très fort l'enfant de votre sœur ou de votre frère, cet enfant qui n'est pas le vôtre mais qui vous ressemble, cet enfant qui éveille votre fibre maternelle.

Ma grand-mère était morte très vieille. Le jour de ses funérailles, j'avais vu pleurer mon père pour la première fois. Nous étions tous rassemblés au salon funéraire, et j'avais senti l'émotion l'envahir quand ils avaient refermé le cercueil. Je me tenais plus loin derrière et j'observais la scène : le cercueil brun foncé, les gens debout tout près, et mon père essuyant furtivement ses larmes, la tête légèrement penchée de côté, de la même manière que son frère Julien, le garagiste.

Voir son père pleurer pour la première fois est une expérience troublante. Voir son père perdre sa mère est quelque chose de terrible. On a beau le savoir, c'est à ce moment-là qu'on comprend que la chose la plus définitive dans la vie, c'est la mort d'une mère, même pour un homme qui ne pleure pas. Ce jour-là, voir les larmes de mon père et ressentir dans mon propre corps sa faiblesse, son manque, son isolement me fut quasi insupportable. J'aurais voulu lui ôter sa douleur, j'aurais voulu la prendre pour moi mais on ne peut pas, on ne peut pas prendre pour soi la douleur de quelqu'un.

Après ma promenade solitaire, je suis rentrée à l'hôtel. Tom s'était endormi, et je me suis allongée à ses côtés pour faire une sieste. Le soir il y avait un souper chez Luc, l'organisateur du colloque, et on se coucherait sans doute tard.

Quand on est arrivés, il y avait déjà pas mal de monde en train de boire en écoutant de la musique. Luc avait converti le troisième étage d'une ancienne usine en gigantesque appartement. Il avait beaucoup voyagé en Inde et ça paraissait : partout il y avait des images de bouddhas, de temples et de montagnes, des coussins aux couleurs vives, des petites déesses sculptées dans du bronze. Au bout de l'appartement, un escalier raide menait sur le toit, et Luc nous y a fait monter. On est restés là longtemps, enveloppés dans de grands châles, à boire en regardant la ville qui s'étalait autour de nous. La pleine lune était en train de se lever, ronde et brillante, et les lumières du soleil traînaient encore leurs flaques orangées dans les fenêtres des immeubles. C'était beau, bien mieux que le fameux restaurant tournant du Concorde d'où on pouvait voir la ville à trois cent soixante degrés. Car ici, en plus des trois cent soixante degrés, il y avait aussi l'air frais du printemps sur nos joues, et l'odeur de brûlé d'un petit feu que Luc avait allumé dans une cuve en métal. Assis autour du brasero, enroulés dans nos châles, on avait l'air d'une bande de nomades. C'était parfait. Je m'étais réconciliée avec Tom et j'étais de bonne humeur.

Assis à côté de moi, Luc me racontait ses voyages. Il disait «les Indes» comme dans l'ancien temps, quand on disait aller «aux Indes» au lieu de «en Inde», et ça me faisait rire, mais il insistait sur le fait qu'il y avait vraiment plusieurs Indes, que d'un bout à l'autre du pays existaient de grandes différences géographiques, culturelles et religieuses. Puis il a cessé de parler en regardant derrière mon épaule. De nouveaux invités étaient en train de monter sur le toit. La femme est apparue en premier dans l'encadrure de la porte, et j'ai retenu un cri de surprise : c'était une belle Indienne vêtue d'un magnifique sari blanc et d'un long châle qui traînait par terre. Elle portait plein de bijoux dorés, et le point rouge du *Ajna* était dessiné sur son front. L'homme suivait, tenant un bébé tout emmitouflé dans ses bras. Ils ont souri à la ronde, puis le père a sorti l'enfant de sa couverture comme on déballe un cadeau et l'a déposé par terre. Un peu étourdi, le petit est resté un moment immobile en nous fixant de son œil noir et pur. Debout face au groupe d'adultes que nous formions, se tenant bien droit dans ses habits de cérémonie, Akash, c'était son nom, était l'image même de la pureté. Il n'avait que dix-neuf mois et pourtant, en le regardant, on ne pensait pas au mot «bébé», il semblait si calme et sérieux, sans peur. «Un vrai petit bouddha», ai-je pensé tout de suite, en même temps qu'une des Américaines s'écriait : «Oh, he's so cute, he's like a little god! »

Un peu plus tard, les femmes se sont retrouvées d'un côté du feu pendant que les hommes discutaient plus loin. On était assises en rond et Akash passait de l'une à l'autre, si bien qu'à plusieurs reprises je l'ai eu dans mes bras. Maintenant je voyais que c'était encore un bébé. Les yeux écarquillés, la bouche pleine de pouding au riz, il grognait de contentement et redemandait du dessert, que j'enfournais dans sa bouche à grosses cuillerées. La mère semblait très fière de son petit, et les autres femmes étaient comme moi, elles n'avaient d'yeux que pour lui : Akash, qui veut dire «ciel» en hindi.

Le lendemain c'était lundi, et un gros vent soufflait sur la ville. On est repartis pour Montréal dans l'auto louée par Tom, l'Australien était du voyage. Durant le trajet on a reparlé de ses performances et Peter a dit en riant qu'il était devenu trop vieux pour ce genre de choses, maintenant il faisait des trucs moins dangereux, comme d'avaler une micro-caméra pour filmer l'intérieur de ses instestins. Ça lui prenait une journée entière rien que pour avaler la caméra, et la performance consistait ensuite à bouger sur scène, branché à des appareils électroniques, alors que les images captées dans son corps apparaissaient sur un écran géant, rythmées par les pulsations de son cœur et le bruit de son sang, toute la musique intérieure de son corps se trouvant ainsi amplifiée dans les haut-parleurs.

On est arrivés en ville à une heure. Tom m'a déposée chez moi et il est reparti en vitesse. J'avais rendez-vous à deux heures avec le docteur L., ensuite je devais aller souper avec Édouard. Je lui ai donc téléphoné pour confirmer notre rencontre, puis j'ai sorti ma bicyclette et je suis partie dans les rues.

Comme d'habitude, il faisait plus doux à Montréal qu'à Québec. C'était ma première sortie à vélo cette année, et j'allais lentement en laissant le vent me caresser le visage. La ville était inondée d'une belle lumière rosée, et sur ma route je ne rencontrais que visages ouverts et démarches ralenties. Oui, Montréal était belle aujourd'hui. Même le vol des pigeons semblait joyeux, ils n'étaient pas installés comme d'habitude, roides et frileux, en lignes sombres sur les fils électriques, ils voletaient plutôt autour des maisons en décrivant de grands cercles avec leurs ailes réveillées. En les regardant, je me suis dit que je n'aimais pas les pigeons, mais que j'aimais bien le mouvement de leurs ailes dans leurs basculs d'ombre au-dessus des toits.

Je suis arrivée trop tôt à mon rendez-vous, si bien que j'ai dû passer dix minutes dans la salle d'attente. J'entendais quelqu'un parler trop fort derrière la cloison, alors je me suis plongée dans un magazine en me bouchant les oreilles. Comme d'habitude, le docteur L. s'est tenu poliment près de la porte alors que je pénétrais dans son bureau. L'homme qui était passé avant moi avait laissé un tas de mégots dans le cendrier. J'ai dit: «Ça doit vous écœurer, non?» et le docteur L. a souri sans rien dire. Je me suis jetée dans le fauteuil en face de lui, j'ai fermé les yeux et je me suis tue. L'atmosphère était lourde, pleine d'une épaisse odeur de cigarette. Je sentais mon corps s'affaisser dans la courbe confortable du fauteuil, et je me suis laissé envahir peu à peu par le silence, un immense silence qui pénétrait ma chair, mon sang, mes os, mes neurones. J'aurais voulu dire quelque chose, après tout, c'était pour ça que j'étais là, mais rien ne venait, rien qu'un grand silence jaune comme un soleil, un soleil de fin du monde au bout d'un long tunnel noir. Et dans le clair-obscur au bout du tunnel, il y avait une fille en robe déchirée, une fille qui pleurait en faisant craquer des allumettes.

Les yeux fermés, j'ai respiré profondément et je me suis avancée vers la visiteuse. Mais qu'est-ce que tu fous là, toi? Pourquoi tu pleures comme ça? T'as pas encore compris, non, que l'important c'est Dieu et qu'il n'est pas nécessaire de se faire des entorses pour être aimée de lui? Voilà ce que je lui criais, à cette pauvre fille perdue dans son tunnel, tellement elle m'énervait avec sa misère fin de siècle. Mais elle continuait son manège sans s'occuper de moi, les allumettes faisaient de jolies étincelles en répandant une légère odeur de soufre, et soudain j'ai senti des larmes sur mes joues, de grosses larmes qui lavaient sans bruit mon visage, les larmes ne font pas de bruit, n'est-ce pas, seuls les cris percent le silence. Mais je ne criais pas, non, j'étais silencieuse comme la fille aux allumettes, et toute propre aussi, dedans comme dehors, et mes pleurs étaient tièdes comme le filet d'un robinet mal fermé. Oui. Mon robinet était mal fermé. Voilà ce que j'aurais dû dire au docteur L., ce serait très psychanalytique. Mon robinet est mal fermé, docteur, toute ma vie j'ai eu du mal à faire la part entre le trop ouvert et le trop fermé, je n'ai jamais su trouver le point juste entre le dedans et le dehors. Et je voudrais que vous m'aimiez, et je voudrais que vous m'aidiez. Mais il ne disait rien, je l'ai juste entendu bouger un peu sur sa chaise, puis je l'ai oublié à nouveau. Il n'existait pas, il ne pouvait pas exister, n'est-ce pas, c'était à cela qu'il servait, à se taire dans la vie des autres. Lui qui accueillait votre vie sans jamais la juger, lui qui vous laissait être, sans cachettes ni fausse pudeur. Lui qui vous acceptait telle que vous étiez. Mais pourquoi les autres, ceux qui existaient, ne vous permettaient-ils pas de tout dire, pourquoi ne vous aimaient-ils pas telle que vous étiez? Et ma jumelle dans son clair-obscur, n'avait-elle donc rien à me raconter?

Alors qu'un homme invisible se tait derrière le mur fragile de mes paupières closes, j'avance dans le tunnel et je tends l'oreille. La fille se tient toujours immobile. Derrière elle, il y a une silhouette agenouillée, et bientôt je découvre son visage. Ce n'est pas un homme, non, c'est une femme, tiens, une femme blonde comme ma mère, une femme à genoux au bord de l'eau, qui contemple la crue du printemps en se tordant les mains. En arrière-plan, il y a un homme brun à la chevelure lisse. Bien sûr, c'est mon père; bien sûr, ce sont mes parents, je les vois clairement maintenant. C'est normal : je suis chez un psy et je vois mes parents dans le noir de mes yeux fermés, c'est banal et beau, comme le début de toutes ces histoires que je n'ai jamais réussi à écrire. Et maintenant je m'approche d'eux et j'entends la voix de la femme psalmodier, je vois l'homme l'enlacer au bord de la rivière et leur image se fige comme une photo pendant qu'une musique tourbillonnante retentit entre les murs, un grand orchestre qui réchauffe le noir de mes yeux fermés.

Qu'est-ce qui m'arrive? J'entends des voix, ma foi. Je vois des anges sur les murs. J'entends des violons dans les tunnels. Un grand fracas. Et voilà mon frère qui débarque, maintenant, avec ses cartes géographiques et ses cheveux rebelles. Lui qui n'a jamais voulu faire comme tout le monde. Pourquoi as-tu pris tant de temps? Tu ne voyais donc pas que ma robe tombait en lambeaux et que ma boîte d'allumettes était presque vide? Viens, la musique joue pour nous maintenant, pose tes affaires, laisse-moi te prendre dans mes bras. Viens, on dansera un tango long, plaqués contre le mur. On chantera les poèmes *beat*, accrochés à la musique. Je me déshabillerai pour toi et je serai la plus ardente des amantes, des sœurs ou des cousines, c'est comme tu veux. Oui, ce soir dans le lit bordé de roses, tu le diras enfin que tu m'aimes et que tu m'as choisie d'entre toutes les femmes : moi, avec ma rumeur de Montréal et mes cheveux à l'ancienne, ma peau de sauvage, mon cœur croquant et mes larmes de pucelle, mes jointures bien huilées, mes fesses de vison. Viens que je te fasse le grand cérémonial, le grand plaisir gratuit rien que pour toi, odorant, ordonné et subtil, le grand plaisir de la fin des temps ou du commencement du monde, c'est comme tu veux.

Qu'est-ce qui m'arrive ? Où est la femme blonde ? Et mes sœurs, où sont-elles passées ? Pas à la messe, toujours, mes sœurs et moi nous n'allons pas à la messe, à part celle de minuit, et alors là, attention, nous pleurons en masse dans la petite chapelle du village, nous pleurons en vrac devant la statue du Christ en chantant le *Gloria*. Surtout moi, en ce Noël-là. Tellement j'avais été bouleversée d'apprendre que Christ était Son nom, qu'on pouvait dire : « Christ est venu, Christ est mort, Christ est ressuscité », comme on pouvait dire : « Bruges est là, Mireille se tait et Agathe pleure. »

Aujourd'hui j'avance dans le tunnel et des larmes coulent sur mes joues. Je suis une fille aux allumettes, une femme déguisée en Christ. Et mon frère s'est enfin décidé à enlever sa cuirasse de motard. Viens, mon lit est bordé de roses et je bruis comme une plante dans son feuillage, je me tais comme un arbre dans la lumière du printemps. C'est aujourd'hui que ça se passe, et ça sent bon. Nous marchons toi et moi dans un tunnel à l'ancienne avec une belle lumière jaune au bout, et parfois on dirait que tu as peur, c'est bizarre, d'habitude c'est moi qui ai peur de tout. J'avais promis de venir et je l'ai fait, tu vois, je suis venue rien que pour toi. Donne-moi la main. Tu veux bien qu'on se joigne aux autres ? Tu veux bien qu'on les laisse entrer dans notre agenda secret ? Oh, raconte-moi donc une histoire, tu te souviens comme tu m'en racontais des histoires? Chaque soir il y en avait une différente, je n'avais qu'à demander et tout de suite tu commençais. Il y avait l'histoire du chewing-gum qui faisait le tour du monde. Et celle du petit garçon qui veillait sur la montagne. Et celle du poisson qui retrouvait son océan natal. Mais le jour où, à ton tour, tu m'as demandé de t'en raconter une, j'en ai été incapable. «Comment on fait?» j'ai demandé. Et tu m'as expliqué : «Ne pense à rien, surtout ne pense à rien, ou alors pense à un grand rectangle blanc, c'est tout.»

Je l'ai fait. Ce soir-là dans le lit bordé de roses, j'ai pensé à rien, le rectangle blanc a occupé toute la place dans ma tête, et je t'ai raconté l'histoire d'une petite fille qui prenait la forme de tout ce qu'elle touchait. C'était fatigant, car il lui arrivait de devenir raide et froide comme un poteau de téléphone, ou alors molle et visqueuse comme une orange pourrie, ou encore sèche et tiède comme une paire de gants usés. Jusqu'au jour où elle s'était retrouvée assise sur un banc à côté d'un vieil aveugle. Elle était épuisée et de fort mauvaise humeur, car depuis le matin elle s'était transformée en quatorze choses différentes, dont un éléphant, une bulle de savon et un camion à vidanges. Les yeux mi-clos, le vieil homme s'était mis à fredonner d'une voix suave avec un accent de Prague : «Arr ché ia, la satyana, arr ché ia, la rivana», une chanson qui parlait d'une rivière moldave ou quelque chose comme ça, et la petite avait eu des frissons, comme si elle venait d'attraper la grippe. Elle s'était rapprochée du vieil homme pour se protéger d'un danger qu'elle sentait imminent, mais elle avait beau se coller contre lui, elle ne devenait pas froissée et sale comme le tissu de son vieux manteau, et c'est alors qu'elle avait compris qu'elle était libérée de son sort. Mais au lieu d'être contente, elle s'étais sentie désarmée, comme dépossédée, et un gros mal de tête l'avait envahie soudain. Pour la consoler, l'aveugle lui avait expliqué qu'elle avait acquis le pouvoir de libérer les autres en leur chantant à son tour des chansons d'une voix suave avec un accent de Prague, et qu'en fin de compte, c'était bien plus intéressant que de se transformer à n'importe quelle heure du jour ou de la nuit en quelque chose qu'elle n'avait même pas choisi, non ?

Tu avais aimé mon histoire. Tu l'avais écoutée avec toute ta ferveur d'enfant prodigue. Tu m'avais applaudie. Tu avais accroché des guirlandes partout et tu m'avais joué du violon en cachette. Et maintenant il fait noir dans le tunnel. On avance à tâtons, et les murs sont couverts de dessins d'oiseaux. Ça sent le chèvrefeuille ou quelque chose comme ça. Il y a une forêt tout près, et l'inévitable serpent qui s'enroule autour d'un seul tronc. Mais aujourd'hui je m'en fous du serpent, il ne me fait pas peur, mon vieux prince humide, ce n'est pas lui qui va m'empêcher de te faire une danse arabisante. Les rideaux sont ouverts et ça ne me dérange pas, j'aime l'idée que les voisins puissent me voir arabiser devant toi. Ah, je ne veux pas rouvrir les yeux, je veux rester là pour toujours dans ce silence large et profond, ce silence qui contient tout. Ma naissance et ta mort. Ta naissance et ma mort. Les désirs de chaque femme. Le poids d'angoisse de chaque homme. Les balbutiements de chaque enfant. Le grattement des pelles dans la neige. Les maisons en brique rouge. Les histoires avant de s'endormir. Toutes les choses que j'aime. À bien y penser, il y a beaucoup de choses que j'aime, de la ville et de la campagne, des animaux et des hommes, de l'ici et de l'ailleurs. La petite masse sombre du mont Royal qui me rappelle la grosse masse argentée des Rocheuses. Le ventre rond de la lune figée dans sa blancheur. Les géométries d'un arbre dans la lumière d'octobre. Les vieilles bâtisses du centre-ville dans le jaune du crépuscule. La carcasse des bateaux dans l'eau opaque du fleuve. Les ponts de métal qui jettent leurs grands corps bleutés à l'autre bout de l'île. J'aime voir les choses éclairées par le soleil, et aussi noyées dans la pénombre, la nuit, le long des trottoirs. J'aime la rue où j'habite, la rumeur du café italien, la silhouette démultipliée des petits Juifs de mon quartier, leur démarche dansante dans leurs grands manteaux amples.

Tu vois, j'avais promis de venir et je suis venue. Je suis pleine de santé dans le tunnel d'ombre, et ça tilte de partout dans les corridors du monde. J'ai un cierge à la main, mais je ne suis pas à genoux. Je marche toute droite dans ma robe de soie blanche, et mes cuisses font pfchuit pfchuit en se frottant l'une contre l'autre. J'avance dans l'immensité et ça ressemble à une église. Oui, voilà ce qu'il y a dans le tunnel d'ombre : tout ce que je connais, et aussi tout ce que je ne connais pas. C'est épeurant, n'est-ce pas, la vastitude de ce que l'on ne connaît pas. Comment se fait-il qu'il n'y ait pas de limites à la connaissance, alors qu'il y a des frontières partout sur la terre ? C'est épeurant et vertigineux. Comme quand on essaie de visualiser la globalité de l'univers. On le faisait souvent quand on était petits, tu te souviens ? Les yeux ouverts dans le noir, on voyageait du plus petit au plus grand en démultipliant les images comme dans un jeu de poupées russes. D'abord il y avait nous dans la maison, puis la maison dans la rue, la rue dans la ville, la ville dans le pays, le pays dans le continent, le continent sur la planète, la planète dans l'univers, l'univers dans l'espace, l'espace dans le temps, le temps dans l'infini, jusqu'à ce qu'un immense vertige nous prenne quand on arrivait dans l'infini et qu'on tombait dans le néant.

Voilà. J'avais promis de venir, et je suis venue. Ma robe traîne par terre et mes mains sont sales. C'est de la terre. Et au bout là-bas, il y a de la lumière. Viens. Il n'y aura plus d'agenda secret. Plus d'exclus des sentiers de l'amour. Plus de pays encabané dans le ressentiment. Tu dis : «J'arrive !» et le feu prend dans ma robe. Tant pis pour monsieur le ministre. Tant pis pour les voisins. Tant pis pour les éternels épieurs.

Quand je suis ressortie du bureau, il était trois heures moins cinq et la ville scintillait encore dans sa lumière rose. Le docteur L. m'a raccompagnée à la porte et il s'est tenu sur le seuil un peu plus longtemps que d'habitude. J'ai trouvé qu'il avait l'air fatigué.

Come prévu, Édouard m'attendait au coin de Duluth et Saint-Laurent. Nous avons marché en prenant notre temps, puis on est entrés dans deux ou trois boutiques, et c'est là que j'ai constaté que j'avais perdu mon portefeuille. Ça m'a énervée, car en plus de mes cinquante dollars, j'avais aussi perdu mes papiers d'identité. Mais Édouard a dit qu'il ne fallait pas m'en faire avec ça, que c'était le printemps et qu'il ne fallait pas gâcher cette belle journée. Alors il m'a invitée au restaurant vietnamien de la rue Prince-Arthur. On s'est bourrés de crevettes, de nouilles frites et de saké.

Je suis rentrée un peu ivre sous une pleine lune humide et laiteuse. Un certain monsieur Novak avait laissé un message sur mon répondeur, et je me suis demandé qui ça pouvait bien être. Il avait une voix bizarre, un peu aigre et caverneuse. Je l'ai rappelé le lendemain matin. Il a dit qu'il avait trouvé mon portefeuille en faisant ses commissions sur Saint-Laurent. Il était d'abord allé chez Warshaw comme d'habitude, puis il avait mangé chez Harvey's, et c'est là, en sortant des toilettes, qu'il avait trouvé par terre ma carte d'assurance-maladie et le reste ensuite éparpillé près d'une poubelle. Je lui ai demandé s'il pouvait m'envoyer le portefeuille par la poste, mais il a dit qu'il préférait me le remettre en mains propres; il prenait le Métropolitain en revenant du travail, et m'a donné rendez-vous dans un Harvey's sur Crémazie. Je me suis dit : « Ce gars-là est vraiment un fana des Harvey's », et la conversation s'est terminée là-dessus, après qu'il m'eût décrit sa voiture, une Dynasty *burgundy*, et demandé d'identifier la mienne, une Toyota Corolla bleu foncé.

Voilà, on était mardi et j'avais rendez-vous à cinq heures près du Métropolitain avec un homme qui conduisait une Dynasty *burgundy*. Je me suis demandé s'il ne vaudrait pas mieux que Tom vienne avec moi, mais non, il faisait encore jour à cette heure, et puis les Harvey's n'étaient pas des endroits dangereux.

CET OUVRAGE
A ÉTÉ COMPOSÉ PAR MÉGATEXTE, MONTRÉAL

ACHEVÉ D'IMPRIMER
EN SEPTEMBRE 1996
SUR LES PRESSES DE L'IMPRIMERIE AGMV

CAP-SAINT-IGNACE (QUÉBEC)

POUR LE COMPTE
DE LEMÉAC ÉDITEUR

DÉPÔT LÉGAL
1re ÉDITION : 3e TRIMESTRE 1996
(ED. 01/IMP. 01)